STAR WARS™

Voyage vers *Star Wars* épisode VII : Le Réveil de la Force

Étoiles perdues

STAR WARS™

Voyage vers *Star Wars* épisode VII : Le Réveil de la Force

Étoiles perdues

Claudia GRAY

Traduit de l'anglais (États-Unis)
par Axelle Demoulin et Nicolas Ancion

POCKET JEUNESSE
PKJ·

Ouvrage publié sous la direction de Stéphane Desa

Titre original :
Journey to Star Wars Episode VII :
The Force Awakens – Lost Stars

Loi n° 49-956 du 16 juillet 1949 sur les publications
destinées à la jeunesse : décembre 2015.

ISBN 978-2-266-26261-3

Il y a bien longtemps, dans une galaxie lointaine, très lointaine…

Huit ans après la chute de l'Ancienne République, l'Empire Galactique règne désormais sur toute la galaxie connue. La résistance a quasiment été éradiquée. Seuls quelques dirigeants courageux comme Bail Organa d'Alderaan osent encore s'opposer ouvertement à l'Empereur Palpatine.

Après un an d'insoumission, les nombreuses planètes aux limites de la Bordure Extérieure se sont rendues. Victoire après victoire, la puissance de l'Empire s'étend.

La dernière conquête de l'Empire est Jelucan, un monde montagneux isolé, dont les habitants espèrent un avenir meilleur, alors que la Flotte Impériale prend position dans le ciel…

PROLOGUE

Un vaisseau traversa le ciel gris à une telle vitesse qu'il traça un rai de lumière vive, suivi d'un hurlement aigu qui se perdit dans le vent.

— C'est une navette de classe *Lambda* ! s'exclama Thane Kyrell tout excité en pointant le doigt. Tu l'as entendue ? Hein, Dalven ?

Son grand frère lui flanqua une claque.

— Tu ne sais même pas à quoi cet appareil ressemble ! T'es trop petit.

— Même pas vrai. C'était une navette de classe *Lambda*. On la reconnaît au bruit du moteur.

— Silence, les enfants.

La mère de Thane ne les regarda pas. Elle avait les yeux rivés sur le bas de sa robe couleur safran, qu'elle serrait entre ses poings pour ne pas qu'elle traîne dans la poussière.

— J'avais dit qu'on aurait mieux fait de prendre le hover. Au lieu de ça, nous descendons à Valentia à pied, comme des pouilleux des vallées.

— Les hangars vont être pris d'assaut, se défendit le père de Thane, Oris Kyrell. Des milliers de gens vont essayer de se poser, avec ou sans réservation. Tu préférerais passer la journée à te battre pour nos droits d'amarrage ? On a fait le bon choix. Et les garçons parviennent à suivre.

Dalven y arrivait. Il avait douze ans, de longues jambes et était fier d'être plus grand que son jeune frère. Pour Thane, suivre le chemin escarpé qui descendait de la montagne était ardu. Il était plus petit que la plupart des garçons de son âge. Ses grands pieds et ses larges mains laissaient entendre qu'il serait un jour de bonne taille, mais, pour le moment, ils le rendaient maladroit. Ses cheveux blond-roux collaient sur son front perlé de transpiration et il regrettait que ses parents ne l'aient pas laissé porter ses bottes préférées. La paire neuve qu'il avait aux pieds lui serrait les orteils à chaque pas, mais il aurait été prêt à endurer bien pire pour enfin admirer les chasseurs TIE et les navettes… De *vrais* vaisseaux spatiaux ! Rien à voir avec de vieux V-171 délabrés.

— *C'était* une navette de classe *Lambda*, marmonna-t-il en espérant que Dalven ne l'entendrait pas.

Mais son grand frère l'entendit. Il se raidit et Thane se prépara à encaisser un coup. Dalven ne le frappait jamais très fort en présence de ses parents, mais ces bourrades ou ces coups de poing annonçaient souvent une sévère punition plus tard. Dalven ne frappa pas. Peut-être songeait-il lui aussi au spectacle qui les attendait : la démonstration de puissance de vol des vaisseaux de la Flotte Impériale et de leurs techniques d'attaque.

À moins que Dalven ne soit honteux d'avoir été incapable d'identifier l'appareil que Thane avait reconnu sans peine.

Il prétend qu'il va rejoindre l'Académie Impériale, se dit Thane, *parce qu'il pense que ça fera de lui quelqu'un d'important. Il ne connaît pas tous les vaisseaux comme moi. Il n'étudie pas les manuels et il ne s'entraîne pas avec un planeur. Dalven ne sera jamais un vrai pilote.*

Moi, si.

— Nous aurions dû laisser Thane à la maison avec le droïde domestique, déclara Dalven d'un ton maussade. Il est trop petit pour tout ça. Dans une heure, il pleurnichera pour rentrer.

— C'est pas vrai, se défendit Thane. Je suis assez grand, hein, maman ?

Ganaire Kyrell hocha la tête d'un air absent.

— Bien sûr. Tu es né la même année que l'Empire, Thane. Ne l'oublie jamais.

Comment pourrait-il l'oublier alors qu'elle le lui avait déjà rappelé cinq fois dans la journée ? Il se retint de le souligner, pour ne pas déclencher une nouvelle bourrade de Dalven – ou pire, une nouvelle bordée d'insultes de son père, dont les mots pouvaient blesser autant que les coups. Il sentait déjà leurs regards à tous les deux posés sur lui, à l'affût d'un signe de rébellion ou de faiblesse. Thane se retourna, comme s'il scrutait à l'horizon la ville de Valentia, pour que ni son père ni Dalven ne devinent son expression. Garder ses pensées pour soi était la plus prudente des stratégies.

Sa mère ne l'inquiétait pas. Elle lui prêtait rarement attention.

Le vent souleva la cape bleue et dorée de Thane. Il frissonna. Il devait y avoir de nombreuses planètes plus chaudes que la leur. Plus lumineuses, plus énergiques, plus amusantes à tous points de vue. Il en était persuadé, même s'il n'avait jamais visité d'autre monde. Impossible d'imaginer que la galaxie si vaste ne comporte pas d'endroits plus agréables que celui-ci.

Jelucan avait été colonisée tard dans l'histoire de la galaxie, sans doute parce que personne d'autre n'était assez désespéré pour souhaiter s'installer sur un caillou presque inhabitable aux limites de la Bordure Extérieure. Près de cinq cents ans plus tôt, un groupe de colons avait été exilé d'un autre monde tout aussi obscur. Sans doute avaient-ils mal choisi leur camp lors d'une guerre civile : Thane ne connaissait pas les détails. Ses parents lui avaient seulement raconté que ces premiers habitants s'étaient installés dans les vallées. Ils étaient d'une pauvreté extrême et avaient eu un mal fou à survivre.

La véritable civilisation était arrivée beaucoup plus tard, il y a cent cinquante ans à peine, avec la seconde vague de colons, arrivés sur cette planète pour faire fortune. Ils avaient réussi à exploiter des mines, à se lancer dans le commerce galactique et à mener des vies modernes – contrairement aux habitants des vallées, qui se comportaient plutôt comme des nomades, sans technologie ou presque. Même s'ils étaient des Jelucanis eux aussi, ils étaient hostiles, isolés et fiers. Ou encore furieux d'avoir été abandonnés sur cette planète glacée et accidentée, ce que Thane comprenait parfaitement.

— Quel dommage que l'Empereur ne puisse assister à la cérémonie, déplora la mère de Thane. Ça aurait été quelque chose de le voir en personne.

Aucune chance que l'Empereur mette un jour les pieds ici. Thane n'aurait jamais osé prononcer ces paroles à haute voix.

Tout le monde était censé aimer l'Empereur Palpatine. On disait que c'était l'individu le plus courageux et le plus intelligent de la galaxie, que c'était lui qui avait ramené l'ordre après le chaos de la Guerre des Clones. Thane se demandait si tout cela était vrai. Palpatine avait en tout cas rendu l'Empire plus fort et était devenu l'homme le plus puissant de la galaxie.

Thane se moquait de savoir si l'Empereur était gentil ou pas. L'arrivée des forces de l'Empire était de toute façon un événement magnifique, car les Impériaux débarquaient avec leurs vaisseaux. Le garçon voulait juste les voir. Plus tard, il apprendrait à les piloter et, enfin, il s'envolerait loin d'ici pour ne jamais revenir.

*

— Ciena ! Garde les yeux sur le sentier, sinon tu vas tomber.

Ciena Ree ne pouvait s'empêcher de fixer le ciel couleur de cendre. Elle aurait juré avoir entendu une navette de classe *Lambda* et elle voulait à tout prix en apercevoir une.

— Maman, je sais que j'ai entendu un vaisseau.

— Les engins spatiaux, tu n'as que ça en tête, toi !

La mère, Verine, rit doucement et souleva sa fille dans ses bras pour la placer sur le dos large et poilu du muunyak à qui ils faisaient gravir la colline en direction de Valentia.

— C'est mieux comme ça. Garde tes forces pour le grand défilé.

Ciena enfouit ses mains dans la fourrure hirsute du muunyak, qui dégageait une agréable odeur de musc et de paille, comme leur maison.

Elle releva la tête et aperçut une fine ligne dans les nuages. Même si la trace disparaissait déjà, elle attestait du passage de la navette. Ciena frissonna d'excitation, puis se souvint de toucher le bracelet en cuir tressé qu'elle portait au poignet. En le serrant entre ses doigts, elle murmura :

— Regarde à travers mes yeux.

À présent, sa sœur, Wynnet, pouvait voir le trait blanc également. Ciena vivait pour elles deux et n'oubliait jamais sa sœur.

Son père avait dû l'entendre murmurer parce qu'il affichait le sourire triste qu'il avait dès qu'il pensait à Wynnet, lui aussi. Il se contenta de caresser la tête de sa fille et de replacer une boucle noire derrière son oreille.

Enfin, après deux heures d'ascension ardue, ils atteignirent Valentia. Ciena n'avait jamais vu de ville, à part dans les holos. Ses parents quittaient rarement leur maison dans la vallée et, avant ce jour-là, ils ne l'avaient jamais emmenée. Ses yeux s'écarquillèrent face aux bâtiments taillés dans la pierre blanche des falaises. Certains faisaient dix ou quinze étages. Ils s'étendaient sur tout le flanc de la montagne, aussi loin que portait le regard de Ciena. Au pied des habitations creusées dans la roche se dressaient des tentes et des auvents teints de couleurs vives et décorés de franges ou de perles. Des drapeaux impériaux flottaient en haut de poteaux récemment enfoncés dans le sol ou suspendus aux parois rocheuses.

Les rues fourmillaient de plus de gens que la fillette avait pu en voir au cours de ses huit années d'existence. Certains vendaient de la nourriture ou des souvenirs des festivités – des drapeaux impériaux ou de petits holos de l'Empereur souriant d'un air bienveillant, en affichage translucide au-dessus d'un petit disque irisé. La plupart se promenaient dans les artères encombrées, comme sa famille : tout le monde se dirigeait vers la cérémonie. Quelques droïdes roulaient à travers la foule ou la survolaient – plus étincelants et bien plus modernes que l'unique droïde tailleur vétuste de son village.

Toutefois, ces gens et ces machines auraient été bien plus fascinants s'ils n'avaient tous été *sur son chemin*.

— On ne va pas être en retard ? Je ne veux pas rater les vaisseaux.

— On y sera à temps, soupira sa mère.

Elle l'avait répété tant de fois déjà que Ciena s'en voulait de l'obliger à radoter. Verine Ree posa tout de même les mains sur les épaules de sa fille. Même si le geste était doux, le muunyak comprit qu'il devait s'arrêter. La cape noire aux couleurs passées de Verine voleta autour de son corps trop frêle.

— Je sais que tu es impatiente, ma chérie. C'est la journée la plus importante de ta vie. Pourquoi ne serais-tu pas excitée ? Aie confiance. L'Empire attendra que nous ayons fini de gravir la montagne, quelle que soit l'heure. D'accord ?

Le sourire de sa mère donnait à Ciena l'impression d'être baignée par un rayon de soleil.

— D'accord.

Peu importe quand ils auraient terminé l'ascension, l'Empire l'attendrait toujours.

Comme maman l'avait promis, ils arrivèrent devant l'enclos bien assez tôt. Tandis que ses parents réglaient le montant pour le corral et la nourriture de la journée, Ciena entendit des éclats de rire moqueurs.

— Ils sont venus à la cérémonie impériale sur le dos de ce muunyak dégoûtant, cria un adolescent de la seconde vague de colonisation.

Le rouge écarlate de sa cape évoquait chez Ciena une plaie béante.

— Ça va puer un max.

Ciena sentit ses joues chauffer, mais elle refusa de prêter attention aux gamins qui la taquinaient, préférant caresser le flanc de l'animal. Le muunyak cligna des yeux, patient comme à son habitude.

— Nous reviendrons te chercher plus tard, lui promit-elle. J'espère que tu ne te sentiras pas trop seul.

Les railleries de grands dadais ne l'empêchaient pas d'être fière de sa monture. Elle l'adorait et son odeur *aussi*. Ces imbéciles de la seconde vague ne comprenaient pas ce que signifiait être proche de ses animaux ou de la terre.

Pourtant, en apercevant des centaines de citadins dans leurs capes en soie et leurs vêtements richement matelassés, elle baissa les yeux vers sa robe marron légère et se sentit minable. Elle avait toujours apprécié cette tenue parce que le tissu était juste un peu plus pâle que son teint, et elle aimait que les deux tons soient assortis. À présent, elle remarquait que le bas était en lambeaux et que des fils s'échappaient aux manches.

— Ne les laisse pas t'atteindre, lui conseilla son père, le visage tendu. Leur temps est révolu et ils le savent.

— *Paron,* chuchota la mère de Ciena en agrippant le bras de son mari, baisse le ton.

Il poursuivit avec plus de discrétion, mais avec encore plus de fierté.

— L'Empire respecte le dur labeur, la loyauté absolue. Ses valeurs sont les mêmes que les nôtres. Les gens de la seconde vague ne pensent qu'à s'en mettre plein les poches.

Cela signifiait gagner de l'argent. Ciena le savait parce que son père le disait souvent, toujours à propos des colons de la deuxième vague qui vivaient dans les plus hautes montagnes. Elle ne comprenait pas quel mal il y avait à gagner de l'argent, même si d'autres valeurs avaient plus d'importance… l'honneur, surtout.

Ciena et les autres résidents des vallées de Jelucan descendaient de loyalistes chassés de leur monde natal après le renversement de leur roi. Tout le peuple avait préféré s'exiler plutôt que de trahir leur allégeance à leur chef. Bien que la vie sur Jelucan fût dure, le travail incessant et la pauvreté omniprésente, les habitants des vallées étaient encore fiers du choix de leurs ancêtres. Comme tous les autres enfants de son village, Ciena avait été élevée dans l'idée que sa parole l'engageait et que son honneur était son principal trésor.

Que ceux de la deuxième vague se pavanent dans leurs habits neufs et leurs bijoux clinquants ! La cape ordinaire de Ciena avait été tissée par sa mère, avec de la laine filée à partir de la fourrure de leur muunyak ; son bracelet en cuir avait été tressé à plusieurs reprises et élargi à mesure qu'elle grandissait, pour qu'il reste à son poignet toute sa vie. Elle possédait peu, mais tout ce qu'elle avait – tout ce qu'elle faisait – était riche de sens et de valeur. Les gens de la montagne ne pouvaient pas comprendre cela.

Comme s'il lisait dans les pensées de sa fille, Paron Ree reprit :

— De nouvelles opportunités s'ouvrent à nous, désormais. Meilleures. Nous l'avons déjà constaté, pas vrai ?

La mère de Ciena sourit en serrant son foulard gris clair autour de ses cheveux. Trois jours plus tôt, on lui avait offert un poste de supervision dans la mine toute proche – le genre de travail que ceux de la seconde vague gardaient pour eux jusqu'alors. C'était l'Empire qui dirigeait désormais la planète et tout allait changer.

— Tu auras plus de possibilités que nous, Ciena. La chance de faire plus de choses. D'être quelqu'un de plus important, déclara Paron Ree en lui souriant avec fierté. La Force guide le changement.

D'après ce que Ciena avait appris grâce à quelques holos qu'elle avait eu l'occasion de regarder, la plupart des habitants de la galaxie ne croyaient plus à la Force, l'énergie qui permettait aux individus de ne faire qu'un avec l'univers. Elle-même se demandait parfois si les Chevaliers Jedi avaient vraiment existé. Les incroyables récits de héros courageux armés de sabres laser, capables d'infléchir les esprits, de faire léviter des objets, n'étaient probablement que des légendes.

En revanche, la Force devait être bien réelle puisqu'elle avait réussi à amener l'Empire jusqu'à Jelucan pour changer leur avenir à tout jamais.

*

— Peuple de Jelucan, ce jour marque à la fois la fin d'une époque et le début d'une nouvelle ère, annonça le haut gradé impérial, un homme appelé Grand Moff Tarkin.

Ciena connaissait son titre et son nom. En revanche, elle ne savait pas exactement si son titre était Grand Moff et son nom Tarkin – ou s'il s'appelait Moff Tarkin et était de grande importance. Elle poserait la question plus tard, quand il n'y aurait plus de colons de la seconde vague pour se moquer de son ignorance.

Tarkin poursuivit :

— Ce jour met fin à votre isolement du reste de la galaxie. Jelucan entame une nouvelle page de son histoire en prenant la place qui lui revient au sein de l'Empire !

Des applaudissements et des acclamations fusèrent. Ciena battit des mains avec les autres. Son regard affûté remarqua toutefois quelques personnes qui restaient impassibles. Il s'agissait principalement d'individus âgés, qui devaient être nés avant la Guerre des Clones. Ils étaient immobiles, l'expression grave. On aurait dit qu'ils assistaient à des funérailles ou à un châtiment public. Une femme aux cheveux gris inclina la tête et une larme coula le long de sa joue. Ciena se demanda si elle avait perdu un fils ou une fille pendant la guerre, si la vue de tous ces soldats lui rappelait une disparition et la rendait triste malgré la journée festive.

Il y avait effectivement *beaucoup* de soldats : des officiers en uniforme noir ou gris impeccable et des stormtroopers en armure d'un blanc éclatant. Il semblait y avoir presque autant de vaisseaux que de troupes : des chasseurs TIE noirs comme l'obsidienne, des croiseurs d'assaut gris comme le granit de la montagne, et tout en haut, en orbite, quelques petites taches qui clignotaient comme l'étoile du Sud le matin… des Destroyers Stellaires. On disait que chacun d'eux était deux ou trois fois plus grand que toute la ville de Valentia.

Cette simple idée suffisait à remplir le cœur de Ciena de fierté. Elle faisait partie de l'Empire désormais – pas juste sa planète : elle aussi. L'Empire gouvernait toute la galaxie. Le pouvoir de la Flotte Impériale excédait celui de n'importe quelle force de combat dans l'histoire. En voyant les vaisseaux voler en formations précises, sans jamais dévier de la trajectoire prévue, elle se sentait transportée de joie.

Quelle force, quelle grandeur, quelle majesté ! Elle avait été élevée dans le but d'admirer ce genre d'honneur et de discipline et ils étaient portés à des hauteurs dont elle n'aurait jamais rêvé. *Rien ne peut être plus beau*, se dit-elle.

À moins qu'un jour elle ne puisse piloter un de ces vaisseaux.

Le Grand Moff Tarkin poursuivait son discours. Il parlait de planètes séparatistes, ce qui semblait mettre tout le monde mal à l'aise, avant de rappeler la grandeur de l'Empire et la fierté qu'il invoquait. Ciena l'acclama en même temps que les autres, en concentrant toute son attention sur le vaisseau le plus proche. C'était une navette comme celle qu'elle avait cru apercevoir dans le ciel. Si seulement elle pouvait l'examiner de plus près…

Elle en aurait peut-être l'occasion après la cérémonie.

*

Une fois les discours et la musique achevés, les Kyrell devaient se rendre à une réception privée en compagnie de hauts dignitaires et ils demandèrent à Dalven de veiller sur Thane. Pendant qu'ils lui confiaient cette mission, Thane évalua en silence le temps qu'il faudrait avant que son frère ne l'abandonne pour aller rejoindre ses amis. *Cinq minutes*, calcula-t-il. *Cinq ou six.*

Pour une fois, il avait surestimé Dalven, qui le laissa tomber après trois minutes à peine. De toute façon,

Thane était parfaitement capable de se débrouiller sans surveillance. Et le mieux était d'aller tout seul jeter un œil dans le hangar impérial.

Même si la plupart des vaisseaux avaient rejoint leurs Destroyers Stellaires ou une des nouvelles installations en construction sur les plateaux du sud, quelques-uns s'étaient posés dans le hangar. Le plus proche était une navette de classe *Lambda*, comme celle que Thane avait aperçue dans le ciel plus tôt dans la journée.

Bien entendu, des panneaux interdisaient l'entrée. Thane se dit qu'il était assez petit pour prétendre ne pas savoir lire s'il se faisait pincer. Il voulait juste voir le vaisseau de près – et peut-être le toucher, une seule fois.

Il s'approcha donc de l'estrade dressée pour les discours sur la pointe des pieds, avant de plonger en dessous. Tête baissée, il courut jusqu'au hangar. Quand il ressortit en souriant fièrement, il constata à regret qu'il n'était pas le seul à avoir eu cette idée. Quelques enfants de l'école étaient déjà rassemblés à l'intérieur : des garçons un peu plus âgés, qu'il n'aimait pas. Il y avait aussi une fille maigre avec des vêtements en lambeaux qui indiquaient qu'elle provenait des vallées. À côté des tenues rouges et or des garçons, sa robe marron ressemblait à une feuille d'automne sur le point de tomber.

— Qu'est-ce que tu fiches ici, vermine des vallées ? railla Mothar Drik.

Son large visage affichait une expression encore plus méchante que d'ordinaire.

Le sourire béat de la fille s'effaça, quand elle se détourna de la navette pour faire face à ses bourreaux.

— Je voulais juste admirer le vaisseau. Comme vous.

Mothar fit un geste obscène.

— Retourne dans ta porcherie et va vider les excréments. C'est là ta place.

La fille ne bougea pas. Elle serra les poings.

— Si je vidais les excréments, je devrais commencer par toi.

Thane éclata de rire. Quelques garçons remarquèrent sa présence. L'un d'entre eux l'interpella :

— Eh, Thane, tu vas nous aider à sortir les ordures ?

En d'autres mots, ils allaient tabasser la fille des vallées. Ils étaient six contre un, le genre de rapport de force que seul un tyran peut trouver acceptable.

Avoir un père de la trempe d'Oris Kyrell avait appris bien des choses à Thane. Notamment que les règles pouvaient être appliquées de façon stricte et intransigeante. Son frère réagissait à la cruauté de leur père en se montrant aussi cruel avec Thane, voire davantage. Peu importe qui avait raison ou tort : la loi était imposée par celui qui tenait le bâton. Il en avait tiré un enseignement capital : il *détestait* les tyrans.

— Ouais, rétorqua Thane, je vais sortir les ordures.

Et il fonça droit sur Mothar. Cet imbécile ne le vit même pas venir. Il poussa un petit cri de surprise et tomba violemment sur le dos, le souffle coupé. Thane réussit à lui décocher plusieurs coups de poing avant que quelqu'un ne l'écarte. Un garçon décocha un coup dans sa direction. Il s'attendait à le recevoir dans le visage, mais la fille toute maigre se jeta sur son assaillant juste à temps et lui tira le bras en arrière en criant :

— Laisse-le !

Deux contre six, ce n'était toujours pas terrible, mais la fille se battait de toutes ses forces. Thane aussi. Grâce à Dalven, il savait déjà comment encaisser un coup sans cesser de cogner. Ils étaient malgré tout acculés loin de la sortie. Thane avait déjà la lèvre en sang. Cela allait mal se terminer…

— Qu'est-ce qui se passe ici ?

Tout le monde s'immobilisa. À cinq mètres d'eux se tenait le Grand Moff Tarkin, entouré d'officiers impériaux et de stormtroopers en armure blanche. En les voyant, Mothar prit la fuite, suivi de près par ses lèche-bottes. Thane et la fille se retrouvèrent seuls.

— Eh bien ? insista Tarkin en s'approchant.

Ses traits étaient si pâles et si fins qu'on aurait dit que son visage avait été taillé dans un cristal de quartz.

La fille fit un pas en avant.

— C'est ma faute. Les autres garçons allaient me frapper, il a voulu les en empêcher.

— C'est très sot de ta part, déclara Tarkin à Thane d'un air amusé. Te jeter dans une bataille que tu aurais perdue ? Il ne faut jamais affronter des forces supérieures, mon garçon. Ça ne se termine pas bien.

Thane réfléchit à toute allure.

— Aujourd'hui, ça s'est bien terminé, grâce à vous.

Tarkin étouffa un petit rire.

— Tu savais qu'une force encore plus grande allait intervenir, c'est ça ? Excellente planification stratégique. Bien joué, mon garçon.

Ils ne risquaient plus rien, mais la fille des vallées ne semblait pas l'avoir compris.

— Je n'étais pas censée être dans le hangar, poursuivit-elle les yeux rivés au sol. J'ai enfreint une règle, mais je ne voulais pas commettre d'acte déshonorant. Je voulais juste admirer les vaisseaux.

Tarkin se pencha un peu plus vers eux.

— Bien sûr. Et ça veut dire que vous vous demandez à quoi ressemble la galaxie au-delà de Jelucan. En outre, vous êtes restés tous les deux quand les autres ont pris la fuite. J'en déduis que vous êtes courageux. Maintenant, je voudrais voir si vous êtes intelligents. Quel vaisseau avons-nous là ?

— Une navette de classe *Lambda* ! lancèrent-ils en chœur.

Ils se regardèrent. Un sourire se dessina sur le visage de la fille. Thane sourit à son tour.

— Très bien, approuva Tarkin en tendant la main vers le vaisseau. Voudriez-vous jeter un œil à l'intérieur ?

Est-ce qu'il était sérieux ? Il en avait l'air. Quand un stormtrooper leur ouvrit l'écoutille, Thane eut envie de se pincer. Il se précipita à l'intérieur en même temps que la fille. Tout y était noir et brillant, ponctué de centaines de voyants minuscules. Les soldats leur firent visiter le cockpit et ils purent s'asseoir un instant dans les sièges des pilotes. Le Grand Moff Tarkin se tenait derrière eux, droit comme une hampe, ses bottes aussi scintillantes que le métal poli qui les entourait.

— Montrez-moi où se trouve le contrôle de l'altitude.

Ils le pointèrent du doigt instantanément.

— Parfait. Et le guide d'amarrage ? Vous savez ça aussi ? Eh bien, vous êtes tous les deux très malins. Comment vous appelez-vous ?

— Thane Kyrell.

Il se demanda si le Grand Moff Tarkin reconnaîtrait son nom de famille ; ses parents affirmaient que les autorités impériales les connaissaient bien. Pourtant, Tarkin affichait juste un air intrigué.

La fille répondit :

— Je m'appelle Ciena Ree, monsieur.

Monsieur. Il aurait dû penser à appeler Tarkin *monsieur*, lui aussi. Heureusement, ce dernier ne semblait pas s'en soucier.

— N'aimeriez-vous pas servir l'Empereur un jour et piloter des vaisseaux comme celui-ci ? Vous pourriez devenir capitaine Kyrell et capitaine Ree. Qu'est-ce que vous en pensez ?

La poitrine de Thane se gonfla de fierté.

— Ce serait extraordinaire. *Monsieur*.

Tarkin eut un petit rire et se tourna vers un des officiers subalternes juste derrière lui.

— Vous voyez, Piett ? Nous ne devons jamais hésiter à nous servir du fouet quand c'est nécessaire… mais à certains moments, l'appât est plus efficace.

Thane n'avait aucune idée de ce qu'il voulait dire et il s'en moquait. Aucun destin n'était plus glorieux à ses yeux que devenir officier de la Flotte Impériale. À en juger par le sourire qui illuminait le visage de Ciena, elle était du même avis.

Elle murmura :

— Nous devrons travailler dur.

— Et nous entraîner à voler.

Elle se rembrunit.

— Je n'ai pas de vaisseau pour m'entraîner et notre simulateur est vieux.

Pas étonnant qu'ils n'aient pas de bons simulateurs dans les vallées… Une personne sur cinquante familles tout au plus devait y posséder son propre vaisseau. Thane eut pitié d'elle, cela lui donna une idée.

— Tu n'auras qu'à venir t'entraîner avec moi.

Le visage de Ciena s'éclaira à nouveau.

— Vraiment ?

— Bien sûr.

De nombreuses manœuvres ne pouvaient être exécutées sans copilote. S'il voulait apprendre à bien piloter pour rejoindre la Flotte Impériale un jour, il lui faudrait un partenaire.

Par ailleurs, Thane sentait déjà que, malgré toutes leurs différences, Ciena Ree et lui allaient devenir amis.

CHAPITRE 1

CINQ ANS PLUS TARD

Il ne restait plus que trente minutes avant le début de l'entraînement : Ciena avait à peine le temps d'arriver au hangar. Et pourtant, elle devait rester assise sur ce stupide banc…

Non, corrigea-t-elle. *Ce n'est pas stupide. L'honneur de la famille Nierre a été mis en doute. Ils ont besoin du soutien de leurs amis pour traverser cette épreuve. Même si ça signifie rater mon entraînement.*

Mais je préférerais tellement être en train de voler en ce moment.

Le banc en pierre rugueuse était installé devant la petite maison en forme de dôme des Nierre, dont les terres étaient voisines de celles des Ree depuis des générations. Devant le banc s'étendait une longue tranchée remplie de sable dans laquelle plusieurs hampes avaient été plantées. Chaque drapeau représentait une famille qui avait déclaré sa loyauté aux Nierre depuis le début de cette période sombre. C'était une tradition ancienne, qui remontait aux premiers jours de la colonisation de Jelucan. Elle n'avait rien perdu de sa signification. Un membre de chacune des familles devait rester avec les Nierre, sans interruption, jusqu'à ce que leur honneur ait été lavé.

La plupart des familles des vallées avaient amené un drapeau, mais pas toutes. Certains pensaient que le père abusait de son pouvoir de contrôleur des communications impériales en rapportant des réunions et des messages privés. Les parents de Ciena avaient quant à eux décrété que personne ne devrait jamais dissimuler des informations importantes à l'Empire et que ceux qui accablaient les Nierre manquaient d'honneur. C'était pourtant les Nierre qui avaient été accusés et qui devaient porter le fardeau.

Les gènes de la famille transmettaient des cheveux blonds et une peau pâle, devenue plus blanche depuis cette épreuve, au point qu'ils avaient tous l'air malades aujourd'hui. Si la plainte déposée officiellement auprès du gouverneur impérial était maintenue et qu'un nouveau contrôleur était nommé, les Nierre subiraient ce désaveu pour toujours. Cette éventualité était dure à supporter, c'est pour cela que leurs amis devaient leur apporter tout le réconfort qu'ils pouvaient.

J'aimerais bien que quelqu'un fasse pareil pour moi si j'étais accusée à tort, songeait Ciena. *Mais les Nierre seraient encore plus réconfortés si mes parents étaient ici. Ils avaient promis d'arriver il y a une heure déjà.*

Elle sonda le ciel du regard, comme si elle pouvait accélérer l'arrivée du vieux V-171. Depuis son banc, elle apercevait le fond de la vallée, jusqu'à l'eau scintillant plusieurs milliers de mètres plus loin. Elle était entourée de sommets enneigés, comme des griffes blanches tendues vers un ciel de pierre. Sa cape bleu foncé était assez lourde pour ne pas être soulevée par le vent et dissimulait le fait qu'au lieu d'une robe traditionnelle, elle portait la combinaison de pilote trop grande qu'elle avait réussi à acquérir dans un magasin de surplus un an plus tôt.

Elle entendit soudain le bourdonnement lointain d'un grimpe-arête – le hover spécial montagne que des commerçants soutenus par l'Empire avaient introduit sur la planète cinq ans plus tôt. Ciena avait déjà du mal à se rappeler comment ils avaient pu vivre sans ces véhicules. Même si elle aimait toujours son vieux muunyak, il était devenu très lent. Quand le grimpe-arête négocia le virage, elle eut envie de bondir de joie.

Enfin !

Elle resta assise, le visage solennel, jusqu'à ce que son père mette pied à terre et se dirige vers elle. Il était seul.

— Où est maman ? lui demanda Ciena en se levant.

— Elle a dû rester tard à la mine hier soir une fois de plus, expliqua son père en secouant la tête. Nous savions que son rôle de superviseur exigerait beaucoup de travail et je suis fier d'elle. N'empêche, elle me manque parfois.

— À moi aussi.

Ciena était sincère, mais elle ne parvenait pas à détacher les yeux du grimpe-arête. Si son père lui permettait de l'emprunter, elle pouvait encore arriver à temps au hangar.

Son père devina sa hâte et serra les lèvres d'un air mécontent.

— Tu voles encore aujourd'hui ?

— Papa, je t'en prie. Comment veux-tu que je sois admise dans une Académie Impériale ?

— En t'entraînant souvent. Rien ne rendrait ta mère et moi plus fiers que de te voir devenir officier impérial.

Paron Ree se tut un instant. Des oiseaux passèrent dans le ciel en poussant leurs cris habituels. Ciena les regarda voler, car quand son père abordait ce sujet, elle avait du mal à le regarder. Comme elle l'avait deviné, il poursuivit :

— Nous aimerions simplement que tu t'entraînes avec les nouveaux simulateurs de Valentia au lieu de passer tout ton temps avec ce garçon.

— Thane est mon *ami*, lui rappela-t-elle en insistant sur le mot.

— Nous ne devrions rien accepter des gens de la seconde vague. Nous devons nous élever par notre seul mérite et non grâce à leurs cadeaux.

Parfois, à ce moment de la dispute, Ciena s'emportait. Si elle le faisait aujourd'hui, elle n'arriverait pas à temps au rendez-vous. Elle prit donc une profonde inspiration :

— J'aide Thane autant qu'il m'aide. Nous travaillons *ensemble*. Aucun de nous deux ne doit quoi que ce soit à l'autre. Il le sait aussi bien que moi.

Son père soupira.

— Ceux de la seconde vague ont la mémoire courte. Vas-y quand même. Prends le grimpe-arête, je reviendrai à dos de muunyak. Ta mère et moi rentrerons à la maison plus tard. Je veux que tu aies terminé tes leçons et nettoyé la cuisine de fond en comble.

— Promis, papa.

Sa bonne humeur revint. Elle allait pouvoir voler !

— Il faut que tu deviennes meilleure pilote que ce jeune Kyrell, ajouta son père en lissant sa robe avant d'entrer chez les Nierre. S'il n'y a qu'une place pour un cadet jelucani, je veux que ce soit toi.

— Nous irons *tous les deux*, lui assura Ciena en riant. La Flotte Impériale ne pourra pas se passer de nous !

Son père fut obligé de sourire.

*

Thane se demanda s'il pouvait desserrer la vis de blocage sur le droïde précepteur CZ-1 pour qu'il le laisse partir, même s'il n'avait pas fini son stupide contrôle de mathématiques.

— Votre concentration flanche, déclara le CZ-1. Cette attitude n'est pas propice à une performance optimale.

Thane indiqua le chrono le plus proche.

— Je suis en retard pour mon entraînement.

— Vous devez terminer vos leçons afin de maîtriser le sujet. Sans cela, comment espérez-vous être admis dans une Académie Impériale ? Le plus grand rêve de vos parents est que vous suiviez les traces de Dalven.

Parfois, Thane avait l'impression que CZ-1 était plus sournois qu'un droïde n'aurait dû l'être. Rien ne faisait plus fulminer Thane que l'idée que Dalven avait réussi à entrer dans une des académies, même si c'était une des moins bonnes. Thane soupçonnait son père d'avoir graissé la patte du recruteur local pour qu'il accepte son fils aîné, dopant ainsi l'honneur de la famille. Oris Kyrell ne se donnerait pas autant de mal pour Thane. Il devrait se faire accepter tout seul.

Il réfléchit à toute allure.

— Je n'entrerai pas dans une Académie Impériale si je ne pilote pas bien. Et comment pourrais-je y arriver sans entraînement ?

— Votre famille possède son propre hangar et son propre vaisseau. Vous pouvez vous entraîner n'importe quand.

Avec son plus beau sourire, Thane rétorqua :

— Nous t'avons aussi toi, CZ-1, ça veut dire que je peux prendre des leçons de maths à n'importe quel moment aussi. En revanche, je ne peux voler avec un partenaire que quand Ciena est libre. Elle vient aujourd'hui, n'est-ce donc pas plus logique que je me concentre en priorité sur mon entraînement ?

CZ-1 inclina la tête et Thane reconnut le léger bourdonnement du droïde en pleine cogitation.

D'un ton détaché, Thane ajouta :

— À mon retour, il faudrait vraiment que je te donne un bain lubrifiant. Un bon trempage, bien long. Ça fait longtemps, hein ?

Quelques instants de silence suivirent, avant que CZ-1 ne réagisse.

— Maintenant que vous le dites, mes coupleurs sont raides ces derniers temps.

Avec un grand sourire, Thane coupa le holo de mathématiques et attrapa sa veste de pilote.

— Je serai à la maison avant que mes parents rentrent de ce stupide banquet, d'accord ?

— Et leçon de mathématiques demain matin ! lui lança CZ-1 pendant qu'il sortait en courant.

Ses parents possédaient un hangar privé, mais – comme la plupart des habitants de Jelucan – leur territoire s'étendait plus à la verticale qu'à l'horizontale. Leur maison carrelée d'or couvrait presque tout leur terrain parce que ses parents trouvaient que des gens de leur standing se devaient d'avoir une demeure plus imposante que celle des voisins. Ce snobisme irritait moins Thane que ce qui en découlait : le hangar était trois cents mètres plus loin – vers le bas de la colline.

Heureusement, il avait trouvé une solution.

Thane enfila ses lunettes de protection en souriant et courut jusqu'au bord de la falaise. La barre était en position, il lui suffit de la serrer, de relâcher le frein et de sauter dans le vide.

Suspendu à la barre horizontale, il filait le long du câble qui menait de sa maison au hangar, frôlant l'arête de pierre. L'air frais de la montagne le fouettait tandis qu'il contemplait la vallée en contrebas. Ce n'était pas aussi exaltant que voler, mais le plaisir était assez similaire.

Il activa le frein graduellement en approchant du poteau d'arrivée, parce qu'il aimait garder un peu de vitesse pour la fin. Juste avant de s'écraser contre le montant vertical, il lâcha la barre et sauta sur le sol en riant.

— Un jour, tu vas te casser la figure avec ce truc.

Thane se retourna. Ciena se tenait à côté du vieux grimpe-arête rouillé de sa famille. Dans sa salopette trop grande, elle avait l'air encore plus petite et plus maigre que d'ordinaire. Avec ses joues rondes et son nez retroussé, elle ne faisait pas son âge. Ses bras étaient croisés sur sa poitrine et elle essayait de se donner un air sévère, mais Thane lisait dans ses yeux brun foncé le sourire qu'elle retenait.

Il se redressa et tapa ses mains l'une contre l'autre pour nettoyer ses gants.

— Tu es jalouse parce que je ne te laisse jamais faire.

Ciena lui tira la langue.

— Je *pourrais* le faire, tu sais.

Bien sûr qu'elle en serait capable, Thane n'en avait jamais douté. Mais le câble démarrait chez lui et ses parents la détestaient encore plus que les parents de Ciena ne le détestaient lui. Les rares fois où ils s'étaient croisés, les Kyrell l'avaient traitée de façon si impolie que Thane en avait eu honte. Ciena n'avait pas plus envie de les revoir qu'eux.

Malgré cela, ils faisaient toujours comme s'ils n'avaient aucune raison de ne pas passer du temps ensemble. C'était plus facile que d'aborder le fait que leurs familles ne souhaitaient pas qu'ils se fréquentent.

— Moi qui avais peur d'être en retard, reprit Ciena. J'étais ici avant toi.

— C'est à cause de la trigonométrie.

Thane fit la grimace et Ciena l'imita.

— Allez, au boulot. On décide à lézard-crapaud-serpent qui est pilote ?

Ils comptèrent en silence jusqu'à trois avant de tendre la main. Thane avait choisi serpent et Ciena lézard. Le lézard mangeait le serpent. Ravie, elle indiqua d'un geste l'écoutille du V-171.

— Les pilotes d'abord.

En réalité, cela ne le dérangeait pas de jouer les copilotes artilleurs. Pour être admis à l'académie, les cadets devaient être experts dans les deux positions. En revanche, être assis à l'envers dans le cockpit était moins amusant.

Techniquement, le V-171 appartenait à Dalven. Quand il était parti pour l'Académie, il avait strictement interdit à quiconque de le piloter en son absence.

Mais oui, c'est ça.

Thane ne ratait jamais une occasion de voler… et de se venger ainsi un peu de son grand frère.

Dalven était encore plus grossier au sujet de Ciena que les autres membres de la famille Kyrell. Peu avant son départ pour l'académie, il avait décrété en ricanant qu'il n'y avait qu'une seule bonne raison de fréquenter les filles des vallées et que si c'était cela que cherchait Thane, il aurait mieux fait d'en choisir une avec des seins formés. Thane avait fendu la lèvre de son frère et leurs parents avaient dû les séparer.

— Hé ! fit Ciena. T'es encore avec moi ?

Thane réalisa qu'il restait immobile sur l'échelle au lieu de grimper dans le cockpit. Il se hissa à l'intérieur du vaisseau en évitant de regarder l'avant de la combinaison de vol de Ciena.

— Désolé, allons-y.

Ils enfilèrent leurs casques, bouclèrent leurs harnais et baissèrent l'écoutille. Ils effectuaient les procédures comme si c'était machinal. Thane effectuait les gestes sans y penser. Il savait précisément quand Ciena activerait les interrupteurs qui mettraient le moteur en marche et connaissait même le rythme de ses doigts. Son tableau de bord s'alluma.

— Vérification des systèmes effectuée.

— Confirmation que nous sommes prêts au décollage, annonça-t-elle. Propulseurs à fond. À nous le ciel !

Le vieux V-171 s'éleva dans un tremblement et les moteurs émirent une lueur bleue. Puis ils tournèrent, s'inclinèrent et filèrent.

Ciena les emmena plus haut, vers les pics trop froids et hostiles pour être colonisés. Les quelques droïdes mineurs qui ponctuaient le paysage ressemblaient à des taches sombres sur fond de neige et de pierre pâle. En dehors de ça, la zone était déserte. Thane avait l'impression que Ciena et lui étaient seuls au monde.

Quand ils volèrent près d'une des arches taillées dans la crête, à l'est, la voix de Ciena crépita dans le haut-parleur de son casque.

— Je vois des stalactites qui ont besoin qu'on leur donne une leçon.

— Compris.

L'arc apparut dans la grille de son écran. Trois stalactites de glace pendaient de la roche, épaisses comme son bras. C'était respectable pour une stalactite de glace. Pour une cible, en revanche, c'était plutôt petit.

Thane visa, tira et fit voler des débris de glace dans l'air. Il sourit en entendant le cri de victoire de Ciena.

— Tu peux me trouver d'autres cibles ?

Ils ne tiraient jamais au hasard, car des chutes de pierres ou de glace à cette altitude pouvaient se transformer en avalanche au niveau des habitations. Ils connaissaient maintenant tous les endroits où ils pouvaient canarder la glace sans danger.

— Oh oui, accroche-toi.

Thane devinait exactement comment elle ferait plonger le vaisseau. Même sans connaître leur destination exacte, il sentait au moindre changement de direction des ailes la trajectoire qu'elle suivait. Ciena et lui volaient dès qu'ils en avaient l'occasion depuis cinq ans. Ils collaboraient comme s'ils étaient les deux mains du même pilote.

Le V-171 plongea dans la Gorge de Stepson, un passage étroit et escarpé dont chaque virage représentait un défi pour les vaisseaux. Ciena les emmena dans les profondeurs de l'étroite vallée, sans doute pour que Thane puisse s'entraîner à tirer vers le haut. En descendant, ils passèrent devant une des nombreuses petites chutes d'eau hébergées par la gorge. Malgré le froid glacé, l'eau s'écoulait encore, même si c'était plutôt un maigre filet qu'un flot abondant. À cette heure de l'après-midi, la lumière frappait l'eau à l'angle parfait pour former un arc-en-ciel, tandis qu'une minuscule stalagmite toute proche capturait la lumière prismatique et la reflétait dans une dizaine de directions. Les pierres et les plaques de neige semblaient briller de mille feux tout autour de lui. C'était un de ces moments parfaits, d'autant plus spectaculaire qu'il disparaîtrait à tout jamais un instant plus tard.

Thane entendit Ciena murmurer :

— Regarde à travers mes yeux.

Il savait qu'elle allait dire cela.

Le moment était peut-être enfin venu de découvrir pour quelle raison.

*

Une fois leur entraînement achevé, Ciena et Thane se rendirent à la Forteresse.

C'est ainsi qu'ils avaient baptisé ce lieu quand ils avaient huit ans, à l'époque où ils aimaient théâtraliser leurs aventures. En réalité, c'était une simple grotte, qu'ils avaient passé plusieurs années à arranger à leur goût. Toutes les deux ou trois semaines, l'un d'eux arrivait avec un objet à ajouter à leur collection. La plupart des belles choses – comme le chauffage à combustible à protons ou les holojeux – avaient été apportées par Thane. Soit sa famille s'en était débarrassée, soit c'était des articles de luxe dont ils s'étaient lassés et dont la disparition passerait inaperçue. Les apports de Ciena étaient plus modestes, mais elle se consolait en se disant qu'ils étaient plus cruciaux. La Forteresse aurait été très inconfortable sans les épaisses couvertures et les tapis en peau qu'elle avait apportés. C'était aussi du rebut, donné par des familles des vallées qui voulaient moderniser leurs maisons pour répondre aux standards impériaux. Aucune importance. Les tapis étaient chauds et moelleux, parfaits pour adoucir leur nid à l'abri du monde.

La grotte était située à moins de cinquante mètres du hangar des Kyrell, son entrée était située au-dessus d'un affleurement et masquée par un autre. Elle était si bien camouflée que Ciena avait parfois l'impression que Thane et elle étaient les premiers habitants de l'histoire de Jelucan à pénétrer à l'intérieur. En bref, c'était le repaire idéal.

Ils s'y rendaient parfois séparément, mais en général ils y allaient ensemble. Ils y discutaient de tout et de rien, y rêvaient de leur avenir parmi les étoiles.

— Mon père dit que trois douzaines de Sénateurs ont quitté l'Assemblée, déclara Ciena.

Thane haussa les épaules. Il s'intéressait moins à la politique que Ciena. Allongé sur un tapis rouge, il continuait à admirer le coucher de soleil.

— Quelle différence qu'il y en ait vingt ou trente-six ? Sur des centaines de Sénateurs, ce n'est de toute façon pas grand-chose.

— Ils ont refusé de voter. Ils vont être remplacés par nomination impériale. C'est très important, Thane.

— Ce ne sont jamais que de riches politiciens qui se donnent de l'importance. C'est comme ça qu'ils s'amusent.

— Comment ont-ils pu trahir leur serment ? Leur *honneur* ?

Ciena avait encore du mal à le croire. Elle poursuivit sa pensée :

— Tout le monde sait que c'est le Sénat qui a conduit la galaxie à la guerre civile avant que l'Empereur ne rétablisse à nouveau l'ordre. Pourquoi prendre la paix pour acquise ?

Thane haussa à nouveau les épaules :

— Ils se battent sans doute pour d'autres mobiles et font juste croire que leurs idéaux motivent leur choix. Quand ils réaliseront qu'ils ont perdu leur pouvoir, ils reviendront en rampant devant l'Empereur et oublieront leurs différends.

— Ce que tu peux être cynique, parfois.

— J'ai raison, tu verras.

Ciena soupira et s'allongea sur la peau de gundark noire. Sa fourrure épaisse était aussi confortable qu'un lit. Depuis cette position, le coucher de soleil inondait les arêtes des montagnes de nuances éblouissantes. La lumière qui remplissait la grotte donnait aux cheveux de Thane des reflets rouges et ajoutait de la chaleur à son teint pâle. Il avait l'air étrangement plus âgé.

Il sera bel homme, pensa Ciena. Même si c'était une certitude bizarre, Ciena avait l'impression d'être objective. Ce n'était pas comme si elle et Thane étaient… ou seraient jamais… Ils ne le seraient jamais. Ses parents détestaient déjà qu'elle ait comme ami un garçon de la seconde vague, comment réagiraient-ils si elle était amoureuse de lui ? Et même si Thane ne lui avait jamais avoué de façon explicite comment son père le traitait, elle avait aperçu les bleus et avait interprété ses silences. Le père de Thane lui ferait pire encore, si jamais il pensait que son fils et Ciena sortaient ensemble.

Et puis, Thane et elle… étaient peut-être *trop proches* pour tomber amoureux. Parfois, elle avait l'impression qu'ils formaient une seule personne.

— Eh, je peux te demander quelque chose de… heu… personnel ? lui demanda Thane d'un ton doux et hésitant.

Avait-il deviné ses pensées ? Ciena s'assit en repliant les genoux contre sa poitrine. *Demande toujours, je ne promets pas de répondre.*

— Bien sûr.

Il se tut un instant avant de continuer.

— De temps en temps, quand on voit un truc vraiment époustouflant, tu murmures : « Regarde à travers mes yeux. » Est-ce que c'est une expression des vallées ? Qu'est-ce que ça veut dire ?

C'était personnel, mais cela ne dérangeait pas Ciena de l'expliquer à Thane.

— En effet, c'est une de nos coutumes, pas très courante. Quand je suis née, j'avais une jumelle.

Thane s'assit à son tour.

— Une jumelle ?

Ce fait avait de quoi impressionner même quelqu'un de la seconde vague. La plupart des planètes avaient des mythes et légendes concernant les jumeaux.

— C'est vrai ? Je croyais que tu étais fille unique.

— Je le suis désormais. Ma sœur, Wynnet, est morte quelques heures après sa naissance.

— Oh, je suis désolé.

— Non, ça va. Ce n'est pas comme si j'avais des souvenirs d'elle. Mais je vis ma vie pour toutes les deux.

Ciena leva le bras pour montrer son bracelet en cuir à Thane.

— Tu as remarqué que je ne l'enlève jamais ?

— Oui, je pensais que tu *l'aimais* bien.

Ciena caressa du bout des doigts la tresse.

— Je le porte comme symbole de mon lien avec Wynnet. Toute ma vie, tout ce que je fais, tout ce que je vois, c'est ce qu'elle connaîtra du monde parce que je le partage avec elle. Quand je vois quelque chose de particulièrement beau – quoi que ce soit extraordinaire ou atroce –, je prononce ces mots. Ma sœur regarde par mes yeux et je partage avec elle les moments les plus importants de ma vie.

Thane se recoucha sur le tapis.

— C'est… vraiment formidable. Je le pense.

Ciena hocha la tête.

— Parfois, j'ai l'impression que c'est une lourde responsabilité de vivre pour Wynnet, mais la plupart du temps, ça m'invite à prêter attention à tout ce qui sort de l'ordinaire. Je passerais sans doute à côté de plein de choses si je n'étais pas aux aguets pour elle.

Le soleil avait disparu sous l'horizon. Le bas du ciel était encore éclairé, mais plus haut, le bleu était devenu assez foncé pour révéler de petits points lumineux clignotants.

— Un jour, quand nous aurons été admis à l'académie, je lui montrerai les étoiles, chuchota Ciena.

CHAPITRE 2

Quand ils avaient quatorze ans…

— Allez, tu le sais, insistait Thane.

Il était assis en tailleur en face de Ciena, dans la Forteresse.

— T'en es sûr ?

— Ce type a déclenché une *guerre*.

La tête de Ciena tournait. Ils révisaient l'histoire galactique depuis trois heures.

— Bon, la bande de criminels qui a empêché une exécution légale sur Géonosis et déclenché la Guerre des Clones était dirigée par… par…

Elle ferma les paupières et grimaça.

— Mace Windu ?

Quand elle rouvrit les yeux, Thane lui sourit.

— Tu vois ? Tu le savais.

Le droïde CZ-1 émit un cliquetis approbateur.

— Votre connaissance de l'histoire est excellente, mademoiselle Ree. D'après moi, vous feriez mieux de vous inquiéter pour les mathématiques.

Le visage de Ciena s'assombrit. Thane fusilla CZ-1 du regard.

— J'aurais dû installer une mise à jour du logiciel « tact ».

— Le tact n'est d'aucune utilité s'il freine l'apprentissage, répliqua CZ-1 en s'approchant.

Ses vieilles charnières ne lui permettaient plus de se déplacer avec aisance.

— La première fois que vous m'avez caché dans le grimpe-arête pour m'amener ici pour vos sessions de révision, vous m'avez donné pour mission de m'assurer que vous réussissiez *tous les deux* vos examens. Je ne peux pas atteindre cet objectif en prétendant que vous comprenez les matières que vous ne maîtrisez pas.

Ciena retint un soupir de découragement. Ce n'était même pas encore les examens d'entrée à l'Académie. C'était juste les épreuves pour assister aux cours préparatoires de l'académie.

— Si *ces* tests me donnent déjà mal au crâne, comment est-ce que je pourrais réussir les vrais ?

Elle avait voulu prononcer ces mots comme une plaisanterie, mais sa voix se fêla.

Thane s'en rendit compte et se pencha vers elle.

— Tu es assez intelligente pour y arriver. Et assez forte. Tu es capable de piloter n'importe quel vaisseau monoplace de la Flotte Impériale et je parie que tu arriverais à manier un Destroyer Stellaire seule, si tu en avais l'occasion.

Elle ne put s'empêcher de rire.

— J'en doute.

— Moi pas. Je ne doute pas de toi, affirma-t-il d'un ton plus sûr. Alors arrête de douter de toi, d'accord ? On peut y arriver.

Ciena répéta ces mots pour y croire.

— On peut y arriver.

*

Quand ils avaient quinze ans...

— Kyrell ! Tu te lèves tout de suite et tu bouges tes fesses !

Le coach E&A – Endurance et Agilité – était penché sur Thane, écroulé sur le sol, à bout de souffle.

Dans le cadre du programme préparatoire, ils devaient chaque mois participer à une course d'obstacles différente. Au fur et à mesure, les parcours se faisaient plus difficiles, voire périlleux. Si les aspirants-cadets se cassaient un membre ou se blessaient, c'était la meilleure preuve qu'ils n'étaient pas à leur place.

Ne pas terminer le parcours n'entraînait pas le renvoi immédiat, mais plaçait le candidat au sommet de la liste de ceux qui seraient éliminés en premier.

Thane avait *tellement* mal au dos et aux épaules !

Ciena s'agenouilla à ses côtés.

— Allez, lève-toi.

Thane secoua la tête. Ses muscles épuisés faisaient trembler ses bras et ses jambes. Sous sa tenue d'E&A, les ecchymoses et les entailles le brûlaient à chaque mouvement. Il avait dormi moins de deux heures. Ses muscles étaient douloureux et ses os lui paraissaient plus lourds que de la carbonite.

— Je ne peux pas.

— Bien sûr que si.

Il leva la tête du revêtement rouge caoutchouteux de la salle d'E&A pour la regarder. Quand leurs regards se croisèrent, Thane se rendit compte qu'il ne parviendrait pas à lui cacher la vérité.

— Hier soir… mon père…

D'habitude, Oris Kyrell sermonnait ses fils. Il leur infligeait régulièrement des coups de bâton, mais seulement quelques-uns. La veille au soir, il avait eu un accès de fureur. Quand Thane avait enfin compris qu'il fallait se défendre, il était déjà trop blessé pour y parvenir. Les coups de poing et de pied de son père n'avaient cessé qu'une fois Thane au sol, couvert de sang. Par la suite, aucun de ses deux parents ne lui était venu en aide et, le matin, ils avaient feint d'ignorer ses blessures et avaient agi comme si rien ne s'était passé.

Le corps endolori et couvert de contusions, Thane avait dû affronter la vérité seul – du moins jusqu'à ce que Ciena n'écarquille les yeux en l'apprenant.

— Tu peux quand même y arriver, non ? Tu as tenu le coup jusqu'ici.

— Je vais essayer, promit-il entre deux bouffées haletantes. Toi, retourne sur la piste. Tu perds du temps.

— Je suis classée numéro un en E&A, je peux me le permettre. Je te promets, Thane, si je dois te ramasser et te porter sur mon dos jusqu'au bout du parcours, je le ferai.

— Merci pour la proposition, mais je crois pas que ça compte.

Quelques étudiants passèrent en courant et bondirent par-dessus la haute barrière. Ceux qui touchèrent le sommet tranchant poussèrent des grognements. C'étaient les retardataires. Ciena terminerait en dernière position et Thane ne s'attendait même pas à achever la course.

Il roula sur le côté pour regarder son amie droit dans les yeux et lui montrer sa détermination.

— *Vas-y !*

Ciena se pencha plus près encore.

— Thane… tu ne peux pas laisser ton père gagner.

La haine qu'il vouait à son père eut sur lui l'effet que l'espoir n'avait pas eu. Dopé par la colère, il parvint avec difficulté à se mettre à genoux, puis debout. Il tituba un peu, puis réussit à se ressaisir.

Ciena se mit à sautiller sur place, impatiente de repartir.

— Prêt pour la course ?

Thane prit une profonde inspiration.

— Oui, je suis prêt.

Sans trop savoir comment, il réussit à se propulser par-dessus la barrière. Il termina bon dernier, mais au moins il avait fini le parcours.

Après la course, dans la réserve de matériel, il s'assit sur un banc et souleva délicatement son T-shirt pour montrer à Ciena ses blessures. La honte lui brûlait le visage, même s'il savait que ce n'était pas lui qui aurait dû l'éprouver… Il était gêné de montrer à Ciena la preuve qu'il s'était laissé battre jusqu'à ce que la peau de son dos ne soit plus qu'une plaie.

Si elle prenait pitié de lui, il serait obligé de s'enfuir. Heureusement, elle ne dit rien. Elle ouvrit le kit de premiers secours et se concentra pour appliquer sur chaque blessure un baume qui lui refermerait la peau, jusqu'à ce que Thane se sente à nouveau lui-même.

*

Quand ils avaient seize ans…

Seuls quelques jeunes de Jelucan pourraient être admis dans une des Académies Impériales. Alors que les planètes de la Bordure Intérieure présentaient en général des milliers de candidats, les places réservées aux citoyens d'anciens mondes séparatistes étaient strictement limitées. Les instructeurs des Académies décidaient où placer les étudiants. Au moment où les candidats apprenaient qu'ils étaient admis, on leur annonçait dans quelle école et sur quelle planète ils emménageraient deux semaines plus tard.

Ciena se moquait de savoir dans quelle Académie elle irait. N'importe quelle planète ferait l'affaire, tant qu'elle pouvait devenir un cadet impérial.

Le matin de l'annonce des résultats, toute la classe s'était rassemblée dans la cour de l'école. Les parents n'étaient pas autorisés au sein du bâtiment, seuls les étudiants et les officiers impériaux y avaient accès ; les familles attendaient donc à l'extérieur. L'annonce officielle serait suivie de célébrations ou de consolations. Pour le moment, Ciena, Thane et les autres candidats étaient encore entre eux.

— Je n'ai pas réussi à fermer l'œil de la nuit, avoua Ciena à Thane.

Ils se tenaient dans le fond de la cour et fixaient la porte où le surveillant devait apparaître avec les résultats.

Thane lui adressa un sourire figé.

— Moi non plus. Ça m'a laissé le temps de réfléchir à quelques stratégies de repli.

Ciena leva les mains en signe de protestation. Elle refusait d'envisager une autre carrière parce que cela portait malheur.

Thane ricana.

— Voyons, Ciena, nous avons passé les examens. La décision est déjà prise. Le mauvais sort ne peut plus rien changer.

Il avait raison et, à en juger par le ton de sa voix, Ciena devinait que ses « plans » n'étaient pas sérieux.

— Bon, d'accord, je t'écoute.

— Un : on devient acrobates célèbres.

— Acrobates ?

— *Célèbres*. Il n'y a pas de gloire à être des acrobates médiocres, inconnus. Si on choisit cette voie, on doit le faire bien.

Le surveillant allait arriver d'un instant à l'autre. La foule semblait de plus en plus tendue et agitée. Le cœur de Ciena accéléra ses battements, mais elle tenta d'embrayer sur la plaisanterie de Thane.

— Je passe mon tour. Tu as d'autres idées géniales pour notre avenir ? Celle-là n'était que la première.

— Deux : nous parcourons la galaxie en jouant de la batterie pour accompagner une danse exotique.

Elle haussa les sourcils.

— Désolée, pas question que je devienne danseuse exotique.

— Qui a parlé de toi ? C'est moi qui danserai, toi tu te chargeras des percussions.

Cette fois, le rire de Ciena fut sincère.

— À condition que tu me laisses imaginer ton costume.

— Hum… Je ferais peut-être mieux de passer au plan numéro trois.

Thane s'interrompit et se redressa, les yeux écarquillés : la porte venait de s'ouvrir pour laisser sortir le surveillant. On aurait dit que son uniforme absorbait la lumière du jour. L'estomac de Ciena se noua, mais, comme tous les autres élèves, elle se mit au garde-à-vous et resta parfaitement immobile.

Des droïdes amplificateurs planaient au-dessus de leur tête pour relayer la voix du surveillant :

— Voici la liste de tous les candidats acceptés dans les différentes Académies. Pour l'Académie Impériale sur Arkanis…

Ciena se retint de gémir. Ils donnaient les résultats selon l'ordre alphabétique des écoles ? Ils risquaient de ne pas savoir avant la fin s'ils étaient reçus ou non. Elle s'imagina au garde-à-vous tandis que les minutes s'égrenaient et qu'elle réalisait son échec. Puis elle devrait sortir du bâtiment, humiliée. L'échec n'était pas du déshonneur ; pourtant, en ce moment, dans sa tête, les deux se confondaient.

Au bout de quelques minutes – qui semblaient déjà une éternité –, le surveillant se raidit :

— Pour l'Académie Royale Impériale sur Coruscant…

C'était l'école la plus prestigieuse de toute la galaxie. Aucune autre formation ne pouvait rivaliser pour garantir une carrière de haut vol dans la Flotte Impériale.

Ciena rêvait d'y entrer, ce qui expliquait sans doute pourquoi elle venait d'imaginer que le surveillant avait prononcé son nom.

Non. Il avait vraiment dit :

— Thane Kyrell et Ciena Ree.

Ensemble !

Elle jeta un regard en coin à Thane, sans quitter le garde-à-vous. S'il l'avait entendu aussi, c'était réel. Et effectivement, il souriait. Son sourire était prudent, comme quand il franchissait le dernier obstacle d'un parcours d'E&A. Il ferma les paupières et murmura, comme pour lui-même :

— Je m'en vais. Je quitte cette planète.

Ciena savait pourquoi son ami souhaitait tant s'en aller. Elle ne partageait pas ses raisons. Elle aimait la beauté des paysages désolés de Jelucan, la solidarité entre les familles des vallées : tout cela était beau à ses yeux. Pourtant, elle quitterait son monde natal sans regret.

Elle ne fuyait rien, elle poursuivait son rêve de devenir officier impérial et se jetterait avec joie dans l'espace.

*

Le jour où Thane quitta Jelucan lui sembla… parfait en tous points. Comme s'il ne pouvait commettre la moindre erreur, comme si les constellations s'étaient enfin alignées pour guider ses pas. Ses parents lui firent leurs adieux à la maison et ne prirent pas la peine de l'accompagner au spatioport. À vrai dire, c'était un soulagement.

Monter à bord du vaisseau pour Coruscant était encore plus gratifiant, car Ciena était là elle aussi. Elle prit tant de temps pour serrer ses parents dans ses bras sur la rampe que le capitaine dût menacer de décoller sans elle. Ils avaient formé un tandem pour entrer à l'Académie, c'était normal qu'ils s'y rendent ensemble. Quand le transport effectua le saut en hyperespace, ce fut leur première expérience de vitesse-lumière et leur joie fut à son comble : ils échangèrent des sourires ravis.

Puis ils débarquèrent sur Coruscant et ce fut comme s'ils recevaient un poing en pleine figure.

Thane avait toujours eu conscience que Jelucan était une planète perdue. Les holos lui avaient appris que la galaxie était bien plus vaste et sophistiquée que tout ce qu'il avait eu l'occasion de voir. Il se croyait préparé. Mais quand il descendit du vaisseau et aperçut Coruscant pour la première fois…

Les immeubles étaient aussi hauts que les montagnes de sa planète natale. Même si les rayons du soleil traversaient les structures de verre, l'effet général rendait claustrophobe. Le sol était si bas, à une distance vertigineuse, et le ciel découpé en fines tranches. Des centaines de petits appareils filaient ou flottaient entre les gratte-ciel dans un bourdonnement permanent d'échanges et de négoce. Chaque individu semblait avoir un objectif et une destination précise. Tous paraissaient parfaitement à l'aise dans cette gigantesque cage métallique, cette ville qui avait dévoré la planète. Thane évita de contempler par la fenêtre cette vue qui le faisait se sentir minuscule.

Il pensait que Ciena serait encore plus impressionnée que lui. Elle avait passé son enfance dans les vallées ouvertes, dans des maisons à peine plus sophistiquées que des tentes. Ce spectacle serait sans doute trop pour elle.

Il se trompait : elle était folle de joie.

— C'est ici que tout se passe, décréta-t-elle tandis qu'ils déambulaient dans les couloirs du spatioport.

Des droïdes bouées flottaient devant eux pour les guider vers la navette de l'académie.

— C'est… comme de l'électricité, toute cette énergie. Tu la sens ?

— Tu as raison, acquiesça Thane, c'est complètement électrique.

Ciena le regarda.

— Hé, ça va ?

Ils étaient arrivés à la navette, où se trouvaient déjà d'autres recrues, et ils furent emportés par le tourbillon d'activités du premier jour : récupérer les datapuces avec les informations utiles, apprendre qu'une réception serait donnée le soir même pour les cadets, rencontrer des dizaines de cadets d'autres planètes… Tandis que la navette s'insérait dans l'incroyable circulation aérienne de Coruscant, des officiers impériaux passèrent entre les groupes, droits comme des i et impeccables dans leurs uniformes de cérémonie. Thane dut se retenir de tressaillir à chaque fois qu'un autre appareil les frôlait : dans une métropole de la taille d'une planète, les pilotes étaient apparemment habitués aux approximations de vol.

La fébrilité monta encore d'un cran quand ils arrivèrent à l'Académie. Tandis que les nouveaux cadets sortaient de la navette, Thane se rendit compte que des centaines d'autres étudiants étaient déjà sur place et que des centaines d'autres semblaient se déverser des navettes qui arrivaient après la leur. Pendant tout le processus d'enregistrement, il se sentit perdu. Quand il jetait un coup d'œil à Ciena, elle souriait encore plus qu'avant. Ils furent bientôt séparés par la foule de nouveaux arrivants qui cherchaient à comprendre où ils devaient se rendre.

La datapuce de Thane lui indiqua l'emplacement de sa chambre et lui apprit qu'il la partagerait avec deux camarades. *Ils ne peuvent pas être pires que Dalven*, se rassura-t-il, bien décidé à tirer le meilleur parti de la situation.

Malgré ses bonnes résolutions, quand il approcha la main de la sonnette, il se sentit tout petit.

La porte coulissa et révéla un jeune homme mince aux cheveux noirs et au visage étroit. Il se tenait de façon si rigide que Thane mit un moment avant de comprendre que ce n'était pas un administrateur, mais un de ses compagnons de chambrée.

— Alors, c'est toi qui viens de… comment déjà ? Jelucan ?

Thane hocha la tête et le type ricana.

— Pourquoi est-ce que tu sonnes à la porte de ta propre chambre ? C'est ridicule.

— Il est charmant, hein ? intervint un autre.

C'était le plus grand des trois, il était maigre comme un clou, avec un visage allongé et de longs cheveux bruns noués à l'arrière. Son accent était aristocratique et son sourire contagieux.

— Notre vedette, ici, s'appelle Ved Foslo. Il est natif de Coruscant…

— Bien sûr, l'interrompit Ved en dressant le menton. Mon père, le général Foslo, travaille au renseignement central.

— … et, comme tu vois, il parvient à glisser une référence à son père dès qu'il rencontre quelqu'un.

Pendant que Ved lui jetait un regard furieux, le grand s'approcha pour serrer la main de Thane.

— Moi, c'est Nash Windrider, je viens d'Alderaan. Et mon père fabrique des tapis. Ça t'impressionne, hein ?

Thane se rendit compte qu'il souriait.

— Beaucoup. Le mien est dans la comptabilité… légèrement trafiquée.

— Ça peut toujours servir, renchérit Nash. On ne sait jamais quand on va devoir falsifier des comptes. Entre et mets-toi à l'aise… aussi à l'aise que tu puisses l'être sur le lit du bas. Nous avons déjà choisi les deux meilleurs.

Thane apprit bientôt que Nash avait visité plus d'une dizaine de mondes et était déjà venu plusieurs fois sur Coruscant. Il ne demanda même pas à Thane s'il avait été intimidé en découvrant la métropole ; il était convaincu que tout le monde avait cette même impression en débarquant pour la première fois sur la planète.

Ils restèrent à papoter en attendant la cérémonie d'accueil et le dîner.

— Il devrait y avoir des inhalateurs dans les spatioports, suggéra Nash. Ou des tranquillisants. Quelque chose pour aider les gens à gérer le choc initial.

Ved restait distant, mais dans l'ensemble, il n'avait pas l'air antipathique.

— Je ne vois pas ce que Coruscant a de si étrange. Tu n'as vraiment jamais été dans une véritable ville avant ça ? Ou sur un autre monde du Noyau ?

Thane avait déjà compris que l'honnêteté était la meilleure stratégie.

— Non.

Il s'étendit sur le lit en dessous de celui de Ved pour essayer de s'habituer au matelas très dur.

— Je n'ai jamais mis le pied dans une ville plus grande que Valentia, sur ma planète, et je pense que toute sa population remplirait à peu près seulement sept étages de ce bâtiment.

Nash reposa la tête sur ses mains.

— Tu t'y habitueras, Thane. Bientôt, nous serons des officiers impériaux, tu auras voyagé sur des centaines de planètes, et quand tu rentreras chez toi, tu seras aussi blasé que monsieur le fils du général.

Ved décocha un regard noir à Nash. Thane ne put s'empêcher de rire.

*

Ciena était persuadée qu'elle apprécierait ses camarades de chambre et qu'elle s'amuserait à la réception. Jusqu'ici, l'après-midi dépassait ses attentes. Elle se tenait face au miroir et n'en revenait pas de se voir en uniforme de cadet. Bottines noires, pantalon noir, veste foncée : elle avait l'impression de rêver.

— Je déteste ces bottines, se lamenta une de ses compagnes de chambre, Kendy Idele, en regardant ses pieds d'un air mécontent. Enfin, je déteste les chaussures tout court. Quand on grandit sur une planète tropicale, on adore courir pieds nus.

— Tu t'y habitueras vite, lui promit la troisième, Jude Edivon.

Elle était aussi grande que Kendy était petite, aussi pâle que Kendy et Ciena étaient mates de peau.

— Les pieds nus, c'est peut-être génial sur Iloh, mais sur Coruscant ? Ils seraient sales en un rien de temps. Sans compter les risques de griffes, de coupures et d'infection. Ce n'est pas une question d'hygiène, plutôt de densité de population…

— Tu vas encore nous énoncer des statistiques ? gémit Kendy.

— C'est pas grave d'être fan de science, la défendit Ciena. Cite autant de chiffres que tu veux, Jude. T'en fais pas, on finira par s'y habituer.

Le visage parsemé de taches de rousseur de Jude s'illumina.

— Nos personnalités semblent compatibles. Je pense que nous allons très bien nous entendre, toi et moi.

— Nous aussi, lui assura Kendy. Ne fais pas attention à ma mauvaise humeur. J'ai un peu le mal de l'espace et je suis crevée. Et puis je n'arrive pas à faire ces maudites tresses.

Ciena portait ses cheveux en tresses serrées depuis des années, depuis qu'elle avait appris que c'était la coiffure obligatoire des cadets à longs cheveux.

— Laisse-moi faire.

Même si les cheveux vert foncé de Kendy étaient lisses et soyeux, bien différents des boucles serrées de Ciena, elle se dit qu'une tresse était une tresse.

— Tu ne t'es vraiment jamais entraînée à le faire, Kendy ?

— Pas une fois. Je pensais que ce serait facile !

Kendy soupira.

— D'ailleurs, je te remercie.

— Pas de problème.

Jude s'approcha.

— Tu pourrais simplement te couper les cheveux tout courts, comme moi. Efficacité optimale garantie.

Kendy fit la moue.

— Sur Iloh, il n'y a que les petits enfants qui ont les cheveux courts. Les laisser pousser signifie qu'on est adulte pour de bon. Pas question que je les taille.

— Tu sauras vite t'y prendre pour les tresses, lui garantit Ciena. Tu seras bien obligée parce que je ne vais pas te coiffer tous les matins…

— Même si je te promettais de faire ton lit avant l'inspection ?

— *Non.*

Elles arrivèrent à la cérémonie à temps, en tenue impeccable. Il y avait plus de huit mille étudiants dans la classe de Ciena – un chiffre qui lui donnait le tournis. Elle eut un choc en les voyant tous vêtus de l'uniforme impérial, rassemblés par un objectif commun, par un même rêve. Chacun de ces cadets était arrivé ici, depuis des centaines de planètes différentes, pour devenir le meilleur officier possible. Ils étaient là pour servir l'Empire et rendre la galaxie meilleure. Ciena avait l'impression que son cœur allait exploser. Elle porta une main à sa poitrine.

Est-ce que Thane se sentait mieux à présent ? Il *devait* aller mieux. Elle scruta la foule du regard pour le repérer. C'était l'un des désavantages de l'uniforme : tout le monde se ressemblait.

Elle cherchait encore à le localiser quand le discours du président de l'académie la prit par surprise.

— Vous n'êtes pas simplement ici pour apprendre des tactiques militaires ou pour vous entraîner à piloter des chasseurs stellaires, les prévint le commandant Deenlark en détachant chaque mot avec soin. Ce sont des compétences importantes, bien entendu. Mais nous exigeons plus que cela. Nos étudiants sont destinés à devenir des citoyens de l'Empire. Ils doivent se considérer avant tout comme des patriotes et des soldats. Êtes-vous capables de ne plus vous considérer comme des natifs de votre planète, mais comme des Impériaux avant tout ? Et *uniquement* des Impériaux ? Êtes-vous prêts à accepter que le meilleur moyen de protéger et de servir la planète dont vous êtes originaires est de renforcer l'Empire ?

Ciena n'avait jamais pensé que, pour appartenir à l'Empire, elle devait renoncer à Jelucan. Pour elle, les deux identités coexistaient sans peine. Peut-être certains étudiants venaient-ils de mondes dont les Sénateurs étaient rebelles – de certains endroits qui n'étaient pas loyaux à l'Empereur ? Ils avaient sans doute besoin d'entendre qu'ils avaient leur place au sein de l'Académie eux aussi.

Deenlark poursuivit :

— Quelques-uns parmi vous sont arrivés ici avec des amis. D'autres ont une sœur ou un frère plus âgé, déjà entré au service de l'Empire. Ce sera naturel pour vous de les fréquenter à chaque occasion et de prendre appui sur les relations que vous avez déjà. Si telle est votre intention, vous auriez mieux fait de rester chez vous, vous ne croyez pas ?

Quelques rires obéissants fusèrent. Ciena se sentit piquée au vif. Thane et elle n'étaient pas censés passer de temps ensemble ? Pas du tout ?

Bien. Elle décida que « pas du tout » était trop fort. Les instructeurs souhaitaient simplement qu'ils ne prennent pas uniquement appui l'un sur l'autre. C'était pourtant ce que Thane et elle faisaient depuis huit ans.

Après la cérémonie et le dîner, les étudiants circulèrent pour lier connaissance et – parfois – pour jauger la concurrence avec un peu de maladresse. Ciena avait envie de trouver Thane, même si elle savait que ce n'était pas une bonne idée.

Heureusement, c'est lui qui finit par la trouver.

— Nous avons tous les deux l'intention de servir l'Empire pour le restant de nos jours, commença Thane quand ils s'assirent dans des fauteuils face au paysage urbain illuminé. Nous ne retournerons jamais sur Jelucan – du moins pas pour y vivre. Nous ne devons donc pas nous soucier de « vivre dans le passé », comme disait Deenlark.

Parfois, Thane pouvait sembler désinvolte envers l'autorité – il ne s'intéressait pas trop aux règles –, mais cette fois, Ciena trouvait qu'il avait raison.

— Nous serons ensemble dans certains cours et séparés dans d'autres. Nous arriverons donc à tracer chacun notre chemin.

— Cet endroit m'a fichu la frousse au début, lui avoua Thane. Tu as vécu plus à la campagne que moi ; pourtant tu n'as pas semblé décontenancée une seconde. Comment tu fais ?

Il blaguait, mais Ciena lui répondit sérieusement.

— J'étais préparée pour Coruscant parce que j'ai toujours rêvé d'être ici. Toi, tu ne l'étais pas parce que… parce que je pense que tu rêvais surtout de *quitter* Jelucan.

Thane garda le silence un moment et Ciena regretta ses paroles. Il finit par hocher la tête.

— Tu as raison.

— Nous avons partagé ce rêve, ajouta Ciena.

— Plus que ça. Nous pouvons compter l'un sur l'autre ici aussi. Ce n'est pas une coïncidence que nous ayons été admis tous les deux à l'Académie Royale, tu sais ? Nous nous sommes entraînés à piloter ensemble, nous avons étudié ensemble… nous avons progressé bien plus que si nous avions été seuls.

La gorge de Ciena se serra.

— Oui, c'est vrai.

Thane sourit en secouant la tête, sans doute parce qu'il n'arrivait pas à réaliser ni les progrès qu'ils avaient accomplis ni tout ce qu'il leur restait à réussir.

— Maintenant, c'est au tour de l'Académie de nous faire progresser.

— De faire de nous des officiers. Ça va arriver.

— L'important, c'est d'y croire chaque seconde.

La fenêtre qui donnait sur la nuit de Coruscant reflétait légèrement leurs silhouettes, qu'elle superposait à l'image des immeubles et des speeders. Ciena se vit assise à côté de Thane, tous les deux engoncés dans les vestes rigides et les bottes réglementaires reçues le jour même, qui lui semblaient si peu familières. Ils avaient toujours été très différents l'un de l'autre : Thane grand et pâle, vêtu des habits élégants et colorés typiques de la seconde vague ; Ciena, mince avec le teint mat, dans les vêtements simples des vallées tissés à la main. Maintenant qu'ils portaient le même uniforme, leur ressemblance sautait aux yeux.

Ils restèrent encore là un long moment avant de quitter leurs sièges. Thane lui sourit et murmura :

— Tu peux y arriver, tu sais.

— Toi aussi.

Ils n'avaient plus besoin de s'appuyer l'un sur l'autre. Ils étaient plus que prêts à prendre leur envol.

Ils se séparèrent pour rejoindre la foule, rencontrer des inconnus et devenir les citoyens de l'Empire qu'ils avaient depuis la petite enfance rêvé d'être un jour.

CHAPITRE 3

Si le parcours préparatoire pour les Académies Impériales était ardu, le contenu des cours à l'Académie Royale de Coruscant était carrément *l'horreur*.

L'atmosphère détendue et sympathique du premier jour n'avait pas duré. Une journée de détente, pas une minute de plus. Science, maths, pilotage, entraînement physique : chacun des tests repoussait les limites des étudiants. Les classes perdaient la moitié de leurs effectifs à la fin de chaque année pendant les trois ans du programme. Ils ne seraient pas nombreux à obtenir leur diplôme au bout du compte et la concurrence entre les rares qui tiendraient le coup serait rude. Il n'était pas question de faire la grasse matinée, de sécher les cours ou de parler à voix basse avec d'autres étudiants. Si on voulait rester à l'académie et être un jour promu officier, on ne pouvait jamais, jamais se relâcher. Il fallait se donner à fond tous les jours.

Après deux mois, Thane décida qu'il ne s'était jamais autant éclaté de sa vie.

— Tu... plaisantes..., s'époumona Nash tandis qu'ils entamaient leur neuvième tour de la Boucle du Ciel, une piste sur le toit de l'Académie, qui surplombait l'agitation de Coruscant.

Un nuage rafraîchissant s'était posé autour du bâtiment et les enveloppait d'un brouillard pâle.

— Se lever à l'aube... faire des devoirs jusqu'à minuit... s'entraîner jusqu'à en vomir ? Tu appelles ça *s'éclater* ?

Thane essuya la sueur sur son front en souriant.

— Exactement.

— Si c'est comme ça qu'on s'éclate sur Jelucan, c'est pas là que j'irai en vacances.

Ils franchirent la ligne d'arrivée et ralentirent avant de s'arrêter. Nash se pencha, les mains sur les genoux, et reprit son souffle avant de poursuivre :

— Un jour, tu viendras avec moi sur Alderaan. Crois-moi, je te montrerai comment s'éclater.

Nash ne comprenait pas. Il ne pouvait pas comprendre.

Pendant qu'ils se dirigeaient vers les vestiaires, Thane essaya de trouver les mots justes.

— Pendant presque toute ma vie, mes parents se sont opposés à tous mes projets – y compris à ma préparation pour venir ici. Je devais m'entraîner en cachette avec Ciena, tu te rends compte ?

— Sérieux ?

Nash secoua la tête, incrédule. La transpiration imbibait son T-shirt gris, désormais détrempé.

— Ciena Ree est une des meilleures pilotes de l'Académie. Tu aurais pu aller sur vingt planètes différentes sans jamais trouver de meilleur partenaire de vol.

Fallait-il lui expliquer la division entre les familles de la vallée de Jelucan et les colons de la deuxième vague ? Thane décida de laisser tomber. Les instructeurs de l'Académie n'aimaient pas que les cadets s'épanchent sur leur planète.

— C'est la première fois de ma vie que je peux réaliser un rêve sans qu'on me mette des bâtons dans les roues, résuma-t-il.

Nash soupira.

— On dirait que tu as eu une vie dure. Sur Alderaan, on encourage les gens à apprendre et à s'améliorer. L'enseignement est gratuit et les citoyens se portent volontaires pour partager leurs compétences ou leur art gratuitement. Évidemment, un jour tout l'Empire sera comme ça.

Thane rit et Nash fronça les sourcils.

— Qu'est-ce qu'il y a de drôle ?

— Que tu penses que toute la galaxie puisse se transformer en champ de fleurs ensoleillé grâce à l'Empire.

— C'est à ça qu'il sert, non ?

Nash voulut essuyer la sueur de sa figure avec son T-shirt puis fit la moue en remarquant qu'il était encore plus imbibé que son visage, et le laissa tomber sur le sol.

— Pour prendre le meilleur de chaque monde, chaque culture et l'étendre à tous les systèmes, poursuivit Nash.

Thane haussa les épaules.

— C'est aussi ce que voulait faire la République Galactique. C'est du moins ce qu'ils espéraient au début. Tout finit par s'écrouler.

— Ne parle pas trop fort, lui conseilla Nash en regardant autour d'eux.

Personne n'était aux alentours.

— On pourrait penser que tu es déloyal. Alors que moi, en tant qu'ami, je sais que tu n'es que cynique.

— Je plaide coupable.

Il avait appris cette leçon la première fois qu'il avait vu ses parents lécher en public les bottes de personnes dont ils se moquaient en privé : les apparences étaient trompeuses.

— Eh bien, un jour, tu viendras sur Alderaan avec moi et tu verras de tes propres yeux à quel point c'est merveilleux. Même toi, tu ne pourrais pas jouer les cyniques au sujet de ma planète.

Thane devinait que Nash avait le mal du pays. Il décida donc de prendre pour argent comptant le discours ultra positif de son compagnon de chambre… pour le moment.

— Ça a l'air sympa comme endroit. J'aimerais bien y aller un jour.

— Tu verras, mon ami. Tu vas adorer.

Thane prévoyait dès lors de se rendre un jour sur Alderaan. Tous les mondes dont il entendait parler devenaient une destination possible ; ce qui avait commencé comme une simple envie de quitter Jelucan s'était transformé en véritable soif de découverte. Une carrière dans la Flotte Impériale lui permettrait de s'enfoncer dans la neige de planètes glacées, de plonger dans les profonds océans de planètes aquatiques, de se dorer sous la chaleur étouffante des plages d'un système stellaire binaire.

Et puis il volait chaque jour, parfois du matin au soir. Bien entendu, à ce stade, les cadets utilisaient principalement des simulateurs, mais ceux de l'académie offraient un niveau de sophistication inouï. Et tout valait mieux qu'un vieux V-171 pourri. De l'extérieur, les simulateurs étaient de simples globes de métal banals ; à l'intérieur, les cadets avaient accès à un cockpit reconstitué à l'identique, à un tableau de bord lumineux doté d'écrans qui affichaient des images en trois dimensions des étoiles ou de l'atmosphère planétaire dans laquelle ils s'entraînaient. Le vol semblait parfaitement authentique et les défis présentés étaient plus immédiats, plus effrayants et plus nombreux que ceux qu'ils pourraient rencontrer dans la réalité… jusqu'ici, du moins. Un jour, Thane devait ramener un chasseur TIE des profondeurs de l'espace vers l'atmosphère d'une planète dont la gravité était si forte qu'elle aurait écrasé un humain. Le lendemain, il manœuvrait un speeder des neiges dans un blizzard qui menaçait d'arracher le métal de la coque. Certains étudiants se montraient tendus dans ce genre de situations, ils paniquaient pour leurs scores d'entraînement ou s'inquiétaient du jour où ils devraient accomplir ces exploits en vrai.

Thane, lui, se sentait plus détendu quand il pilotait. Il était *impatient* de le faire grandeur nature. Être aux commandes d'un vaisseau demeurait la joie la plus intense qu'il ait connue.

Son enthousiasme et son assurance se reflétaient dans ses résultats. Il paradait toujours en tête des classements pour le pilotage – et l'un des rares noms qui apparaissait parfois au-dessus du sien était celui de Ciena Ree.

Ils en riaient ensemble, se félicitaient de leur réussite et déclaraient fièrement qu'ils reprendraient leur titre lors du vol suivant. Ciena était devenue sa rivale, mais de façon amicale. Ils se voyaient presque tous les jours, soit en classe, soit dans le réfectoire principal de l'Académie. Il avait l'impression d'avoir trouvé l'équilibre délicat entre leur amitié et leur nouveau rôle de « citoyens de l'Empire ». Même si leurs rencontres étaient souvent brèves, ils passaient du temps ensemble plusieurs fois par semaine. Pendant ces heures, ils laissaient la compétition de côté. Thane savait qu'ils avaient toujours progressé en essayant d'être aussi bons l'un que l'autre. À l'Académie, grâce à cela, ils se maintenaient au sommet.

— C'est ridicule, décréta Ved Foslo d'un air dédaigneux un soir où Ciena avait repris la première place. Elle t'a pris ton classement. Pourquoi es-tu si content que la compétition fasse d'elle une meilleure pilote ? Tu devrais essayer de l'écraser, pas de la soutenir.

— Il y a de la place pour plusieurs diplômés, avait rétorqué Thane, assis au bord de son lit pour cirer ses bottines. Et puis, l'objectif n'est-il pas de former les meilleurs pilotes impériaux possible ? Comme ça, l'Empire aura deux super pilotes au lieu d'un seul.

Ved secoua la tête.

— Un jour, tu comprendras.

Nash, qui s'était déjà glissé sous sa fine couverture grise, rigolait.

— Avoue, Ved, que tu es furax parce que Thane et Ciena ont toujours de meilleurs résultats que toi ! Même si ton père est… quel est son rang, déjà ?

— Tu le sais parfaitement bien.

Son visage trahissait son mécontentement à l'idée d'être constamment dépassé non pas par un, mais par deux gamins venant d'un gros caillou de la Bordure Extérieure. Sans ajouter un mot, il boutonna son pyjama jusqu'au cou, comme tous les soirs. Ce type ne se détendait *jamais*.

En dehors de cet aspect de sa personnalité, Ved n'était pas un compagnon de chambre désagréable. Il était ordonné, ne ronflait pas et ne rechignait pas à expliquer les subtilités de la culture militaire sur

Coruscant. Nash, en revanche, laissait traîner ses affaires partout entre deux inspections. À part quelques disputes au sujet des chaussettes sales de Nash, qui se retrouvaient parfois sur la brosse à dents d'un des deux autres, Thane et lui étaient très bons amis.

Le meilleur souvenir de Thane lors de ses premiers mois à l'Académie avait été de revoir Dalven.

Pendant presque toute sa vie, Thane avait été de taille moyenne. Il enviait la taille imposante de sa mère, de son géant de père et de son frère dégingandé. Il avait l'impression de s'être fait flouer, une fois de plus. Puis, quelques mois avant d'entrer à l'Académie, son corps avait rattrapé le retard. Les os de ses jambes le faisaient souffrir la nuit et rien ne semblait venir à bout de sa faim. Trois mois après son arrivée, il lui avait fallu un nouvel uniforme.

Alors qu'il attendait son tour dans le dépôt pour obtenir des bottines plus grandes, il entendit un droïde annoncer d'une voix monocorde :

— Sous-officier Kyrell, H-J-2-9-0, paquet prêt.

Thane fronça les sourcils. Il était encore juste un cadet et son numéro d'appel était AV547. Il avait pourtant bien entendu le nom Kyrell…

C'est alors que Dalven sortit d'un groupe qui attendait et s'empressa de prendre possession d'un nouvel uniforme. Il semblait pressé de repartir, mais quand il se retourna et aperçut son petit frère, il s'immobilisa, médusé.

— Dalven ?

Thane ne savait pas quoi dire. « Ça fait plaisir de te voir » aurait été un mensonge, pour l'un comme pour l'autre.

Thane resta muet.

— Bon, t'as pas encore échoué. Surprenant.

Après avoir prononcé ces paroles, Dalven releva le menton. Il semblait prêt à partir, mais Thane se tenait entre lui et la porte et ne bougeait pas.

— Sous-officier ? Tu nous avais dit que tu étais devenu lieutenant.

Les joues de Dalven se colorèrent.

— Je… eh bien… la promotion va être officielle très bientôt.

Thane hocha la tête.

— C'est ça, bien sûr. C'est pour ça que tu es venu chercher un nouvel uniforme, je suppose…

Il s'interrompit en voyant l'étiquette imprimée sur le paquet que Dalven serrait dans les bras : EMPLOYÉ DE BUREAU/TROISIÈME CLASSE.

— Au revoir.

Dalven s'éloigna à la hâte, visiblement déterminé à faire comme si Thane n'avait rien vu.

Ce n'était pas gentil – c'était même mesquin –, mais apprendre que son tyran de frère avait été jugé plus apte à rester derrière un bureau qu'aux commandes d'un Destroyer Stellaire avait procuré un plaisir extrême à Thane.

Cet après-midi-là, en montant à la Boucle du Ciel pour une nouvelle course, il s'imagina raconter à Ciena ce qui venait de se passer. Elle détestait Dalven presque autant que lui ; Thane entendait déjà son rire et imaginait son regard brillant de satisfaction.

Quand il atteignit la piste, plusieurs cadets étaient en plein entraînement. Ciena était parmi eux. Elle portait la même tenue que les autres : T-shirt gris, short noir et chaussures réglementaires. Même si elle se tenait à l'autre bout de la piste avec plusieurs dizaines de personnes, il la reconnut au premier coup d'œil, à sa façon de courir, à la forme de ses boucles noires tressées dans la nuque…

Elle est belle, se dit-il. Cette pensée le surprit, puis il se sentit idiot. Comment avait-il pu ne pas remarquer une fille qu'il côtoyait presque tous les jours depuis huit ans ? En fait, c'était précisément pour cette raison. Thane connaissait trop bien Ciena pour la regarder avec objectivité. Son visage lui était aussi familier que le sien dans le miroir. C'était du moins ainsi, jusqu'à cet instant.

Son aveuglement le perturbait. Il avait l'impression que Ciena venait de se métamorphoser. Elle aurait dû le prévenir. Des éventualités qu'il avait refusé d'envisager par le passé s'insinuaient dans son esprit. Elles étaient à la fois exaltantes et effrayantes. Il sentit un frisson lui parcourir l'échine. C'était une sensation qu'il associait avec le pilotage : l'instant précis où l'on quitte la terre ferme pour s'emparer du ciel…

Thane décida de balayer ces pensées. Il allait courir, aussi vite qu'il le pouvait, jusqu'à être à bout de forces, à moitié étourdi. Quand il reverrait Ciena, il pourrait lui parler comme d'habitude. Rien ne devait changer.

CHAPITRE 4

Ciena n'avait jamais rêvé de tirer avec des armes de poing et elle ne s'y était jamais entraînée. Ses premiers résultats sur cible, s'ils étaient suffisants, firent baisser sa moyenne générale. Elle consacra beaucoup de son temps libre à s'entraîner avec le faux fusil laser et à se concentrer pour mieux viser.

Ou plutôt, comme c'était le cas ce jour-là, elle *essayait* de se concentrer. Ses compagnes de chambre ne l'aidaient pas du tout.

— C'était juste un constat…, sourit Kendy avec un air faussement innocent.

Elle était dans le couloir de tir voisin. Sa salopette blanche contrastait sur les surfaces métalliques noires du stand d'entraînement.

— Tu ne veux même pas admettre que Thane est en pleine forme ces derniers temps ?

Ciena se focalisa sur la cible holographique qui avançait vers elle et tira trois fois en direction de la tête. Elle répondit seulement quand la cible se désintégra en mille petits traits lumineux.

— Il… heu… s'étoffe.

— C'est une étape normale du développement physiologique, intervint Jude.

Elle était assise sur un banc derrière les couloirs. Elle était occupée à démonter le fusil laser pour voir à quelle vitesse elle pouvait l'assembler à nouveau.

— Même si je dois avouer que, dans le cas de Thane, ce développement se déroule *très* bien, ajouta-t-elle.

— Allez, les filles, je ne peux pas viser quand je ris.

Kendy ne voulait pas laisser tomber le sujet.

— Honnêtement, il ne t'intéresse pas du tout ?

— Les relations amoureuses ou sexuelles entre cadets sont formellement interdites, leur rappela Jude d'un ton professoral. Pour ne rien arranger, Ciena connaît Thane depuis l'enfance. Il serait rationnel de conclure que leur relation est pareille à celle d'un frère et d'une sœur et qu'aucun sentiment sexuel ne peut s'éveiller entre eux.

Thane n'est pas mon frère. Ça n'a rien à voir. Ciena s'apprêtait à rétorquer, mais elle referma la bouche. Il valait mieux que ses amies pensent que c'était cela qu'elle ressentait, pour qu'elles arrêtent de la bombarder de questions au sujet de Thane Kyrell.

En réalité, elle ne savait plus très bien elle-même ce qu'elle ressentait. Avant, ils passaient tout leur temps ensemble et elle n'avait jamais eu l'occasion de prendre du recul et de réfléchir à leur relation.

Quand Thane la dépassait au classement – ou vice versa –, ils échangeaient des regards faussement fâchés. Il y avait toutefois un fond de vérité dans cette rivalité. Parfois, Ciena avait l'impression qu'elle supporterait mieux d'être battue par n'importe qui plutôt que par Thane. D'un autre côté, le lendemain, quand elle voyait qu'il avait eu d'excellents résultats, son visage s'éclairait d'un sourire. Elle l'avait vu l'encourager lors des courses et elle faisait pareil pour lui. Leur rivalité générait une énergie qui pouvait mal tourner ou devenir…

Concentre-toi, s'ordonna Ciena. *Tu es ici pour toucher les cibles.*

Les hologrammes furent suivis de droïdes, des dizaines de petites sphères qui fonçaient à travers le stand de tir, la mettant au défi de les toucher tous. Ciena visa et pressa la détente. Son fusil lançait des rafales rouges. Elle refusait de s'arrêter avant d'avoir abattu tous les droïdes.

— C'est beaucoup mieux, fit remarquer Jude.

Sa remarque était totalement inutile, car le score de Ciena apparut à l'écran.

— Tes résultats en termes de précision sont déjà au-dessus de la moyenne de notre classe, poursuivit Jude. Tu seras bientôt dans le quartile supérieur.

— Aux côtés d'as de la gâchette dans ton genre, renchérit Kendy en faisant tourner son blaster avant de le remettre dans son holster, à la manière d'un pirate dans un holo de trafiquants d'épices.

Cela fit rire Ciena. Elle ne doutait pas qu'elle maîtriserait le tir. Ce n'était pas de l'arrogance : les exigences de l'Académie Impériale lui rappelaient tous les jours ses limites. Non, la confiance de Ciena naissait de la joie que cette formation lui procurait, de l'exaltation d'être à Coruscant. Même si elle aimait sa vie dans les vallées jelucanies – et que cette vie lui manquait –, son univers était cent fois plus étendu à présent et chaque nouvel aspect lui semblait merveilleux. Arpenter les couloirs en compagnie de dizaines de races différentes ; entendre leurs langues si variées, leurs syllabes, leurs sifflements et leurs cliquetis étranges ; lever les yeux vers le ciel et repérer des dizaines de nouveaux appareils chaque jour… tout cela la grisait.

Elle avait l'impression de murmurer sans cesse à sa sœur disparue : « Regarde à travers mes yeux. » Il y avait tant de merveilles à admirer. Elle avait enfin la chance de les découvrir.

Elle vivait aussi des moments de culpabilité. Elle considérait parfois sa vie d'avant comme… arriérée. Pourtant, elle avait vécu heureuse dans les vallées ; elle ne disposait sans doute pas du luxe des gens de la seconde vague, mais elle ne le désirait pas non plus. Et la vie difficile de Thane avait démontré que les personnes riches n'étaient pas automatiquement plus heureuses. Le matériel n'avait jamais eu beaucoup d'importance pour elle et n'en aurait jamais.

Ce n'était donc pas la grandeur de Coruscant qui la tentait, c'était la richesse de l'existence, l'énergie qui la traversait, l'inutilité des rituels. Chaque fois qu'elle allait de l'avant, elle se demandait si elle abandonnait ses valeurs traditionnelles.

Pas complètement. *Jamais* complètement.

Jamais elle n'abandonnerait le concept de l'honneur, la nécessité absolue de tenir parole, quelles que soient les circonstances. Cela faisait autant partie d'elle que ses os. Et elle emmènerait toujours sa sœur avec elle et permettrait à Wynnet de découvrir le monde à travers ses yeux.

Pourtant, la perspective de Ciena avait été élargie pour toujours. Elle n'abordait plus la réalité à travers le prisme étroit de ceux de la seconde vague par rapport aux habitants des vallées. L'énorme différence qu'elle percevait autrefois entre Thane et elle n'était rien, en réalité. Elle était insignifiante.

Ciena avait cru si longtemps en ce clivage qu'elle ne savait plus que penser maintenant qu'il n'avait plus lieu d'être.

*

Enfin, un beau jour, ils purent piloter pour de vrai.

— Il était temps, déclara-t-elle à Thane, qui venait d'arriver en avance, comme elle.

Elle ne put s'empêcher de remarquer qu'il s'approchait d'elle plus que n'importe quel cadet, qu'il empiétait sur son espace personnel.

— De quoi ? demanda-t-il en s'écartant d'elle, comme s'il craignait de recevoir une décharge électrique. Il n'est temps de rien.

— Qu'on *pilote*.

Ciena l'observa.

Thane eut un sourire gêné.

— Ah oui, bien sûr. Largement temps, en effet. Je veux dire… non, laisse tomber.

Pourquoi était-il si mal à l'aise ? Ciena remarqua qu'elle-même serrait ses bras autour de sa poitrine comme si c'était une matinée froide sur Jelucan. Ils s'entendaient toujours à merveille, mais ils éprouvaient parfois des moments de gêne.

Peut-être qu'une de ses amies lui avait raconté la discussion à son sujet pendant l'entraînement de tir ? Ni Jude ni Kendy n'auraient parlé dans le dos de Ciena, mais Jude était si peu au fait des conventions sociales qu'elle avait pu gaffer en présence de Nash ou Ved. Ce serait affreux – surtout si cela éloignait Thane.

J'ai dit qu'il n'y avait rien entre nous. Il ne devrait pas se comporter ainsi. À moins qu'il n'ait envie qu'il y ait quelque chose, justement. Mais il ne le souhaite pas, si ?

Et moi ?

Ciena chassa ces pensées. Sa mère lui avait répété mille fois de ne pas faire tout un plat à partir de rien. Elle ne devait pas tirer de conclusions hâtives. Elle avait besoin de prendre l'air.

— Vous vous êtes entraînés sur le simulateur de moto speeder de nombreuses fois, commença le commandant qui donnait le cours de pilotage de petits appareils.

Plusieurs dizaines de pilotes faisaient partie de la même section que Ciena, y compris ses compagnes de chambre, Thane et ses nouveaux amis. Ils étaient tous rassemblés dans un des hangars à l'intérieur de l'énorme structure de l'Académie. Dehors, la nuit était tombée et les lumières de la ville brillaient de mille feux.

— Ceci est la forme la plus basique d'appareil de basse altitude, c'est donc le premier engin que vous devrez maîtriser. Tous les cadets de cette classe devraient être capables de manœuvrer cette moto.

Ciena tenta de cacher son excitation. Elle avait passé trop de temps dans les simulateurs, elle avait hâte de partir. Et conduire une moto speeder semblait si facile…

Comme s'il l'avait entendue, le commandant précisa :

— Afin de rendre votre premier vol à la fois mémorable et stimulant, nous en avons fait un concours. Une course…

— Est-ce qu'il y a un prix pour le gagnant ? demanda Nash Windrider.

La question fit rire tout le monde. Contrairement à la plupart de ses collègues, le commandant autorisait de temps en temps une certaine légèreté. D'après lui, cela encourageait « l'esprit martial » qu'ils étaient censés cultiver.

Il afficha même une esquisse de sourire.

— Effectivement, cadet Windrider, mais vous devriez vous informer sur la tâche avant de vous croire capable de l'exécuter.

Un hologramme s'éleva au centre du hangar et afficha une carte en trois dimensions de la zone qui entourait l'académie. De petits points colorés clignotaient à dix endroits différents, depuis le niveau le plus bas jusqu'à la Boucle du Ciel.

— Ce que vous voyez indiqué ici sont des Cerceaux de Reitgen. Chacun est assez grand pour qu'une moto speeder à la fois puisse y passer facilement. Nous avons dégagé l'espace aérien autour, vous pouvez donc déterminer en toute liberté votre parcours individuel. Vous devrez juste faire attention aux véhicules de vos camarades de classe.

Le plus éloigné d'abord, décida immédiatement Ciena. *La plupart des gens voudront essayer d'atteindre le cerceau le plus proche, la voie sera donc libre. Puis tu passeras dans les autres en revenant au point de départ.*

— Le premier à passer dans les dix cerceaux recevra cinquante points au classement, conclut le commandant.

Un frisson d'effroi et d'anticipation parcourut les cadets. Cinquante points ! C'était mieux que d'exceller à deux ou même trois examens. Les cadets dont le classement n'était pas bon savaient que remporter cette épreuve pouvait les sauver de l'échec. Ciena, elle, n'avait qu'une idée en tête. *Avec ça, pas de doute. Je deviendrai numéro un, loin devant tous les autres.*

— Vous êtes impatients ? Alors à vos motos speeders et attendez le signal !

Ciena courut vers son véhicule et l'alluma. Tandis que les moteurs ronronnaient, elle vérifia la jugulaire de son casque gris foncé et le blindage autour de ses avant-bras, de ses mollets et de ses cuisses. Le plus important était la ceinture à répulsion, qui s'activerait si elle tombait de la moto.

Mais elle n'avait pas l'intention de tomber.

C'est moi qui vais gagner, se dit-elle en agrippant fermement le guidon pour palper les manettes à travers ses gants épais. Il lui semblait que les vibrations du moteur exprimaient l'excitation de la machine, comme si c'était un fougueux animal.

Le panneau au-dessus de leurs têtes prit doucement une nouvelle intensité. Elle retint son souffle et le voyant donna le signal du départ.

Ciena mit toute la gomme. Les engins bondirent, comme un essaim de sauterelles dardanelliennes. Dès qu'elle eut quitté le bâtiment, elle tempéra sa vitesse pour que le moins de gens possible voient quel parcours elle comptait emprunter et ne puissent deviner ses intentions. Tandis que la plupart des motos speeders fonçaient vers le cerceau le plus proche, Ciena vira et se dirigea à toute vitesse vers la cible la plus éloignée.

Elle n'était malheureusement pas toute seule. Une demi-douzaine de cadets avaient adopté la même stratégie – et, évidemment, Thane était parmi eux. Penché sur son guidon, il surprit son regard et lui sourit avant de s'éloigner.

Ciena éclata de rire. Leur relation était à nouveau normale et cette épreuve promettait d'être *amusante*.

La difficulté de la course n'était pas de manier la moto speeder, c'était un appareil léger qui répondait bien aux mouvements du pilote. Non, le défi était de choisir le meilleur parcours de vol. Pour un équilibre idéal, les motos speeders devaient être à moins de vingt mètres du sol ou d'une surface plate comme une machine, un véhicule de taille plus imposante ou un bâtiment. Elle se rapprocha d'une énorme structure et équilibra sa moto par rapport à la surface lustrée. Elle se mit à voler de façon perpendiculaire au sol à une vitesse telle que la gravité ne semblait plus s'appliquer. Des fenêtres illuminées défilaient sous elle. Elle ressemblait à un rayon de soleil se reflétant sur l'eau.

Vroum ! Ciena fit décrire une spirale ascendante à sa moto et survola un gouffre percé de tunnels jusqu'à arriver à quelques mètres d'un autre immeuble plus grand encore, qu'elle utilisa pour se stabiliser. Cela lui permit de voler plus haut et plus vite. Le vent lui fouettait le visage. *Heureusement que j'ai mes lunettes de protection*, se dit-elle. Puis elle jura intérieurement en voyant une autre moto à côté d'elle, qui était, évidemment, celle de Thane.

D'une voix à peine audible par-dessus le sifflement de l'air et le vrombissement des moteurs, il lui cria :

— Ça va être serré !

— Trop serré pour toi.

Elle contourna le sommet du bâtiment en le frôlant. Le premier cerceau scintillait devant elle, ses lumières jaunes flottaient en suspension juste au-dessus du toit. Ciena accéléra, visa le centre… et poussa un petit cri quand son appareil et celui de Thane se cognèrent.

Il n'avait sûrement pas fait exprès. Elle non plus. Ils se focalisaient tous les deux tellement sur leur objectif qu'ils avaient oublié de regarder autour d'eux. La collision en elle-même n'était pas grave – les motos speeders étaient conçues pour supporter ce genre d'impact et pire encore –, mais Ciena réalisa avec effroi que les volets directionnels avant de leurs appareils étaient entremêlés.

— Tire ! lui cria Thane en essayant désespérément d'amener sa moto vers la droite.

Elle essaya de la dégager en l'orientant vers la droite, mais ils réussirent juste à les faire vaciller. Leurs motos speeders ne pouvaient pas être séparées en vol. Ils allaient devoir s'arrêter, se poser et déclarer forfait.

Ciena poussa un nouveau cri en réalisant combien ils étaient prêts du Cerceau de Reitgen. Trop près pour bifurquer – ils fonçaient droit vers un accident que même le champ de répulsion ne pouvait éviter.

Instinctivement, elle visa le centre du cerceau. À côté d'elle, Thane fit exactement pareil, au même moment. Ils foncèrent à travers le cerceau avec moins de cinquante centimètres de chaque côté.

Sa première pensée fut qu'ils avaient de la chance d'être encore en vie. Puis elle se rendit compte que, si les volets directionnels bloqués rendaient les manœuvres difficiles, l'équilibre et la vitesse n'étaient pas affectés.

Si elle s'était retrouvée dans cette situation avec n'importe quel autre cadet, Ciena aurait arrêté la course pour qu'ils déclarent tous deux forfait. Avec Thane, c'était une autre histoire. Il était un pilote exceptionnel et elle connaissait sa façon de conduire. Oserait-il tenter le coup ?

— Faisons-le ! lui cria-t-elle.

— Quoi, comme ça ?

Thane approcha la main du panneau de contrôle puis interrompit son geste quand l'idée prit forme dans son esprit. Il lui sourit.

— D'accord, allons-y !

Ciena plongea vers le cerceau suivant, imitée par Thane. Ils accéléraient au même rythme, changeaient de direction et de hauteur au même instant. Ils n'auraient pas été plus efficaces s'ils s'étaient entraînés. Les deux motos speeders ne semblaient plus en former qu'une.

Le deuxième cerceau exigeait qu'ils se faufilent entre des bâtiments très proches. Le passage aurait déjà été serré pour un seul appareil. De concert, ils inclinèrent leurs machines pour qu'elles s'équilibrent par rapport à l'immeuble de gauche (comment avaient-ils su tous les deux que cela devait être le gauche ?), dépassèrent un cadet qui avait pris de l'avance et plongèrent vers le cercle jaune lumineux qui marquait leur objectif.

Ensemble, ils négocièrent le troisième cerceau, presque au niveau du sol. Ils se faufilèrent à travers un labyrinthe de passerelles pour atteindre le quatrième, puis filèrent en spirales à travers les tranchées formées par les gratte-ciel pour rejoindre le cinquième. Chaque objectif semblait plus difficile à atteindre que le précédent, pourtant ils volaient avec de plus en plus d'aisance, parce que Thane et elle *assuraient.*

Elle se dit que seules deux personnes ayant passé des années à voler ensemble pouvaient se coordonner avec une telle fluidité. La façon dont elle réagissait au pilotage de Thane – et lui au sien – ne demandait aucune réflexion. Ils se fiaient simplement à leur instinct. Les innombrables journées qu'ils avaient passées à survoler les vallées de Jelucan leur avaient appris à se comprendre sans un mot.

Le lien qu'ils avaient forgé pendant toutes ces années n'était pas du genre à s'affaiblir.

Quand ils traversèrent le dixième cerceau, placé au sommet du bâtiment de l'académie, ils virèrent aussitôt et accélérèrent pour dévaler la façade. Ciena jeta un œil derrière son épaule et vit les lumières clignotantes des motos de quelques autres cadets foncer vers le hangar comme une nuée de lucioles. Ils étaient proches… mais pas assez. Thane et Ciena rejoignirent le hangar les premiers, quarante secondes avant le concurrent le plus proche.

Atterrir alors que leurs appareils étaient entremêlés se révéla le plus difficile. Alors qu'ils se posaient en vacillant, d'autres motos speeders arrivèrent derrière et à côté d'eux. Ved Foslo vociféra :

— C'est une disqualification !

— Non ! protesta Ciena en retirant son casque puis en remontant ses lunettes de protection sur son front. Aucune règle ne spécifiait ce qui se passerait si deux appareils étaient emmêlés !

— Voler dans ces conditions a dû être plus difficile, pas plus facile, fit remarquer Jude.

Toujours vêtue de son équipement de vol complet, elle avait fini le parcours encore plus proche d'eux que Ved.

— Ce serait injuste de les pénaliser, conclut-elle.

Le visage habituellement doré de Ved était empourpré par la colère.

— Nous sommes censés apprendre à piloter correctement une moto speeder. Ce n'est pas la procédure correcte, si ?

— Ce genre de situation peut se produire dans un combat, répliqua Ciena. Ne devrions-nous pas apprendre comment la gérer ?

Elle en était presque malade. Elle n'avait pas enfreint de règlement – pas volontairement, en tout cas – et Ved Foslo mettait en doute son honneur. L'accusait-il d'avoir fait exprès ? D'avoir triché ?

La petite foule de curieux qui s'était rassemblée se dissipa pour laisser l'instructeur s'approcher.

— Eh bien, c'était… novateur.

Thane était appuyé contre sa moto, comme s'il était parfaitement à l'aise.

— Je voulais juste souligner que vous n'avez pas précisé qu'une seule personne devait gagner. Vous avez précisé que les cinquante points seraient attribués au « premier » qui terminerait. Nous sommes arrivés ensemble.

— Vous essayez de trouver des failles dans les instructions d'un de vos supérieurs ? C'est une mauvaise habitude, Kyrell.

Le commandant secoua lentement la tête, comme s'il était exaspéré.

— Je n'ai toutefois pas l'intention de pénaliser un pilotage de ce niveau. Vous avez partagé le défi, vous vous diviserez le prix. Vingt-cinq points pour chacun, Ree et Kyrell.

Ved Foslo jeta son casque par terre, dégoûté, mais la plupart des cadets les acclamèrent. Thane prit la main de Ciena dans la sienne et la leva. Elle rit de joie.

Première de classe. J'ai été admise à l'Académie Royale de Coruscant et je suis la première de classe ! Vingt-cinq points étaient suffisants pour cela. Puis Ciena se reprit : elle venait de réaliser qu'elle était probablement ex aequo avec Thane.

Cela ne la dérangeait pas de partager cet honneur. Pas avec lui.

Thane laissa retomber son bras, sans toutefois lâcher la main de la jeune fille.

Ciena ne lâcha pas non plus la main de son partenaire.

CHAPITRE 5

Rien ne changea jusqu'à ce qu'arrive l'épreuve du canon laser, quelques mois plus tard.

Même les meilleures stratégies de bataille mettent les individus en péril. À tout moment, un soldat peut se retrouver séparé et menacé, son escadron peut être coincé et incapable de le secourir. Son blaster peut être endommagé et ne suffirait sans doute pas à se défendre seul contre un vaisseau ennemi. En construisant rapidement une arme plus grosse, le soldat pourrait continuer à résister seul – peut-être suffisamment longtemps pour être sauvé, et assez longtemps, en tout cas, pour causer des dégâts considérables à l'ennemi. Il est parfaitement possible de construire un canon laser à partir de pièces impériales standard, si on sait comment s'y prendre.

Thane détestait le travail mécanique ; piloter et tirer étaient plus dans ses cordes. Il était malgré tout décidé à réussir ce projet. Ciena et lui avaient jusqu'ici réussi à rester au sommet du classement ; la seule question en suspens était de savoir lequel des deux terminerait le trimestre à la première place. Si Ciena le battait, il serait le premier à la complimenter… il espérait pourtant que ce serait elle qui serait la première à *le* féliciter.

— Regarde-moi ce sourire, dit Nash, couché en dessous de son propre canon laser en construction à quelques mètres de Thane dans l'immense hangar des réparations. Tu penses à ton jour de congé ? Tu te prépares à explorer la vie nocturne de Coruscant ?

Depuis sa place à l'établi, Thane haussa les épaules sans détourner les yeux du casque de stormtrooper qu'il était en train de saccager pour récupérer l'alimentation.

— Je construis mon canon, comme tu devrais être en train de le faire. Allez, Nash, concentre-toi.

— Comment pourrais-je me concentrer alors que nous avons l'occasion d'aller dans des clubs, des bars, des cantinas et des centaines d'autres endroits où nous aurons enfin une chance de rencontrer des filles ? Des filles qu'on ne nous interdit pas de fréquenter, comme celles de l'Académie. Qu'on pourra toucher… embrasser.

— Je comprends, mais j'essaie de me concentrer pour garder mon classement. Des gars ont consacré bien plus d'heures que nous à ce projet.

Il indiqua d'un geste le reste de l'entrepôt pour souligner ses propos.

Ils étaient entourés de quelques dizaines d'autres canons laser, protégés par les petits hémisphères chatoyants de champs de force à faible charge. Chacune de ces machines pouvait avoir été assemblée de façon plus ingénieuse que la sienne, avec une utilisation plus rationnelle des pièces de rechange que l'on trouvait dans les spatioports. Chaque réalisation concurrençait la sienne.

Nash s'écarta de son établi pour adresser un regard noir à Thane.

— On bosse depuis des heures, on ne peut pas discuter d'une vraie journée de détente avant le début du prochain trimestre ?

— J'imagine que si.

— Tu avais l'air tenté l'autre jour quand Ved a dressé la liste des meilleures boîtes de nuit.

— C'est vrai, je l'étais. Je veux dire, ça me tente. J'ai hâte, vraiment.

Nash se leva et fit face à Thane par-dessus les pièces détachées étalées sur la table de travail.

— Pourtant, tu n'as pas *l'air* emballé – pas à l'idée de rencontrer des filles, en tout cas. Cela peut signifier deux choses : soit tu préfères les hommes et j'en doute, étant donné ta réaction quand Ved nous a montré ce holo érotique…

L'inconvénient d'un teint pâle, c'est que le moindre fard se remarque tout de suite. Thane feignit d'examiner le casque de stormtrooper.

— … ou tu t'intéresses déjà à une fille. Que tu connais déjà.

Nash se pencha sur l'établi, le menton posé sur ses mains, les yeux agrandis par un air faussement innocent.

— Est-ce que le nom de cette fille ne commencerait pas par « C » et ne se terminerait pas par « a » ?

— Tu sais que notre relation n'a rien à voir avec ça, insista Thane. Elle n'a jamais été de ce genre-là.

Le sourire de Nash se fit démoniaque.

— Mais je parie qu'elle le deviendra.

Ce sujet irritait Thane plus qu'il n'aurait dû. Il ne savait toujours pas quoi penser de l'évolution de sa relation avec Ciena et il n'avait pas envie que Nash fourre son long nez dedans. Même si ses intentions étaient bonnes, son ton plein de sous-entendus rappelait trop à Thane la façon dont Dalven le taquinait, quand il prétendait que les filles des vallées n'étaient intéressantes que pour une seule chose.

Parler de Ciena de cette façon était lui manquer de respect. Et cela poussait Thane à imaginer des choses qu'il ne pouvait concrétiser avant d'obtenir son diplôme.

— Sur Jelucan, nous accordons plus d'importance à ce genre de choses, déclara-t-il. Ce n'est… pas correct d'émettre des suppositions comme ça.

— Venant du type qui a regardé ce holo cinq fois ! le railla Nash. Et puis tu es censé être moins jelucani que citoyen de l'Empire, tu te souviens ? Émettre des suppositions, c'est *amusant*, tu sais.

Thane reposa ses outils et regarda Nash droit dans les yeux.

— Écoute-moi bien : le sujet est clos. Il n'y a rien entre Ciena et moi. Nous sommes juste…

*

— … bons amis, déclara Ciena en quittant la salle d'arts martiaux, tous les muscles endoloris. Ça a toujours été comme ça et ce sera toujours ainsi. Il n'y a rien entre nous.

Jude hocha la tête pour acquiescer, puis fit la grimace. Elle avait sans doute encore mal à la tête tellement Kendy l'avait souvent envoyée au tapis.

— C'est très sage de ta part. Au vu de l'interdiction de sortir avec un cadet, ni toi ni Thane ne devriez mettre votre carrière en péril en enfreignant une règle aussi importante.

Kendy, suante et triomphante, se moqua d'elles.

— Moi, pour un mec aussi mignon, j'enfreindrais le règlement sans problème.

Ciena ressentit une pointe de rivalité. Bien qu'elle n'eût pas envie d'avoir ce genre de sentiment vis-à-vis de Thane, la jalousie la brûlait comme des braises refusant de s'éteindre.

Heureusement, Kendy était déjà passée à un autre sujet.

— Bon, qu'est-ce qu'on va faire de notre journée de congé ?

— Ça m'est égal, répondit Ciena, tant qu'on mange de la *vraie* nourriture.

À bord des vaisseaux impériaux, les officiers étaient encouragés à ingurgiter des boissons nutritives au lieu de consommer des aliments solides. C'était plus efficace en termes de ressources et de temps. D'autre part, les médecins affirmaient que c'était meilleur pour la santé. Ces boissons n'étaient pas mauvaises, mais elles n'étaient pas *bonnes*. La cafétéria de l'Académie en servait et, comme la plupart des étudiants, Ciena s'était mise à scrupuleusement s'y habituer. Ce qui ne voulait pas dire qu'elle refuserait de se faire plaisir en se régalant avec un savoureux repas.

— Nous devrions trouver de la nourriture succulente, quelle que soit notre destination, la rassura Jude.

Elle hésita un instant avant de lancer une proposition.

— Est-ce que ça intéresserait quelqu'un de visiter le musée des sciences multi-espèces ?

Kendy poussa un grognement. Ciena lui décocha un regard réprobateur. Leur camarade de chambre était douce, patiente et gentille. Elle méritait qu'on lui fasse plaisir de temps en temps.

— On pourrait commencer par le musée le matin, proposa Ciena. L'après-midi, j'aimerais bien faire quelque chose de moins… rasoir ? Heu… je veux dire cérébral. On étudie déjà tellement ici. Je voudrais essayer un truc comme la plongée sous-marine.

Kendy était enthousiaste.

— Oui, de la plongée !

En tant que native de la planète tropicale Iloh, elle avait appris à nager avant de savoir marcher.

— J'arrive pas à croire que ça fait six mois que je ne suis pas allée dans l'eau ! Et non, Jude, faire des longueurs dans la piscine à vagues, ça ne compte pas.

Elles entrèrent dans l'ascenseur. Jude ne répondit pas. Elle était déjà prise par ses pensées.

— Plonger serait un défi fascinant. Bespin est une géante gazeuse, nous n'avons ni océans ni lacs. Les piscines sont un luxe rare. Mon expérience de l'eau est pour le moins limitée. J'aimerais beaucoup avoir l'occasion d'améliorer mes compétences et d'observer la vie marine.

L'ascenseur s'arrêta à leur étage. Ciena secoua la tête d'un air amusé.

— Avec toi, Jude, tout se transforme en expérience scientifique.

— La science est l'étude de tout l'univers matériel. Tout *est* de la science… que vous le voyiez ou non.

Le léger sourire qui flottait sur les lèvres fines de Jude révélait qu'elle les taquinait à son tour.

Ciena ne mentionna pas ce qu'elles pourraient faire ce soir-là. Elle espérait en secret qu'elles célébreraient sa première place pour le trimestre, mais l'avouer paraîtrait orgueilleux. Le seul autre candidat capable d'être en tête du classement était Thane et, s'il gagnait, elle pensait pouvoir être contente pour lui.

Pour fêter ça avec lui et porter un toast à son succès ? Même si elle aurait préféré qu'il porte un toast au sien…

— Ciena ?

Alors qu'elles se dirigeaient vers leur chambre, Kendy lui lança un regard.

— Ton cerveau était en orbite pendant une seconde.

— Désolée. Je pense qu'il est encore en bouillie depuis que tu m'as retournée.

Ciena commença à dénouer la ceinture de son équipement d'arts martiaux, tandis que la porte s'ouvrait en coulissant.

— Tu crois que tu pourrais me montrer comment tu fais ?

— Pas question, répliqua Kendy avec un petit rire. C'est l'une des seules disciplines où je suis meilleure que toi.

*

Le lendemain matin avait lieu l'inspection des canons laser.

Ciena se mit au garde-à-vous devant son canon, qu'elle avait assemblé à la perfection. Elle avait mis un point d'honneur à utiliser les pièces de récup les plus disgracieuses pour montrer aux instructeurs qu'elle était capable d'en construire un, même dans les conditions les plus défavorables. Son instinct lui disait que Thane n'avait pas essayé de se rendre la tâche plus difficile. Si elle pouvait gagner des points, c'était sur ce terrain-là.

Le commandant Harn passait entre les rangées de canons laser. Chaque cadet était au garde-à-vous à côté de son arme de fortune. Même si le hangar des réparations était par nature un endroit où l'on travaillait dur et où l'on se salissait, le sol en caoutchouc gris était immaculé. Pas la moindre tache de graisse ou de brûlure. La discipline impériale exigeait une propreté impeccable. Toute trace devait disparaître immédiatement. Seul le canon du cadet Windrider affichait des traînées de graisse… comme d'habitude.

Harn hocha la tête d'un air approbateur quand le canon de Kendy s'alluma. Il ouvrit son panneau de contrôle et sembla satisfait du choix de pièces de récupération. Il ne sourit à aucun moment de l'inspection – ni avec elle ni avec les suivants, même s'il murmura « innovant » en examinant le travail de Ved. L'intéressé prit une expression si fière que Ciena dut retenir un grognement.

Elle attendit son tour, mit le moteur en marche et regarda Harn vérifier les scores d'efficacité et la puissance générale. Il ne dit rien, mais son regard croisa le sien, comme s'il la réévaluait… en bien. Elle l'avait impressionné. Elle réussit à garder le visage impassible, même quand Kendy articula en silence « Bien joué ! » par-dessus l'épaule du commandant.

Quand Harn se pencha sur le canon de Thane pour le mettre en marche, Ciena retint son souffle. Le canon ne s'alluma pas.

Du tout.

Thane blêmit. Ciena ne se sentait pas très bien non plus. Elle voulait le battre, pas qu'il échoue complètement.

Comment est-ce possible ? s'interrogea-t-elle en serrant les mains derrière son dos. *Thane n'est pas un mécanicien-né, mais il travaille dur et il est rigoureux. Il a dû vérifier des dizaines de fois que son canon fonctionnait. Ça ne se peut pas.*

— Ça ne vous ressemble pas, Kyrell, commenta Harn en notant des remarques dans la tablette qu'il tenait en main. Voyons ce qui n'a pas marché.

Harn ouvrit le panneau de contrôle du canon de Thane et s'immobilisa, le visage mécontent et raide, bouillonnant de colère.

Thane dut voir la même chose que lui, car il poussa un juron alors qu'il était au garde-à-vous, juste devant un supérieur. Quelques cadets étouffèrent un cri de surprise.

Harn ne réprimanda pas Thane. D'un geste, il fit signe à tous les étudiants de se mettre au repos. Les cadets s'approchèrent de Thane, bloquant la vue de Ciena. Elle se fraya un chemin parmi eux pour apercevoir le panneau de contrôle et comprit pourquoi tout le monde murmurait et jetait des regards méfiants aux autres.

Les fils avaient été coupés. Très nettement et proprement. Les marques indiquaient que ce n'était pas un problème d'assemblage ou un accident. Quelqu'un avait démoli le canon de Thane exprès.

Un sabotage.

Même si la compétition était féroce jusqu'ici à l'académie, tout le monde avait respecté les règles. Un frisson parcourut l'échine de Ciena. Comment pouvait-on manquer à ce point d'honneur ? Un cadet impérial, qui plus est. Elle était presque aussi horrifiée par cette pensée que désolée pour Thane.

— Nous résoudrons cette affaire rapidement, promit Harn d'un ton tranchant et froid comme un pic à glace. Celui qui croyait améliorer son classement avec un coup pareil le regrettera.

Il se dirigea à grandes enjambées vers le panneau qui contrôlait la porte principale, posa la main dessus et demanda :

— Combien de cadets ont eu accès à cette salle seuls, entre la dernière visite du cadet Kyrell et cette inspection ?

La voix synthétique monocorde répondit :

— Un.

— Et qui était-ce ? aboya Harn.

— L-P-8-8-8.

Ciena avait mal entendu l'ordinateur. Ce n'était pas possible.

L'ordinateur termina sa phrase :

— Cadet Ciena Ree.

*

— Je ne ferais jamais une chose pareille, se défendit Ciena.

Elle était au garde-à-vous dans le bureau du commandant Deenlark, devant la longue table en obsidienne.

— À personne et encore moins à Thane.

— Pourquoi pas ? Il était le seul à être en concurrence avec vous pour la place de premier de classe, non ?

— Oui, mais… c'est mon ami.

— L'amitié survit rarement à l'ambition.

L'estomac de Ciena se noua avec une violence telle qu'elle dut se retenir de vomir. Ce cauchemar l'avait engloutie tout entière. Non seulement elle avait vu l'expression choquée de Thane, non seulement toute la classe l'avait foudroyée du regard quand on l'avait escortée hors du hangar, mais son honneur était sali. C'était le pire et elle ne savait pas si elle allait pouvoir le rétablir un jour. Des pensées se bousculaient dans sa tête, tandis qu'elle maintenait sa posture rigide et faisait de son mieux pour sembler calme.

Que se passera-t-il si je suis renvoyée de l'académie ? Je ne deviendrai jamais officier impérial. Je pourrais toujours travailler comme pilote, mais je ne pourrai jamais retourner sur Jelucan. Jamais. Mes parents ne pourraient pas m'accueillir sans être exclus par les autres familles de la vallée.

Non. Elle ne pouvait pas faire subir une telle humiliation à sa mère et à son père. Si elle était renvoyée, elle se réfugierait sur une planète inconnue et recommencerait sa vie, seule.

Les portes du bureau de Deenlark coulissèrent et le commandant aboya :

— Nous sommes toujours en train de régler cette affaire.

Harn se mit immédiatement au garde-à-vous.

— Oui, chef, mais un autre cadet nous a livré une information cruciale.

La terreur, mêlée à l'espoir qui s'insinua en elle, empêcha Ciena de parler, même quand Jude entra dans le bureau, une tablette à la main. Le commandant Deenlark fit un signe impatient à Jude pour lui intimer de prendre la parole. Elle s'exprima d'un ton aussi calme et neutre que si elle lisait une liste de pièces de rechange.

— Commandant, le cadet Ree est censé être entrée dans le hangar des réparations pour saboter le canon du cadet Kyrell alors qu'elle était avec moi et notre camarade de chambre, le cadet Idele, dans nos lits. J'ai les relevés de données qui montrent quand elle a quitté la salle des arts martiaux, quand elle est entrée dans l'ascenseur, puis dans notre chambre et je n'ai aucune trace de sortie.

Ciena sentit un tel soulagement qu'elle faillit s'évanouir. Deenlark, lui, avait toujours le front plissé.

— Les données aussi peuvent être falsifiées, cadet Edivon.

Jude acquiesça d'un signe de tête.

— Je pense que quelqu'un a non seulement saboté le canon du cadet Kyrell, mais a également trafiqué l'ordinateur du hangar des réparations pour faire croire que le cadet Ree était coupable. Autrement dit, commandant, je pense qu'elle a été piégée.

— Vos suppositions ne valent rien sans preuve, cadet Edivon.

Ciena n'osait pas espérer que le témoignage de Jude et de Kendy suffirait à la blanchir. Le commandant l'aurait dit.

— Commandant, j'hésite à nommer la personne qui semble responsable de ce sabotage, car, si les données sont claires, elles ne constituent pas une preuve tangible.

Jude serra les doigts autour de la tablette, comme si elle avait peur qu'on lui arrache l'information.

Pourquoi ne révèles-tu pas ton hypothèse ? avait envie de hurler Ciena. *Qui m'a fait ça ?*

Le commandant Deenlark se leva. Il était assez grand pour dominer Jude, qui était pourtant une grande perche.

— Dites-nous ce que vous avez découvert.

Jude adressa un regard désolé à Ciena.

— Commandant, la personne qui a tenté de faire porter le chapeau au cadet Ree… est le cadet Thane Kyrell lui-même.

Non. Ciena refusait de le croire. Il devait y avoir une autre réponse. Jude devait avoir mal interprété les données.

Hélas, Ciena savait que personne n'était plus doué que Jude pour comprendre le fonctionnement d'un ordinateur. Thane était le seul concurrent de Ciena pour la première place et la mécanique était son point faible. S'il avait mal réalisé son projet et avait redouté d'échouer… il aurait très bien pu couper les fils lui-même pour cacher son incapacité à réparer sa machine. En accusant Ciena du sabotage, il évitait non seulement de mauvaises notes, mais il la faisait chuter si bas qu'elle ne serait plus jamais première de classe.

Ce n'est pas juste une histoire de classement, raisonna-t-elle. *J'aurais pu me faire renvoyer ! Thane ne me ferait jamais une chose pareille.*

Pourtant, Jude était là avec la preuve affichée sur le datapad qu'elle tenait en main.

CHAPITRE 6

— Qu'est-ce que le commandant a dit ? demanda Nash à Thane.

— Il m'a juste convoqué dans son bureau.

Thane referma sa veste d'uniforme afin de se préparer pour la réunion.

— Tu crois qu'il va t'accorder une deuxième chance pour le canon laser ?

Ved était allongé sur son lit et faisait mal semblant d'être préoccupé par ce qui était arrivé.

En ce moment, Thane se souciait encore moins de son classement que Ved.

— Je pense qu'il va me dire ce qui s'est vraiment passé.

Nash haussa un sourcil.

— Tu es toujours persuadé que Ciena n'a pas saboté ton moteur ? Malgré les preuves ?

— Ça ne lui ressemble pas, trancha Thane en se dirigeant vers la porte.

Il n'était pas certain que Ciena était innocente ; les faits l'accusaient et Thane devait admettre qu'il était difficile de falsifier les données des ordinateurs de l'Académie. Il en était sûr à au moins quatre-vingt-quinze pour cent. Non seulement Thane avait confiance en elle, il savait quel genre de personne elle était et d'où elle venait. Bien sûr, beaucoup de cadets de l'académie auraient été capables de tricher pour réussir. Mais Ciena, une fille des vallées jelucanies, aurait préféré mourir plutôt que de faire quoi que ce soit de déshonorant. Elle ne trahirait jamais personne, et encore moins lui. Ils comptaient trop l'un pour l'autre.

Il lui restait tout de même cinq pour cent d'incertitude, alors qu'il n'avait jamais douté de Ciena auparavant, pas même une seconde.

Lorsque Thane entra dans le bureau du commandant Deenlark, il fut surpris de voir Ciena au garde-à-vous. Au début, il en fut content – *très bien, nous allons pouvoir régler ce malentendu et passer à autre chose* –, puis il se rendit compte qu'elle évitait de croiser son regard. Était-ce une question de discipline ou de culpabilité ?

Le commandant ne se leva pas de sa chaise. Il les examina tous les deux, qui se tenaient droits devant lui.

— Cadet Kyrell. Cadet Ree. Nous sommes face à une énigme. La première couche de données indique que le cadet Ree est la seule coupable possible du sabotage. Cependant, la seconde suggère que le cadet Kyrell a lui-même trafiqué son canon laser et s'est arrangé pour faire porter le chapeau au cadet Ree.

Thane n'avait jamais senti le sang quitter à ce point son visage. C'était comme s'il devenait insensible sous l'effet du froid.

— Commandant, je n'ai pas… Jamais je ne…

— Épargnez-moi vos protestations, cadet Kyrell.

Deenlark semblait maintenant plus lassé qu'autre chose.

— J'ai consulté nos spécialistes, qui m'ont expliqué que les deux couches de données pouvaient être falsifiées. L'un de vous a tenté de nuire à l'autre et a couvert les traces de son méfait – trop maladroitement pour les cacher complètement, mais suffisamment pour que nous ne sachions jamais avec certitude lequel d'entre vous est responsable et lequel est innocent. Nous n'avons donc pas d'autre choix : nous sommes obligés de vous punir tous les deux.

Même si Thane était un bon pilote, il lui était arrivé d'avoir un « accident » lors d'une simulation de vol. Quand les écrans lui avaient montré les images des flammes et de la surface d'une planète s'approchant à toute vitesse, s'apprêtant à le réduire en miettes, il s'était demandé ce qu'il ressentirait s'il s'écrasait et brûlait pour de bon.

L'expérience devait être très proche de ce qu'il ressentait en ce moment.

Le commandant Deenlark eut un petit sourire.

— Vous avez tous les deux raté le projet du canon laser. Votre classement reflétera cet échec.

Leur classement était assez élevé pour qu'un échec de cette importance ne les rabaisse pas au second quartile. Mais la chute était tout de même douloureuse.

— Normalement, reprit le commandant, une violation du code d'honneur entraîne une comparution disciplinaire et un possible renvoi. Comme nous ne pouvons connaître la vérité, cela ne servirait à rien. Je vous ai punis tous les deux, mais je ne suis pas prêt à renvoyer deux pilotes doués sur la base d'informations aussi peu fiables. Vous poursuivrez votre formation. Mais soyez assurés que si jamais un incident de ce type venait à se reproduire pendant vos études à l'académie, vous serez expulsés de façon immédiate et définitive. Est-ce bien clair ?

— Oui, commandant, répondirent Thane et Ciena en chœur.

La voix de Ciena semblait aussi creuse que celle de Thane.

Ils quittèrent le bureau de Deenlark en silence. Il était situé à l'un des étages supérieurs du bâtiment et la vue par les vitres teintées de vert permettait d'admirer près de la moitié de Coruscant. Quelques bancs et chaises avaient été placés là pour les officiers subalternes, les étudiants et les visiteurs, afin que la vue impressionnante leur rappelle le pouvoir du commandant.

Personne n'était présent dans la salle d'attente ce soir-là, en dehors de Thane et Ciena.

Comme s'ils avaient répété une chorégraphie, ils s'avancèrent vers les fenêtres et se tournèrent l'un vers l'autre. Quand leurs regards se croisèrent, Ciena poussa un soupir de soulagement.

— Tu n'as rien fait.

— Toi non plus.

Il aurait dû le savoir depuis le début. Ils se sourirent. La confiance était rétablie. Malheureusement, le problème n'était pas résolu. Thane s'affala contre un pilier métallique entre deux fenêtres.

— Alors qui a fait ça, nom d'un bantha ?

Ciena se rembrunit :

— Quelqu'un qui voulait obtenir la meilleure note sur ce projet. Sûrement ce sournois de Ved Foslo.

— Je n'en suis pas aussi sûr que toi. Ved est doué en mécanique, il aurait été au top du classement sans tricher. Pourquoi prendre ce risque ? En plus, il est à cheval sur le règlement, même quand il est en sa défaveur.

Ciena semblait anéantie.

— Alors qui nous aurait piégés et aurait essayé qu'on se déteste ? Saboter le canon et les données n'était pas juste une stratégie pour gagner des points. Quelqu'un voulait nous faire du mal.

Qui dans leur classe avait une dent contre eux deux ? Personne ne les détestait – pour autant que Thane le sache, ce qui ne signifiait sans doute pas grand-chose.

— C'est sans doute parce que nous sommes tous les deux en tête du classement.

Ciena poussa un gémissement.

— Tu veux dire *étions*. Ça nous fait retomber si bas…

— Pour le moment.

Il se rendit compte qu'il serrait les poings.

— Il faut que nous découvrions le vrai coupable. Une fois que nous pourrons le dénoncer, nous récupérerons nos points et ce salaud sera renvoyé.

— La personne capable d'une chose pareille ne mérite pas de devenir officier impérial, souligna Ciena en redressant le menton. Tu as raison. Nous découvrirons la vérité puis nous ferons payer le responsable.

Thane hocha la tête. Au-dehors, les vaisseaux et les motos à répulsion filaient dans le soleil couchant.

— Très bien. Par où commencer ?

*

Jude accepta de les aider, même si, alors qu'ils étaient installés devant une station de données, elle les mit en garde :

— Mon analyse précédente a accusé à tort Thane. Mes compétences ne sont donc pas ultra fiables.

Ciena posa une main sur l'épaule de son amie.

— Ne dis pas ça. Tu as trouvé la mauvaise solution parce que quelqu'un s'est arrangé pour que tu y croies. Maintenant que tu sais que tu dois creuser plus loin, je suis sûre que tu dénicheras très vite la réponse. Pas vrai, Thane ?

Elle lui adressa un regard entendu et il acquiesça, comme s'il n'avait pas émis les mêmes doutes au sujet des compétences de Jude lorsque Ciena lui avait proposé ce plan d'action.

Ciena, elle, croyait en son amie. S'ils voulaient découvrir la vérité, Jude serait leur meilleur guide.

Cette dernière s'affaira sur le terminal pendant quelques minutes. Personne ne parlait ni ne bougeait. Le seul bruit dans la gigantesque salle d'analyses de données provenait des doigts de Jude pianotant sur la console. Un faible éclairage émanait des dizaines de terminaux inoccupés à cette heure tardive, qui projetaient une lueur bleue artificielle. Ciena se tourna vers Thane qui la regardait. Quand leurs yeux se croisèrent, il se détourna, gêné.

Sans qu'elle sache pourquoi, elle rougit.

Elle se força à se concentrer sur les suspects les plus probables. N'importe qui aurait pu avoir envie de faire baisser leurs résultats. Pour essayer de les monter l'un contre l'autre, il fallait vraiment vouloir leur faire de la peine.

Nous avons été plus malins qu'eux.

Cette idée la remplit de fierté et d'émotions plus difficiles à identifier. Elle jeta un regard discret à Thane.

Il en faut plus que ça pour nous séparer.

— Hum, fit Jude en plissant son long nez couvert de taches de rousseur. Les chemins empruntés par le saboteur sont tortueux. Je suis remontée aux informations sur Thane et on dirait qu'on a voulu faire croire qu'un haut gradé de l'Académie était responsable.

Ciena secoua la tête.

— Un mensonge après l'autre. Quand je découvrirai qui a fait le coup, je vais lui demander pourquoi il a cru qu'il pourrait faire porter le chapeau à *un instructeur* sans se faire pincer.

— Pas un instructeur, quelqu'un du Bureau des Résultats des Étudiants, clarifia Jude.

Qu'est-ce que cela changeait ? Un instructeur, un employé administratif, peu importe… la tactique était stupide. Mais Thane se redressa sur son siège et un éclair de lucidité traversa son visage.

— Est-ce que vous savez de quoi s'occupe le Bureau des Résultats des Étudiants ?

Ciena n'en avait jamais entendu parler. Ce fut Jude qui expliqua :

— Ils supervisent les performances des étudiants et suggèrent aux instructeurs des méthodes pour favoriser une amélioration maximale. Je n'ai aucune idée de comment ils s'y prennent, ajouta-t-elle en haussant les épaules.

— Apparemment, en mettant le bordel dans nos cerveaux ! s'emporta Thane.

Il s'écarta du terminal. Ciena ne l'avait jamais vu en colère comme ça.

Quelqu'un devait garder la tête froide.

— Thane, réfléchis à ce que tu dis. Pourquoi est-ce qu'un membre du personnel de l'Académie voudrait nous piéger ?

— Parce qu'ils ne veulent pas que deux cadets d'une planète paumée battent tous les enfants gâtés issus de familles militaires. Parce que le général Foslo ou l'amiral Jasten ou quelqu'un comme ça leur a ordonné de nous faire tomber pour que leurs gamins soient en tête du classement.

Thane se leva, le visage sombre.

Même si elle comprenait sa fureur, Ciena était embêtée de sa réaction.

— Pourquoi transformes-tu cette histoire en théorie du complot ?

Jude, assise en silence devant son terminal, intervint :

— *C'est* un complot. La seule question est de savoir qui en est responsable.

— Personne ne serait assez bête pour vouloir accuser un membre du personnel de l'Académie, raisonna Thane. En tout cas pas quelqu'un d'assez malin pour réussir un coup pareil. Seul quelqu'un du Bureau des Résultats des Étudiants peut avoir fait le coup.

— Tu n'es pas sérieux ?

Une terreur glacée pétrifiait Ciena. Thane glissait sur un terrain dangereux. *On ne remettait pas* en question les méthodes de l'Académie.

— Bien sûr que si. Ils ont dû se faire graisser la patte. Combien de crédits faut-il pour acheter la place de ton rejeton au classement ? Peu importe la somme, c'est ça que l'Académie pense qu'on vaut.

— Tu te rends compte que ce sont des accusations très graves ?

— Qu'est-ce que tu vas faire ? Me dénoncer ? rétorqua Thane.

Jude restait à son poste, très calme. Son regard passait de l'un à l'autre tandis qu'ils se disputaient. Ciena savait qu'ils auraient mieux fait de baisser d'un ton, au moins jusqu'à ce qu'ils se retrouvent seuls, mais elle était trop furieuse et Thane aussi.

— Tu penses que tout ce que font l'Académie et l'Empire est parfait !

— Et toi tu crois que toute autorité est néfaste. Exactement comme ton père !

Les yeux de Thane s'écarquillèrent. Elle réalisa qu'elle l'avait blessé. Il s'approcha d'elle.

— Ne me parle *plus jamais* de mon père. Ce ne sont pas tes affaires, compris ?

Jamais de sa vie il ne lui avait dit que quelque chose ne la concernait pas. Ils n'avaient pas de secret l'un pour l'autre, ils se disaient tout. Thane venait de dresser une barrière entre eux, un mur de pierre, et Ciena avait l'impression qu'elle venait de s'y encastrer à pleine vitesse.

— Tu réalises qu'il est de notre devoir de leur en parler ? poursuivit-il, tellement en colère qu'il semblait avoir perdu tout sens commun.

— Tu veux qu'on accuse le personnel de l'Académie de malhonnêteté ?

— Oui ! Je veux qu'ils admettent ce qu'ils ont fait et qu'ils annulent la décision ! C'est notre seule chance de retrouver notre place au classement…

— Ils ne vont jamais te rendre ta place après de pareilles allégations ! Ils nous expulseraient à une vitesse telle que nous n'aurions même pas le temps de faire nos bagages !

— Tu ne veux même pas *essayer* ? Tu préfères abandonner plutôt qu'admettre que tes précieux profs auraient pu mal agir ?

Ciena avait envie de le secouer.

— Tu ne ferais qu'aggraver ton cas, Thane.

— Tu souhaites que j'accepte l'injustice ? Que j'accepte que tout mon premier trimestre à l'Académie n'a été qu'une perte de temps ?

Comme si tout ce qu'ils avaient appris, réalisé et vu était gâché juste à cause de leur déclassement. Furieuse, elle répliqua :

— Oui ! Tu dois laisser tomber, vivre avec la sanction et *grandir*.

Il la regarda bouche bée, le regard débordant de mépris.

— Je n'aurais jamais cru que tu étais lâche.

Ça faisait mal.

— Et moi, je n'aurais jamais pensé que tu n'étais pas apte à servir l'Empire. Pourtant, maintenant, je me pose des questions.

— Épargne-moi ton analyse, d'accord ? Le débat est clos.

Il tourna les talons. Même si Ciena avait envie de mettre fin à la discussion, elle n'avait pas envie qu'ils se quittent dans ces termes. Elle lui cria :

— Tu ne veux pas voir ce que Jude va encore découvrir ?

— Elle ne découvrira rien d'autre. Nous avons notre réponse. Tu es juste trop naïve pour admettre la vérité.

Le ton de Thane dégoulinait de mépris. Cela fit beaucoup de peine à Ciena. Elle ne dit plus rien et il s'en alla d'un pas furieux.

Ciena avait l'impression qu'une bombe venait d'exploser. Cette dispute n'était que le détonateur ; un changement radical était sans doute en préparation depuis longtemps. Elle n'aurait jamais imaginé que cela mènerait à un affrontement aussi grave. Un fossé s'était creusé dans leur amitié et Thane était sur l'autre rive désormais. Elle ne pouvait plus penser qu'il aimait l'Empire autant qu'elle. Elle ne pouvait plus compter sur sa compréhension et son soutien. Plus rien entre eux ne serait jamais comme avant.

— Bon, conclut Jude, mal à l'aise. J'ai poursuivi les recherches et il semble que la piste s'arrête au Bureau des Résultats. Ça ne veut pas dire qu'ils sont coupables. C'était peut-être très facile de faire pointer les données du sabotage dans leur direction. Et, bien sûr, toutes les autres données en provenance du hangar des réparations ont été effacées. J'ai bien peur que les recherches ne se terminent là.

Ciena hocha la tête. Sa vue se brouilla et elle essuya des larmes brûlantes du revers de la main.

Jude poursuivit :

— Nous devrions concentrer nos efforts sur l'amélioration de tes résultats pour que tu puisses rattraper cette chute…

Jude se leva et, moins raide qu'à son habitude, elle serra Ciena très fort contre elle. Elle pouvait enfin se laisser aller à pleurer.

CHAPITRE 7

Pour les cadets de l'Académie, les deux années et demie qui suivirent semblèrent à la fois durer une éternité et filer à la vitesse-lumière. À mesure que les examens devenaient plus exigeants, les exercices plus difficiles et la discipline plus sévère, les lits se vidèrent peu à peu. Ceux qui restaient resserraient les rangs. Les couloirs semblaient de moins en moins encombrés à mesure que les étudiants échouaient ou baissaient les bras.

Thane Kyrell et Ciena Ree étaient tous les deux trop durs à cuire pour cela. Ils visaient la première place de la classe chaque trimestre, ce qui les amenait à s'affronter régulièrement.

En cours de culture classique des mondes du Noyau :

— Qui d'entre vous peut me dire pour quelle œuvre le compositeur d'opéra Igern est le plus connu ?

Ciena leva la main et quand le professeur lui adressa un signe de tête, elle répondit :

— *Calice et Autel.*

— Très bien, cadet Ree. Et pouvez-vous me dire pour quels thèmes l'opéra est renommé ?

Oh, oh. Elle était capable de fredonner plusieurs mélodies de *Calice et Autel*, mais elle n'appréciait guère la musique d'opéra. Elle avait du mal à mémoriser le sujet de ce genre d'œuvres.

Après une brève pause, l'enseignant se détourna.

— Vous avez étudié par cœur, cadet Ree ? C'est dommage. Est-ce que quelqu'un d'autre le sait ?

La voix de Thane dans son dos la transperça comme un couteau planté entre les omoplates.

— L'opéra traite de la morale du sacrifice personnel et de la maîtrise du désir.

— Excellent, cadet Kyrell.

Ciena devinait le sourire satisfait de Thane dans son dos. Elle serra les dents et se promit d'écouter de l'opéra tous les soirs jusqu'au prochain examen de culture. Tant pis pour Kendy et Jude.

En cours d'opérations de vaisseaux de niveau destroyer :

— Toutes les autres tentatives ont échoué, déclara le professeur depuis le faux siège de commandement du simulateur de Destroyer Stellaire. Nos ennemis se sont introduits à bord, les combats font rage sur tous les ponts et nous ne pouvons pas les laisser s'emparer de notre vaisseau. Nous devons donc nous autodétruire. Laquelle parmi les trois méthodes possibles devrions-nous choisir ?

Thane pivota dans son siège.

— Nous devrions enclencher l'autodestruction automatique en utilisant les codes détenus par les trois plus hauts gradés. Le processus automatique est celui qui offre le plus de temps avant la détonation, ce qui signifie que plus de troupes réussiront à rejoindre les modules de survie.

Le formateur joignit les mains devant lui.

— C'est un choix intéressant. Est-ce que quelqu'un décèle une faille dans le scénario proposé par le cadet Kyrell ?

Ciena leva la tête de son écran.

— Oui, monsieur. Si le vaisseau a été infiltré par l'ennemi à une telle échelle, il n'y a aucune garantie que les trois plus hauts gradés seront tous sur le pont, ni même qu'ils seront en vie. D'autre part, un délai supplémentaire avant la détonation offrira également aux ennemis de meilleures chances de s'échapper.

— Très bien, cadet Ree. Que suggéreriez-vous à la place ?

— Pas la méthode du moteur principal, qui exigerait un accès facile à la salle des moteurs, ce qui n'est pas garanti si des combats se déroulent à l'intérieur du vaisseau. Nous devrions plutôt opter pour le message du capitaine. Il communique à tous le signal d'abandonner le vaisseau, s'enferme sur le pont avec une phrase ou un mot de passe connu de lui seul et reste à l'intérieur pour tirer sur les vaisseaux ennemis et couvrir la fuite des modules de survie. Ensuite, il pilote le vaisseau vers l'étoile, la singularité ou l'objet planétaire le plus proche.

Ciena releva le menton en cachant mal sa fierté.

— Ce qui signifie que le capitaine meurt avec son vaisseau ?

— C'est exact, monsieur. Tous les officiers impériaux doivent être prêts à sacrifier leur vie pour accomplir leur devoir.

— Excellent, cadet Ree.

Le professeur lui sourit. Ce vieux type antipathique ne souriait jamais à personne.

— Votre réponse est idéale à la fois d'un point de vue tactique et moral.

Thane serra les mains autour du panneau de contrôle pour s'empêcher de faire un geste considéré comme grossier sur la plupart des planètes.

Moral. Qu'est-ce qu'il y avait de moral à se faire exploser quand on pouvait tout aussi bien s'en sortir vivant et revenir se battre par la suite ? Thane fulmina pendant tout le reste de l'après-midi, y compris durant le combat rapproché, où sa colère alimenta ses coups de poing jusqu'à ce qu'il frappe Ved trop fort. Il récolta non seulement un blâme, mais dut promettre à Ved tous ses crédits dessert de la semaine pour se racheter.

Même si Thane savait qu'il était seul responsable de sa déconfiture au combat rapproché, il ne pouvait s'empêcher de penser qu'il s'était une fois de plus mis dans le pétrin à cause de Ciena.

Peut-être croyait-elle encore que l'Empire était un État parfait, où chaque planète chantait les louanges de l'Empereur. Thane savait que ce n'était pas le cas. Les canaux d'information officiels ne relayaient jamais que les projets de construction, les négociations commerciales abouties et les échos d'une prospérité économique infinie, mais Thane savait que ce n'était qu'un vernis. L'Empire construisait de nouvelles bases pour renforcer son emprise sur la galaxie. Ses « négociations commerciales » semblaient toujours se conclure de la même manière : l'Empire obtenait ce qu'il souhaitait dans des conditions qui ne bénéficiaient jamais aux planètes partenaires. Quant au moral du peuple, même les canaux d'information officiels commençaient à dire du mal d'un petit groupe de terroristes qui fomentaient de mauvais coups et se faisaient appeler « Rebelles ».

Thane ne ressentait que mépris envers les terroristes. Mais il devinait que ces factions ne pouvaient pas surgir de nulle part. Elles se créaient en réaction à la domination grandissante de l'Empire. Même si cette réaction était disproportionnée, elle démontrait que certains individus n'acceptaient pas le règne de l'Empereur.

Thane avait beau avoir perdu ses illusions, il n'avait pas l'intention de quitter le service de l'Empire. Comment aurait-il pu, sinon, conduire les vaisseaux les plus extraordinaires de la galaxie ? Des employeurs plus petits pouvaient être tout aussi corrompus et n'offriraient jamais une même stabilité d'emploi. Au sein de la Flotte Impériale, au moins, Thane aurait un salaire décent, accès à des vaisseaux haut de gamme et à des promotions régulières. Pour couronner le tout, il ne devrait plus jamais habiter sur Jelucan.

C'est donc sans aucune jalousie qu'il vit Ciena Ree être sélectionnée pour poursuivre une carrière dans le commandement. Son propre parcours, celui de pilote d'élite, lui convenait beaucoup mieux. Il était même soulagé à l'idée que Ciena et lui partageraient moins de cours une fois qu'ils suivraient leur filière de spécialisation. Il était soulagé de ne plus la voir tous les jours. Parfois, le simple fait de poser les yeux sur elle lui faisait de la peine.

Non, cela *l'irritait. Le mettait en colère.* Cela ne lui faisait pas de *peine.*

C'est du moins ce qu'il se racontait. Tout ce que Thane savait depuis l'incident du faux sabotage, deux ans et demi plus tôt, c'est qu'ils n'avaient jamais réussi à se réconcilier pour de bon. L'humiliation qu'il avait ressentie quand elle avait évoqué son père lui faisait encore mal à chaque fois qu'il croisait Jude Edivon. Jude s'était montrée encore plus gentille avec lui depuis cet épisode, ce qui ne faisait qu'aggraver les choses. Ciena avait cessé de se confier à lui, ce qui lui semblait aussi froid qu'étrange. Il se demandait si elle prenait tellement à cœur son devoir impérial qu'elle considérait sa méfiance envers les méthodes de l'Académie comme une insulte personnelle. Ça aurait été vraiment idiot. Il ne parvenait pas non plus à oublier qu'elle avait refusé d'affronter leurs supérieurs, préférant rester en arrière dans le classement.

Il ne détestait pas Ciena et il ne pensait pas qu'elle le détestait non plus. Mais ils ne s'encourageaient plus lors des courses et ne se félicitaient plus quand l'un des deux remportait un tournoi. Ils ne passaient plus ensemble le peu de temps libre que le programme chargé leur laissait.

De temps en temps – quand le moment était opportun –, le lien durable qui les unissait était ravivé. Les cendres redevenaient des braises.

Ainsi, un jour, quelques mois avant la fin de leur formation, Thane dut retourner au dépôt pour obtenir un nouvel uniforme. Il s'y rendait une fois par trimestre au moins. Il avait enfin cessé de grandir. C'était un soulagement, car il était le troisième en taille parmi les recrues de sa classe, à un cheveu de Nash. Des muscles venaient maintenant recouvrir ses os. Son torse et ses épaules s'étaient élargis. C'est pour cette raison qu'il lui fallait de nouvelles tenues. Il était en train de penser à combien sa veste actuelle était étroite et inconfortable quand il déboucha à un carrefour et aperçut Ciena plus loin dans le couloir. Elle portait encore le short noir large et le débardeur gris d'E&A. Au lieu de sa posture fière habituelle, elle était appuyée contre le mur, une main sur le visage. Même sans apercevoir son expression, Thane devina qu'elle n'allait pas bien.

À cet instant, il se remémora un moment auquel il n'avait plus pensé depuis des années : le jour où il avait rencontré Ciena, quand les autres garçons s'étaient moqués d'elle dans le hangar, à cause de sa robe marron en toile brute. Elle lui avait fait penser à une feuille d'automne, fragile, au pied d'un arbre.

Il savait que Ciena Ree était tout sauf fragile. Pourtant, en cet instant, elle lui donnait cette impression.

— Salut.

Après un instant d'hésitation, il s'approcha.

— Ça ne va pas ?

Ciena sursauta et se redressa comme si elle voulait se ressaisir. Elle n'avait pas pleuré, mais Thane voyait des larmes briller dans ses yeux.

— Si, ça va, affirma-t-elle d'une voix rauque. Merci.

Tu lui as demandé comment elle allait. Elle va bien. Tu as fait ton devoir, maintenant file. Thane hésita, sur le point de tourner les talons, puis quelque chose le retint.

— Ça n'a pas l'air d'aller.

Elle émit un son étrange – mi-rire, mi-sanglot.

— C'est une bêtise.

— Qu'est-ce que c'est ?

— J'ai reçu un holo de mes parents. Le muunyak est mort.

— Celui que tu montais parfois pour venir à la Forteresse quand nous étions petits ?

Thane n'avait plus parlé de la Forteresse depuis des années.

Ciena opina de la tête.

— C'est lui. Il était vieux et je savais en venant ici que je ne le reverrais sans doute jamais. Tout de même…

Elle leva les yeux au ciel pour se moquer de ses propres émotions.

— C'est idiot d'être bouleversée, hein ?

— Pas du tout. Ce muunyak était *super*.

Thane l'avait monté quelques fois, lui aussi. Il se souvenait de s'être assis, enfant, sur le large dos poilu de la bête, les bras autour de la taille de Ciena. Ils riaient tous les deux, à la fois de plaisir et de terreur, tandis que le muunyak avançait avec agilité le long d'une crête étroite en haut de la montagne.

Elle sourit. Thane ne l'avait plus vue lui sourire avec sincérité depuis longtemps.

— Oui, c'est vrai.

Leurs regards se croisèrent et, pendant un moment, ce fut comme si les dernières années ne s'étaient pas passées. Puis elle se raidit et dit d'un ton solennel :

— Merci pour ta sollicitude. Si tu veux bien m'excuser, je dois me changer pour mon groupe de travail sur les tactiques de batailles amphibies.

Thane leva les mains en signe d'abandon.

— Tu es tout excusée.

Elle faisait tout le temps ça – changer d'attitude, se montrer soudain froide et le repousser. Il se dit qu'il était habitué, que ça ne lui faisait plus rien depuis longtemps. Malgré tout, pendant le trajet jusqu'au dépôt, il ne put s'empêcher de repenser à la Forteresse qu'ils avaient créée ensemble et où il s'asseyait pour attendre sa seule vraie amie.

*

C'était devenu une habitude : Thane était gentil juste assez longtemps pour que Ciena oublie à quel point il avait été odieux avec elle. Elle se confiait à lui comme avant, puis se ressaisissait en se rappelant à quel point Thane l'avait exclue de sa vie.

Tout au long de la séance de travaux pratiques, alors qu'elle visionnait les holos de véritables invasions amphibies au cours de l'histoire, Ciena rumina cette étrange rencontre avec Thane brusquement interrompue. Elle regrettait de s'être montrée si froide, mais elle avait l'impression qu'à chaque fois qu'elle essayait d'être sincère avec lui, il lui tournait le dos.

Qu'avait-elle fait de si grave ? C'était *lui* qui avait disjoncté à cause de ce stupide projet de canon, deux ans et demi plus tôt, convaincu qu'ils étaient victimes d'un immense complot. C'était *lui* qui avait voulu les entraîner dans une audition administrative malgré l'absence de preuves, ce qui aurait abouti à leur renvoi immédiat. Et parfois, il avait l'air vexé quand elle le dépassait lors d'un examen ou d'une épreuve, comme s'il n'arrivait pas à croire que quelqu'un d'aussi inférieur puisse être meilleur que lui. La considérait-il encore comme la fille des vallées ?

Peut-être avait-il toujours considéré leur amitié comme un acte de charité. Les entraînements de vol, les séances de révisions avec CZ-1... peut-être qu'ils ne les avaient pas partagés en tant qu'amis. Peut-être n'était-ce que le cadeau d'un garçon riche à l'attention d'une petite fille pauvre dont il attendait la dévotion en retour ?

Ciena se rendait compte qu'elle allait trop loin. Thane et elle avaient vraiment été amis et, dans une certaine mesure, ils l'étaient encore, même si elle n'arrivait plus à apprécier cette relation comme avant.

Le chef de son groupe de travail parlait sans cesse. Ciena l'entendait sans l'écouter. Elle se remémorait les longues heures que Thane et elle avaient passées dans la Forteresse, à partager leurs secrets et à rêver des étoiles.

*

Quelques semaines avant la remise des diplômes, le commandant annonça que les cadets les plus méritants assisteraient à une réception et un bal au Palais Impérial. Cette perspective coupait le souffle à Ciena. Évidemment, il y avait peu de chances pour que l'Empereur en personne préside l'événement. Mais le Palais Impérial était l'un des édifices les plus majestueux et les plus élégants de la planète. C'était un ancien temple, disait-on. Des centaines de gradés seraient présents, sans parler des membres du Sénat Impérial. Les cadets qui seraient conviés à un tel rassemblement n'étaient pas juste récompensés pour leurs bonnes notes. Cette faveur démontrait que l'Empire investissait dans ces futurs officiers : entrer en contact avec d'éminents représentants du monde politique et militaire pouvait changer le cours de leurs carrières.

Quand Ciena découvrit son nom sur la liste, elle eut envie de pousser des cris de joie. Elle ne réalisa que beaucoup plus tard quels étaient les autres invités.

— Thane Kyrell et Ved Foslo, soupira-t-elle en se laissant tomber sur son lit. De tous les garçons de notre classe, il fallait que ce soient eux, les invités ?

— Une analyse logique des performances de la classe les désignerait comme candidats probables, répliqua Jude sans lever les yeux de sa console d'ordinateur.

Ses doigts pianotaient sur l'écran pour achever son dernier projet informatique longue durée.

— Il était presque inévitable qu'ils soient invités, comme nous, conclut-elle.

— Tu retournes le couteau dans la plaie, intervint Kendy avec bonne humeur depuis son lit.

La fin de leurs études approchant et leurs futurs postes étant pratiquement garantis, une forme de sérénité régnait désormais sur l'Académie. La compétition féroce avait pris fin et les cadets pouvaient… non pas vraiment *se relaxer*, mais cesser de s'inquiéter et se concentrer sur leur avenir prometteur.

— Dites-moi juste que vous n'y allez pas en uniforme.

Ciena hésita.

— Eh bien, je… les uniformes de cérémonie conviennent à toutes les occasions officielles.

— En revanche, ils ne sont pas obligatoires pour des événements non militaires comme un bal, précisa Jude. Si tu veux porter le tien, c'est parce que tu n'as pas les crédits suffisants pour t'offrir une tenue civile appropriée.

Heureusement que le teint de Ciena était assez mat pour qu'on ne devine pas quand elle rougissait. Elle adopta un ton ferme :

— L'uniforme sera parfait.

Jude soupira et leva enfin les yeux pour examiner Ciena.

— Ta fierté est un excellent moteur, en général, mais parfois, elle te bloque la route. S'il te plaît, laisse-moi t'offrir des vêtements pour cet événement.

— Je ne peux pas, protesta Ciena en montant sur ses grands chevaux.

Son éducation de fille des vallées lui avait appris à être aussi fière de ses haillons que ceux de la seconde vague l'étaient de leur soie… même si elle avait toujours trouvé la soie magnifique.

Jude insista avec plus de douceur.

— Nous sommes amies. Tu m'as énormément aidée tout au long de nos études. Ma mère possède plusieurs brevets utilisés dans la technologie des mines de Bespin. Notre fortune familiale dépasse largement nos besoins. Pourquoi ne pourrais-je pas t'acheter une robe ?

— Ma culture ne…

Jude l'interrompit, ce qu'elle ne faisait jamais.

— J'ai une culture, moi aussi. Nous accordons beaucoup d'importance à la générosité et chez nous nul n'oserait refuser un cadeau.

Ciena chercha de nouveaux arguments, mais si ça faisait partie de la *culture* de Jude.

— Eh bien…

Jude était suspendue à ses lèvres, pleine d'espoir.

— Je n'ai pas besoin de *posséder* une robe. Tu pourrais peut-être m'aider à en louer une ?

Elle se présenta donc au bal en robe de soirée, pour la première fois de sa vie. Elle était consciente que la vanité alimentait le bonheur qui bouillonnait en elle. Le tissu soyeux, d'un bleu tirant sur le violet, étincelait discrètement. La longue jupe et la courte cape qu'elle portait par-dessus flottaient autour d'elle comme portées par une brise invisible.

La plupart des femmes de l'assistance – et de nombreux hommes également – portaient des tenues encore plus somptueuses, comme des bracelets ou des coiffes tressées de bijoux ou des toilettes en soie et velours brodés. Ciena réalisait pourtant qu'elle était aussi élégante que n'importe qui. Au lieu de ses tresses habituelles, elle avait libéré ses boucles, adoucies par une couche d'huile parfumée. Kendy lui avait prêté de simples boucles d'oreilles en perle et un peigne irisé en coquillages d'Iloh pour retenir ses cheveux. Ciena était parfaite pour l'occasion et se sentait elle-même, alors que dans une de ces robes tarabiscotées portées par certaines invitées, elle aurait eu l'impression de ne pas être à sa place.

— Te voilà, sourit Jude.

Ciena se retourna pour la saluer… et n'en crut pas ses yeux.

Comme Jude n'avait rien dit sur sa propre robe, Ciena avait imaginé que l'esprit pratique de son amie gouvernerait son choix : une coupe simple, d'un ton gris ou ivoire, idéal pour toutes les occasions. Ce n'était pas le cas. Jude portait un tissu orange moulant taillé pour dévoiler son ventre plat et son dos parfaitement musclé. Ses cheveux coupés court avaient été dressés avec du gel et ses pendants d'oreilles en or descendaient le long de son cou élancé pour frôler ses épaules d'une façon franchement sexy.

Voyant Ciena bouche bée, Jude plissa le front sans comprendre.

— Qu'est-ce qu'il y a ?

— Je… tu es magnifique.

Le compliment ravit Jude.

— Toi aussi, Ciena.

Elles se joignirent à la foule élégante qui s'avançait vers une salle de réception, sans doute l'une des plus imposantes de tout le Palais Impérial. Le vaste couloir semblait s'étendre à l'infini et d'imposantes colonnes se dressaient de chaque côté. Des drapeaux rouges étincelants pendaient du plafond, lestés pour rester immobiles en toutes circonstances, même sous une légère brise. Des droïdes rutilants roulaient avec aisance parmi les convives et portaient des plateaux chargés de boissons et de hors-d'œuvre. L'air était chargé de parfum synthétique, ce qui fit un peu tousser Ciena dans un premier temps. Des sculptures cristallines chatoyantes posées sur des piédestaux changeaient de forme avec fluidité, passant de l'abstrait à des symboles impériaux parfaits. Elles étaient éclairées avec soin pour qu'elles étincellent au maximum au moment précis de leur métamorphose.

— C'est époustouflant, déclara Jude. Imagine le mal que ça a dû leur donner.

— Et l'argent que ça coûte, renchérit Ciena.

Les crédits dépensés pour cette soirée auraient suffi à installer une nouvelle raffinerie de minerai sur Jelucan…

Elle pensait encore comme une provinciale. Chaque monde devait se reconstruire seul. Bien sûr, l'Empire était là pour les aider et les gouverner, mais, au bout du compte, Jelucan et les autres planètes de ce calibre devaient se débrouiller par elles-mêmes.

Ciena s'apprêtait à partager cette réflexion avec Jude, quand elle aperçut Ved et Thane.

Ved avait profité de l'occasion pour suivre la mode de Coruscant : une longue cape, une chemise soyeuse échancrée sur le torse et divers accessoires dernier cri. Ciena sourit intérieurement en pensant que personne ne prêterait de toute façon attention à Ved tant que Thane serait à côté de lui. Il portait son uniforme de cérémonie, comme au moins deux cents autres hommes ce soir-là… Pourtant, les autres semblaient s'effacer en sa présence. Et même si elle avait passé les deux dernières années à le voir grandir et mûrir, c'était la première fois qu'elle le considérait comme un homme.

Elle fut troublée par sa propre réaction, mais pas autant que lorsqu'elle réalisa que cela faisait le même effet à Thane qu'à elle, au moment où il la reconnut. La façon dont ses yeux semblaient la dévorer…

— Regarde, chuchota Jude en tirant Ciena sur le côté au plus mauvais moment, c'est la jeune Sénatrice d'Alderaan, Leia Organa, la Princesse !

Ciena se hissa sur la pointe des pieds, enthousiaste à l'idée d'entrevoir une telle célébrité. Elle ne l'aperçut qu'un instant, dans sa robe blanche étroite, ses longs cheveux tressés de façon compliquée. La foule se massa autour de la Sénatrice Organa et elle fut hors de vue.

— Je n'arrive pas à y croire ! s'exclama Jude en rejoignant la procession.

— C'est logique qu'elle soit ici.

Ciena trouvait tout de même intimidant qu'une fille qui avait presque le même âge qu'elle ait déjà sa place au Sénat Impérial et soit déjà si sûre d'elle, si sophistiquée, si puissante.

— C'est étonnant qu'elle assiste à un événement officiel après le discours qu'elle a tenu au Sénat hier, précisa Jude.

Ciena se rappela que la Princesse Leia avait en effet annoncé, au nom de son père, d'imminentes « missions de sauvetage » en direction de planètes sur lesquelles, selon les dires des Organa, la politique impériale avait un effet négatif.

— C'était de la démagogie pure, maugréa Ciena. Des missions comme celles-là ne serviront à rien :

l'Empire serait le premier à venir en aide aux citoyens si c'était nécessaire. C'est à ça qu'il sert !

Jude acquiesça et ajouta :

— Nous devons être indulgentes. Même si les Organa se fourvoient, ils ont certainement de bonnes intentions.

Même si Jude avait sans doute raison, Ciena ne put s'empêcher de secouer la tête. Comment une si jeune femme pouvait-elle se croire être mieux informée que *l'Empire* ?

Avant d'arriver sur Coruscant, Ciena pensait que la danse de salon était une habitude décadente des habitants de la seconde vague. On dansait bien dans les vallées, mais les pas étaient exécutés par tout le groupe dans le cadre de certains rituels importants. Depuis lors, le cours de culture des mondes du Noyau lui avait appris à considérer que la danse était une pratique civilisée, même en couple, et qu'elle n'avait d'autre objectif que l'amusement. Ciena était heureuse d'avoir acquis ce savoir, surtout que ce cours lui avait appris les chorégraphies les plus courantes. Malgré la taille disproportionnée de cette salle richement décorée de pavés et de miroirs, l'assemblée ne l'intimidait pas. Elle avança d'un pas confiant pour prendre place et attendit le partenaire que l'ordinateur lui assignerait en premier.

Évidemment, il *fallait* que ce soit Thane.

Il se posta devant elle sans croiser son regard, tandis que les couples se formaient tout autour d'eux.

— J'imagine qu'ils veulent que les cadets commencent ensemble, nota-t-il brièvement.

— Oui, sans doute.

Ciena détourna le regard. Ce qu'elle vit la fit sourire.

— Crois-moi si tu veux, on s'en sort bien.

À côté d'eux, Ved, furieux, levait les yeux vers Jude, qui le dépassait d'une tête. Jude essayait de se donner un air digne, mais Ciena la connaissait suffisamment pour remarquer qu'elle réprimait un fou rire.

Thane devait avoir vu la même chose, car elle l'entendit rire.

— Tu as raison, admit-il.

L'orchestre se mit à jouer les premières notes – *une calenada*, se dit Ciena en identifiant la danse. Elle connaissait la position correcte de départ et leva les mains. Elle n'était toutefois pas préparée à ce que la grande main de Thane épouse sa taille.

Leurs regards se croisèrent et la danse commença.

Les milliers de personnes présentes dans la salle connaissaient les pas exacts ; ils avançaient à l'unisson, dans un tourbillon de couleurs vives, qui changeaient sans cesse de forme en créant des motifs, comme à l'intérieur d'un kaléidoscope géant. Il n'y avait pas un orteil de travers. Pour Ciena, les danseurs évoquaient des bijoux scintillants, engoncés dans le métal malgré tout leur éclat.

— Je croyais que tu trouvais que la danse était… Quel mot employais-tu ? Licencieuse ? Osée ? Un prélude au péché ?

C'était vrai, avant que son cours de culture classique des mondes du Noyau ne lui ouvre l'esprit. Elle fut agacée que Thane lui rappelle ses idées provinciales.

— Dans tes rêves, rétorqua-t-elle.

Il rit – de mépris ou de surprise ?

— Tu sembles bien sûre de toi.

— Je le suis.

Ils plaisantaient, ils ne se disputaient pas vraiment. Et pourtant quelque chose de capital venait de changer. Sans s'en rendre compte, Ciena venait d'affirmer qu'elle se trouvait belle et attirante. Elle appréciait même que Thane la taquine ou se moque d'elle.

Contrairement aux craintes de Ciena, il répondit avec douceur :

— Tu as bien raison.

Leurs regards se croisèrent à nouveau et Ciena remarqua la chaleur de la main de Thane qui serrait la sienne et le doux contact des doigts posés dans son dos. Ils n'avaient plus été aussi proches depuis longtemps. Chaque pas de la calenada exigeait qu'il la dirige et qu'elle le suive, ce qui imposait une forme d'intimité pendant toute la danse. Ils avaient l'impression que les couples tourbillonnant autour d'eux avaient disparu et qu'ils étaient seuls au monde.

Ciena entrouvrit les lèvres pour parler, même si elle ne savait pas quoi dire, quand, tout à coup, le morceau prit fin. Ils s'immobilisèrent et restèrent ensemble, main dans la main, même après que tous les convives se furent mis à applaudir. Puis ce fut le moment de changer de partenaire et Thane s'éloigna sans un mot.

Pendant l'heure qui suivit, Ciena continua à tenir son rôle dans la chorégraphie, à rire et à sourire comme les autres, mais elle aurait été incapable de répéter quoi que ce soit de ce qu'on lui avait dit. Elle n'aurait pas pu dire non plus quelles danses elle avait exécutées ni avec qui. Les pensées se bousculaient dans sa tête et elle ne cessait de repenser au fossé qui s'était creusé entre Thane et elle, pour essayer de comprendre ce qui s'était joué.

Pendant une pause entre les danses, Ciena fonça vers un droïde serveur. Elle tendit la main pour atteindre un verre d'eau fraîche par-dessus les nombreuses coupes de vin. Tandis qu'elle le vidait d'un trait, elle entendit :

— Te voilà.

Ciena ne se retourna pas pour faire face à Thane. Elle sentait qu'il était très près d'elle.

— Oui, je suis ici.

— Écoute, on aurait sans doute dû en parler depuis longtemps et ce n'est sans doute ni le moment ni le lieu…

Elle fit volte-face.

— Tu vas t'excuser ?

— M'excuser ?

Les yeux de Thane lancèrent des éclairs.

— De quoi ? De m'être défendu ?

— De m'avoir écartée de ta vie !

— C'est toi qui…

Quelqu'un arriva en titubant entre eux : Ved Foslo, déjà très saoul. Il éclata de rire.

— Vous êtes vraiment trop bêtes tous les deux.

— Pardon ? fit Ciena en plissant le nez d'un air dégoûté.

Elle fit un pas en arrière. Ved empestait le whisky corellien, qui n'était même pas servi à la soirée ; il avait dû cacher une flasque dans la poche de sa cape.

— Bêtes. Toi. Thane. Tous les deux. Tellement idiots.

Ved secoua le doigt, comme s'ils étaient deux enfants désobéissants.

— Vous n'arrêtez pas de vous disputer à cause de cette histoire de canon laser. On s'en fout de ce canon ! Et vous n'avez rien compris de toute façon.

Sa dernière phrase n'avait pas de sens. Puis Ciena comprit et le choc et la colère furent tels qu'elle en eut presque le vertige.

— C'était toi ?

Le sourire de Ved s'élargit.

— Non ! Moi ? Pourquoi moi ? Vous n'avez toujours pas compris, hein ? Évidemment, des paysans sortis d'un caillou au fin fond de la galaxie. Vous ignorez tout du *véritable* fonctionnement de l'Académie et de la Flotte Impériale…

Thane posa une de ses grandes mains sur le torse de Ved. On aurait pu croire que c'était le geste d'un homme sobre voulant aider son ami saoul à rester droit. Ciena sentit pourtant la menace voilée. Et à en juger par la rapidité avec laquelle le sourire de Ved s'effaça, il l'avait compris aussi.

— Pourquoi ne nous l'expliques-tu pas ? demanda Thane à voix basse.

Ved fit quelques pas en arrière, pour être hors de portée de Thane, avant de répondre.

— Nous étudions à l'Académie pour devenir des citoyens de l'Empire. Les instructeurs n'aiment pas que des cadets de la même planète restent proches l'un de l'autre – cette complicité renforce les liens avec votre monde natal et affaiblit votre engagement envers l'Empire.

— Pas du tout ! protesta Ciena.

Ved ne l'écoutait pas. Il rit à nouveau.

— Ils vous ont piégés. Ils se sont arrangés pour que vous vous détestiez et vous avez mordu à l'hameçon.

Thane plissa les yeux.

— Quand nous avons tous les deux perdu des points pour ce travail, c'est toi qui t'es retrouvé à la première place. Du moins jusqu'à ce que Jude Edivon te dépasse deux semaines plus tard.

— Tu crois toujours que c'est moi le coupable ? Je ne suis pas capable de pirater les systèmes comme ça. Même Jude n'en est pas capable. Seuls les instructeurs maîtrisent les accès nécessaires. Et si j'avais voulu faire porter le chapeau à quelqu'un, jamais je n'aurais choisi le Bureau des Résultats des Étudiants.

Ved eut un sourire fier.

— Mon père m'a parlé d'eux. Je suis sûr que faire avancer le classement du fils d'un général était un bonus pour eux. Mais ils ont agi avant tout pour s'assurer que vous arrêteriez de vous coller l'un l'autre. Et vous, espèces d'abrutis de Jalucanis, vous avez réagi exactement comme ils l'espéraient… en pire. Ils voulaient juste que vous vous chamailliez. Pas que vous deveniez…

Ved agita la main en l'air.

— Vous ne vous êtes pas juste mis en colère. Vous vous êtes pratiquement mis à vous *détester*. Ça fait de vous de parfaits cadets de l'Académie. Une fois de plus.

Après cela, Ved sembla perdre tout intérêt pour leur présence et tangua vers un droïde serveur pour saisir un verre. Ciena avait l'impression que la honte qu'aurait dû ressentir Ved la submergeait.

Non, elle ne devait pas se sentir honteuse. Elle s'était emportée contre Thane parce qu'il avait pensé que l'Académie était coupable – et il avait raison depuis le début. Les motivations de l'Académie n'étaient pas celles qu'il croyait, mais il avait tout de même saisi l'essentiel. Et elle avait laissé ce différend l'éloigner de la dernière personne qu'elle aurait dû abandonner.

*

Thane ne savait pas par où commencer.

— Ciena…

Elle fit non de la tête. Il ne savait pas pourquoi : pour nier le récit de Ved, la culpabilité de l'Académie ou pour empêcher Thane de s'exprimer le premier. Il posa une main sur son épaule, mais elle grimaça, comme si son contact était douloureux. Que pouvait-il dire ou faire ?

Évidemment, le maudit orchestre se remit à jouer et Ciena s'éloigna d'un pas rapide pour rejoindre sa place dans la danse, sans se retourner vers lui.

Il n'eut pas d'autre choix que de se joindre aux danseurs. Il ne pensa à rien d'autre pendant le reste du bal. Par moments, il avait envie de retourner à l'Académie et de faire le tour de tous les couloirs à chaque étage jusqu'à trouver ce Bureau des Résultats des Étudiants, regarder dans les yeux ceux qui y travaillaient et leur coller son poing dans la figure, de toutes ses forces. L'instant d'après, il avait envie de trouver une machine à remonter le temps pour recommander au jeune Thane de ne pas être aussi stupide que lui. Il réfléchit même à ce qu'un tel complot de la part de l'Académie révélait au sujet de l'Empire et de la façon dont il traitait ses officiers.

Plus que tout, il mourrait d'envie de parler avec Ciena, en tête à tête.

Quand le bal se termina enfin, Thane fendit la foule, à la recherche du nuage noir formé par les boucles de Ciena ou les tons uniques bleu-violet de sa robe. Ce n'était pas facile de la repérer entre les diplomates flagorneurs, les courtisans rigolards et les gradés en uniformes noirs. Pourquoi l'idée d'être l'un des leurs lui paraissait-elle soudain si étrange ?

Il aperçut d'abord Jude. Elle avait une tête de plus que la plupart des individus présents dans la salle et sa robe orange vif se repérait aisément. En s'approchant, il l'entendit déclarer :

— Comme nous n'avons ni couvre-feu ni tâches à accomplir demain, l'occasion est parfaite pour explorer la vie nocturne de ce quartier de Coruscant. Je me suis toujours intéressée aux boîtes de nuit qu'on trouve dans ce territoire de la ville, surtout au *Croissant d'étoile*...

Il n'y avait que Jude Edivon pour parler d'une soirée de fête comme d'une expérience scientifique. Thane ne put s'empêcher de sourire, puis il aperçut Ciena et son esprit se vida.

— En fait, Jude, intervint-il en saisissant sa chance, j'espérais que Ciena et moi pourrions passer un peu de temps ensemble.

Jude les regarda l'un après l'autre, un sourcil levé.

Ciena prit une profonde inspiration.

— Thane et moi avons à discuter, Jude, si ça ne te dérange pas.

— Pas du tout, je serai avec les autres.

Elle indiqua un groupe de jeunes officiers des deux sexes, qui semblaient l'attendre.

Une fois que Jude fut hors de portée de voix, Thane demanda :

— Avec lequel d'entre eux est-ce qu'elle va finir ?

— Peut-être tous.

Ciena se tourna pour lui faire face, les mains jointes devant elle dans un geste des vallées que Thane connaissait bien. Même s'il ignorait sa signification, il savait qu'il était solennel et important.

— Thane, je n'ai pas cru que l'Académie était coupable et je me suis disputée avec toi à cause de ça. J'ai remis ton honneur en question. Cette transgression…

— Non, ce n'est pas à toi de faire ça. Ce n'est pas ta faute, Ciena. Du moins, pas plus que ce n'est la mienne. Nous nous sommes tous les deux comportés comme des idiots. En réalité, la faute revient entièrement au monstre du Bureau des Résultats des Étudiants qui nous a fait ça.

Elle cligna des yeux, comme si elle encaissait un choc.

— Ils ne pensaient pas que nos relations se dégraderaient à ce point. C'est nous qui sommes responsables.

Même si c'était exaspérant de l'admettre, Ciena avait raison.

— Et puis, si tu y réfléchis, Thane, le général Foslo a probablement graissé la patte d'un membre du personnel pour qu'il le fasse et Ved ment pour couvrir son père.

Cela… semblait plausible, même si Thane n'était pas convaincu. Pour le moment, cela n'avait pas d'importance.

— Quoi qu'il en soit, tu avais raison quand tu disais que nous ne devions pas accuser les instructeurs de l'Académie.

Cela lui faisait mal d'avouer s'être trompé du tout au tout. Pourtant, cette idée avait fait son chemin au fil des années, et il était temps qu'il l'avoue à Ciena et à lui-même.

— Nous aurions été renvoyés, c'est certain. Je n'aurais pas dû m'emporter contre toi à cause de ça.

— J'aurais dû comprendre que tu étais furieux.

Ciena était déterminée à s'excuser, mais Thane ne voulait rien entendre.

— Ce que je veux dire, c'est qu'aucun de nous deux n'a rien fait de mal. J'en ai tellement assez d'être fâché contre toi. Est-ce qu'on peut enfin tout oublier ?

Elle se redressa et prit à nouveau une position solennelle.

— Je suis prête à rétablir notre amitié.

Thane avait l'intuition que cette déclaration aurait dû être suivie d'un rituel compliqué de réconciliation, mais il ne savait pas lequel et s'en moquait.

— Est-ce qu'on ne peut pas juste… discuter ? Allez, Ciena, je me fiche de savoir qui s'est trompé ou pourquoi l'Académie a fait ça, je veux juste retrouver mon amie. Le reste n'a pas d'importance.

Il savait que ce n'était pas facile pour elle de laisser tomber, mais il avait aussi décelé l'ombre d'un sourire sur ses lèvres quand il avait parlé de la retrouver.

— Par où est-ce qu'on commence ?

— Commençons par ce soir.

Sortir en boîte impliquerait qu'ils crient pour se faire entendre par-dessus la musique, sans parler du nombre incalculable de types qui risquaient de vouloir aborder Ciena dans une tenue pareille. Rentrer à l'Académie n'était pas la meilleure façon d'exploiter une soirée de liberté. Comme ni Thane ni Ciena n'avaient d'autres idées sur ce que le quartier avait à leur offrir, ils s'installèrent sur la terrasse la plus proche de la salle de bal, sur un banc en pierre, près d'une fontaine. Ils discutèrent pendant des heures, tandis que les droïdes de nettoyage s'affairaient en bourdonnant autour d'eux.

Ils commencèrent par évoquer le bal, discuter des invités et des scènes auxquelles ils avaient assisté. Thane en profita pour se vanter :

— J'ai même dansé avec la Princesse d'Alderaan. Nash va *s'étouffer* quand il l'apprendra. Il a le béguin pour elle depuis qu'il a neuf ans.

— La Princesse Leia ? Comment est-elle ?

— Encore plus petite que toi.

Ciena lui décocha un léger coup de pied dans le tibia. Il fit semblant d'avoir mal avant de reprendre, plus sérieusement :

— Je ne sais pas, c'était juste une danse et elle ne faisait pas très attention. Elle n'était pas impolie, elle semblait juste distraite. J'imagine qu'elle doit avoir beaucoup de choses en tête.

Ciena s'ouvrit davantage quand ils évoquèrent leur avenir.

— Le parcours de commandant est un honneur. Parfois, j'imagine avoir mon propre vaisseau et je…

Elle frissonna et ce n'était pas de la comédie : Thane remarqua la chair de poule sur ses bras.

— D'un autre côté, ça veut dire que je ne vais pas passer beaucoup de temps dans des chasseurs monoplaces, pas après les cinq premières années, en tout cas.

— Ce qui est criminel, commenta Thane.

Non loin de là, un droïde serveur doré se servait de ses cinq bras pour aspirer les débris d'un verre cassé.

— Tu es une pilote exceptionnelle, Ciena. Tu devrais être tout le temps dans le ciel.

Il avait oublié à quel point son sourire pouvait être espiègle.

— Je le serai. Simplement ce sera à bord d'un vaisseau beaucoup plus grand.

Quand l'aube approcha, ils se faisaient à nouveau entièrement confiance. Ciena lui montra qu'elle gardait dans un petit sac le bracelet en cuir qui la liait encore à sa sœur.

— Je me demandais si tu l'avais encore, fit-il doucement en observant la tresse usée. C'était contraire au règlement et tu n'enfreindrais jamais une règle. Pourtant j'étais convaincu que tu ne t'en serais pas débarrassée.

Ciena referma doucement les doigts autour de la petite pochette. En voyant sa toile grossièrement tissée, Thane devina qu'elle devait l'avoir fabriquée avec un morceau de tissu récupéré chez elle.

— Non. Jamais.

Le ciel virait au rose. La circulation dans le ciel n'avait pas cessé pendant la nuit et elle se faisait déjà plus dense. Ciena avait appuyé ses pieds nus sur le banc en pierre ; ses chaussures scintillantes étaient posées sur les dalles de la terrasse. Les droïdes serveurs leur avaient apporté un dernier verre de vin avant d'aller se reposer sur leurs stations de recharge nocturnes. Tandis que Thane savourait sa dernière gorgée, il regarda Ciena bâiller. Malgré l'heure tardive – et leur état de fatigue à tous les deux –, elle était toujours très belle.

Il n'allait rien tenter maintenant. Et il ne tenterait peut-être jamais rien, étant donné qu'ils pourraient être envoyés dans des parties opposées de la galaxie d'ici quelques mois. Et puis leurs retrouvailles étaient trop récentes pour en exiger plus. Thane décida que ça attendrait. Il penserait à Ciena et à leur avenir plus tard. Cette nuit se suffisait à elle seule.

Il se mit debout.

— Nous devrions rejoindre le transport. Viens.

Une fois que Ciena remit ses chaussures, il lui offrit son bras. Elle l'accepta et se redressa en prenant appui sur lui. Épuisés comme ils l'étaient, il ne s'attendait qu'à échanger quelques paroles insignifiantes au sujet du nombre d'heures de sommeil qu'ils arriveraient ou non à rattraper, quand Ciena dit tout doucement :

— Je suis contente de t'avoir retrouvé.

Plus tard, se répéta-t-il, avec plus de conviction.

— Moi aussi.

CHAPITRE 8

— Aujourd'hui ne marque pas une fin, mais un début. Tout ce que vous avez accompli durant les trois années que vous avez passées à l'Académie – et, dans une certaine mesure, tout ce que vous avez accompli dans votre vie jusqu'à présent – n'avait qu'un seul objectif : vous préparer à devenir les meilleurs officiers impériaux qui soient. Vous avez toujours été des citoyens de l'Empire, mais à partir d'aujourd'hui vous *faites partie* de l'Empire d'une façon qu'aucun civil ne comprendra jamais vraiment. Les uniformes que vous portez sont un symbole de la puissance de l'Empire et votre service zélé augmente encore cette puissance.

Le cœur de Ciena débordait de fierté. Elle était dans le rang des cadets, non, des nouveaux officiers. Elle portait un uniforme de lieutenant gris et noir dont les nouveaux insignes brillaient sous forme de carrés colorés sur sa poitrine. Elle avait reçu son attribution le matin même, juste avant le début de la cérémonie. Le soleil brillait dans le ciel pâle de

Coruscant et d'énormes drapeaux rouges étaient doucement agités par la brise. Elle avait l'impression que son avenir était déroulé devant elle comme un tapis de velours, doux et moelleux, pour indiquer la route à suivre.

Quelques rangées derrière, les pilotes d'élite portaient l'uniforme des pilotes de chasseurs TIE. Thane trouvait le costume un peu ridicule. L'armure était lourde et donnait chaud. Elle était conçue pour être portée en haute atmosphère, pas en surface par une journée ensoleillée. Et le casque aux formes menaçantes et impitoyables était nécessaire en vol, mais au sol, il avait l'air grotesque. Toutefois, l'irritation que provoquait sa tenue n'était rien par rapport à l'effet que lui faisait le discours. *À en croire cet orateur, l'Empire vient de tous nous avaler. Et il n'arrête pas de parler. Il ne pourrait pas se taire pour que je puisse aller me changer ?*

Pour Thane, le meilleur moment de la cérémonie fut la fin, quand il réussit à retrouver Ciena dans la foule. Une fois qu'il retira son casque, elle le serra dans ses bras. Thane sentait à peine l'étreinte sous le blindage du torse, mais il sourit quand même.

— Alors, où es-tu postée ?

— Un Destroyer Stellaire. Le *Dévastateur*.

— Waouh ! C'est un des vaisseaux les plus importants de la Flotte !

Thane était content pour elle, mais guère surpris. Il n'avait jamais douté qu'elle irait loin.

Les yeux de Ciena pétillaient de bonheur… et d'espoir.

— Et toi ? Où es-tu posté ?

— Je suis affecté à la flotte de défense d'une station spatiale.

— Laquelle ?

— C'est ça qui est bizarre : je ne sais pas. Apparemment, cette station est toute neuve et toujours top secret.

— C'est grisant. Et je parie qu'il y a des chances pour que le *Dévastateur* visite cette nouvelle station.

— Oui, ça ne serait pas étonnant.

Thane ne pouvait s'empêcher d'espérer. S'ils avaient tous les deux été affectés aux confins de la Bordure Extérieure, loin l'un de l'autre, il aurait dû accepter que leurs chemins ne se croisent plus jamais, du moins pas pendant le service. Mais elle serait à bord d'un des vaisseaux les plus importants de la flotte et il avait déjà compris que cette nouvelle station était le nec plus ultra, le genre d'endroit où seraient bientôt amarrés des vaisseaux importants. Ce qui signifiait qu'il la reverrait peut-être bientôt. Et quand ils seraient à nouveau ensemble, non plus comme copains d'enfance ni comme cadets, mais comme collègues officiers et adultes… que se passerait-il alors ?

Il n'en était pas certain, mais il avait envie de le savoir.

— Tiens-moi au courant, d'accord ?

— T'as intérêt à m'envoyer des messages et des holos tout le temps.

Ciena avait dit ça sur le ton de la plaisanterie, mais il lisait l'espoir dans sa voix.

— Et puis je te verrai peut-être chez nous.

— Bien sûr.

Très vite, il se pencha et l'embrassa sur la joue. Les lèvres pulpeuses de Ciena s'écartèrent légèrement sous la surprise… et le plaisir. Thane réalisa qu'il aurait dû l'embrasser depuis longtemps. Il avait envie de lui dire quelque chose, mais ne trouva pas les bons mots. Il opta donc pour l'essentiel :

— Félicitations, lieutenant Ree.

— Félicitations à vous aussi, lieutenant Kyrell.

Elle leva la main en tournant les talons, puis continua à le regarder par-dessus son épaule avant de s'enfoncer dans la foule.

Thane la regarda s'éloigner. Même parmi des centaines d'étudiants vêtus du même uniforme, Ciena sortait du lot à ses yeux. Il ne s'en alla que quand il la perdit de vue.

Chez nous, se dit-il. Même s'il espérait revoir Ciena avant leur prochaine permission, l'idée d'être de retour sur Jelucan avec elle lui plaisait. Il avait prévu de repousser le plus possible la visite qu'il devait rendre à ses parents une fois son diplôme en poche, si possible pour toujours. À présent, il avait envie de retourner sur Jelucan. Ce serait différent s'il était avec Ciena. Ils pourraient revoir la Forteresse. Leur cachette devait être couverte de poussière, mais il ne faudrait pas beaucoup d'efforts pour qu'elle soit à nouveau agréable. Ou ils pourraient aller jusqu'à Valentia ensemble, comme ils s'étaient toujours promis de le faire…

*

Trois semaines après avoir pris son service à bord du *Dévastateur*, Ciena cessa d'avoir l'impression d'être un imposteur et se sentit enfin comme un véritable officier impérial. Le changement se produisit le premier jour où elle fut jetée dans l'action contre les rebelles.

Ils ripostent ? Elle avait du mal à y croire. Un petit forceur de blocus essayait d'abattre un Destroyer Stellaire… c'était au-delà de l'impossible. C'était de la *folie*.

Mais après tout, les rebelles n'étaient-ils pas fous ?

— Rapprochez-vous, ordonna le commandant du pont. Ils ne doivent presque plus avoir de réserves. Tractons-les jusqu'à la baie d'appontage et finissons-en.

Ciena activa le rayon tracteur, puis détacha les yeux de la console noire étincelante pour suivre la scène en direct. La silhouette blanche du vaisseau était à peine plus grande qu'une poussière dans le paysage stellaire. La planète désertique qui se trouvait en dessous faisait paraître l'appareil encore plus petit. Même si les écrans panoramiques fournissaient bien plus de détails, c'était plus gratifiant de regarder la défaite des rebelles de ses propres yeux.

Avant, elle aurait considéré que leur capitulation était une évidence. Les Rebelles étaient un ramassis d'insatisfaits, réduits aux actes terroristes parce qu'ils manquaient de soutien populaire et de force militaire. C'est ce qu'ils croyaient tous jusqu'à ce que les rebelles les attaquent depuis une base secrète. À la grande honte des officiers impériaux trop sûrs d'eux qui portaient la responsabilité de ce camouflet, les Rebelles avaient remporté la bataille. Non seulement l'Empire devait supporter cette défaite incompréhensible, mais ils avaient perdu des informations secrètes de la plus haute importance. Même si les détails n'étaient pas souvent abordés, Ciena avait compris qu'il s'agissait des plans d'une nouvelle station impériale secrète.

Il devait sans doute s'agir de la base où Thane avait été affecté. Si ces Rebelles s'en étaient sortis, allaient-ils attaquer la station, mettant en danger la vie de Thane ?

Ciena plissa les yeux en observant le vaisseau rebelle.

Vous pensiez vraiment que vous pouviez nous attaquer et vous en tirer ? Vous réalisez votre erreur à présent, non ?

Le forceur de blocus continuait à protester, affirmant être en « mission diplomatique ». Ciena l'ignora, comme tous les individus présents sur le pont. Elle constata avec satisfaction que le vaisseau disparaissait des baies d'observation et n'était plus qu'un petit point vert clignotant sur son écran.

Un officier annonça :

— Le Seigneur Vador a donné l'ordre d'aborder le *Tantive IV*, capitaine.

Le capitaine hocha la tête.

— Excellent. Ils mettront rapidement la main sur la Princesse. Désactivez les canons laser principaux.

Ciena acquiesça et s'empressa d'encoder les ordres du commandant. Elle dut masquer son choc à l'idée que la Princesse Leia d'Alderaan fasse partie des rebelles, qu'elle soit à la fois une terroriste et une traîtresse. Il est vrai que son père était depuis longtemps un fauteur de troubles au sein du Sénat Impérial. Il confondait l'importance de sa planète avec son honneur. Dommage que sa fille ait hérité de son arrogance.

Aujourd'hui, ils allaient lui montrer, à elle et à tous les Rebelles, qu'on ne s'en prenait pas à l'Empire sans payer le prix fort.

Un module de survie quitta le *Tantive IV*. Les écrans montraient quatre formes de vie qui tentaient de fuir vers la planète désertique. La capsule fut abattue sans difficulté.

Qu'est-ce qu'ils imaginaient ? se demanda Ciena en s'empressant d'acheminer les rapports émis par l'équipe montée à l'abordage du vaisseau consulaire. *Comment espéraient-ils échapper à un Destroyer Stellaire alors qu'ils étaient déjà coincés à l'intérieur de la baie d'appontage ?*

J'imagine qu'ils sont tellement terrifiés qu'ils n'ont plus les idées claires. Même s'ils ont bien mérité ce qui leur arrive, je comprends qu'ils aient peur...

Elle fut tirée de ses pensées par un second module de survie. L'officier à côté de Ciena marmonna :

— En voilà un autre.

Le capitaine semblait s'ennuyer.

— Ne tirez pas, il n'y a pas de formes de vie à bord. Il y a dû y avoir un court-circuit.

Après quelques instants, la capsule rétrécit et disparut dans le sable jaune de la planète vers laquelle elle se dirigeait.

Peu après, Ciena livra manuellement des copies des dossiers contenant les données du pont auxiliaire à l'officier des affaires internes du BSI présent à bord. Le Bureau de la Sécurité Impériale surveillait toutes les interactions avec des cibles rebelles présumées pour s'assurer que personne ne faisait preuve d'un manque de loyauté envers l'Empire, que ce soit par la parole ou les actes. En chemin, elle croisa Nash

Windrier à l'entrée de l'ascenseur du pont principal. C'était l'un des rares anciens compagnons de classe en poste sur le *Dévastateur*. Même s'ils n'étaient pas proches à l'Académie à cause de sa stupide dispute avec Thane, ils se connaissaient assez bien pour se considérer comme amis. Nash avait encore les cheveux longs, mais ils étaient noués en tresse pour respecter le règlement.

— Laisse-moi deviner, chuchota-t-il d'un air théâtral tandis que les portes de l'ascenseur coulissaient et qu'ils pénétraient dans la cabine, tu te rends utile pour éviter d'être envoyée sur ce tas de sable brûlant ?

— Tatooine, ironisa-t-elle. C'est là que tu vas, j'imagine ?

L'ascenseur entama sa montée rapide. Derrière les panneaux de verre, les étages de l'immense Destroyer Stellaire défilaient à toute allure.

— Non, heureusement. Descendre là-dessus en armure de stormtrooper, autant cuire vivant.

La cabine atteindrait le pont principal dans un instant. Ciena profita de l'occasion pour transmettre à Nash un message privé important.

— Je voulais te dire que j'étais désolée pour ta Princesse, commença-t-elle doucement. Tu dois te sentir tellement… trahi.

Le sourire de Nash s'évanouit. Il se redressa de toute sa taille et mit les mains derrière le dos.

— La Princesse Leia a dû être mal conseillée par ses courtisans. Je suis sûr qu'une enquête approfondie révélera qu'elle n'a rien fait de mal.

— Bien sûr, j'aurais dû y penser.

Ciena ne savait pas si cette réponse facile était plausible. D'un autre côté, Nash en savait plus qu'elle sur la Princesse. Il avait peut-être raison.

Les portes s'ouvrirent et Nash sortit.

— À plus tard, lui lança-t-il en regagnant son poste.

Ciena regrettait d'avoir abordé le sujet. Ce n'était pas la faute de Nash si les Sénateurs de sa planète trahissaient l'Empire. Elle espérait que l'officier des affaires internes serait du même avis.

Ciena n'était venue qu'une seule fois sur le pont principal, lors d'une brève visite d'orientation, le jour de son arrivée. Elle était toujours impressionnée par l'interminable couloir, le gigantesque écran panoramique, les innombrables écrans qui bourdonnaient et clignotaient au niveau inférieur tandis que les employés les plus expérimentés travaillaient sans répit dans les puits de données. C'était le cœur du *Dévastateur*, l'âme de la machine.

Elle tourna rapidement son attention vers le capitaine Ronnadam, assis à son poste, reconnaissable à la veste blanche de son uniforme du BSI.

— Monsieur, voici les données, comme demandé.

Ronnadam les prit sans même lever les yeux vers elle. Il était concentré sur les longues lignes de texte qui défilaient sur son écran. Comme Ciena ne pouvait quitter le pont principal sans en avoir reçu la permission, elle resta au garde-à-vous, à attendre.

— Vous négligez le protocole, Ronnadam, décréta une voix sèche et cassante derrière elle. Heureusement, le jeune lieutenant suit la procédure… et a de meilleures manières que vous.

Le visage de Ciena s'illumina quand elle se retourna et reconnut le Grand Moff Tarkin en personne, sous la forme d'un hologramme gris-vert qui vacillait. Ronnadam s'empressa de prendre les données que Ciena lui avait apportées, puis Tarkin l'examina avec intérêt.

— Vous semblez me connaître, lieutenant. Pourtant, je doute que nous ayons déjà servi ensemble. Qui êtes-vous ?

— Lieutenant Ciena Ree, L-P-8-8-8, diplômée de la classe la plus récente de l'Académie Royale, originaire de Jelucan, monsieur.

Quand Thane apprendra que j'ai revu Tarkin !

Le Grand Moff hocha poliment la tête.

— Jelucan. Sur la Bordure Extérieure, c'est ça ? J'étais présent lorsque la planète a été annexée à l'Empire.

Une réponse n'était pas obligatoire, mais elle n'était pas interdite non plus. Ciena ne put résister.

— Effectivement, monsieur. Je vous ai rencontré ce jour-là, juste après la cérémonie, quand je n'étais encore qu'une petite fille.

Le visage anguleux de Tarkin l'étudia longuement puis, à sa grande surprise, il dit :

— Les deux enfants qui fouinaient autour de la navette. Vous étiez l'un d'eux ?

Même si elle avait entendu parler de l'excellente mémoire de Tarkin – on prétendait qu'il n'oubliait jamais une faveur ou un affront –, elle sourit d'en avoir la preuve.

— Oui, monsieur. Ce jour-là, vous m'avez demandé si je voudrais servir l'Empire quand je serais grande. Me voici.

Tarkin mit les mains derrière le dos, visiblement content d'elle et de lui-même.

— Eh bien. Voici le résultat concret de la diplomatie.

— Le garçon qui était avec moi vient de sortir de l'Académie, lui aussi, comme pilote d'élite. Il est désormais le lieutenant Thane Kyrell.

Tarkin eut un léger sourire.

— Je devrais recruter plus souvent sur Jelucan. Je veillerai à suivre votre carrière à tous les deux.

Ciena s'efforçait de maintenir une posture militaire correcte, mais elle était sûre que sa joie se lisait sur son visage. Cela ne semblait pas gêner le Grand Moff Tarkin. Avant que l'hologramme ne s'éteigne, il lui adressa un signe de tête. C'était la plus grande marque de sympathie dont aurait pu faire preuve un supérieur envers un simple lieutenant. S'il se souvenait de l'incident de la navette de classe *Lambda* après toutes ces années, il n'oublierait pas de s'intéresser à son dossier et à celui de Thane. Tarkin serait peut-être plus que l'homme qui lui avait donné envie de rejoindre la Flotte Impériale, il deviendrait peut-être son mentor.

Capturer un vaisseau rebelle et obtenir les félicitations d'un Grand Moff avant le déjeuner ? Ciena sourit de toutes ses dents. Cette journée s'annonçait extraordinaire.

*

Thane avait seulement réalisé à quel point l'Étoile Noire était gigantesque la première fois qu'il avait emmené son chasseur TIE en patrouille. Il avait dû ajuster les propulseurs pour un décollage qui ressemblait plus à ceux qui permettent de quitter une atmosphère planétaire qu'une station spatiale. La taille de l'Étoile Noire lui conférait une force de gravité impressionnante.

Cette simple idée faisait sourire Thane. Il n'aurait jamais cru possible de bâtir quelque chose d'aussi colossal. Maintenant, il se sentait chez lui à bord de la station spatiale et il redoutait le jour où il serait affecté ailleurs. L'Étoile Noire était prévue pour fonctionner comme un monde autonome, ce qui signifiait qu'elle offrait le confort matériel que la plupart des postes militaires n'avaient pas : nourriture correcte, zones de divertissement, cantinas équipées de droïdes barmans dernier cri, boutiques de friandises et de produits de luxe… à prix fort, il est vrai. Thane vivait dans une chambrée commune, mais il y avait assez de cabines privées pour que la plupart des individus puissent espérer en bénéficier après trois ou six mois tout au plus. Ailleurs, il fallait attendre de devenir lieutenant-commandant pour jouir d'une affectation aussi confortable et avoir le plaisir de voler dans l'espace tous les jours. Le service sur l'Étoile Noire dépassait en tout cas les rêves les plus fous de Thane.

Tout comme le message qu'il avait reçu ce matin-là.

— Tu viens ici *aujourd'hui* ? répéta-t-il en examinant le visage de Ciena sur le petit écran. Maintenant, si je comprends bien.

— La communication n'est même pas décalée. Le *Dévastateur* devrait apponter dans l'heure.

Son enthousiasme illuminait l'écran. Thane se doutait que le sien devait se voir également.

— Tu auras du temps libre ? voulut-elle savoir.

— Oui, j'ai fini ma patrouille pour la journée.

Et le lendemain… il n'était pas interdit de changer d'horaires à condition d'obtenir l'approbation d'un supérieur. Il remplacerait n'importe qui n'importe quand pour passer toute une journée avec Ciena.

— Nous pourrions aller dans une des cantinas. Rattraper le temps perdu.

— Nash est impatient de te voir aussi.

— Oui. Tout à fait. Bien sûr.

Même si Nash était l'un de ses meilleurs amis, Thane n'avait jamais eu aussi peu envie de passer du temps avec lui. Heureusement, Nash était assez malin pour deviner quand il n'était pas le bienvenu. Thane l'espérait, du moins.

— Et je voudrais voir Jude, poursuivit Ciena. Elle est à bord, non ?

— Oui, Jude Edivon est en poste sur l'Étoile Noire, mais je ne l'ai pas croisée une seule fois. Cette station a la taille d'une lune. C'est comme si Jude était à l'autre bout de la planète.

Comme le visage de Ciena s'assombrissait, Thane s'empressa d'ajouter :

— Quand tu lui apprendras ton arrivée, elle trouvera un moyen de te voir. Tu peux compter dessus.

— Toi aussi, hein ?

— Tu peux me croire, lui assura-t-il en souriant comme un imbécile.

Peut-être que je n'avais pas l'air complètement *idiot,* se rassura Thane quelques heures plus tard, pendant qu'il effectuait son devoir secondaire comme mécanicien de maintenance. Tous les pilotes devaient être capables d'assurer l'entretien et la réparation de tous les vaisseaux à un et à deux pilotes. Les moteurs ioniques jumeaux n'avaient plus de secrets pour lui. Il pouvait accomplir les tâches et les barrer de sa liste en laissant vagabonder ses pensées. *Elle souriait aussi. C'était bon signe, non ?*

Il ne se demanda pas *bon signe de quoi*. Il préférait ne pas se pencher sur les raisons de son état euphorique à l'idée de revoir Ciena. Il savait juste qu'il n'aurait pas osé rêver la revoir si vite. Pourtant, attendre un jour encore semblait trop long.

Le Dévastateur *est déjà là. Ciena est sur l'Étoile Noire en ce moment. Pourquoi est-ce que je dois faire ce stupide boulot ? J'ai échangé mes horaires pour être disponible demain, mais si Ciena n'a pas de temps libre à ce moment-là ?*

Thane chercha à se tranquilliser. Il prit une profonde inspiration et pousuivit la réparation du chasseur TIE qu'il avait devant lui. Le panneau de contrôle avait besoin d'un nouveau câblage. C'était une tâche assez précise pour l'accaparer un moment. Alors qu'il remettait le panneau en place, il entendit une annonce :

— Tout le personnel du secteur 4-10-7 est attendu aux portes du hangar auxiliaire.

C'était son secteur. Heureusement, Thane n'était pas loin. Il réussit à se mettre en formation en première ligne. Sa combinaison de mécanicien avait quelques taches de graisse, mais c'était parfaitement normal, en plein milieu des heures de service. Il se sentait malgré tout minable par rapport aux nombreux officiers en uniforme ou en armure de stormtrooper.

Le commandant ne remarquerait sans doute rien. Il défila devant eux en annonçant :

— À partir d'aujourd'hui, l'Étoile Noire est complètement opérationnelle… et l'Empereur veut que nous démontrions sa puissance à toute la galaxie !

Quelques acclamations s'élevèrent du groupe. Thane applaudit brièvement. Il supposait qu'ils allaient approcher la station assez près d'une orbite planétaire pour que la population l'aperçoive. Cette présence impressionnerait n'importe qui. Il avait senti les moteurs principaux fonctionner, la station avait donc dû voyager vers un lieu important. Coruscant, peut-être…

Les portes de la baie d'appontage s'ouvrirent en coulissant. Même si Thane comprenait parfaitement le fonctionnement des champs de force qui gardaient l'atmosphère à l'intérieur et l'hostilité glacée de l'espace dehors, il fut tout de même émerveillé quand il aperçut l'obscurité infinie. Lentement, à mesure que les portes s'ouvraient, une planète apparut. La sphère bleue semblait briller de sa propre lumière et, comme toujours, Thane se dit que les planètes étaient belles et fragiles vues de loin.

— Voici Alderaan, annonça le commandant.

La planète de Nash ! Thane ne put réprimer un large sourire. Quelle chance d'être près de ce monde alors que le *Dévastateur* était à bord de la station. Combien de fois Nash avait-il promis à Thane de lui faire visiter sa planète ? Le projet tenait du rêve, mais Thane allait sans doute pouvoir jeter un œil à Alderaan s'il en trouvait le temps. Il se surprit à repenser aux histoires que Nash lui avait racontées sur les endroits à ne pas rater, l'incroyable beauté naturelle que ce monde était réputé renfermer. *Par quoi commencer ? Les chutes d'eau en forme de nuages ? La forêt tropicale d'Isatabith ?*

— Comme le savent certains d'entre vous, Alderaan est représentée au Sénat Impérial par un membre de la famille royale Organa. Cependant, nous avons découvert que la Sénatrice, son père et, croyons-nous, tous les échelons supérieurs du gouvernement d'Alderaan financent et soutiennent en secret l'Alliance Rebelle.

Il fallut un moment pour que ces paroles atteignent le cerveau de Thane. Il n'était pas sûr d'avoir bien entendu. Comment la famille royale d'Alderaan pouvait-elle être mêlée au terrorisme ? Sa nature cynique lui chuchotait que personne n'était trop pur ou trop noble pour être corrompu, mais elle lui disait aussi que ceux qui tiraient profit du *statu quo* essayaient rarement de changer les choses.

— Cette station a été choisie pour envoyer un message à toute la galaxie. Nous allons démontrer, aujourd'hui et pour toujours, que la puissance de l'Empire est sans limites. Longue vie à l'Empereur !

— Longue vie à l'Empereur ! crièrent tous les officiers au garde-à-vous, Thane compris.

Il ne faisait plus attention au sens des mots. Ils étaient si familiers que c'était devenu un automatisme.

Son esprit essayait encore de comprendre ce qui venait d'être annoncé.

Puis une vibration sourde au cœur de la station gagna les ponts. Thane n'en avait jamais senti de pareille. Ses poils se hérissèrent. Il ne savait pas si c'était de peur ou à cause de l'ionisation de l'atmosphère.

Que se passe-t-il ?

L'Étoile Noire fit exploser Alderaan et une planète entière vola en éclats sous ses yeux.

CHAPITRE 9

R*egarde à travers mes yeux*, pensa Ciena, presque paralysée par le choc.

Elle était censée partager avec Wynnet les instants affreux autant que les spectacles magnifiques. Il fallait que Ciena lui montre cette horreur.

Sur l'écran, des fragments de la planète Alderaan se dispersaient dans toutes les directions. Chaque morceau brûlait sous la chaleur provoquée par l'explosion du monde. Ciena pensa aux milliards d'êtres vivants qui étaient morts sous ses yeux. Elle crut qu'elle allait fondre en larmes, puis elle aperçut l'officier à côté d'elle à la station de tâche auxiliaire.

Nash Windrider était si blême qu'elle pensait qu'il allait s'évanouir. Il était né sur Alderaan. Toute sa famille, tous les endroits qu'il avait fréquentés, *sa maison*, venaient d'être anéantis sous ses yeux, pour cause de trahison.

Ciena réalisa tout de suite que si Nash s'évanouissait, pleurait ou manifestait des signes d'émotion, cette réaction serait considérée comme une protestation. Il serait jugé coupable de la même trahison que les Organa et pourrait être jeté dans un navire-prison ou dégradé sur-le-champ.

Comme elle ne pouvait plus venir au secours de personne, elle décida d'aider Nash. Elle tendit la main et toucha son avant-bras pour le soutenir. Il réagit en serrant ses doigts si fort que c'était douloureux, mais elle ne se dégagea pas. Elle le regarda s'obliger à prendre de profondes inspirations régulières en serrant sa main, comme si c'était un câble de remorquage qui le ramenait sur la terre ferme.

À la maison, pensa Ciena avant de se reprendre.

Après l'explosion, Ciena accompagna Nash à l'ascenseur qui le ramènerait à la baie d'appontage du *Dévastateur* pour qu'il puisse monter à bord du vaisseau et rejoindre ses quartiers, où il pourrait peut-être rester seul un moment. Il évita le regard de Ciena pendant tout le trajet. Avant que les portes de la cabine ne se referment, elle le vit s'appuyer lourdement contre la paroi, comme s'il craignait de tomber.

Au moins, elle disposait de quelques heures de liberté pour remettre de l'ordre dans ses pensées… et d'une vieille amie avec laquelle discuter de la situation. Ce n'était pas le vieil ami qu'elle rêvait de revoir, mais ce serait déjà ça.

Elle prit place avec Jude sur l'une des passerelles d'observation, devant une longue rangée de fenêtres.

— Naturellement, je comprenais le potentiel du canon, commença Jude. Le superlaser est alimenté par une série de cristaux kyber géants, qui lui offrent une puissance de feu presque illimitée. Je pensais qu'il serait utilisé pour l'exploitation minière. Ou sur des planètes inhabitées. Pas comme ça.

Ciena regarda autour d'elle pour s'assurer que personne ne pouvait les entendre.

— Jude, est-ce que tu penses… Je veux dire, ce que nous avons vu aujourd'hui, ce que l'Étoile Noire a fait… Y a-t-il une justification ? *Peut*-il y en avoir une ?

Jude ne répondit pas tout de suite. Elle réfléchit, immobile. Ciena avait toujours apprécié cette qualité chez son amie – la façon calme et raisonnée avec laquelle elle analysait les situations. Quand elles étaient de jeunes cadets, ses camarades de chambre taquinaient parfois Jude pour sa gravité. À présent, Ciena lui en était reconnaissante.

— Même si je ne suis en service que depuis quelques semaines, finit par répondre Jude, j'ai compris que l'Alliance Rebelle était un groupe beaucoup plus vaste et plus dangereux que ne le laissent entendre les communications officielles. Nous n'opérons pas comme un groupe militaire en temps de paix ; notre entraînement correspond à celui d'une période de conflit.

Ciena l'avait déjà perçu en partie elle-même. Tout semblait plus clair maintenant que Jude l'avait exprimé à haute voix. La menace posée par l'Alliance Rebelle était bien réelle.

Jude reprit :

— Les Organa sont coupables de trahison, mais la plupart des citoyens ne le sont pas.

Au moins, leur mort a été rapide, se dit Ciena.

Ce raisonnement semblait creux, même dans sa tête. Elle s'imagina enfant, levant la tête et voyant le ciel gris virer au rouge et comprendre, le cœur serré par l'angoisse, que c'était la fin. La peur que les enfants d'Alderaan avaient dû ressentir – *quelle horreur...*

— Mais ce qui est arrivé à Alderaan n'est pas une punition envers le peuple de la planète, reprit Jude d'un ton plus brusque. La seule justification pour un acte aussi extrême est qu'il permet d'éliminer une menace plus grave encore. les Rebelles doivent être téméraires – voire fous – d'essayer de s'en prendre à la Flotte Impériale. Comment leur faire entendre raison ? Leur faire comprendre les limites de leur pouvoir et l'inéluctabilité de la victoire de l'Empire ? La seule chose qui permette d'y arriver est une démonstration de force de cette ampleur. À présent, les Rebelles ont sûrement compris que leurs objectifs sont inatteignables et que leurs tactiques ne porteront pas leurs fruits. Nous n'avons plus à craindre la guerre. Les milliards d'individus qui sont morts aujourd'hui ont peut-être sauvé un nombre incalculable de vies grâce à leur sacrifice.

Cela devait être vrai. Aucune cellule terroriste de la galaxie, aussi zélée et assoiffée de sang soit-elle, ne pouvait continuait à croire qu'elle pouvait renverser l'Empire. Hélas, c'était un sacrifice que le peuple d'Alderaan n'avait pas choisi de faire.

Jude soupira et fixa son verre pendant longtemps. Bizarrement, à cause de la lumière ou de son expression perdue, Jude avait l'air plus jeune. On aurait dit la jeune fille qu'elle était quand Ciena l'avait rencontrée plus de trois ans auparavant. Son uniforme impeccablement repassé et coupé ressemblait à un déguisement pour enfant. Ciena aussi se sentait trop jeune, trop fraîche, pour affronter une guerre.

Tout le monde devait ressentir la même chose au début.

— Alors si autant de gens sont morts aujourd'hui, cela signifie que les victimes d'une guerre galactique seraient encore bien plus nombreuses ? demanda Ciena.

Jude acquiesça.

— Exactement. Pense aux milliards qui ont péri lors de la Guerre des Clones.

— En mettant fin au conflit maintenant, avant qu'il ne démarre vraiment, l'Étoile de la Mort sauvera plus de vies qu'elle n'en a éliminées.

C'était difficile à concevoir. Le genre de calcul sombre que Ciena avait espéré ne jamais avoir à effectuer en dehors de son cours d'éthique du commandement. Elle devait pourtant affronter la situation et accomplir son devoir.

Si seulement l'Empire n'avait pas été obligé de prendre des mesures aussi drastiques. Si seulement l'Alliance Rebelle n'avait pas été alimentée par le ressentiment et l'arrogance de ses chefs… Ces terroristes avaient tablé sur le fait que l'Empire ne contre-attaquerait jamais. Ils étaient enfin détrompés. Ciena se demandait si leurs leaders assumeraient la responsabilité du massacre nécessaire pour stopper la rébellion – de la guerre – avant que la galaxie ne soit plongée dans le chaos. Sans doute pas.

C'était la Rébellion qui avait tout déclenché. Provoqué même.

Ciena se sentait mieux depuis qu'elle comprenait qui était coupable.

Les haut-parleurs diffusèrent une annonce. Les officiers levèrent la tête.

Attention : le Dévastateur *va quitter la station. Tout le personnel doit être à bord et prêt à recevoir les nouveaux ordres.*

— Oh, non.

Ciena n'avait pas envie de quitter Jude alors que son amie l'aidait à remettre de l'ordre dans ses idées. Et Nash n'avait vraiment pas besoin d'un nouvel ordre de mission, plus exigeant. Il avait besoin de temps pour se remettre. Sans parler du fait qu'elle n'avait même pas encore posé les yeux sur Thane et encore moins…

— Je doute que le *Dévastateur* reste parti très longtemps, décréta Jude. On dit que le Seigneur Vador a l'intention de rester ici jusqu'à la fin de la crise actuelle. Le *Dévastateur* est son vaisseau amiral. Sans lui, les missions seront fatalement limitées.

Bien sûr. Le moral de Ciena remonta. Sans Dark Vador, la mission qui les attendait à bord du *Dévastateur* ne pouvait durer plus de quelques semaines.

— Alors, on se revoit bientôt.

Elles se serrèrent rapidement dans les bras avant que Ciena ne s'éloigne à la hâte. Elle remarqua à peine l'activité à bord de l'Étoile Noire. L'immensité de la station ne l'impressionnait pas. Elle pensait déjà à ce qui l'attendait : aider Nash à surmonter sa peine les jours suivants, revenir ici pour le Seigneur Vador. Le *Dévastateur* retournerait régulièrement sur cette station. Elle aurait de nombreuses occasions de passer du temps avec Jude. Et elle serait de retour auprès de Thane si vite que ce serait comme si elle n'était jamais partie.

*

Thane fixait l'écran du moniteur de communication dans l'espoir qu'il s'allume et affiche une réponse de Ciena. Hélas, il restait désespérément noir.

Elle était probablement à bord du *Dévastateur*, peut-être en poste. Comment pouvait-on continuer à travailler après avoir été témoin du meurtre de toute une planète ? Thane était resté au garde-à-vous avec les autres et, plus le temps passait, plus il avait du mal à comprendre sa propre attitude.

Nous avons tué des milliards d'individus. Nous en avons massacré des milliards *et, après ça, nous étions censés applaudir ?*

Alderaan était la planète natale de Nash. Si le spectacle auquel Thane avait assisté le rendait malade, comment devait se sentir son ami ? Il devait être au bord de l'effondrement. Thane ne lui envoya pourtant pas de message. Les responsables des affaires internes pouvaient avoir accès aux enregistrements des communications. Un appel de ou vers un Alderaanien serait automatiquement considéré comme suspect. Thane ne s'inquiétait pas. Il savait choisir ses mots avec prudence, pour que son interlocuteur comprenne ce qui ne pouvait être dit. C'était une compétence que la plupart des cadets cultivaient à l'Académie. Mais Nash devait être furieux. Sous l'effet de la colère et de la peine, il aurait pu dire quelque chose de compromettant.

Thane contacterait Nash plus tard, quand ce serait moins risqué. Et c'était à Ciena qu'il avait besoin de parler. Elle avait toujours été son pilier. S'il était avec elle, il se sentirait moins écœuré, moins furieux. Il aurait l'impression de pouvoir à nouveau respirer…

L'écran du moniteur s'illumina et le moral de Thane remonta pendant une fraction de seconde, le temps qu'il réalise que le message ne provenait pas de Ciena. C'était le commandant de son escadron qui leur ordonnait de se présenter immédiatement.

— Dantooine ? répéta Thane à une de ses collègues, alors qu'ils montaient à bord du transport de troupes. C'est au milieu de nulle part.

C'était une planète presque aussi obscure que Jelucan.

— Précisément, répliqua la jeune femme en montant la rampe d'accès. Quoi de mieux pour les Rebelles ?

Ils ont intérêt à se cacher, se dit-il. Maintenant que la galaxie savait de quoi était capable cette station spatiale, personne n'oserait se soulever contre l'Empire.

Au moins, avant d'embarquer, Thane avait eu le temps d'enregistrer un message que Ciena pourrait écouter à la fin de son service.

— Mauvaise nouvelle : certains d'entre nous doivent partir en patrouille. Ça prendra seulement un jour ou deux, mais je ne sais pas combien de temps le *Dévastateur* va rester apponté à la… station.

Les mots *Étoile Noire* étaient plus difficiles à prononcer désormais.

— J'espère vraiment que j'aurai l'occasion de te voir, ajouta-t-il en souhaitant qu'elle comprendrait combien cela comptait pour lui. Sinon, la prochaine fois, ce sera sur Jelucan. Je te le promets. Alors tu dois promettre aussi, d'accord ? Kyrell, terminé.

Il aurait sans doute dû envoyer un message à Nash aussi, mais il ne savait toujours pas quoi lui dire. Durant tout le trajet vers Dantooine, Thane se demanda ce qu'il pouvait faire pour son ami. Il ne trouva rien de mieux que s'asseoir avec lui et partager une bouteille de whisky corellien.

Dès que le transport atteignit la planète, les scanners détectèrent les traces d'une base rebelle. Avant que Thane ne puisse enfiler son armure de combat, ils apprirent que la base était déserte. Ils allaient simplement la fouiller pour récolter des renseignements, rien de plus. Ils avaient parcouru un long trajet pour pas grand-chose.

Quand le transport arriva à la base abandonnée au cœur des terres lugubres de Dantooine, Thane fut surpris de voir non pas un vieux hangar délabré ou un repaire de contrebandiers miteux, mais les vestiges d'une véritable organisation militaire.

Ils auraient pu abriter des dizaines de petits chasseurs stellaires rien qu'ici, se dit-il en examinant les vastes infrastructures. Les données qui s'affichaient sur son écran l'informèrent que l'installation disposait de dizaines de ports de chargement de droïdes et de la technologie sophistiquée qui devait permettre le transfert quasi instantané d'informations. Le couchage de plusieurs centaines de combattants était par ailleurs possible. Et il semblait y avoir une dizaine de structures similaires à celle-ci. En outre, des traces d'excavations profondes prouvaient que les rebelles avaient prévu d'étendre leur base.

L'Empire n'avait pas affaire à une petite bande de saboteurs. L'Alliance Rebelle était une véritable armée. Leur force de frappe était loin d'être au niveau de celle de l'Empire, mais Thane avait suivi assez de cours de tactique à l'Académie pour savoir qu'un ennemi n'avait pas besoin d'être leur égal. Tant que ses forces atteignaient une certaine masse critique, il pouvait causer de solides dégâts. Et il avait l'impression que la Rébellion n'en était plus très loin.

D'habitude, quand il pensait aux Rebelles, il raisonnait de la façon suivante : *Ce sont des terroristes, des voyous. L'Empire n'est pas parfait, mais la République que ces individus vénèrent ne l'était pas non plus. On ne peut pas faire confiance au pouvoir, quoi qu'il arrive. Peu importe qui le détient.*

Il se croyait si malin et si expérimenté. À présent, alors que le souvenir de la destruction d'Alderaan était encore vif dans son esprit, il réalisait à quel point son raisonnement était creux. Le terrorisme n'était jamais la bonne réponse, mais l'Empire était désormais aussi coupable d'actes de terreur que l'Alliance Rebelle. Sinon plus.

Après l'obtention de son diplôme, Thane devait servir l'Empire durant cinq ans. Après cela, techniquement, il pouvait démissionner et accepter n'importe quel emploi. Cependant, la majorité des officiers impériaux restaient en service jusqu'à l'âge obligatoire de la retraite ou la mort – selon ce qui se présentait en premier. Thane avait toujours pensé qu'il resterait à vie au service de l'Empire. D'un coup, il avait l'impression qu'il ne supporterait pas de porter cet uniforme dix minutes de plus.

Combien de fois avait-il répété qu'il rejoindrait la Flotte Impériale pour le seul plaisir de piloter les plus beaux vaisseaux de la galaxie ? Cela lui paraissait tellement naïf. Gamin, même.

Tu n'as pas vraiment envie de t'en aller, songea Thane tout en continuant à relever les données avec l'expression la plus impassible possible. *Ce que tu as vu aujourd'hui prouve qu'une guerre galactique va démarrer. Ils ont besoin de toi.*

Mais quand il disait « ils », il ne pensait ni à l'Empereur, ni à ses amiraux. Il s'imaginait protégeant les troupes, les gens qui l'entouraient et qu'il considérait déjà comme des amis. Et Nash.

Et Ciena.

*

Même si le *Dévastateur* avait quitté l'Étoile Noire, ils avaient reçu ordre de rester connectés aux données que la station recevait. Les écrans réservés à cet effet étaient situés légèrement à la gauche du poste de Ciena. Du coin de l'œil, elle apercevait la surface fébrile de Yavin, une immense géante gazeuse rouge. D'autres écrans montraient une des lunes de la planète, Yavin IV, qui était apparemment l'emplacement réel de la base rebelle.

Ils ont donc envoyé Thane vers Dantooine en se basant sur de fausses informations. Pour rien. Elle avait envie de discuter avec lui des terribles événements des derniers jours. Parler avec Jude l'avait apaisée, mais elle n'arrivait toujours pas à trouver le sommeil. Les images de l'explosion d'Alderaan ne cessaient de défiler dans sa tête.

Et elle était peut-être sur le point d'assister à la mort d'une seconde planète.

C'est une cible militaire, se rappela-t-elle. *Aucun civil ne souffrira.*

Cette explication lui paraîtrait logique bientôt, mais en cet instant, elle avait mal au ventre à l'idée d'assister à la destruction d'un nouveau monde. C'était trop tôt après Alderaan ; elle avait encore les nerfs à vif.

Les Rebelles réalisèrent qu'ils étaient fichus et se battirent… d'une façon complètement absurde.

— Incroyable, marmonna un commandant qui se tenait non loin de Ciena. Les Rebelles ont envoyé une poignée de chasseurs stellaires pour attaquer l'Étoile Noire ? Cette insurrection doit être à bout de souffle, si c'est toute la puissance de feu qu'ils parviennent à rassembler.

C'est une planète inhabitée, se rassura-t-elle. *Les seuls individus qui s'y trouvent sont membres de la Rébellion : ce sont eux qui essayent de déclencher une guerre. Ils ont choisi ce destin de leur plein gré. À la guerre comme à la guerre.*

Elle pensait pourtant aux animaux qui vivaient là, aux petites créatures innocentes, et aux arbres…

Un moniteur affichait des Ailes-X fonçant dans une tranchée, poursuivies par des chasseurs TIE. Ciena se demanda pourquoi ils avaient pris la peine d'envoyer des TIE pour contrer une attaque aussi pitoyable. C'était vrai qu'un dégât à la station, même mineur, devrait être réparé. Les vaisseaux filaient à une telle vitesse que les échanges de tirs disparurent un instant de l'écran. Une autre caméra allait sans doute prendre le relais.

Mais, peu de temps après, elle vit une Aile-X et un vieux cargo imposant piquer vers Yavin IV à vitesse subluminique maximale.

— Commandant, les vaisseaux rebelles s'éloignent de l'Étoile Noire.

— Suivez leurs mouvements. Nous devrons fournir le rapport le plus complet possible au Grand Moff Tarkin.

Elle continua d'enregistrer toutes les données qui provenaient de la station, qu'elles soient importantes ou anecdotiques. Même si le pont auxiliaire continuait à déborder d'activité, les voix baissaient et les tâches ralentissaient. Ciena devina que tout le monde attendait le moment où Yavin IV exploserait. Elle sentit la nausée monter en elle et tenta de se préparer pour l'éclair aveuglant quand tous les écrans représentant l'Étoile Noire s'assombrirent d'un coup.

En un instant.

Ciena remarqua qu'au même moment le flot de données en provenance de la station s'était lui aussi arrêté.

— Une panne de circuits ? demanda quelqu'un en inspectant les moniteurs concernés.

Il pensait que le problème provenait des écrans. Elle savait que ce n'était pas ça.

— Commandant, l'Étoile Noire est silencieuse. Nous ne recevons plus de données.

Le visage de son commandant prit une expression étrange, à la fois incrédule et furieuse.

— C'est impossible, lieutenant. Les Rebelles ont dû créer une forme d'interférence. Ou bien ces chasseurs avaient été envoyés pour mettre les communications de la station hors-service.

Des chasseurs Ailes-X ne pouvaient pas causer ce genre de dégâts à une station spatiale de la taille de l'Étoile Noire, tout de même ?

Pourtant, l'autre explication était… inconcevable.

CHAPITRE 10

— C'est tout ? Ils ne savent rien de plus ?

— Essayez à nouveau de joindre Coruscant.

— Tous les réseaux de communication sont saturés…

Des voix retentissaient dans la base abandonnée sur Dantooine qui était devenue une station impériale improvisée. Des groupes d'officiers s'étaient formés. Certains portaient encore leur armure complète, mais la plupart n'avaient plus que quelques éléments. Même si le commandant restait responsable du groupe, aucun ordre n'avait été donné depuis des heures, si ce n'est aux officiers chargés des communications. Ils n'avaient rien d'autre à faire qu'attendre dans la crainte.

Thane arpentait le couloir dans toute sa longueur. Il semblait avoir été creusé dans la pierre, ce qui donnait l'impression d'attendre au fond d'une grotte. Les bribes d'informations qu'ils étaient parvenus à rassembler jusqu'à présent étaient contradictoires, confuses et de mauvais augure. Certains disaient que l'Étoile Noire avait été détruite ; d'autres affirmaient qu'elle était endommagée et dans l'incapacité de communiquer ; d'autres encore soutenaient que cette rumeur était fausse – une ruse habile destinée à faire sortir les Rebelles de leur cachette pour les massacrer plus facilement.

La plupart des soldats présents semblaient croire le dernier scénario, ce qui avait déclenché beaucoup de jurons et de beaux discours. Ils assuraient que quand *ils* seraient au commandement, jamais ils ne lanceraient une opération de ce type sans informer et préparer correctement toutes les troupes concernées, jusqu'en bas de la hiérarchie. D'autres protestaient, faisant remarquer que les espions pouvaient être partout. Si même un membre du Sénat aussi illustre que la Princesse Leia Organa était capable de trahir l'Empire, cela pouvait arriver à tout le monde. Cette diversion majeure avait dû être tenue secrète le plus longtemps possible.

Tout le monde n'était pas convaincu. Thane avait échangé des regards avec quelques autres, qui restaient tendus et silencieux.

L'Étoile Noire ne peut pas avoir été détruite. Il faudrait des dizaines de Destroyers Stellaires et des croiseurs d'attaque pour obtenir un impact sur une station de cette taille. L'Alliance Rebelle est de toute évidence plus puissante que ne le laissent entendre nos supérieurs, mais s'ils avaient une flotte de cette importance, ils auraient mené des actions directes depuis longtemps.

Cette partie de son analyse semblait solide. Le reste, en revanche, était moins établi.

Si l'Étoile Noire a été endommagée : à quel point ? Elle a la taille d'une lune, comment est-ce que tous *les systèmes de communication peuvent être HS ? Et pourquoi les vaisseaux qui y sont appontés ne répondent-ils pas non plus ?*

Si les Rebelles avaient attaqué l'Étoile Noire avec une flotte capable de causer de vrais dégâts, les gros vaisseaux impériaux auraient été lâchés et se seraient lancés dans le combat.

Thane prit appui contre le mur en pierre brute de la base rebelle, une gourde de lait nutritif à la main. Il pensait au *Dévastateur*, dans toute sa puissance et sa majesté, et il imaginait ses canons laser réduire la Flotte Rebelle à un nuage de débris. Il se rejouait la scène en boucle – les morceaux de métal, les fragments de vaisseaux qui tombaient, les flammes qui brûleraient un instant avant d'être étouffées par le vide spatial.

S'il imaginait le *Dévastateur* triompher, il n'avait pas à redouter ce qui avait pu arriver d'autre pendant la bataille – au vaisseau, à Nash Windrider ou à Ciena.

*

Après quelques heures à son poste, Ciena avait les oreilles qui bourdonnaient à cause du sifflement des transmissions mal filtrées. Sa tête tournait, car elle avait dû analyser à toute vitesse des quantités infinies de données. Elle devait consacrer toute son énergie à son vaisseau et à l'Empire.

Les hauts gradés du *Dévastateur* étaient toujours en réunion. Elle avait l'impression que cela durait depuis des heures. Si l'un d'entre eux avait appris la raison du silence soudain et terrifiant de l'Étoile Noire, ils n'avaient pas encore partagé l'information avec l'équipage.

Pour le moment, Ciena ne pouvait rien faire de plus que de continuer à trier les paquets de données envoyés par l'Étoile Noire avant le black-out. La plupart ne contenaient pas d'informations intéressantes, mais, faute de meilleure explication, elle ne pouvait se permettre d'ignorer quoi que ce soit.

Quand elle reconnut le numéro de Jude sur un des paquets, elle l'ouvrit immédiatement. Elle se moquait de savoir si c'était important ou non. Il fallait que Ciena sache ce que Jude faisait avant que l'Étoile Noire… n'ait été endommagée, infiltrée ou que tout autre horrible incident tragique ne se soit produit.

Les données de Jude se révélèrent importantes. Ciena lut un rapport adressé par Jude Edivon à son supérieur et à tous les commandants locaux. Jude les prévenait que, d'après ses analyses, cette attaque rebelle à bord de petits chasseurs stellaires représentait en réalité une menace pour l'Étoile Noire. Elle avait repéré une faille que personne d'autre n'avait soupçonnée – liée à un conduit d'aération – et elle avait senti une faiblesse, là où tout le monde ne voyait que l'invulnérabilité.

Même si les risques qu'ils parviennent à frapper cet endroit précis sont faibles, avait écrit Jude, *les conséquences pourraient être dévastatrices pour la station, voire fatales.*

Si quelqu'un avait envoyé une réponse à la mise en garde de Jude, Ciena ne l'avait pas encore trouvée.

Fatales pour la station ? Pour l'Étoile Noire ? Non. Jude avait sans doute voulu dire que quelques officiers risquaient d'être tués dans une explosion résultant de cette attaque. C'était beaucoup plus logique que croire qu'une simple Aile-X pouvait détruire une structure de la taille d'une lune.

Pourtant, l'obscurité et le silence se prolongeaient.

Peu après avoir transmis ces informations au commandement, Ciena reçut un message lui ordonnant de se présenter à la baie d'appontage 47. Nash lui adressa un regard quand elle s'en alla. Il était visiblement aussi curieux qu'elle de savoir ce qui se passait. Elle espérait pouvoir le mettre au courant rapidement.

Mais elle apprit qu'on lui confiait une nouvelle mission.

Un commandant au visage de marbre lui ordonna à elle et à l'autre pilote :

— Lieutenant Ree, lieutenant Sai, vous allez conduire le transporteur de classe *Gozanti* dans le système de

Yavin pour rejoindre le Seigneur Vador et le ramener sur le *Dévastateur*.

Elle eut l'impression que l'étau qui l'étreignait venait de se desserrer. Ciena se retint de pousser un soupir de soulagement. *Dark Vador est vivant. Il a réussi à contacter notre vaisseau. Ce qui s'est passé sur l'Étoile Noire n'est donc pas un scénario catastrophe.*

Elle ne s'était pas encore autorisée à imaginer avec précision ce que pouvait être ce scénario catastrophe.

Le commandant poursuivit :

— Vous ne devez révéler votre mission à personne, ni pendant le trajet ni après. Vous n'aurez aucune communication, sauf sur ordre du Seigneur Vador… ou si le rendez-vous ne se déroule pas comme prévu.

Qu'est-ce que ça voulait dire ?

Ciena jeta un regard en coin au pilote, qui affichait une expression indéchiffrable.

Une fois qu'elles furent seules dans le cockpit du cargo, en revanche, le lieutenant Sai se révéla tout sauf stoïque.

— Qu'est-ce que nous sommes censées faire ? demanda-t-elle juste après le saut en hyperespace. Voler jusqu'à l'Étoile Noire silencieuse sans leur poser la moindre question ? Ni même avoir la permission d'apponter ?

— Ce sera plus clair quand nous y arriverons, la rassura Ciena.

— Comment en es-tu si sûre ?

— Parce que ça ne peut pas être plus flou que maintenant.

Cette remarque lui valut un éclat de rire.

— C'est vrai. À propos, moi c'est Berisse.

— Ciena.

Berisse était sortie de l'Académie sur Lothal l'année précédente. Son sourire éblouissant tranchait sur sa peau mate. Elle était aussi corpulente que l'autorisaient les règles, avec des cheveux noirs qu'elle attachait en tresses plus serrées encore que celles de Ciena. Quand elle apprit que Ciena n'était sur le *Dévastateur* que depuis quelques semaines à peine, elle promit de lui faire visiter le vaisseau et manifesta même de la compassion pour Nash.

— C'est dur. Tu t'imagines, découvrir que toute ta planète a fait acte de trahison ?

Ça ne peut être aussi affreux que la voir anéantie, faillit corriger Ciena au moment où les senseurs se mirent à carillonner.

— Yavin, annonça-t-elle en reprenant sa place aux commandes. Nous quittons l'hyperespace.

— Confirmé, acquiesça Berisse, qui était, elle aussi, repassée en mode officiel.

L'angoisse que Ciena repoussait en papotant avec Berisse revint, plus fort encore. Ciena se dit qu'elle allait au moins connaître la gravité de la situation. Elle ne devrait plus s'inquiéter pour Jude. Rien ne pouvait être pire que l'absence d'information.

Le cargo sortit de l'hyperespace et se retrouva en enfer.

Berisse poussa un cri. Ciena, elle, avait le souffle coupé. Elles étaient à la périphérie d'un vaste champ de débris. Du métal déformé flottait dans toutes les directions. Certains fragments étaient énormes – de la taille d'un croiseur léger –, d'autres étaient plus petits qu'une tête humaine. De petits éclats vinrent heurter les baies d'observation de la navette et restèrent collés au transparacier comme des fissures ou du givre, en formant des motifs irréguliers.

— Je n'arrive pas à y croire, déclara Berisse d'une voix tremblante. Elle a disparu. Complètement.

L'Étoile Noire avait été détruite.

La mise en garde de Jude résonna avec force dans la tête de Ciena. *Fatales*. Et maintenant, Jude était morte.

D'autres camarades de classe étaient en poste à bord de la station. Au moins une dizaine de personnes que Ciena connaissait avaient été assassinées ce jour-là. Des milliers et des milliers de soldats, dont la plupart n'étaient même pas à leurs postes : ils étaient probablement en train de dormir, de manger ou de boire un coup dans une des cantinas, sans savoir que ce moment serait un de leurs derniers. Jude, elle, était consciente du danger. Avait-elle eu peur ? Au cours de ses affreux derniers instants, avait-elle réalisé que la fin était si proche ? Cette idée noua la gorge de Ciena et ses yeux se remplirent de larmes.

— Le signal du Seigneur Vador, annonça Berisse en se remettant du choc pour reprendre le travail. Allons-y.

En mode automatique, Ciena fit contourner le champ de débris à la navette. Elle avait envie de pleurer, de hurler. Les commandants devaient savoir ce qui s'était passé. Pourquoi n'avaient-ils pas averti la flotte ? Toute la galaxie ? Ils avaient peut-être pensé, comme elle, que c'était impossible. Ciena comprit que sa mission n'était pas seulement d'aller chercher Vador, mais de confirmer que le pire s'était produit. Ils l'avaient envoyée pour qu'elle soit témoin d'un deuxième massacre.

Sa tristesse pour Jude envahit son esprit jusqu'à ce qu'elle n'ait pratiquement plus conscience de rien. Quand elles approchèrent du chasseur TIE endommagé du Seigneur Vador, elle exécuta les gestes machinalement, soulagée que la formation lui ait appris à fonctionner même dans un état pareil.

Le vaisseau de Vador prit lentement forme dans l'obscurité. Elle aperçut d'abord les étranges rotations de plusieurs débris, comme s'ils étaient repoussés par des faisceaux répulseurs. Puis elle distingua la silhouette du chasseur TIE aux ailes courbes. Vador volait juste au-dessus du champ de débris qui ne cessait de s'étendre.

— Initiation de la séquence du sas de décompression, annonça Ciena.

Elle était contente que Berisse ne la connaisse pas encore assez bien pour percevoir la tension dans sa voix et son ton artificiel.

— Trois… deux… un.

Berisse appuya sur les boutons pour déplier un des quatre bras d'appontage depuis le ventre du transporteur. Elles étendirent avec précaution le tube au-dessus du cockpit sphérique du chasseur TIE.

— Tu as déjà rencontré le Seigneur Vador ? demanda Berisse d'un ton léger.

— Je… heu… non.

Ciena avait trop de mal à se concentrer pour parler.

— Je te laisse aller derrière l'accueillir.

Normalement, les officiers impériaux s'efforçaient d'être les premiers à parler à un plus haut gradé. C'était l'occasion de sortir du lot. Ciena se moquait pas mal d'avancement en cet instant et elle n'avait pas l'impression que Berisse lui accordait une faveur.

On dit que c'est un grand homme, se rappela-t-elle alors qu'elle se tenait devant le sas de décompression en attendant le feu vert pour entrer dans la baie d'appontage. *Qu'il a les faveurs de l'Empereur et qu'il est capable de plier la Force à sa volonté.* Ciena croyait à la Force, mais elle avait du mal à imaginer que quiconque puisse la contrôler complètement. Elle se demanda si elle allait être détrompée.

Elle avait besoin d'un supérieur qu'elle puisse respecter. Quelqu'un qui prenne les choses en main, quelqu'un en qui elle puisse placer sa confiance. Elle entra dans le couloir du sas de décompression juste au moment où la porte pressurisée s'ouvrait en sifflant. Rassurée, elle fit un pas en avant…

… et s'arrêta en voyant Vador pour la première fois.

Il était complètement protégé par une armure noire. Il ne s'agissait pas de l'équipement d'un pilote de chasseur TIE. Ciena reconnut une combinaison de survie, la plus complète qu'elle ait jamais vue ou imaginée. Rien de la peau humaine ou du visage de Vador n'était visible sous sa carapace étincelante et une cape noire l'enveloppait des épaules au sol. Quand il se mit à avancer, elle réalisa qu'il était très grand – plus grand que tous les humains qu'elle connaissait. Dans le couloir exigu, sa stature était encore plus imposante. Mais le pire de tout était le bruit de sa respiration. Le chuintement sonore de son respirateur résonnait pour occuper tout l'espace.

Qu'est-ce que c'est ? s'interrogea Ciena. Son esprit qui avait volé en éclats refusait d'accepter que le Seigneur Vador était humain. Il ressemblait plus à une vision de cauchemar ou une créature des histoires effrayantes que sa mère lui racontait près du feu comme dans toutes les familles des vallées. Le mal semblait exsuder de lui et envahir l'espace jusqu'à ce qu'il n'y ait plus d'air. Le col de l'uniforme de Ciena lui paraissait trop serré.

Quelques instants plus tôt, elle était déterminée à accueillir son supérieur avec dignité. À présent, elle espérait juste ne pas s'évanouir.

Quand il s'écarta de la porte du sas de décompression, elle entendit sa profonde voix métallique pour la première fois :

— Êtes-vous ici sur ordre de l'Empereur ?

— Nous avons reçu nos ordres du commandement du *Dévastateur*, monsieur, parvint à articuler Ciena.

Elle dut réprimer le besoin instinctif de s'éloigner de Vador.

— Je n'ai pas d'informations au sujet d'un contact avec l'Empereur.

Vador réfléchit pendant ce qui lui parut une éternité. La nervosité de Ciena continua de croître jusqu'à ce qu'il ordonne :

— Vous et l'autre pilote resterez dans la cale pendant le reste du voyage. Je prendrai les commandes de ce transporteur jusqu'à ce que nous ayons rejoint le *Dévastateur*.

— Bien monsieur.

Elle se fichait qu'on la ramène à son Destroyer Stellaire comme si elle était une marchandise. Elle était soulagée de pouvoir s'écrouler sur le sol, poser sa tête sur ses genoux et prendre de profondes inspirations. Au moins, elle n'était pas obligée d'agir. Ni même de penser. Elle essaya d'oublier qu'elle avait vu Dark Vador et y réussit presque. Son esprit troublé n'arrivait à s'accrocher à rien d'autre qu'à la scène de dévastation dont elle avait été le témoin et à sa peine pour Jude.

Les milliers de souvenirs de son amie brillaient dans la mémoire de Ciena comme des bougies : les nombreuses fois où elles avaient ri et discuté dans leurs lits tard le soir, la fois où Jude était venue à son secours quand elle avait été accusée du sabotage du canon laser de Thane, puis l'avait consolée après la dispute qui avait suivi, l'élégance surprenante de Jude à la réception. L'une des meilleures amies qu'elle ait jamais eue – ou qu'elle aurait jamais – avait été anéantie. Réduite à des atomes.

Berisse s'excusa quand elle vint rejoindre Ciena.

— Le Seigneur Vador peut être un peu… impressionnant la première fois qu'on le voit.

— Oui, répondit faiblement Ciena.

— Je ne pensais pas pouvoir supporter une nouvelle rencontre. Ça ne veut pas dire que c'était plus facile pour toi. Désolée.

Berisse s'appuya contre le mur, comme une marionnette libérée de ses fils :

— Je sais qu'il porte juste une combinaison de survie et que c'est idiot d'avoir peur de quelqu'un qui est différent… mais ce respirateur ?

— Il pourrait très bien être en train de nous surveiller en ce moment, fit remarquer Ciena.

Berisse se tut aussitôt.

*

Quand ils revinrent à bord du *Dévastateur*, Ciena était soulagée de ne plus être en service. Elle rejoignit le pont où étaient situés les quartiers de son équipage. Elle se rafraîchit, passa quelques minutes à pleurer en pensant à Jude, le visage dans une serviette, puis elle se ressaisit et retourna vers son lit. Elle s'arrêta en chemin en voyant un autre officier de son rang se diriger vers le couloir qui menait au pont auxiliaire.

— Nash ?

Nash Windrider lui fit un signe de tête. Il avançait toujours à pas lents, comme un somnambule, mais son uniforme était d'une propreté réglementaire et sa voix calme quand il répondit :

— Ils ont besoin de tout le monde.

— Tu es sûr d'être prêt.

— Il le faut, dit-il simplement.

Elle posa une main sur son bras.

— Tu en es absolument certain ? Tu as traversé une rude épreuve.

Comme ces mots semblaient creux ! Toute la planète de Nash avait été détruite, dans l'espoir de mettre fin à une guerre, et ces espoirs s'étaient révélés vains. Nash devait être anéanti.

— Il ne me reste plus que l'Empire, expliqua-t-il à voix basse. Je dois me rendre utile. Je veux servir.

Ciena se demandait encore si Nash tiendrait le coup, mais elle décida de cesser de lutter contre lui. Il méritait qu'on lui laisse une chance d'essayer.

— D'accord, je t'accompagne jusque là-bas.

Nash acquiesça sans rien dire. Son silence signifiait peut-être qu'il était encore au bord du précipice. Elle remarqua qu'il s'était coupé les cheveux. Les longues tresses qu'il portait dans la nuque pendant toutes les années de formation à l'Académie avaient disparu. Elles avaient peut-être une signification sur Alderaan où ce changement était symbolique, une forme d'adieu ou d'hommage. Ciena avait assez de tact pour ne pas poser de questions.

Il régnait un silence inhabituel dans le *Dévastateur*. Seuls quelques droïdes messagers et une poignée de gardes arpentaient les couloirs au sol grillagé. Sans l'activité habituelle, les rares bruits étaient amplifiés. L'écho des pas ou le faible bourdonnement du système de ventilation paraissaient étranges. Malgré sa profonde tristesse et la rage qui bouillonnait en elle, Ciena réalisa qu'elle se sentait un peu rassurée.

L'Étoile Noire ne détruira plus jamais d'autre planète.

La peine d'avoir perdu Jude et les autres à bord de la station ne la quitterait pas. Elle considérerait toujours que cette explosion était un acte terroriste. Mais elle se sentait malgré tout réconfortée à l'idée qu'aucun autre monde ne subirait le sort d'Alderaan. Sa destruction avait été l'ultime tentative de l'Empereur pour mettre fin à une guerre sanglante, avant qu'elle n'éclate. Cette tentative avait échoué. La guerre était déclarée. La dévastation qui allait suivre serait sans doute terrible. Ciena s'attendait à assister à d'innombrables combats et à riposter pendant très longtemps. Elle allait devoir tuer et risquer sa vie.

C'était la guerre. Les combattants seraient des soldats prêts pour la bataille. Ça, Ciena pouvait l'accepter.

Peu avant qu'ils n'atteignent le pont auxiliaire, Nash fit :

— Ciena ?

— Oui ? Tu veux que je te remplace ?

Même si Ciena était épuisée, elle était prête à servir pendant les prochaines heures à la place de Nash, si ça pouvait l'aider.

— Non. C'est juste que… avant de quitter ma cabine, je pensais à Thane. J'avais envie de lui parler. Alors j'ai cherché des informations au sujet du transport de Dantooine.

Nash hésita avant de terminer.

— Ils doivent avoir reçu l'ordre de retourner sur l'Étoile Noire.

Le sang de Ciena se glaça dans ses veines. Elle resta paralysée sous le choc, incapable de faire un pas de plus. Elle déglutit avec difficulté.

— Et Thane ?

— Il devait être à bord. Est-ce que tu sais si le transport a apponté avant l'explosion ?

— Non.

Depuis le début des événements, Ciena avait continué à aller de l'avant en se promettant de discuter de tout ça avec Thane très bientôt. En se rappelant qu'au moins son meilleur ami avait échappé à la mort.

Et si ce n'était pas le cas ? Si Thane avait été tué, lui aussi ?

*

Il fallut presque une semaine pour que le vaisseau de Thane reçoive de nouveaux ordres précis. Ce fut la période la plus longue et la plus angoissante de sa vie. Son vaisseau, un transport pour trajets courts, n'avait pas assez de provisions. Ils avaient dû réquisitionner de la nourriture dans la ville la plus proche. Les lits dont était équipé le vaisseau étaient prévus pour les blessés en cas d'urgence, pas pour y dormir régulièrement. Plutôt que de s'y coucher, Thane et quelques autres s'étaient installés dans les lits abandonnés par les Rebelles.

Comme c'était étrange de se coucher dans le lit de l'ennemi, de voir le dessin maladroit d'un chasseur Aile-X sur le mur et de savoir que c'était ce type d'appareil qui avait détruit l'Étoile Noire – tuant peut-être Ciena.

Thane aurait donc dû se sentir soulagé d'être à nouveau à bord de son vaisseau, en armure, le blaster à la hanche. Rien n'était pire que le doute, se répétait-il. Une fois qu'ils auraient rejoint la Flotte Impériale, il saurait avec certitude ce qui était arrivé à tous ses amis.

Quand il essayait d'imaginer ce qu'il ferait si on lui apprenait que Ciena avait péri, son esprit se brouillait. C'était comme si son cerveau refusait de lui montrer quoi que ce soit après ce moment terrible.

— Kyrell, l'appela son commandant alors qu'ils se préparaient pour la vitesse-lumière. N'avez-vous pas envoyé de messages à votre famille pour confirmer votre survie ? Je vois que oui, mais nous n'avons aucune réaction.

— C'est normal, lui assura Thane sans émotion.

Il ne pensait pas que sa famille souhaitait sa mort – quoique cela n'aurait sans doute pas dérangé Dalven –, mais répondre demandait apparemment trop d'efforts de leur part.

Qu'est-ce que je leur ai fait, à part venir au monde ? se demanda-t-il pour la millième fois.

Penser à cela lui donnait envie de parler à Ciena, la seule personne qui avait jamais réellement compris à quel point sa famille était tordue. La peur qui lui nouait l'estomac se fit plus intense et il prononça à peine un mot pendant le reste du trajet.

Quand le transport quitta la vitesse lumière, quelques personnes marmonnèrent et une autre émit un léger sifflement de surprise. Thane n'avait jamais vu une telle concentration de vaisseaux en un seul endroit, même au-dessus de Coruscant. Des chasseurs TIE essaimaient comme des moucherons par-dessus la surface des plus gros vaisseaux. D'innombrables transports et des appareils plus petits étaient en formation autour d'une dizaine de Destroyers Stellaires qui formaient le nouveau noyau de la Flotte Impériale.

Est-ce que le *Dévastateur* en faisait partie ? De l'extérieur, les vaisseaux étaient aussi identiques que les parts d'une même tarte.

Au moment où leur transport pénétrait dans la baie d'appontage principale, le commandant leur cria de nouveaux ordres.

— N-O-7-0-8-1-8, présentez-vous immédiatement au lieutenant-commandant Cherik sur le Destroyer Stellaire *Éliminateur*. N-Y-1-1-2, même ordre. A-V-5-4-7…

Thane leva la tête.

— Vous êtes transféré au transport de troupes *Tour de garde* pour transport et déploiement sur Kerev Doi.

On l'envoyait sur une planète de production d'épices ? L'ordre sembla absurde à Thane jusqu'à ce qu'il assemble les pièces du puzzle. Partout où les épices étaient une commodité, les finances se faisaient douteuses. Si on voulait cacher de l'argent – des sommes conséquentes, le genre de fonds permettant de soutenir une armée rebelle –, Kerev Doi était l'un des rares endroits de la galaxie vers lequel se tourner. Ils étaient envoyés là pour fouiner et peut-être couper les soutiens financiers de la Rébellion. C'était logique. Il se mit malgré tout à considérer Kerev Doi sous un jour nouveau. Les planètes qui exploitaient les épices étaient fréquentées par de nombreux vaisseaux, légaux et criminels. Même les vaisseaux qui opéraient dans la légalité ne gardaient pas toujours trace de leurs voyages vers ces mondes. Les romans et les holos d'aventure, qui racontaient les tribulations de personnes en fuite, mettaient en scène des ports exotiques remplis de marchands prêts à emmener quiconque loin de sa vie actuelle.

Kerev Doi était un endroit où l'on pouvait se perdre.

Thane se ressaisit. Il n'avait pas l'intention de déserter la Flotte Impériale. Du moins, pas encore. Pas tant qu'il n'aurait pas appris ce qu'étaient devenus Ciena, Nash et les autres. Et peut-être jamais, d'ailleurs. Il jouait juste avec l'idée. Il s'y habituait.

Si Ciena était morte, que lui restait-il auprès de l'Empire ? Rien.

— Commandant ? De quel Destroyer Stellaire s'agit-il ?

Son supérieur eut l'air agacé de cette interruption.

— Est-ce que c'est important, lieutenant Kyrell ?

— Pour moi, oui, commandant.

Son supérieur n'aimait pas qu'on fasse preuve d'indépendance.

— Vous êtes à bord du *Dévastateur*. Mais si vous n'êtes pas sur le *Tour de garde* dans l'heure, vous ne ferez plus partie de la Flotte.

Le Dévastateur. Thane respira. *Bon, Ciena n'a sans doute rien. Elle est restée à l'abri sur son vaisseau tout le temps.*

À moins qu'elle ne soit restée sur l'Étoile de la Mort *pour une mission – ou qu'elle n'ait été avec Jude et que le* Dévastateur *soit parti trop rapidement pour qu'elle puisse rejoindre son vaisseau...*

Il débarqua équipé d'un simple communicateur de poignet pour lui indiquer où trouver le poste d'amarrage du *Tour de garde*. Il ne disposait pas de beaucoup de temps, peut-être juste assez pour s'arrêter à un panneau de communication. Si le système l'informait qu'elle était en poste, ce serait une preuve qu'elle était en vie. Comment était-il censé monter à bord d'un autre vaisseau et quitter le *Dévastateur* sans le savoir ?

— Thane !

Il se retourna et vit Ciena, au bout du hangar bondé. Il eut l'impression que sa coquille se fendait et s'effondrait. Il oublia Kerev Doi, sa fuite. C'était impossible de penser à autre chose qu'à elle, là, devant lui, en vie.

— Ciena !

Tout ce qui comptait, c'était de se frayer un chemin dans la foule, d'écarter stormtroopers et gradés, pour la rejoindre.

*

Ciena jeta ses bras autour du cou de Thane. Il la serra si fort qu'elle eut du mal à respirer. Cela lui était égal.

— Tu es vivant, fit-elle d'une voix fêlée. Tu es vivant ! On ne savait pas si ton transport était retourné sur l'Étoile Noire…

— Je ne savais pas si le *Dévastateur* s'en était sorti. Et personne ne sait ce qui se passe…

— C'est tellement affreux…

— Est-ce que tu as…

Ils arrêtèrent de se parler et se mirent à rire de joie pendant un moment. En levant les yeux vers Thane, Ciena découvrit l'homme qu'il était devenu. Celui qu'elle commençait à peine à connaître et qui faisait pourtant déjà autant partie d'elle que son sang ou son squelette.

— Je suis censé me présenter à bord du *Tour de garde* dans l'heure. Tu es libre ?

Elle avait envie de pousser un grognement de désespoir. Elle était déjà en retard pour sa prochaine mission. Elle aperçut non loin d'elle Berisse qui lui faisait signe : *Vas-y ! Je m'en occupe !*

Ciena se tourna vers Thane.

— J'ai quelques minutes.

Ils traversèrent la baie d'amarrage encombrée et bifurquèrent dans un couloir latéral. Comme il menait à une zone de divertissement, il était désert. Même si le brouhaha de l'activité continuait à quelques mètres de là, ils pouvaient être seuls.

— Comment ça va ? lui demanda Thane en repoussant une boucle de sa joue avant de prendre son visage dans ses mains.

Ciena savait qu'il ne parlait pas de blessures au combat.

— Nash Windrider est sain et sauf. Il est effondré de ce qui est arrivé à Alderaan…

Elle avait du mal à prononcer le nom de la planète. Thane grimaça en l'entendant.

— Il n'a pas quitté son poste malgré tout. Mais Jude est morte sur l'Étoile Noire.

— Je suis désolé.

Il la reprit dans ses bras et elle appuya la tête contre son torse.

Ils ne s'étaient jamais touchés comme cela. Thane en avait sans doute aussi conscience qu'elle. Pourtant, être contre lui semblait naturel. Juste.

— J'ai vraiment cru t'avoir perdu, murmura-t-elle. Tout le reste, je pouvais le supporter, parce qu'il le fallait. Quand j'ai réalisé que tu avais peut-être été tué… j'ai su que je ne pourrais pas l'accepter. Jamais.

Ciena s'attendait à ce qu'il lui dise quelque chose du genre : *Bien sûr que si. Tu es forte.* Ou : *Ne t'en fais pas pour moi.*

Mais Thane la serra plus près de lui encore.

— Pendant toute cette semaine, je ne savais pas si tu étais en vie ou pas. L'Empire a été mis sens dessus dessous, nous allons partir en guerre et rien de tout cela n'avait la moindre importance. Je ne pensais qu'à toi.

Ciena se hissa sur la pointe des pieds pour le serrer plus fort. Les doigts de Thane tracèrent les contours de sa mâchoire tandis qu'il posait doucement les lèvres sur son front. Puis il inclina le visage de Ciena vers le sien. Mais c'est Ciena qui unit leurs bouches pour leur premier baiser.

La question n'est pas de savoir si Thane est mon ami ou l'homme que j'aime, se dit-elle tandis que leurs lèvres s'ouvraient doucement. *Il est les deux. Thane a toujours été les deux, depuis le début.*

Ce n'était pas le début de quelque chose ; c'était une révélation, la reconnaissance du lien qui les unissait depuis très longtemps.

Quand ils s'écartèrent, Thane prit une profonde inspiration.

— C'était… très…

— Oui.

Ils éclatèrent à nouveau de rire, avec plus de douceur cette fois, et il lui posa un nouveau baiser sur le front. Elle fit glisser ses bras le long des épaules de Thane pour lui prendre les mains. Le sourire en coin de Ciena le fit fondre. Pourquoi est-ce que cela ne s'était pas passé à un moment où ils auraient vraiment pu être seuls ?

Ils ne disposaient que de quelques minutes volées dans un hangar bruyant et elle n'avait pas l'intention de les gâcher.

— Écoute, c'est la folie en ce moment, mais nous serons à nouveau réunis. Même si je ne sais pas où et quand, ça se passera.

Le visage de Thane s'illumina.

— Oui. Quoi qu'il arrive, je te trouverai.

C'était une façon étrange de l'exprimer. Une fois passée cette confusion initiale, les services impériaux pourraient les mettre en contact à tout moment. Ciena décida qu'elle s'en moquait. Elle était submergée par le bonheur, impatiente de le retrouver avant même qu'ils se soient dit au revoir.

— Comment se fait-il que tu me manques déjà alors que tu es encore là ?

— Parce que tu me manques déjà aussi. Mais ce n'est pas pour toujours. Ce n'est même pas pour longtemps.

Thane l'embrassa encore et, après avoir tenu bon pendant des jours face au deuil, à la douleur et à la terreur, Ciena s'abandonna à un moment de bonheur.

Puis elle l'accompagna à son transport, l'embrassa une dernière fois à la rampe, sous les sifflements de quelques officiers à l'intérieur, avant de courir à toutes jambes vers son poste.

Quand elle arriva à sa console, Berisse s'écarta et fit un geste théâtral, comme un serveur qui présente le dessert.

— Je t'en dois une, lui souffla Ciena en essayant de se ressaisir.

— Tu m'en dois *bien plus* qu'une.

Ciena jeta un regard de côté à Berisse et elles se mirent toutes les deux à sourire de cette situation un peu folle. C'était incroyable comme dans ce genre de circonstances, on pouvait devenir bons amis en quelques jours seulement. Elle se mit au travail, mais fit apparaître à l'écran les images de la baie d'appontage pour voir le *Tour de garde* se dégager et s'envoler vers l'espace infini, emportant Thane.

CHAPITRE 11

Dans les histoires d'aventure et les holofeuilletons à rebondissements que Thane regardait quand il était petit, les planètes où étaient exploitées les épices étaient des terres exotiques peuplées de belles danseuses, de gangsters arrogants et de pilotes intrépides qui manœuvraient des vaisseaux trafiqués pour semer les vilains représentants de l'Ancienne République.

Les récits laissaient entendre que les trafiquants d'épices rêvaient du jour où ils pourraient commercialiser leurs marchandises légalement une fois que l'Empire aurait libéré ces planètes de leur passé dangereux – même s'il était exaltant. Thane ne croyait plus que l'Empire sauvait qui que ce soit et il savait que toutes ces idées n'étaient que des clichés. Il n'empêchait que les mondes où l'on exploitait les épices continuaient à avoir un attrait romantique pour lui… jusqu'à ce qu'il pose le pied sur Kerev Doi.

Il ne savait pas à quoi s'attendre, mais certainement pas à *ça*.

Le ciel rose de Kerev Doi ne s'étendait plus sur de vastes terrains. Il était devenu sombre et planait au-dessus d'une population maussade et épuisée. Les gens ne portaient pas de tenues chic et n'échangeaient pas de traits d'esprit : ils se cachaient sous de lourdes capes et parlaient le moins possible. Les fermes à épices dominaient le paysage. Tout ce qui sortait de l'ordinaire sur la planète était profondément déprimant.

Tes histoires d'enfant n'ont rien à avoir avec la réalité, tu l'as compris, se secoua rudement Thane. *Remets-toi. C'est la réalité.*

Sa mission sur Kerev Doi aurait été plus facile à supporter s'il avait été plus occupé, mais le rôle du *Tour de garde* était de transporter les impériaux chargés de remettre à plat le système bancaire corrompu et d'opérer une démonstration de force. La tâche de Thane se limitait à sortir son chasseur TIE tous les jours et à survoler le plus bas possible les zones qui avaient besoin qu'on leur rappelle l'étendue de la puissance de l'Empire.

Autrefois, Thane aurait pu au moins trouver amusant la façon dont les gens battaient en retraite et se dispersaient sur son passage. Après ce qui était arrivé à Alderaan, voir une population craindre l'Empire ne le faisait plus rire du tout.

Un soir de permission, il se rendit au *Convor bleu*, une boîte de nuit locale rendue célèbre par de nombreux holos. C'était là que les héros et les héroïnes se retrouvaient, échangeaient des regards éplorés par-dessus des boissons qui brillaient dans la lumière et échafaudaient des projets qui les rendraient immensément riches. Thane se faisait peu d'illusion : au pire le club serait aussi louche et délabré que le reste de Kerev Doi ; au mieux, ce serait un piège à touristes.

Le *Convor bleu* était en réalité assez proche de ce que Thane avait imaginé. L'ambiance était tranquille – sans doute grâce à la nouvelle règle qui permettait aux seuls officiers impériaux d'entrer avec leurs blasters. Des canapés bas étaient couverts de coussins orange foncé et rose vif. Des plantes suspendues en hauteur déversaient des cascades de fleurs. Des droïdes-bougies flottaient dans la salle projetant une lueur très localisée, laissant pas mal de coins d'ombre accueillants. La musique était excellente, des rythmes langoureux joués en sourdine sur un clavier circulaire par un individu au museau allongé. La boisson de Thane servie dans un grand verre était juste assez forte pour arrondir les angles.

J'en parlerai à Ciena dans mon prochain message. Elle aimait bien ces holofeuilletons aussi quand elle avait l'occasion d'en voir. Ça lui ferait plaisir d'apprendre qu'il y a au moins une chose sur Kerev Doi qui est aussi bien que nous l'imaginions.

Thane sentit qu'il souriait et essaya de s'en empêcher, en vain. Le simple fait de penser à Ciena lui donnait la pêche ces temps-ci.

Depuis ce jour où Thane s'était rendu compte à la Boucle du Ciel que sa relation avec Ciena pouvait mener à quelque chose de nouveau, il avait résisté à la tentation. Même quand il n'était pas fâché contre elle à cause de cette stupide histoire de canon laser, il avait eu peur de ce qui pourrait arriver si leur lien changeait.

Mais il *n'avait pas* changé. C'était incroyable. Ils avaient toujours été faits l'un pour l'autre pour tant de raisons que c'était difficile à expliquer. Thane avait l'impression d'avoir pris conscience d'une vérité.

Et Ciena aussi envisageait de quitter la Flotte Impériale.

C'était logique. Elle se définissait par l'honneur et il n'y avait rien d'honorable dans ce que l'Empire avait fait à Alderaan. Évidemment, l'Alliance Rebelle ne valait pas mieux : elle avait fait exploser l'Étoile Noire avec près de deux millions de personnes à bord. Une mauvaise action n'en excusait pas une autre. Elle avait probablement envisagé d'abandonner son poste avant lui.

Une fois encore, Thane se rejoua les quelques minutes extraordinaires : la seule fois où il avait tenu Ciena dans ses bras et l'avait embrassée. *Nous serons à nouveau réunis. Même si je ne sais pas où et quand ça arrivera.*

Elle n'aurait pas dit ça si elle avait pensé qu'ils resteraient tous les deux dans la Marine Impériale, où ils pouvaient se retrouver grâce à n'importe quelle base de données. Elle voulait certainement s'en aller aussi.

Vouloir s'en aller et partir pour de bon étaient malheureusement deux choses différentes. Qu'était-il censé faire s'il abandonnait son poste ? Il se transformerait aussitôt en criminel recherché. Le retrouver ne serait pas la priorité numéro un – surtout à l'heure où les rebelles représentaient une menace sérieuse –, mais il courrait tout de même le risque d'être jeté en prison dès qu'un agent impérial procéderait à un scan et se rendrait compte qu'il avait déserté. Et Ciena aurait beaucoup de mal à trahir le serment de servir l'Empire. Elle considérait la parole donnée et l'honneur comme des valeurs sacrées. Que se passait-il quand un serment et son honneur n'étaient pas compatibles ?

J'imagine que nous devons attendre, conclut-il, fatigué d'avance. *Servir pendant cinq ans. Essayer d'être affectés à la même station ou au même vaisseau pendant un moment. Peut-être mettre fin à cette maudite Rébellion et venger Jude, avant la fin de notre engagement. Puis nous pourrons démissionner et partir.*

Et après ça… Thane ne savait pas. Ils ne retourneraient pas sur Jelucan, c'était certain. La galaxie était vaste, les possibilités infinies. Il fallait juste qu'ils se trouvent un avenir commun.

Il but une gorgée de son verre et s'imagina que cette soirée était une scène d'holofeuilleton. Il pourrait être un pirate d'épices arrogant, tout en charme et en ego. Ciena le rejoindrait habillée en femme fatale, dans une longue robe rouge moulante, et lui jurerait avoir besoin de l'aide d'un homme qui n'a peur de rien.

— C'est moi, murmura-t-il à la Ciena imaginaire.

Il se vit l'embrasser à nouveau et ses rêveries durèrent jusqu'à ce qu'il paie sa consommation, quitte la boîte de nuit et aille se coucher.

*

Le plan de Thane pour les cinq années à venir s'effondra huit jours plus tard, quand il survola la Province de la Basse-Mer.

Il exécuta quelques piqués et plongeons pour produire le meilleur effet. Le hurlement distinctif des moteurs du chasseur TIE résonna bientôt dans les canyons. Tous ceux qui l'entendraient ne pourraient douter que l'Empire restait puissant dans toute la galaxie. Quand il se posa pour retrouver la garnison et déjeuner, Thane était assez satisfait de lui.

Mais quand il se dirigea vers le QG local, son sourire s'évanouit.

Des ouvriers avançaient en file sur le sentier qui remontait de la mine. Dans la plupart des exploitations d'épices que Thane avait visitées jusqu'à présent, des droïdes ou des automates constituaient la principale main-d'œuvre. Ici, les mineurs étaient des individus intelligents. Il reconnut même leur espèce : c'était un peuple reptilien à la peau pâle, les

Bodach'is. Leur planète avait toujours résisté aux règlements impériaux. Tout le monde le savait, car la résistance des Bodach'is était ouverte. Quelques mois plus tôt, l'Empire avait annoncé que l'ordre était rétabli et que de nouvelles sanctions avaient été imposées.

Thane avait cru que ces « sanctions » signifiaient des amendes ou des pénalités commerciales. Il n'avait pas compris que cela se traduisait par de l'esclavage.

Les Bodach'is portaient des chaînes lourdes et encombrantes au cou et aux poignets. En revanche, dès qu'un travailleur déviait de la trajectoire ou de la tâche prévue, soit il recevait des chocs électriques soit des éperons métalliques s'enfonçaient dans sa chair.

Je pensais que ce genre de chaînes étaient réservées aux criminels violents, non aux individus ordinaires, se dit Thane, abasourdi, en marchant à pas lents le long des limites de l'avant-poste impérial. Par-delà cette frontière, les Bodach'is titubaient sous leurs fardeaux, sans avoir droit au repos. Ils étaient surveillés par des stormtroopers qui se tenaient à des mètres de distance le long d'une file d'ouvriers qui semblait s'étendre à l'infini. Quelques habitants de la ville regardaient cet affreux spectacle dans un silence effrayé ou une apathie complète, Thane n'arrivait pas à voir la différence.

La nausée lui noua la gorge et l'estomac quand il réalisa les difficultés qu'éprouvaient les Bodach'is. La plupart n'avaient même pas l'air assez forts pour effectuer ce travail. Il y avait des enfants, à peine assez grands pour porter leurs charges. Et des vieux aussi, dont les écailles étaient devenues poussiéreuses avec l'âge.

C'était injuste. Pire, c'était *mal*. Si les Bodach'is avaient défié l'Empereur, ils méritaient sans doute des sanctions, mais rien de tel. Rien ne pouvait justifier de punir toute une race de cette façon.

De les asservir.

Pourquoi est-ce que personne ne leur vient en aide ? se demanda Thane en examinant les expressions absentes des locaux. Il était possible de détacher leurs chaînes pendant la nuit, de couvrir leur fuite…

La réponse lui apparut soudain.

Personne n'aidait les Bodach'is parce que tous ces gens craignaient l'Empire. Et quand Thane avait survolé leur territoire, pour exhiber son chasseur TIE et faire entendre au peuple le hurlement de ses moteurs, il avait ravivé cette crainte.

Il se sentit écrasé par le poids de cette réalité. Pendant un moment, il eut du mal à respirer.

Un des enfants s'était mis à conspuer les Bodach'is.

— Voilà ce qui arrive ! Vous croyez que vous pouvez provoquer l'Empereur ? Il vous a montré que non !

Un des stormtroopers hocha la tête d'un air approbateur et donna une petite tape amicale sur la tête du garçon. Il ne pouvait avoir plus de sept ou huit ans, l'âge qu'avait Thane quand il avait décidé de rejoindre la Flotte Impériale. C'était ainsi que le mal s'amplifiait : il prenait racine chez les jeunes et grandissait avec eux. Chaque génération entraînait une escalade dans les mauvais traitements.

Nous apprenons aux enfants à approuver l'esclavage. Nous leur apprenons que la cruauté est une vertu.

Le pire pour Thane était de se rendre compte qu'il avait été ce gamin. Il avait pris place dans le siège de pilotage d'une navette et s'était senti fier. Puissant. Tout cela parce qu'il espérait faire partie de l'Empire un jour. Il avait suivi le chemin qui était tracé… et où cela l'avait-il mené ? À présent, il pilotait des vaisseaux pour effrayer les gens, au nom d'un Empire qui massacrait des planètes entières. S'il pouvait tout recommencer, aurait-il la force d'emprunter une autre trajectoire ?

Est-ce que j'en ai la force maintenant ?

Un autre stormtrooper gifla une Bodach'i, qui vacilla sur le côté. Elle avait perdu beaucoup d'écailles et sa queue traînait dans le sable. Le terrain accidenté avait dû l'entailler et la couvrir de contusions un nombre incalculable de fois. La faiblesse de cette créature déchirait Thane, d'autant plus qu'il ne pouvait rien faire. Absolument rien. Pas seul contre toute une garnison de stormtroopers. Il devait rester là et assister à la scène en sachant qu'il était complice de cette horreur.

*

Ce soir-là, il régla la somme exorbitante nécessaire pour acheter un message. Si Ciena ne recevait pas le signal à temps ou n'était pas libre pour y répondre, il devrait réessayer le lendemain. Au grand soulagement de Thane, elle se connecta presque immédiatement. Il prit place dans la holocabine sombre et sentit les rayons de lumière chauds scanner son visage et son corps, puis Ciena se matérialisa devant lui.

Son hologramme était presque à taille réelle. La douce lueur bleue dessinait toutes les facettes de sa figure : les boucles qui tombaient dans son dos, ses lèvres pulpeuses, son sourire quand elle l'aperçut.

— Je ne m'attendais pas à ça, dit-elle d'une voix à peine brouillée par la transmission.

Elle portait son pantalon d'uniforme, mais n'était plus qu'en débardeur, qui mettait en valeur ses bras et ses épaules.

— J'arrive pas à croire que tu aies dépensé une fortune pour l'HoloNet, mais je suis ravie ! Ça me fait plaisir de te voir.

— Et moi plus encore.

La voir était toujours aussi magique que cette fois où il l'avait aperçue sur le *Dévastateur*. Thane se sentait toujours aussi reconnaissant et humble de la savoir en vie.

— J'avais besoin de parler. Je ne t'ai pas réveillée ?

— Non, je viens de finir mon travail et ma camarade de chambre est sortie.

Ce mot le surprit.

— Camarade de chambre, au singulier ?

Ciena lui adressa un immense sourire dans la cabine d'holo-enregistrement sombre.

— Tu t'adresses au lieutenant-commandant Ree. Depuis hier.

— C'est incroyable.

Même s'ils se moquaient tous les deux de l'avancement dans une période aussi difficile, Thane comprenait ce que signifiait cette promotion pour Ciena. C'était la preuve qu'elle avait accompli son devoir de façon excellente.

— Ce n'est pas étonnant, ajouta-t-il, pour quelqu'un d'aussi doué que toi.

Ciena s'assombrit.

— Ce n'est pas juste pour récompenser du bon travail. Ce n'est même pas la raison principale. J'ai été promue parce que l'Empire a perdu énormément de gens sur l'Étoile Noire.

Évidemment. La station abritait de nombreux gradés de la flotte et leur personnel. Il y avait un vide au sommet de la hiérarchie.

— Tout a changé, avança-t-il prudemment.

Ciena acquiesça. Une bretelle de son débardeur glissa de son épaule et l'illusion de l'hologramme était si crédible que Thane avait envie de se pencher pour la remettre en place – ou peut-être faire tomber la deuxième aussi. Mais il fallait qu'il reste concentré. Il devait réfléchir. Si les messages HoloNet comme celui-ci n'étaient pas surveillés en direct, il existait des programmes pour passer leurs paroles au crible, à la recherche de mots ou de phrases suspects.

Thane ne pouvait donc exprimer franchement ses impressions. Et elle non plus. Mais ils arriveraient peut-être à faire comprendre à l'autre ce qu'ils avaient sur le cœur.

*

Ciena était assise au bord de son lit, ravie de voir l'hologramme de Thane devant elle. Dans l'obscurité, elle pouvait presque prétendre qu'il était vraiment là.

— Ça va ? demanda-t-elle en parlant le plus doucement possible, près de l'holorécepteur. Même si je suis très contente de discuter avec toi, je sais que tu ne m'appellerais pas par surprise sans raison.

Le visage de Thane était baigné d'une lueur dorée, plus claire que ses cheveux tirant sur le roux. Elle y lisait son inquiétude et sa tristesse.

— C'est dur de continuer après une tragédie pareille.

Ciena repensa à Jude et refoula ses larmes.

— J'y pense sans cesse moi aussi. C'est comme si je rejouais l'explosion en boucle dans ma tête. Je voudrais les sauver, mais je ne peux pas… Je ne peux pas.

— Tu penses que nous devrions attendre de voir ce qui va se passer avec cette guerre ? lui demanda Thane en sondant son regard de façon si intense qu'elle eut l'impression qu'il était là avec elle. Est-ce que ça aura un impact sur notre décision ?

Le cœur de Ciena était serré à l'idée qu'il était à des systèmes d'elle et qu'il essayait en vain de trouver la stratégie qui leur apporterait une victoire rapide et empêcherait un nouveau bain de sang. Ces illusions étaient naturelles, mais ce n'étaient que des rêves.

— Nous ne pouvons pas rester sans rien faire et laisser ce genre de choses se produire, lui rappela Ciena. Pas alors que nous avons le pouvoir de changer la situation. Quoi que nous ayons à faire – quelle que soit l'importance de notre sacrifice –, nous affronterons cela le moment venu. Ensemble.

— Ensemble, répéta Thane.

Son sourire était si triste qu'elle sentit sa vulnérabilité, et la sienne. C'était aussi douloureux qu'une blessure.

Ciena toucha la main de l'hologramme. Thane l'imita et la lumière vacillante de ses doigts passa légèrement à travers la main de Ciena.

— Tu me manques, déclara-t-elle encore une fois.

Ces mots étaient si loin de la vérité. Elle ne pouvait exprimer ce qu'elle ressentait.

— Nous serons bientôt ensemble, lui promit Thane.

Il avait l'air si confiant qu'elle fut obligée de le croire. Il avait même l'air si sûr qu'elle se demanda s'il avait déjà reçu son nouvel ordre de mission, s'il savait quelque chose qu'elle ignorait.

*

Thane regarda la main de Ciena, taillée dans une lumière bleue vacillante, se tendre vers lui et le traverser.

— J'espère que tu as raison, répondit-il d'une voix qui résonnait légèrement dans la cabine. J'aimerais que ce ne soit que quelques jours. Non, tant qu'à rêver, je voudrais que tu sois avec moi en cet instant.

— Moi aussi.

Le compteur se mit à clignoter pour leur signaler que le temps imparti était presque écoulé. Thane avait envie de mettre plus de crédits dans la machine pour disposer de quelques minutes supplémentaires, mais ils s'étaient dit tout ce qu'ils pouvaient et, plus que jamais, il devait économiser son argent pour des choses plus importantes.

— Je dois y aller. Désolé que l'appel soit si court, Ciena…

— Ce n'est pas grave ! Ça me fait tellement plaisir de t'avoir vu.

Ciena déposa un baiser sur le bout de ses doigts et les tendit vers lui pour qu'ils aient l'air de lui frôler les lèvres. Thane eut l'impression de sentir l'énergie des faisceaux, chauds et électriques.

— Au revoir.

— Au revoir, répondit-il au dernier instant avant que son image ne disparaisse.

Thane quitta la holocabine pour rejoindre sa caserne en se rejouant la conversation dans sa tête. Il était impressionné qu'ils aient réussi à se dire à la fois tout et rien. Ciena était d'accord avec lui pour la tragédie d'Alderaan et ressentait le même besoin futile et désespéré de sauver les âmes perdues. Plus que cela, elle était également d'avis qu'ils ne pouvaient pas rester au service de l'Empire et exécuter les ordres. Ils devaient agir immédiatement.

Thane savait déjà quel chemin il devait emprunter et maintenant que Ciena était avec lui, rien ne pouvait le retenir.

Le lendemain, il accomplit son vol du matin comme d'habitude, puis parvint à échanger son vol de l'après-midi contre un en soirée. Il utilisa ces heures pour retirer le plus de crédits possible de son compte, s'en servit pour acheter des épices, qu'il échangea contre des coupures non traçables. Avec cela, il acheta des vêtements civils : une veste bleu foncé, des bottes et un pantalon noirs, plus une chemise grise qui conviendrait parfaitement sur n'importe quelle planète de la galaxie.

Enfin, il se rendit au spatioport pour trouver un transport indépendant.

— Je veux me rendre sur la planète la plus proche, déclara Thane en essayant d'adopter le ton sûr et arrogant des vieux holos. Vous n'avez pas besoin d'en savoir plus. Si vous ne me posez pas de questions, vous recevrez deux tiers de la somme maintenant et le reste à l'atterrissage.

Le pilote falleen reptilien éclata de rire.

— Imbécile d'humain. Je ne pose jamais de questions. Vous êtes prêt à partir ? On décolle dans l'heure.

Thane hésita un instant en pensant à Ciena. Saurait-elle où le trouver ?

Bien sûr. Elle a peut-être même déjà quitté l'Empire et est arrivée avant moi. Nous allons tous les deux dans la même direction. Rien dans la galaxie ne peut nous arrêter.

— Oui, répondit Thane, je suis prêt.

*

Quelques nuits plus tard, Ciena était couchée dans son lit et chuchotait :

— Tu crois qu'on devrait faire quelque chose pour Nash ?

— Hum, grogna Berisse d'une voix rendue rauque par le sommeil. Tu te rends compte qu'on est en plein milieu de ma période de repos ?

— Désolée, je m'inquiète pour lui, c'est tout. On dirait qu'il accomplit ses tâches comme un somnambule. Comme s'il n'était qu'à moitié vivant.

Berisse se pencha par-dessus le rebord du lit superposé. Ses longs cheveux noirs tombèrent en cascade sur son visage.

— C'est normal, après ce qui s'est passé. Tu te tracasses pour lui parce que ça t'empêche de penser à Thane, hein ?

— Pas du tout !

Ciena se fit rouler sur le côté et repoussa sa couverture grise pour gesticuler et donner de l'emphase à ses protestations.

— Je n'ai pas du tout rêvassé pendant le travail – on m'a même confié la navigation auxiliaire, hier.

— Je ne voulais pas dire pendant que tu exécutes une mission. Dès que tu es en poste, tu es irréprochable. C'est seulement pendant *tout le reste du temps* que tu ne passes pas à dormir que tu penses à Thane.

— Tu me taquines parce que je n'arrête pas de parler de son holo de l'autre soir.

— Exactement, alors tais-toi et laisse-moi dormir.

La tête de Bernisse disparut et Ciena entendit au-dessus de sa tête le froissement des couvertures et du matelas.

Berisse ne pouvait pas être déjà endormie.

— Il faut qu'on fasse quelque chose pour Nash. Je le pense vraiment. Il a beaucoup de peine et refuse de l'admettre.

— Il s'en sort aussi bien qu'on peut l'attendre. Il prend des tâches supplémentaires, il s'occupe. C'est le mieux qu'il puisse faire.

C'était sans doute vrai.

— On pourrait quand même trouver d'autres moyens d'occuper son temps libre. On pourrait l'inviter à venir faire du sport avec nous, à jouer au grav-ball, ce genre de choses.

— Bonne idée. Tente le coup, marmonna Berisse.

Elle semblait somnolente, à peine consciente et n'avait sans doute pas la moindre idée de ce qu'avait dit Ciena.

Jouer au grav-ball. Cette idée était tellement futile que Ciena était gênée. Ça ne le consolerait jamais de la perte de sa planète. Mais, après tout, qu'est-ce qui pourrait avoir un effet pareil ? Nash allait devoir reconstruire sa vie au jour le jour, heure par heure même. Pour le moment, en tant qu'amie, Ciena pouvait juste l'aider à remplir ces heures.

Elle se retourna et serra son oreiller en essayant de se détendre, mais elle était encore inquiète pour Nash. Et vexée que Berisse l'accuse de ne penser qu'à Thane. Elle était heureuse de penser à lui tout le temps.

C'était d'ailleurs le bon moment de penser à lui. Pas de tâches, pas de distractions, juste le souvenir de cet extraordinaire holomessage quelques jours plus tôt. Ciena sourit, émerveillée qu'ils aient réussi à se dire tant de choses en si peu de mots. Thane était d'accord avec elle : ils devaient continuer à accomplir leur devoir, ils devaient mener cette guerre du mieux qu'ils le pouvaient, tout en trouvant le moyen d'être ensemble aussi souvent que leur service le leur permettrait.

Elle s'endormit sur une vision basée sur l'espoir et le rêve à la fois : Thane était transféré sur le *Dévastateur* comme pilote de TIE, il volait aux côtés du Seigneur Vador en personne et revenait vers elle après son travail. Ce rêve imprégna toute sa nuit, c'est pourquoi la nouvelle qu'elle apprit le lendemain matin fut un tel choc.

— Il doit y avoir une erreur, déclara Ciena en regardant Nash. Tu as dû te tromper de nom.

— J'ai été son compagnon de chambre pendant trois ans, crois-moi, je connais son nom.

Nash tourna même sa tablette vers elle pour qu'elle voie l'information de ses propres yeux. Ils étaient devant la cafétéria. Il n'y avait personne, à part quelques pilotes mal réveillés venus prendre leur caf et leur petit déjeuner d'un pas chancelant.

— Lieutenant Thane Kyrell, matricule A-V-5-4-7, a déserté il y a trois jours sur Kerev Doi.

Elle agrippa la manche de l'uniforme de Nash.

— Il ne déserterait jamais. Son vaisseau a dû s'écraser… ou il a été fait prisonnier par des malfrats locaux, quelque chose de ce genre.

— Ses supérieurs ont dû vérifier. Mais tu as peut-être raison, ce n'est pas le genre de Thane de fuir.

Nash se rapprocha de Ciena et baissa la voix.

— Je ne te l'ai pas dit pour te faire peur. Un des officiers du BSI m'a interrogé ce matin au sujet de la loyauté de Thane, de ses idées politiques et ce genre de choses. J'ai pu leur assurer que Thane n'est pas un Rebelle, mais je vois bien qu'ils ne sont pas convaincus.

Ciena comprit qu'elle allait être interrogée à son tour.

Elle alla donc tout droit vers le bureau du gradé du BSI qui se trouvait à bord, le capitaine Ronnadam, et se fit annoncer. Elle se mit au garde-à-vous et déclara :

— Je suis venue partager avec vous de mon plein gré toutes les informations dont je dispose sur le lieutenant Kyrell, capitaine.

— Notre vagabond sur Kerev Doi. Ou qui n'est plus sur Kerev Doi.

Ronnadam examina Ciena en plissant les yeux.

— Est-ce que vous pensez que c'est un traître ou un simple déserteur ?

— Ce n'est pas un traître, répondit-elle avec autant de conviction qu'elle osa en mettre.

Il était important que le capitaine comprenne qu'ils étaient dans le même camp… tous les trois.

— Thane… le lieutenant Kyrell a de façon répétée décrit les Rebelles comme des terroristes, capitaine. Lors de notre dernière communication, il a exprimé sa profonde tristesse et sa détresse au sujet de la destruction de l'Étoile Noire.

— Alors pourquoi, lieutenant-commandant Ree, a-t-il abandonné son poste ?

— Ma seule supposition c'est qu'il est… désespéré, capitaine. Il est abattu par la perte de tant d'amis.

Ciena hésita avant de poursuivre. Elle avait l'impression de trahir les secrets de Thane, comme quand elle avait évoqué devant Jude les problèmes de Thane avec son père. Mais il fallait qu'elle sauve Thane et son affectation, par tous les moyens.

— Le lieutenant Kyrell a grandi dans des circonstances très difficiles. Sa famille ne lui apporte aucun soutien. Les autres officiers… nous formons sa vraie famille. Nous sommes tout ce qu'il a. C'est pourquoi cette catastrophe l'a affecté si profondément.

— Il n'est pas le seul à avoir perdu des êtres chers, répliqua sèchement Ronnadam, avant de prendre une expression songeuse. Et ce n'est pas le seul officier que nous avons vu flancher. Les manquements qui auraient valu le renvoi il y a deux ans sont désormais traités au cas par cas… pour le moment. Il y aura évidemment un prix à payer, mais si le lieutenant Kyrell revient à son poste dans un délai bref, il pourra poursuivre sa carrière sans trop de difficultés.

Ciena se sentit soulagée. Au moins, on pouvait encore sauver Thane d'une erreur funeste.

— Est-ce que vous savez où il est, lieutenant-commandant Ree ? Si c'est le cas, vous comprenez que vous devez livrer cette information.

— Non, capitaine, je ne connais pas la localisation actuelle du lieutenant Kyrell. Mais je sais où commencer la recherche de renseignements : sur notre planète natale, Jelucan.

— Très bien, lieutenant-commandant. Je donnerai ordre que vous vous rendiez sur Jelucan avec le prochain transport.

Ciena écarquilla les yeux.

— Moi, capitaine ?

— Vous pensez que cette mission est en dessous de vous ? cingla Ronnadam.

— Non, capitaine ! Je pensais simplement qu'un agent du BSI…

— Nos agents sont plus occupés qu'à n'importe quel moment de notre histoire. Vous connaissez déjà la région, vous envoyer est une économie de ressources.

Son ton était dangereusement irrité.

— À moins que vous n'ayez une meilleure idée ?

Ciena était presque contente du malentendu. Tant mieux si Ronnadam ne réalisait pas combien cela comptait pour elle de retrouver Thane.

— Non, capitaine. Je partirai pour Jelucan immédiatement.

— Cherchez-le partout. Et utilisez toutes les ressources dont vous aurez besoin.

Ronnadam plissa les yeux.

— Et si vous entendez ne fût-ce qu'un bruit sur l'implication de Kyrell aux côtés de la Rébellion, vous suivrez cette rumeur où elle vous mènera et vous nous en rapporterez chaque mot. C'est compris ?

Ciena avait une chance de sauver Thane parce que l'Empire voulait l'utiliser comme espionne. Elle n'avait jamais eu envie d'espionner qui que ce soit, pour quelque raison que ce soit. Le devoir exigeait la loyauté, mais on devait loyauté à ses amis autant qu'à ses supérieurs. Pour la première fois, elle se rendit compte que les tâches qu'elle allait devoir accomplir pendant cette guerre risquaient d'être désagréables.

Mais c'était le prix à payer pour retrouver Thane.

— Oui, capitaine, répondit-elle tout en se disant : *Je suis prête à tout.*

CHAPITRE 12

C'est lors du quatrième et dernier trajet que Thane se mit à paniquer.

Il avait gardé la tête basse, était resté discret et avait quitté Kerev Doi sans difficulté. Les vaisseaux à bord desquels il était monté pour les voyages suivants ne lui avaient pas posé de problème non plus. À bord d'un transport de passagers, il aurait eu un peu d'intimité et un équipage trop curieux. Sur un cargo, en revanche, les quelques lits libres étaient vendus à des travailleurs qui voulaient voyager sans confort pour pas cher. Thane ne craignait pas d'être remarqué.

Les choses se compliquèrent quand le dernier transport sortit de l'hyperespace près de Jelucan. Thane empoigna son sac et se dirigea vers la zone de débarquement. De longs bancs de métal fixés aux murs étaient équipés de harnais pour ceux qui craignaient un trajet secoué. Il s'attacha et attendit. Un autre passager l'imita, puis un autre et un quatrième.

Aucun de ces passagers n'avait un comportement différent de celui de Thane. Ils portaient le même genre de vêtements quelconques qui pouvaient s'acheter sur pratiquement toutes les planètes. Ils ne semblaient pas s'intéresser particulièrement à ceux qui les entouraient.

Pourtant, n'importe lequel d'entre eux pouvait être un espion impérial.

Cette idée se mit à obnubiler Thane à tel point qu'il avait du mal à respirer. La femme avec la longue tresse poivre et sel venait-elle de le dévisager ? Et l'Ottegan aux yeux écartés, qu'est-ce qu'il observait ? Ou le Volpai, dont les doigts des quatre mains tapaient sur son datapad, était-il en train de livrer Thane aux autorités en ce moment même ?

Partout ailleurs, Thane savait qu'il possédait l'avantage de la surprise. L'Empire ne pouvait absolument pas prédire ses trajectoires précédentes, mais ils avaient pu deviner qu'il reviendrait sur Jelucan. Quelqu'un avait pu trouver sa trace sur ce transport. Ou un peloton entier de stormtroopers pouvait l'attendre à l'atterrissage…

Finalement, le cargo se posa sans incident. Les quatre autres passagers se dispersèrent sans même jeter un regard à Thane. Il rit de sa paranoïa et passa, son sac à l'épaule. *Tu es en terrain connu maintenant. Bientôt, tu te sentiras à nouveau toi-même.*

Pourtant, ce ne fut pas le cas.

Au début, il crut qu'il souffrait seulement d'une sorte de choc culturel inversé, que sa planète natale lui semblait étrange après une si longue absence. Il était normal que Valentia, la majestueuse ville qu'il admirait enfant, lui paraisse petite et provinciale après trois années passées sur Coruscant. Si les gens semblaient réservés et moins sympathiques, c'était sans doute parce qu'il comparait leurs réactions à celles qu'ils avaient vis-à-vis d'un petit garçon. Il était normal d'être plus réservé avec un adulte. Et il était encore sur les nerfs. Son malaise rendait les zones d'ombre plus profondes.

Puis, plus il observa les alentours, moins sa théorie lui sembla pertinente. Sa planète avait changé. L'Empire l'avait changée.

Le bâtiment sénatorial dont tout le monde était si fier à l'époque où Jelucan avait rejoint l'Empire avait été réquisitionné par les militaires pour y placer des troupes. Même si Thane se tenait à distance, il remarquait que ce n'était pas une mesure d'urgence ou provisoire. Des ouvriers construisaient un haut mur d'enceinte et le champ de force qui définissait le périmètre au-dessus de l'édifice scintillait dès que le soleil perçait le ciel gris.

Si Valentia n'avait jamais rivalisé en sophistication et en modernité avec Coruscant, ça avait toujours été une ville dynamique et animée. À présent, tout semblait à la fois plus encombré et plus vide. Des baraques de fortune en piteux état avaient été construites à côté des anciens édifices en pierre. Ces ajouts étaient destinés à abriter les travailleurs itinérants descendus des montagnes à la recherche de nouvelles opportunités qui ne s'étaient pas concrétisées.

Ou les avait-on forcés à émigrer ? Thane n'en était pas sûr. Il devinait aux vêtements que ces nouveaux vagabonds provenaient aussi bien des familles des vallées que des gens de la seconde vague, même si les deux groupes étaient plus difficiles à distinguer qu'auparavant. Les soies scintillantes et les vêtements simples tissés à la main cédaient peu à peu la place à des habits bon marché produits en masse. Une uniformité abrutissante s'était abattue sur la ville.

Les divertissements n'étaient pas épargnés. La chambre que Thane louait était à l'étage d'une cantina. Quand il était petit, son père l'emmenait parfois dans ce genre d'établissement en promettant de ne boire « qu'un verre ». Thane avait passé de longues heures assis dans un coin de la salle à observer des courses de pods ou les holos sur le trafic d'épices qui lui plaisaient tant.

Les cantinas étaient moins paisibles désormais – elles tenaient plus du troquet mal famé que du bar de quartier. La plupart des clients n'étaient pas des locaux, mais des individus en provenance d'autres mondes. En sirotant sa bière, Thane regardait les écrans, abasourdi. Tous les programmes sans exception étaient de la propagande impériale d'un genre ou d'un autre : un documentaire vantant le succès des « programmes de construction » de l'Empire sur Thurhanna Mineur (en réalité d'énormes centrales installées en plein cœur d'une campagne qui avait été jolie) était interrompu par des appels au recrutement de stormtroopers (« Vivez l'aventure et servez votre Empire ! ») ou des nouvelles montrant l'Empereur Palpatine accueillant des invités en souriant et en hochant la tête. Le pire de tout était la bande-annonce d'un rapport spécial, qui devait être diffusé bientôt, qui allait « enfin révéler toute l'étendue des actes d'insurrection sur la planète Alderaan » !

Thane s'attendait à ce qu'Alderaan soit sur toutes les lèvres, mais personne n'abordait le sujet. Ce silence entourant la destruction d'une planète entière du Noyau en apprenait plus à Thane que n'importe quels racontars. *Tout le monde y pense. Ils ont peur*. Si l'Empire était capable d'anéantir une planète aussi importante et prospère qu'Alderaan… plus un seul endroit de la galaxie n'était à l'abri.

Au sujet de la destruction de l'Étoile Noire, les informations impériales évoquaient simplement « une attaque sans précédent menée par l'Alliance Rebelle ». Thane s'était imaginé que l'Empire allait profiter de l'occasion pour dénoncer un acte de barbarie des Rebelles, avant de comprendre qu'il était plus important que le peuple reste convaincu que l'Empire pouvait encore faire exploser une planète quand il le jugeait bon.

Quand il quitta la cantina, la couleur du ciel avait changé. L'atmosphère de Jelucan était généralement plus grise que bleue, mais l'air était toujours clair et pur, même le gris du ciel avait l'éclat d'un minerai. À présent, le ciel, même sans un seul nuage, paraissait plus sombre comme si un orage se préparait à l'horizon sans jamais éclater. Est-ce que l'exploitation des mines avait commencé à affecter l'atmosphère ?

Thane s'était posé mille fois la question depuis son arrivée : devait-il contacter sa famille ? Même si son père ne l'aimait guère et que sa mère était toujours désireuse de s'attirer les faveurs de l'Empire, il ne croyait pas qu'ils le dénonceraient. Ils ne le protégeraient sans doute pas, mais redouteraient plus que tout de subir la honte. Hébergé par ses parents, il pourrait économiser ses crédits et rester le temps nécessaire pour attendre Ciena.

Il pourrait même se laisser glisser sur son ancienne tyrolienne jusqu'à la Forteresse, la nettoyer, l'arranger. La retrouver lui semblait une évidence…

Au final, Thane décida de ne pas contacter ses parents. Il se passerait volontiers du mépris de son ivrogne de père et de l'indignation de sa mère. Et surtout, il n'avait pas envie qu'ils lui bassinent les oreilles avec les nouvelles de Dalven.

Dans le contexte de pénurie de troupes impériales, même un nigaud comme Dalven avait dû recevoir une promotion. Et il était assez stupide pour en être fier.

À mesure que les jours passaient, le moral de Thane déclinait. Ciena ne l'avait toujours pas rejoint. Avait-elle été capturée alors qu'elle essayait de déserter ? L'idée qu'elle puisse être en prison, honteuse et désespérée, le rendait malade. Il ne se laissa toutefois pas décourager. Ciena était trop maligne et débrouillarde pour se laisser prendre par surprise. Elle devait attendre le bon moment, qui ne se présenterait peut-être pas tout de suite. Les maigres fonds avec lesquels Thane avait réussi à fuir avaient pratiquement été engloutis par ses trajets. Le loyer de sa chambrette lui semblait encore trop élevé et il s'alimentait exclusivement de nourriture achetée dans la rue : de fines tranches de viande douteuse, cuites sur de petits grils improvisés devant les échoppes ou des « ragoûts » clairs épaissis à l'aide de graines moulues.

Comme la plupart des cadets, Thane avait rêvé de se lever tard quelques jours d'affilée, d'ignorer la discipline militaire et de faire ce que bon lui semblait. Pourtant, sans le cadre strict auquel il était habitué depuis plusieurs années, il se sentait à la dérive. Ne pas savoir quoi faire de ce trop-plein de liberté l'irritait. Au lieu d'accomplir ses tâches selon un horaire rigoureusement établi, il ne faisait rien du tout. Son menton se couvrit de poils drus à mesure que les effets de l'inhibiteur de barbe s'estompèrent. Il trouvait la dépense inutile. Toutes les nuits, il était la proie des cauchemars – au sujet d'Alderaan, de l'Étoile Noire, de son père ou de Ciena. La seule chose qui distinguait Thane des vagabonds autour de lui, c'était qu'il ne dépensait pas tous ses crédits en bière, même s'il comprenait maintenant pour quelle raison certains le faisaient. Il s'enfonçait chaque jour un peu plus dans la mélancolie.

Il s'était imaginé qu'il trouverait facilement un emploi. Il y avait toujours du travail pour des pilotes, même sans licence. Depuis son arrivée, il avait compris que ce n'était pas possible sur Jelucan. La présence de l'Empire était trop importante pour qu'un déserteur se promène dans les spatioports et demande du boulot. Il pouvait évidemment se lier par contrat à un des transports les plus louches qui passaient par Jelucan – ils n'étaient jamais très regardants –, mais l'étape suivante était de se vendre comme esclave.

Très peu de choses semblaient valoir la peine d'être tentées. Il avait l'impression que toute sa vie était mise entre parenthèses en attendant l'arrivée de Ciena. Si elle ne venait jamais, il ne savait pas ce qu'il adviendrait de lui et il s'en moquait.

Thane atteignit sa limite un soir, deux semaines environ après son arrivée, alors qu'il était étendu sur le lit dans sa tunique et son pantalon de nuit. Les murs en plâtre pâle de sa chambre étaient nus, son couvre-lit était beige clair et sans motifs. Pour le prix, l'espace était étonnamment confortable, mais Thane avait l'impression que le vide le narguait.

Pendant les cours sur les protocoles de sécurité et les techniques d'interrogatoire, l'instructeur de l'Académie leur avait appris qu'une des méthodes les plus efficaces pour faire craquer un suspect était de l'obliger à fixer un mur blanc sans jamais l'autoriser à dormir. La privation de sommeil et l'ennui obtenaient de meilleurs résultats que la douleur et les menaces. L'esprit du prisonnier s'ouvrait d'un coup, révélant tout ce qui était caché à l'intérieur, pour mettre fin à cette monotonie épuisante. Thane n'avait jamais compris comment cela était possible, avant ce jour.

Il se redressa en entendant un bruit à l'extérieur. On aurait dit que des marchands ambulants remballaient à la hâte leurs marchandises pas très légales. Thane s'approcha de l'unique petite fenêtre de sa chambre et écarta le store. Quelques étages plus bas, il découvrit un croiseur de patrouille impériale arrêté devant son bâtiment.

Puis des bottes résonnèrent dans l'escalier intérieur, comme si quelqu'un se dirigeait vers lui.

Bon, réfléchis, vite. C'est un appareil monoplace. Ils n'ont envoyé qu'un type. Tu peux l'éliminer. Mais pas sans arme. De quoi pouvait-il se servir ? Les rares objets dans la pièce étaient soit trop lourds pour être soulevés, soit trop petits pour causer des dégâts significatifs.

Il ne vient peut-être pas pour toi. Il y a des dealers dans le quartier. Des prostituées. Des trafiquants. Des tas d'individus à arrêter. Mais ils auraient envoyé un paramilitaire local, pas un officier impérial.

Thane prit une profonde inspiration et passa une main dans ses cheveux courts. Il allait devoir bluffer de son mieux. S'il niait être Thane Kyrell et faisait semblant de ne pas comprendre ce qui se passait, il arriverait peut-être à faire douter l'agent impérial pendant une minute… assez longtemps pour s'emparer de son blaster.

Pouvait-il tirer sur un gars qui ne faisait que son boulot ? Quelqu'un qui avait été son collègue jusqu'à maintenant ?

Un poing tambourina sur la porte. Thane froissa ses couvertures pour faire comme s'il dormait avant cette interruption, s'approcha du battant et dit d'un ton faussement endormi :

— Hum… Oui ? Qui est là ?

— Je suis ici pour une affaire officielle.

Il connaissait cette voix.

Thane s'empressa d'ouvrir. Ciena était dans le couloir, en uniforme. En la voyant, il eut l'impression de respirer pour la première fois depuis des années.

— Tu es arrivée !

Il la tira à l'intérieur, verrouilla derrière eux et la serra très fort. En humant l'odeur de sa peau, il s'émerveilla de son ingéniosité. Elle n'avait pas déserté ; elle était venue ici en mission, pour que l'Empire paie son trajet et pour retarder les poursuites.

— Tu es un génie, tu le sais ? J'ai attendu tellement longtemps que j'ai fini par croire que tu avais été arrêtée, mais te voilà. Te voilà enfin !

Thane l'embrassa, longuement et passionnément. Ce maudit uniforme gris était trop rêche contre sa peau, mais ils s'en tracasseraient plus tard. Ciena lui rendit son baiser avec fougue, mais quand leurs lèvres s'écartèrent, elle avait l'air si embêtée qu'il se demanda s'il avait fait quelque chose de mal.

Peut-être était-elle inquiète pour leur sécurité ?

— Est-ce que l'Empire a envoyé quelqu'un d'autre ?

— Non. Ils étaient convaincus que tu n'irais pas sur Jelucan. Je savais que tu le devinerais et que tu viendrais donc directement ici…

Thane sourit. Elle le connaissait si bien.

Ciena semblait encore plus soucieuse.

— Thane, *qu'est-ce que tu as fait ?*

Il commença enfin à réaliser qu'un gouffre les séparait plus que jamais.

*

Une heure plus tard, Ciena était installée à une table de la cantina du rez-de-chaussée en compagnie de Thane. Elle redoutait que quelqu'un surprenne leur conversation, les dénonce même, mais Thane avait secoué la tête.

— Crois-moi, les gens qui viennent ici, les officiers impériaux les évitent à tout prix. Personne que nous connaissons ne va débarquer.

— Cela ne vaut pas la peine de courir le risque, avait-elle argué.

Thane avait serré la mâchoire, comme il le faisait quand il était déterminé ou entêté.

— Si je ne quitte pas cette chambre, je vais devenir dingue. Je t'assure que nous sommes en sécurité.

En effet, tout un coin de l'établissement leur était réservé. La plupart des clients n'étaient pas des natifs de Jelucan, ils venaient de débarquer et se massaient dans l'entrée, près des écrans. Thane et Ciena étaient seuls à leur petite table. Le simple fait d'être assise dans une cantina louche aurait suffi à la rendre nerveuse il y a quelques années et, même à présent, si elle n'avait été obnubilée par l'idée d'empêcher Thane de commettre la plus grosse bêtise de sa vie.

— Tu peux revenir, répéta-t-elle. Je sais que tu es persuadé que tu te feras arrêter. C'est vrai que dans n'importe quelles autres circonstances, c'est ce qui se serait passé, mais l'Empire a un besoin urgent d'officiers qualifiés après le drame.

— Je ne veux pas revenir, lui assura-t-il, une fois de plus.

Ciena refusait de l'admettre.

— Trois ans à l'Académie : tout ce travail, tous ces efforts pour rien ?

— Tu crois que ça me fait plaisir ? Pas du tout. Maintenant que j'ai vu ce que l'Empire fait subir aux Bodach'is, ce qu'il a infligé à Alderaan, je ne peux plus porter cet uniforme.

Thane se pencha au-dessus de son verre de bière, la tête posée sur une main, comme s'il avait la migraine.

— Je pensais que nous étions d'accord sur ce point.

— Et moi je pensais que nous étions d'accord pour dire qu'après ce qui était arrivé à tous nos amis à bord de l'Étoile Noire, nous devions nous serrer les coudes. Les Rebelles ont tué des milliers d'impériaux. Ils ont tué le Grand Moff Tarkin…

— Tarkin a été gentil avec nous, admit Thane. Le rencontrer a changé nos vies.

— … et ils ont tué Jude, poursuivit Ciena. Tu cautionnes ça ?

— Je ne rejoins pas cette maudite Rébellion, Ciena. Je ne cautionne ni ce qui est arrivé sur l'Étoile Noire, ni ce qui est arrivé à Alderaan. Toi, si ? C'est impossible. Jamais tu ne penserais que détruire une planète entière est une mesure juste.

Elle secoua la tête d'un air triste.

— Non. Je comprends le raisonnement qui a conduit à l'attaque d'Alderaan, mais je ne soutiens pas son anéantissement. Et je ne *dois pas* le faire.

Ciena se pencha vers Thane et plongea le regard dans ses yeux bleus pour essayer de lui faire comprendre son point de vue.

— L'Empereur et les Moffs doivent être convaincus désormais que détruire Alderaan n'a servi à rien. Ça n'a pas arrêté la Rébellion, au contraire, ça les a rendus plus désespérés.

— Donc deux milliards de personnes sont mortes en vain.

— Et près d'un million à bord de l'Étoile Noire.

Ciena refusait d'ignorer la mort de Jude. Elle faisait des cauchemars récurrents dans lesquels elle courait dans les couloirs de la station en hurlant à son amie de monter dans une navette, sans jamais la trouver dans le dédale.

— L'Étoile Noire n'existe plus. Même si l'Empereur souhaitait mener une opération aussi drastique, il ne pourrait plus. Puis, l'Empire a attaqué Alderaan uniquement dans le but de prévenir un conflit encore plus meurtrier. La guerre a commencé malgré tout. C'est trop tard pour l'empêcher. Tout ce que je peux faire, c'est me battre du côté de la loi, de l'ordre et de la stabilité.

Thane eut un rire dur.

— Tout s'écroule, Ciena. Nos parents ont vu la République s'autodétruire. Que l'Empire dure encore un an ou dix, un ordre nouveau finira par émerger avec de nouvelles lois. Qui serviras-tu alors ?

— Tu n'es pas obligé d'être cruel parce que je refuse… parce que je ne peux pas déserter.

Elle n'était pas en colère contre Thane, sa tristesse était trop profonde. Elle comprenait que la destruction d'Alderaan le rende furieux, mais cela ne devait pas tout changer. Elle détestait l'esclavage autant que lui, mais l'Empire n'avait pas inventé cette pratique. Ce qui comptait désormais était plus important qu'un incident isolé. C'était une question de principe.

— Nous avons *prêté serment*. Nous avons juré de servir l'Empire. Nous ne pouvons pas briser cette promesse, jamais.

Thane secoua la tête. L'éclairage ambré de la cantina donnait à ses cheveux une teinte plus foncée. Les ombres sur son visage montraient à quel point il était déchiré.

— Tu es toujours la fille des vallées. Tu veux tenir parole envers et contre tout, même si tu as juré de servir un chef et une flotte qui ne te méritent pas.

— Et toi tu es toujours un représentant de la seconde vague. Tu trouves plus facile de renier tes promesses que de les tenir.

Ciena regretta ses paroles dès qu'elle les eut prononcées. C'était les préjugés de son père qui sortaient de sa bouche et… le désespoir à l'idée de perdre Thane.

Il n'était pas vexé. Il murmura simplement :

— Ce n'est pas facile pour moi de te perdre. C'est la chose la plus difficile que j'aie jamais eue à faire.

Elle se détourna, incapable de le regarder.

Thane sembla interpréter son geste comme de la colère plutôt que de la peine, car il lui demanda d'un ton sec :

— Tu vas me dénoncer ?

— Je…

Que pouvait-elle dire ou faire ? Elle était déchirée entre sa loyauté envers Thane et sa loyauté envers l'Empire. Même si elle était en colère contre lui parce qu'il avait déserté, elle ne pouvait se résoudre à l'envoyer en prison. Comment pourrait-elle faire une chose pareille à celui qu'elle aimait ?

— Je ne sais pas.

— Tu ne sais pas. Super !

Il passa la main dans ses cheveux.

— Est-ce que tu sais au moins si tu vas me dénoncer cette nuit ?

Quelque chose se brisa en elle.

— Bien sûr que non.

Le ton de Thane était devenu dur, cassant.

— Ça ne trahirait pas ton engagement ? Ça ne ternirait pas ton précieux honneur ?

— Parfois, on est loyal envers plusieurs choses à la fois. En cas de conflit, il faut choisir quelle loyauté honorer.

Ciena se mit à trembler. Elle avait l'impression d'être divisée en deux.

— Je ne sais pas ce que je vais faire demain, poursuivit-elle. Pour cette nuit, c'est certain, je choisis ma loyauté envers toi.

Toute la colère de Thane fondit. Il posa la main sur la joue de Ciena, qui ne put se retenir plus longtemps. Elle se pencha vers lui et l'agrippa par sa veste pour qu'il ne puisse pas lui échapper. Elle n'avait qu'une envie : qu'il reste avec elle pour le reste de la nuit, aussi longtemps qu'ils le pouvaient. Elle avait envie de croire qu'il ne s'en irait pas.

Thane l'embrassa, plus passionnément encore qu'avant. Ciena ferma les paupières, l'enlaça et s'imagina qu'elle pouvait arrêter le temps. Ce moment se cristalliserait et deviendrait éternel : le torse de Thane pressé contre elle, sa barbe naissante qui lui piquait doucement les joues, ses mains sur les courbes de sa taille…

Quand ils s'écartèrent, le souffle court, elle appuya le front contre le sien et murmura :

— Montons.

Thane mit quelques secondes avant de répondre :

— Tu en es sûre ?

Elle n'était sûre de rien. Thane, l'un des piliers de sa vie, son étoile polaire, la quittait à tout jamais. Son monde était bouleversé et elle se doutait que rien ne redeviendrait jamais comme avant.

C'est pourquoi elle était déterminée à prendre tout ce qu'elle pouvait. À vivre complètement l'instant présent, à passer cette nuit avec Thane. À arrêter le temps.

— Oui, chuchota-t-elle, les lèvres collées contre celles de Thane. Oui.

*

Thane n'arrivait pas à dormir.

Au beau milieu de la nuit, il était pourtant épuisé, mais ne pouvait s'empêcher de contempler Ciena.

Elle s'était assoupie contre son épaule. Elle n'était ni vraiment éveillée ni vraiment endormie. Ses boucles drues, libérées, s'étendaient sur l'oreiller autour de sa tête, comme un halo sombre. Ses lèvres pulpeuses étaient encore gonflées par leurs baisers. Même si Thane avait passé les trois dernières heures à se familiariser avec les moindres détails de son corps, il était encore émerveillé de la voir couchée à côté de lui, son corps nu couvert par un morceau de drap.

Pour la première fois, Thane se demanda s'il pouvait faire ce que Ciena lui demandait. Pouvait-il retourner à son poste, admettre un moment de faiblesse et reprendre le service ? Ciena avait sans doute raison : la crise actuelle devait absoudre bien des fautes. Ce qui lui aurait valu des mois de prison un an plus tôt ne serait qu'un accroc dans son dossier.

S'il rentrait tout de suite, il pourrait rester avec Ciena…

Mais il ne pouvait pas. Pas après ce qu'il avait vu. Durant toute son enfance, il avait été le souffre-douleur d'un hypocrite ; il refusait de faire du mal au nom d'une autre personne, même s'il s'agissait de l'Empereur.

Pour Ciena, c'était différent. Une fois qu'elle donnait sa parole, elle était absolue. L'Empire ne la méritait pas, mais il la tenait dans ses griffes pour toujours. Elle ne restait pas dans les rouages de l'Empire par ambition ou corruption. Non, l'Empire avait trouvé le moyen de la manipuler par son honneur. Seule la force de son caractère la faisait rester au service du mal.

Il avait l'impression qu'elle était déjà partie pour toujours, alors qu'il sentait encore son souffle contre son épaule. Thane la serra plus fort et enfouit son visage dans le creux de son cou. Ciena poussa un léger soupir et se réveilla un peu. Sa main glissa autour de la taille de Thane.

— Tu es réveillée ? murmura-t-il.

— Hum…

Puis elle s'agita et sa réponse devint plus crédible :

— C'est bon, je le suis, maintenant.

— Je t'aime.

Il n'arrivait pas à croire qu'il lui disait pour la première fois. C'était comme rappeler que le ciel était au-dessus de leurs têtes : c'était une telle évidence, une telle vérité, que l'exprimer semblait inutile.

Elle leva la tête vers son visage.

— Je t'aime aussi. Je t'ai toujours aimé. D'une façon ou d'une autre.

— Je t'aime de toutes les façons.

Ciena eut un sourire si triste que Thane en ressentit de la douleur – littéralement, cela lui transperça la poitrine.

— Oui, de toutes les façons, répéta-t-elle.

— Si je te suppliais de rester, ça ne changerait rien, si ?

Elle nia de la tête.

— Si je te demandais de monter dans le premier transport qui repart vers Coruscant, tu n'accepterais pas, si ?

Il n'avait pas besoin de répondre. Ils connaissaient tous les deux la réponse.

— C'est fini, alors.

Les mots sortirent plus durement que ne l'aurait voulu Thane, mais il savait que Ciena comprendrait que sa colère n'était pas dirigée contre elle.

— L'Empire nous éloigne l'un de l'autre pour toujours, conclut-il.

— Sans l'Empire, nous ne nous serions jamais rencontrés. Réfléchis : dans d'autres circonstances, tu ne serais jamais devenu ami avec une fille des vallées.

Thane était si jeune quand Jelucan avait été annexé par l'Empire que ses souvenirs étaient flous et incertains. Il avait presque l'impression que sa vie avait commencé le jour de sa rencontre avec Ciena, avec son rêve de devenir pilote pour l'Empire.

— J'imagine que non.

Ciena s'assit, comme si elle avait l'intention de sortir du lit, mais Thane la tira vers lui. Elle évita son regard.

— Il faut que j'y aille.

— Reste.

— Si je reste, ce sera encore plus dur de partir.

— Tu penses vraiment que ce sera facile de t'en aller maintenant ?

— Non.

Ciena le regarda enfin dans les yeux.

— Thane, tu dois quitter Jelucan dans la semaine. Après ce délai, je vais te dénoncer.

Ce fut comme si Ciena avait planté un poignard entre ses côtes.

— Je croyais que tu avais choisi envers qui tu devais être loyale.

— Je t'ai choisi pour cette nuit. Je voudrais te choisir pour toujours. Mais si je te couvrais éternellement, ma loyauté envers l'Empire ne vaudrait plus rien. Je fais une exception, tu comprends ?

Sa voix se mit à trembler.

— C'est la première et la dernière fois.

Tout au fond de lui, jusque-là, Thane était encore persuadé de revoir Ciena un jour. Il avait envie de croire qu'ils se retrouveraient, quoi qu'il arrive. Il comprenait à présent que c'était une chimère, un rêve d'enfant.

— Tu comprends ? répéta Ciena.

— Oui, répondit-il, plein d'amertume. Alors tu me jetterais dans une prison militaire, même après cette nuit.

Il indiqua d'un geste le lit défait et leurs vêtements abandonnés par terre. La plaque avec son insigne luisait légèrement sous le faible éclairage.

— Je viens de te mettre en garde ! Et puis, tu vas devoir prendre la route tôt ou tard. Combien de temps as-tu gaspillé ici ?

— Gaspillé ? Je t'attendais !

Il ne savait pas qu'il pouvait être furieux contre quelqu'un et l'aimer en même temps.

— J'imagine que c'était du gaspillage, en fin de compte.

Ciena grimaça, mais ne se laissa pas démonter.

— Tu ne peux pas travailler sur Jelucan. Prends le prochain transport vers une planète indépendante… et n'envisage même pas de t'enrôler comme pilote, d'accord ? Trouve-toi du boulot ailleurs dans la Bordure Extérieure, là où l'on ne te cherchera jamais.

— Je n'ai pas besoin de tes *conseils*…

— Tu as besoin des conseils de *quelqu'un*. Sinon, tu vas rester ici à Valentia, à broyer du noir et à ne plus savoir où tu en es.

Même si cela ne faisait pas plaisir à entendre, Thane se rendait compte qu'elle n'avait pas tort.

— D'accord, je partirai bientôt d'ici.

— Dans la semaine.

Au-delà de ce laps de temps, elle le dénoncerait. La femme qui l'aimait le dénoncerait à l'Empire.

— Oui, fit-il platement. Dans la semaine.

Elle prit une profonde inspiration.

— Il n'y a donc rien à ajouter.

Elle ne fit toutefois pas mine de bouger. Elle lui caressa la joue et le contour de ses pommettes du bout du doigt.

Il aurait dû lui ordonner de partir. Lui dire qu'il n'avait plus envie de partager son lit avec quelqu'un pour qui l'Empire comptait plus que tout. Des mots cruels comme ceux que son père et Dalven utilisaient lui vinrent à l'esprit, comme si la méchanceté qu'il avait subie était si profondément ancrée en lui qu'elle n'attendait que de ressortir. *J'ai déjà obtenu tout ce que je voulais de toi. Tu t'es donnée facilement, hein ?*

Il ne dit rien de tout cela. Il se demanda ce qu'il regretterait le plus : l'abandonner maintenant ou coucher à nouveau avec elle. Quoi qu'il arrive, ce serait douloureux.

Leurs regards se croisèrent et quand elle se pencha, il mit la main derrière sa tête pour l'attirer vers lui et l'embrasser.

Il lui restait quelques heures seulement avec Ciena et il ne comptait pas les gaspiller.

*

Ronnadam examinait le rapport de Ciena sur son écran, les sourcils froncés.

— Vous en êtes sûre, lieutenant-commandant Ree ?

— Aussi certaine que je puisse l'être sans avoir retrouvé son corps. Dans les crevasses, les recherches sont difficiles, même pour des droïdes scanners. Le cimetière à ciel ouvert emporte les morts en quelques jours, capitaine.

— Cimetière à ciel ouvert ?

Ciena aurait voulu ravaler ses paroles. Elle pensait trop à Jelucan et à ce qu'elle avait laissé derrière elle.

— Sur Jelucan, capitaine, nous plaçons les morts dans des cairns ouverts, en haute altitude. Les oiseaux dévorent le cadavre, emportant ainsi à la fois la chair et l'âme du défunt dans le ciel pour l'éternité.

— Ce sont des pratiques barbares, décréta Ronnadam d'un air méprisant.

Ciena réussit à ne pas ciller.

— J'imagine que la même chose se produirait avec un accident ou un suicide, comme ça semble être le cas ici.

Ciena acquiesça d'un signe de tête.

— Le lieutenant Kyrell était très affecté par la perte de nombreux collègues et amis sur l'Étoile Noire. Suite à l'enquête que j'ai menée sur Jelucan, je pense qu'il a déserté, qu'il est retourné sur sa planète natale pour retrouver le goût de vivre, mais que ça n'a pas marché. Il a sauté d'une des plus hautes falaises de notre province, en abandonnant son grimpe-arête, toujours allumé.

Elle n'aurait pas dû ajouter ce détail. Les mensonges devaient toujours être simples, c'est du moins ce que Ciena avait cru comprendre. Elle avait très peu menti dans sa vie et la malhonnêteté lui laissait un mauvais goût dans la bouche.

Quand elle avait quitté Thane, elle avait l'intention de tenir promesse et de dénoncer sa désertion au bout d'une semaine. C'était un délai suffisant pour qu'il se ressaisisse, qu'il fuie vers un monde isolé et qu'il disparaisse à tout jamais de la vie de Ciena.

Cela lui avait aussi donné le temps d'aller chez ses parents, qui étaient à la fois heureux et surpris de la voir – et sans doute encore plus étonnés qu'elle éclate en sanglots dès qu'ils avaient ouvert la porte. Même si Ciena avait réussi à se reprendre et n'avait rien dit à sa famille, ils avaient senti que ce n'était pas une simple visite de routine. Sa mère avait veillé avec elle jusque tard et ne lui avait posé aucune question intrusive. Elle avait simplement tressé ses cheveux comme quand elle était petite. C'était réconfortant, mais rien ne pouvait soulager sa peine à l'idée de livrer Thane aux autorités.

Finalement, elle avait été incapable de le faire. Si l'Empire tentait de retrouver Thane, même sans grands efforts, il était possible qu'ils mettent la main dessus et qu'ils lui intentent un procès.

Elle choisit une nouvelle fois la loyauté envers lui et décida de le couvrir avec le meilleur mensonge qu'elle parvint à échafauder.

— Très bien.

Ronnadam signa son rapport sans le lire jusqu'au bout. Si Thane avait déserté à un moment où la Flotte

Impériale n'était pas dans une situation aussi désespérée, Ciena savait que son histoire aurait été examinée de beaucoup plus près. Ronnadam avait juste envie de rayer une tâche de sa liste.

— Vous avez bien géré cette affaire, lieutenant-commandant Ree.

Ces félicitations pesèrent sur ses épaules, qui devenaient plus lourdes à mesure que la journée avançait. Ciena brûlait de honte à l'idée d'avoir été félicitée par un supérieur alors qu'elle avait violé son serment de loyauté.

Plus jamais, se promit-elle. À partir de ce jour-là, son service à l'Empire serait plus que son devoir ; ce serait son expiation pour avoir aimé une personne plus que son honneur.

CHAPITRE 13

SEPT MOIS APRÈS LA BATAILLE DE YAVIN

Thane baissa la flamme bleue de son chalumeau, releva ses lunettes de protection, fronça les sourcils et examina l'enchevêtrement de métal qu'il essayait de réparer. Le cargo indépendant *Aca* était déjà vieux avant sa naissance, mais continuait à voler grâce à une multitude d'améliorations bidouillées au cours des décennies. Thane essayait, sans grand succès, de faire fonctionner une batterie de plus de soixante ans au cœur d'un processeur qui en avait vingt tout au plus.

En jurant dans sa barbe, il éteignit l'outil et traversa les couloirs de l'*Aca* pour rejoindre le pont. Ce n'était pas le genre d'espace sombre et anguleux auquel Thane s'était habitué à bord des vaisseaux impériaux. La petite salle était bien éclairée et les consoles émettaient des lueurs de cinq couleurs différentes, ce qui attestait de leurs origines différentes. Tout dans ce vaisseau avait été récupéré pour les besoins précis de l'*Aca*. Ce nom était l'acronyme de *Abominable Chêne de l'Apocalypse*, un nom qui semblait de toute évidence plus agressif aux oreilles des Wookiees, comme leur capitaine, qu'à celles des humains.

— Je n'obtiens toujours qu'une charge de soixante pour cent, expliqua Thane à Lohgarra. Quand nous nous poserons sur Zeitooine, il faudra qu'on se procure une meilleure cellule énergétique.

Lohgarra poussa un grognement pour demander où ils étaient censés trouver les crédits pour cela.

— Je sais que nous sommes fauchés.

Officiellement, Thane avait été engagé comme copilote et navigateur, mais Lohgarra traitait les membres de son équipage avec respect, comme un groupe soudé. Thane pouvait apporter des objections et s'exprimer librement.

— Ça ne doit pas être une *nouvelle* batterie, juste une *un peu moins vieille* que celle-ci.

Lohgarra demanda à Thane s'il pensait qu'il fallait se débarrasser de toutes les vieilleries. C'était une blague à ses propres dépens : Lohgarra était vieille, même selon les standards des Wookiees, qui avaient une longue vie. Sa fourrure était presque entièrement blanche.

Thane s'appuya contre la paroi et sourit.

— La plupart des objets ne vieillissent pas aussi bien que toi, Lohgarra.

Cette remarque lui valut un geste de la patte qui signifiait *flatteur*. Elle accepta de lui accorder un budget pour chercher une nouvelle batterie pour les senseurs de la poupe, mais le prévint avec un grognement que Zeitooine n'était peut-être pas l'endroit idéal pour en trouver.

— Je sais, mais on n'aura pas mieux dans cette zone de l'espace. Nous trouverions moins cher dans la Bordure Extérieure.

Thane n'était pas à l'aise de naviguer dans la Bordure Intérieure de l'Empire. Il avait accepté le poste à bord de l'*Aca* précisément parce que Lohgarra et son équipage restaient surtout dans la Bordure Extérieure ou dans la Région d'Expansion. Bosser pour elle lui avait paru une bonne idée pour se tenir à carreau un moment. Lohgarra ne transportait que des marchandises légales, mais elle opérait dans des zones où les contrôles de l'Empire étaient rares. Même si Thane avait avoué d'emblée à Lohgarra qu'il était déserteur, il avait compris qu'elle l'avait deviné et qu'elle s'en moquait. Ses yeux brun foncé étaient un peu vitreux à cause de l'âge, mais sa vue et son esprit étaient toujours affûtés.

Lohgarra engageait des membres d'équipage compétents et agréables à vivre, pas des mercenaires cherchant à gagner de l'argent par tous les moyens. Les boulots qu'ils acceptaient étaient avant tout motivés par le caractère de Lohgarra plutôt que par la recherche de bénéfices. Un transport lucratif de denrées de luxe pouvait être suivi d'une livraison gratuite d'urgence de générateurs à un avant-poste en difficulté. Elle avait expliqué à Thane qu'elle avait besoin de s'entourer d'individus de confiance. Thane trouvait secrètement qu'elle était trop confiante, mais c'était son vaisseau et ses affaires. Elle avait dirigé un cargo pendant plusieurs siècles sans son aide, elle était sans doute capable d'évaluer ses collaborateurs. À mesure que sa maîtrise du shyriiwook s'améliorait, il s'était rendu compte que le capitaine était une Wookiee très intelligente. Et quand Lohgarra prenait vraiment un membre d'équipage sous son aile – comme elle l'avait fait avec Thane –, elle pouvait se montrer affectueuse au point d'être maternelle. C'était un peu ridicule, mais cela ne le dérangeait pas. Au moins, il travaillait pour quelqu'un qu'il respectait.

Logharra, toujours perspicace, avait deviné son malaise. Elle lui rappela que Zeitooine était une planète couverte de jungle où l'on trouvait juste quelques grandes villes et pas de centre de commerce actif.

— Oui, je sais, admit Thane. Tout ira bien.

Mais il n'arrivait pas à chasser son appréhension et cela devait se deviner.

Le seul autre « membre d'équipage » sur le pont à ce moment-là était leur droïde astromech, un modèle JJH2 violet et noir. Thane était ravi que personne d'autre ne puisse être témoin de ses craintes à l'idée de se poser sur un monde où les Impériaux étaient présents. Il souhaitait que Lohgarra soit la seule à comprendre vraiment sa situation.

Elle se pencha vers Thane pour l'examiner avec une expression soucieuse puis lui fit remarquer qu'il était devenu très mince et s'inquiéta de savoir s'il mangeait assez.

Il se retint de lever les yeux au ciel.

— *Oui*, je mange.

Lohgarra savait qu'il pouvait être difficile de trouver des rations apportant la nutrition adéquate pour chaque espèce présente à bord.

— Je t'assure que je vais bien. Ne t'inquiète pas, d'accord ?

Thane tourna les talons.

Quand la porte du pont coulissa, Lohgarra poussa un long gémissement pour le gronder.

En sortant, il éclata d'un rire légèrement exaspéré.

— Ma fourrure est brillante ! protesta-t-il.

En s'éloignant dans le couloir, il songea qu'il venait d'appeler ses cheveux, « ma fourrure ». *Il va falloir que je passe du temps avec des humains bientôt.*

Il n'envisageait pas de retourner sur Jelucan. Il n'avait aucune raison de le faire. De temps en temps, il regardait les holonews au sujet de sa planète, pas par nostalgie, juste pour avoir des raisons de ne jamais devoir y retourner. Sa famille devait être contente d'être débarrassée de lui, et Ciena – il fermait les yeux un instant quand il pensait à elle – ne serait pas là non plus. Pas tant que la guerre entre l'Empire et l'Alliance Rebelle s'intensifiait. Il doutait que Ciena ait eu plus de trois jours de permission d'affilée depuis qu'ils s'étaient quittés.

Si Thane retournait sur sa planète, il se représenterait Ciena petite fille dans tous les vaisseaux qui fileraient dans le ciel. Les chemins de montagne lui rappelleraient leurs explorations de jeunesse, quand ils avaient trouvé la grotte bientôt transformée en Forteresse. Et Valentia ne serait jamais une ville parmi les autres pour lui ; ce serait toujours l'endroit où ils avaient passé une nuit ensemble… et où ils s'étaient quittés pour toujours.

Ça fait un moment, s'admonesta-t-il. *Tu devrais être remis.*

C'était un mensonge. On ne se remettait jamais de la perte de son premier amour, de sa meilleure amie. Thane avait cru que ça finirait par devenir moins douloureux que cette horrible matinée sur Valentia.

Jusqu'à présent, il s'était trompé.

*

Zeitooine était une planète froide, pas un de ces mondes piégés par un hiver perpétuel, mais assez glacée pour que le sol soit totalement gelé. Le spatioport était aux limites de la ville. Thane apercevait au loin des arbres sans feuilles. Son souffle formait des nuages dans l'air.

— Par un temps pareil, on ne regrette pas d'avoir de la fourrure, décréta Brill, leur ingénieur tarsunt dont la fourrure à longs poils était teinte en rose vif. Je ne sais pas comment vous faites, vous, les humains.

— Parfois, je me le demande moi-même, reconnut Thane en remontant le col de son manteau. Finissons-en vite avec ce boulot, OK ?

Methwat Tann, le responsable de la maintenance ithorien, accueillit cette proposition avec un ronronnement approbateur. Son long cou incurvé et sa tête en forme de marteau étaient enveloppés dans une écharpe, tricotée à intention par Lohgarra, ce qui ne l'empêchait pas de frissonner, lui aussi.

Leur mission sur Zeitooine était simple : ils devaient livrer plusieurs droïdes de construction. Thane aida Methwat et Brill pour le déchargement, puis fila dans le spatioport pour chercher un vendeur de pièces détachées. On en trouvait généralement un ou deux au moins. Après quelques minutes infructueuses, il se risqua finalement à demander à quelqu'un, qui lui répondit que l'endroit le plus proche était à dix minutes de marche. Il consulta son chrono en fronçant les sourcils et décida de tenter le coup. Il valait mieux rentrer un peu en retard et se faire engueuler que continuer à travailler avec cette maudite batterie d'un autre temps.

Il traversa la ville d'un pas rapide et s'arrêta en atteignant une place bondée. Personne ne marchait, ni même ne bougeait, et il comprit vite pourquoi.

— Vous êtes en état d'arrestation, annonça un capitaine de stormtroopers d'un ton blasé.

Une dizaine au moins de ses soldats, armés de leurs blasters, maintenaient la foule à distance de la scène, tandis que des habitants étaient traînés hors de leur maison.

Une famille, réalisa Thane sous le choc. La fille ne pouvait avoir plus de treize ans. Elle était en larmes, alors qu'un stormtrooper la traînait derrière lui si vite qu'elle arrivait à peine à suivre. Il serrait les cheveux de la gamine dans son poing.

La mère s'agenouilla devant le capitaine.

— Je vous en prie. Nous payerons les amendes, nous vendrons notre maison, tout ce que nous possédons…

Le capitaine avait l'air de s'ennuyer ferme.

— Les infractions répétées à l'interdiction de détenir des publications indépendantes sont punies par un emprisonnement d'une durée indéterminée.

Un autre stormtrooper amena une fillette encore plus jeune, qui devait avoir cinq ans, tellement petite qu'il la tenait sous le bras. Elle était trop terrifiée pour pleurer. Elle fixait la foule de ses grands yeux écarquillés, comme si elle espérait que quelqu'un lui vienne en aide.

Personne ne cilla. Les blasters des stormtroopers y veillaient.

Il y a moins d'un an, j'ai regardé des esclaves se faire battre. Une fois de plus, Thane se souvint qu'il patrouillait dans son chasseur TIE pour faire peur aux habitants de Kerev Doi.

La mère continuait à implorer le capitaine.

— Pas les enfants. Mon mari et moi sommes seuls responsables. Les enfants sont innocents. Pourquoi devraient-ils…

Ses mots restèrent coincés dans sa bouche quand le capitaine lui décocha un coup de crosse de fusil au visage. Elle s'écroula au sol en pleurant et un autre stormtrooper se pencha pour lui passer les menottes.

Fais quelque chose ! Hélas, Thane était impuissant. Il ne pouvait rien contre autant d'hommes armés. Il ne pouvait même pas protester. En désertant de la Flotte Impériale, il s'était mis dans une position où il ne pourrait plus jamais attirer l'attention sur lui ou sortir des rangs. C'était lui qui avait construit la cage invisible dans laquelle il était enfermé.

Écœuré, il tourna les talons et regagna le spatioport. Brill le croisa alors qu'il se dirigeait vers l'*Aca*.

— Hé ! Où est cette nouvelle batterie ?

— Ils n'avaient rien dans notre budget, OK ? rétorqua Thane d'un ton cinglant.

Derrière lui, Brill marmonna :

— Excuse-moi d'avoir posé la question.

Ce n'était pas comme cela qu'on tissait des liens avec ses nouveaux collègues, mais Thane ne voulait pas se faire d'amis. Il avait envie de s'enfermer dans sa cabine, d'éteindre les lumières et de tenter d'oublier tout ce qu'il avait vu et tout ce qu'il avait été.

*

Ciena regardait la scène sous ses yeux sur Ivarujar et se disait que c'était l'enfer.

Au loin, le volcan continuait à cracher des cendres dans l'air, si haut que personne sur cette planète ne verrait plus la couleur du ciel pendant des années. La lave projetait des reflets orangés menaçants à l'horizon et la capitale était déjà complètement ensevelie. Quand Ciena contempla le désastre à l'aide de ses quadrijumelles, elle vit encore des bâtiments noircir et s'écrouler sous la chaleur accablante.

Le *Dévastateur* était le vaisseau le plus proche dans le secteur. Il avait par conséquent envoyé plusieurs transports de troupes pour évacuer les garnisons impériales sur Ivarujar. Comme leurs propres appareils avaient été gravement endommagés lors de la première éruption, ils étaient pris au piège et, si personne ne venait bientôt à la rescousse, ils seraient condamnés. Ciena était responsable du transport qui volait le plus près du volcan. Malgré le danger de la mission, elle se sentait galvanisée par cette expédition. Non qu'elle n'aimait pas travailler sur le pont d'un Destroyer Stellaire… mais cela faisait trop longtemps qu'elle n'avait plus mis le pied au sol.

— Lieutenant-commandant Ree, nous les avons en visuel, annonça le stormtrooper qui pilotait.

Elle se détourna de la baie d'observation du transport pour regarder sur l'écran panoramique les stormtroopers réfugiés sur le toit d'un immeuble. Ils étaient en formation, immobiles, comme s'ils attendaient d'être sauvés, alors que la chaleur devait être insupportable.

— Beau travail, rapprochez-nous.

Le pilote hésita et vérifia une seconde fois ses instruments. Ciena comprenait son incertitude : la fournaise déclenchait de nouveaux foyers d'incendie, provoquait des retours de flammes et des vents capables de déstabiliser des vaisseaux plus grands que leur transport.

Dans les montagnes aussi, on devait parfois affronter d'étranges bourrasques.

— Je vais prendre la barre, l'informa Ciena en lui faisant signe de céder sa place.

— Lieutenant-commandant, je suis capable de piloter…

— Je sais. Mais vous avez la force de porter tous les blessés éventuels à bord et moi pas.

En tout cas pas plus d'un ou deux.

Une fois assuré qu'il ne serait pas dénoncé pour lâcheté, le pilote rejoignit les autres stormtroopers à l'arrière. Ciena fit descendre le transport et traversa des canyons urbains où la lave coulait dans le tracé des rues. La lueur rouge infernale formait un contraste étonnant avec le ciel noir. Même si le trajet fut mouvementé, elle parvint à stabiliser l'appareil.

Quel mastodonte, déplora-t-elle en rêvant un instant d'un vaisseau plus maniable. Au moins, le transport supportait la chaleur, c'était l'essentiel.

Elle le posa sur le toit de la caserne et dès qu'ils ouvrirent les portes, les troupes se précipitèrent à l'intérieur. Leurs armures étaient devenues grises à cause des cendres volcaniques et plusieurs d'entre eux toussaient et titubaient. Encore une demi-heure et ils auraient perdu connaissance ou… la vie. En les revoyant en formation – respectant la discipline jusqu'au bout –, Ciena sentit son cœur gonfler de fierté.

— Bien, fit-elle, sur le point d'ajouter « En route », quand elle remarqua un autre immeuble plus loin.

Des gens étaient agglutinés sur ce toit également : des citoyens ivarujariens qui n'avaient pas réussi à embarquer à temps dans un transport civil. À moins qu'ils aient manqué de place pour évacuer tout le monde…

Le pilote avait rejoint le cockpit.

— Lieutenant-commandant ? Sommes-nous prêts à décoller ?

— Oui. Nous allons faire un dernier arrêt avant de retourner au *Dévastateur*.

— Un… arrêt ?

Elle n'avait pas reçu l'ordre de sauver des civils, mais elle n'avait pas non plus reçu d'ordre le lui interdisant.

— Faites le plus de place possible là-derrière. Nous allons prendre des passagers supplémentaires.

Quand Ciena redécolla, elle sentit l'instabilité des courants autour d'elle. Elle se mordit la lèvre inférieure et mena le transport plus haut pour ne plonger vers la fournaise qu'au tout dernier moment. Le volcan grondait avec une telle force que tout le vaisseau vibrait. Ils avaient été mis en garde contre une potentielle éruption secondaire, qui semblait imminente.

Tu n'as pas le droit de risquer des vies qui sont sous ta responsabilité pour en sauver d'autres qui ne dépendent pas de toi, se dit-elle, rattrapée par la formation reçue à l'Académie. Au bout d'un moment, Ciena décida d'ignorer cette pensée. Des vies étaient des vies et elle était sûre d'arriver à sauver tout le monde.

Elle se posa une nouvelle fois sur le toit d'un bâtiment puis quitta le cockpit pour aider les civils à monter à bord. Ils toussaient encore plus fort que les stormtroopers, car ils n'avaient pas de casques avec masque de ventilation intégré. Quelques-uns n'étaient plus qu'à moitié conscients. Ciena ouvrit les bras pour recueillir un petit enfant, qu'elle hissa à l'intérieur, puis tendit la main à son père. Tout autour d'elle, les stormtroopers l'imitaient, suivant comme d'habitude l'exemple de leur chef.

Quand la dernière personne fut à bord, le vaisseau se trouva en surcharge. Ciena dut se frayer un chemin jusqu'au cockpit, où le pilote n'essayait même plus de faire son boulot. Il s'était rangé sur le côté et décréta :

— Avec ce poids, je ne sais pas si nous pouvons…

— Nous le pouvons et nous allons le faire, l'interrompit Ciena avec plus de confiance qu'elle n'en avait en réalité.

Le vaisseau pouvait transporter ce poids, mais sa maniabilité en serait affectée : ce n'était pas l'idéal pour faire face à des vents brûlants.

Elle poussa les moteurs à fond et s'élança en l'air. Au début, le transport trembla avec une violence telle qu'elle faillit tomber de son siège. Elle entendait les rescapés ivarujariens pousser des cris de terreur depuis la cale. Les flammes dévoraient maintenant les immeubles, comme s'il s'agissait de simples allumettes. Ce serait bientôt un véritable déluge de feu… et son vaisseau pouvait être coincé dedans.

Elle pointa le nez à la verticale. Ils montaient moins vite, mais ils bougeaient…

À l'horizon, elle vit des flammes s'élever de plus en plus haut et tourbillonner en courant cyclonique. S'ils étaient pris au piège, ils étaient tous morts.

Elle garda son calme et lutta de toutes ses forces contre les vents violents, jusqu'à ce qu'ils soient hors de danger. Ciena poussa alors un soupir de soulagement et entendit des acclamations provenir de l'arrière.

Elle ne put réprimer un sourire : qui aurait pu le lui reprocher ?

La réponse se révéla être « le capitaine Ronnadam ».

— Votre mission était d'aller rechercher les soldats de cette garnison, pas de sauver des civils, rappela-t-il en faisant les cent pas dans son bureau alors que Ciena se tenait au garde-à-vous dans son uniforme noirci par la suie.

— Les ordres ne m'interdisaient pas de le faire, capitaine.

Ronnadam plissa les yeux.

— Vous cherchez une faille, Ree ? C'est une attitude dangereuse.

— Non, capitaine ! Je veux dire… j'ai réagi instinctivement et je n'ai pas vu d'objection.

— Vous avez réagi *instinctivement*, ricana-t-il. Autrement dit, vous avez omis de demander l'autorisation de vos supérieurs !

Nous n'en avions pas le temps, avait-elle envie de protester, mais elle savait qu'elle ne devait pas dire cela.

— Je suis désolée, capitaine, j'aurais dû obtenir l'autorisation avant d'exécuter la mission. Je ne commettrai plus cette erreur.

— Veillez à ce que ça ne se reproduise pas.

Ronnadam la toisa sévèrement avant d'ajouter :

— Comme vous n'avez pas d'autres démérites dans votre dossier, votre punition sera clémente : seulement cinq semaines avec le double d'heures d'astreinte. La prochaine fois, nous ne serons pas aussi magnanimes.

— Il n'y aura pas de prochaine fois, capitaine.

Cinq semaines d'heures supplémentaires n'était pas cher payé en échange de quarante vies.

En sortant du bureau, Ciena poussa un soupir de soulagement. Au début, elle avait été furieuse qu'ils aient l'intention de la réprimander pour avoir sauvé des civils. À présent, elle comprenait qu'ils étaient mécontents parce qu'elle n'avait pas respecté la chaîne de commandement. Elle n'avait rien fait de mal en sauvant ces gens. L'Empire ne s'y opposerait jamais.

Et puis elle n'avait jamais aussi bien piloté de sa vie. Si seulement elle pouvait raconter cet épisode à Thane. Ciena imaginait sa tête si elle lui expliquait l'incendie cyclonique. Il aurait été tellement jaloux de ne pas avoir pu voler dans ces conditions lui-même !

Même les exploits dont elle était la plus fière semblaient creux si elle ne pouvait les partager avec Thane.

CHAPITRE 14

DIX-HUIT MOIS APRÈS LA BATAILLE DE YAVIN

Les cales de l'*Aca* étaient remplies de fournitures médicales à destination de la péninsule à l'extrême sud du seul mégacontinent d'Oulanne. Un mois plus tôt, un énorme tremblement de terre avait détruit presque toutes les structures dans un rayon immense. L'Empire n'avait envoyé aucune aide médicale. Une planète aussi peu importante économiquement ne méritait pas cette attention. Quelques Oulannistes émigrés fortunés avaient proposé leur soutien, dans la mesure de leurs moyens. La cale ne contenait qu'une fraction de ce dont la population avait besoin, mais c'était mieux que rien. Thane était certain que Lohgarra avait accepté d'effectuer la livraison gratuitement.

Quand ils débouchèrent dans les plus hauts niveaux de l'atmosphère, Thane vérifia les senseurs climatologiques et émit un sifflement.

— C'est pas bon.

Lohgarra voulut savoir ce qui les attendait.

— Nous allons droit vers une énorme tempête. Un gigaouragan qui couvre un bon quart de la surface.

JJH2 confirma ces dires en pépiant des alertes. Methwat émit une vibration catastrophée.

— Comme si ces gens n'avaient pas déjà assez d'ennuis ! souligna Brill en secouant la fourrure rose de sa tête.

— Et maintenant, nous avons des ennuis aussi, renchérit Thane.

Normalement, une tempête ne posait pas de problème à un vaisseau ; n'importe quel appareil capable de supporter les ravages de l'espace résistait à une petite pluie et quelques éclairs. Cependant, un cargo aussi chargé que l'*Aca* pouvait devenir difficile à piloter dans l'atmosphère, puis des vents aussi violents pouvaient avoir raison des stabilisateurs, pour quelques minutes seulement, mais c'était plus de temps qu'il n'en fallait pour faire plonger un pareil vaisseau vers le sol.

Ils auraient pu simplement filer à l'abri vers le spatioport le plus proche. Dans leur cas, cela signifiait se poser à des milliers de kilomètres de la catastrophe. Les fournitures médicales étaient sans doute plus vitales que jamais en ce moment.

Quand Logharra demanda à Thane s'il pouvait se poser dans ces conditions, il répondit :

— Et comment que je peux !

Methwat se tourna vers Thane, l'air soucieux. Il était trop poli pour remettre en question les compétences de quiconque, mais il était clair que la situation ne lui plaisait pas.

— Faites-moi confiance, leur assura Thane.

Il s'attacha dans son siège et amorça la descente.

L'espace sombre s'éclaircit en cédant la place au ciel, qui était encore bleu, mais plus pour longtemps. La tempête faisait rage au-dessous d'eux, une spirale menaçante s'étendait comme les tentacules d'une immense créature marine. Les vents se mirent à frapper le vaisseau et la coque trembla.

Lohgarra grogna pour signifier à l'équipage de se tenir prêt. JJH2 fit parvenir rapidement au poste de Thane toutes les données atmosphériques qu'il avait récoltées.

— J'espère que vous savez ce que vous faites, Kyrell, marmonna Brill.

— Je l'espère aussi.

Thane plongea dans l'œil du cyclone, la zone de vents calmes au centre. Tandis que les larges ailes blanches de l'*Aca* s'étendaient au-dessus de la mer agitée, l'écran afficha une image surréaliste : les rayons de soleil se reflétant sur l'eau, tandis qu'ils fonçaient vers des nuages noirs et des rideaux de pluie si épais que Thane ne voyait rien au-delà.

Les senseurs lui fourniraient toutes les informations nécessaires. Il aligna le vaisseau, réduisit la vitesse et descendit si bas qu'ils distinguaient l'écume blanche à la crête des vagues déchaînées… puis les débris répandus sur la rive rocheuse.

Le vaisseau s'inclina d'un coup, comme s'il avait reçu un coup de poing géant. *Nom d'un bantha !* Le cisaillement du vent était encore pire que Thane ne l'avait prévu.

— Allez, murmura-t-il en les amenant à l'angle auquel ce courant les aiderait au lieu de les enfoncer. On peut y arriver.

— Tu t'adresses à moi ou au vaisseau ? demanda Brill.

Au lieu de répondre, Thane rétorqua :

— Avez-vous encodé les coordonnées du hangar dans le système ?

Les poils roses de Brill se dressèrent.

— Tu veux atterrir en autonavigation ?

Depuis son siège de capitaine, Lohgarra grogna pour exprimer son incrédulité et JJH2 pépia une note aiguë de panique.

— Non, pas rien qu'en autonavigation ! hurla Thane.

L'*Aca* tremblait si fort maintenant que Thane devait crier pour se faire entendre par-dessus les grincements et les gémissements de la coque.

— Ce rafiot est si vieux que nous avons pompé ses systèmes d'une demi-douzaine de vaisseaux différents. Activer l'autonavigation ne désactive pas la navigation manuelle. Nous allons nous servir des deux en même temps.

Brill pianota sur les commandes pour faire ce que Thane demandait.

— Tu te rends compte que si tu n'arrives pas à synchroniser tes mouvements avec l'autonavigation, tu vas nous déchirer en deux ?

— Je gère.

Thane sentit la navigation automatique se mettre en marche. C'était un peu comme si un autre pilote essayait de lui reprendre les commandes de force.

Heureusement, il avait passé presque toute son enfance à piloter avec une partenaire. On ne se battait pas pour les commandes ; on les partageait.

L'autonavigateur resta focalisé sur sa cible, sans prêter attention aux conditions climatiques extrêmes. C'était donc à Thane de manœuvrer le vaisseau pour affronter le vent violent tout en gardant le cap. À un moment, la différence entre les deux pilotages secoua le cargo avec force. Le choc fut tel que même Methwat, habituellement calme, poussa un cri. Mais Thane synchronisa à nouveau ses actes avec ceux de la machine en quelques fractions de seconde.

Quand le hangar apparut à l'horizon, Thane respira enfin normalement. Compensateur d'inertie, propulseurs au ralenti, répulseurs enclenchés… et l'*Aca* se posa sur le sol, indemne.

Pendant que Brill et Methwat l'applaudissaient, Thane croisa les bras derrière sa tête, comme s'il n'avait jamais été inquiet.

— Eh oui, je suis doué.

— Tu as eu de la chance ! insista Brill avec un immense sourire.

— D'accord, j'ai eu de la chance. Peu importe.

Tu ne l'aurais pas cru si tu avais été là, s'imagina-t-il raconter à Ciena. *Mais bon, si tu avais été là, tu aurais insisté pour prendre les commandes à ma place... et tu nous aurais sans doute posés encore plus en douceur.*

Thane n'arrêtait pas d'accumuler des anecdotes pour lui raconter un jour, même s'il savait que ce jour ne viendrait jamais. Il avait essayé d'arrêter, mais il en était incapable.

Lohgarra avoua à Thane qu'elle était très fière de lui et l'enveloppa dans ses gros bras poilus. Puis elle lui montra la plus grande forme d'affection et d'estime pour un Wookiee : elle se mit à le coiffer.

Thane soupira tandis qu'elle s'occupait de ses cheveux avec enthousiasme. Ce n'était pas ainsi qu'on faisait dans l'Empire.

*

Le lendemain, la tempête s'était assez éloignée pour qu'ils démarrent la distribution des fournitures. À la grande surprise de Thane, un autre groupe de pilotes avait atterri quelques jours plus tôt avec une quantité substantielle de matériel médical et de rations d'urgence. Ils se retrouvèrent à travailler côte à côte.

— C'est vous qui avez posé ce vaisseau hier ? demanda leur chef, un homme aux cheveux noirs, à peine plus âgé que Thane. C'était du beau pilotage.

— Merci.

— Vous faites beaucoup de livraisons comme celles-ci ? Sur des planètes qui ont des problèmes ?

— Parfois. C'est à Lohgarra que revient le mérite, avoua Thane en déchargeant des caisses avec l'homme. Mais ça me plaît qu'elle le fasse.

— Ça fait moins de crédits pour vous.

— Je ne me suis jamais beaucoup soucié des questions d'argent.

— Avez-vous participé à d'autres expéditions ?

Thane hésita avant de répondre. S'il était soupçonné de déloyauté envers l'Empire, il pouvait être dénoncé… En même temps, il ne pouvait pas parler honnêtement de son expérience des derniers mois, sans exprimer clairement ses sentiments.

Il savait que l'Empire était abject, mais il n'avait pas réalisé à quel point. La souffrance des Bodach'is l'avait profondément affecté et il savait maintenant que ce n'était qu'une espèce parmi les centaines que l'Empire avait asservies. Il avait piloté l'*Aca* vers des planètes où les mines étaient exploitées de façons si sauvages que les villes et les terres cultivables étaient devenues de nouvelles mers. Il avait survolé des villes réduites en cendres et en gravats par les canons laser impériaux pour les punir d'actes de résistance même mineurs.

— Zeitooine, finit par répondre Thane. Dinwa Prime, Arieli. Et, plus récemment, Ivera X.

Il dit cela d'un ton neutre, mais se rendit compte que cette énumération était en réalité une liste de crimes de guerre de l'Empire.

L'homme soutint son regard.

— Vous avez dû voir beaucoup de choses.

— En effet.

— Quand nous aurons terminé, il faudra qu'on discute, tous les deux. J'ai été sur plusieurs de ces planètes. Ça fait plaisir d'entendre que d'autres pensent qu'il faut agir.

Est-ce qu'il envisage de me dénoncer ? Même si Thane savait que c'était possible, son instinct lui disait le contraire. Il hocha lentement la tête.

— Bien sûr. On pourra discuter. À propos, moi, c'est Thane Kyrell.

L'homme aux cheveux noirs sourit et lui tendit la main.

— Wedge Antilles.

Ils partagèrent quelques plateaux-rations dans le hangar. Le plus gros de l'ouragan était passé. De lourds rideaux de pluie argentés continuaient à tomber, mais les vents avaient faibli. Une brise légère agitait les palmiers et les arbres de la jungle. Le bruissement des feuilles et la pluie qui rebondissait sur le toit métallique faisaient tout de même assez de bruit pour que personne ne puisse espionner leur conversation.

— En partant comme ça, vous avez fait preuve de courage, le félicita Wedge.

Thane haussa les épaules.

— J'ai blanchi mes crédits et j'ai filé en douce. Ce n'est pas le plus grand acte de bravoure qui soit.

— Vous avez défié l'Empire à vous seul. Vous avez abandonné la vie et la carrière toute tracée pour ne pas violer vos principes. Pour moi, c'est courageux.

— Arrêtez de me flatter et dites-moi franchement ce que vous avez à me dire.

Wedge Antilles lui jeta un drôle de regard. Apparemment, il n'avait pas l'habitude qu'on ne le croie pas sur parole. Thane était peut-être injuste. Tant pis. Il devait se montrer prudent avant d'accorder sa confiance. Logharra et le reste de l'équipage de l'*Aca* l'avaient mérité ; Ciena aurait toujours sa loyauté jusqu'à un certain point, même s'il ne la recroisait jamais.

Mais ce type ? Il fallait qu'il parle.

— Nous aurions besoin de pilotes comme vous au sein de l'Alliance Rebelle, déclara Wedge d'un ton neutre.

Les Rebelles ? Ici ? Thane n'aurait jamais imaginé qu'ils osent se montrer juste pour venir en aide à une planète en détresse. Pourtant, il savait que Wedge disait la vérité.

— Non. Désolé.

— Vous détestez l'Empire. Après ce que vous avez vu, c'est compréhensible.

— C'est vrai, mais je ne suis pas fan de votre Rébellion non plus.

— Nous nous battons pour libérer la galaxie…

— Vous avez déclenché une guerre et des millions d'individus vont mourir.

Les yeux sombres de Wedge brillaient d'intensité.

— C'est Palpatine qui a déclenché cette guerre. Nous allons y mettre fin.

La force de conviction de cet homme était légèrement irritante.

— Contre l'Empire. Je vous reconnais une qualité : vous êtes courageux. Mais vous vous faites des illusions si vous croyez que vous pouvez vous attaquer à une force aussi puissante que la Flotte Impériale et l'emporter.

— Nous avons détruit l'Étoile Noire, non ? Et avec une poignée de chasseurs monoplaces, encore ! J'étais pilote pour cette mission et je suis encore là. Beaucoup d'officiers impériaux ne peuvent pas en dire autant.

— Dont plusieurs de mes amis, répliqua Thane avec douceur.

Même s'il n'était pas très proche de Jude Edivon, il se souvenait qu'elle était gentille et intelligente. Elle méritait une vie plus longue et une mort plus douce. Et les collègues dont il venait à peine de faire connaissance, de jeunes types comme lui, qui démarraient leurs carrières ensemble. Parfois leurs visages défilaient dans l'esprit de Thane la nuit, quand il avait du mal à trouver le sommeil.

— Écoutez, je comprends pourquoi vous avez fait ça. Je sais que l'Étoile Noire devait être arrêtée. Mais ne vous illusionnez pas : c'était un massacre sanglant.

— Je sais, reconnut Wedge d'un ton calme. Ce que vous avez dit est exact : l'Étoile Noire devait être arrêtée. Tout comme l'Empire doit être détruit. Pour que ça se produise, certains d'entre nous auront du sang sur les mains. Nous devons être prêts à tuer et à mourir. Ce n'est pas facile et ça ne le sera jamais. En revanche, Kyrell, je peux vous dire que c'est plus facile que de rester les bras croisés et de laisser faire l'Empire.

Thane repensa à la famille sur Zeitooine dont il avait vu l'arrestation. Il s'était senti si impuissant, si inutile. Tant qu'il restait un simple fugitif de l'Empire, il ne pourrait plus jamais agir selon ses convictions. Il ne pourrait plus jamais défendre personne.

Sauf s'il n'était plus seul.

*

Tard dans la soirée – après des heures de travail, de longues conversations et quelques bières corelliennes avec Wedge –, Thane remonta à bord de l'*Aca*. Il se dirigea à pas de loup vers sa couchette, car il savait que Methwat et Brill dormaient déjà. Dans la cuisine, Lohgarra dévorait un énorme morceau de fromage.

— Hé ! Tu ne parviens pas à dormir ?

Lohgarra raconta qu'elle s'était réveillée affamée, puis lança à Thane qu'il avait l'air inquiet.

— Inquiet n'est pas vraiment le mot.

Le nombre d'individus en qui il avait assez confiance pour partager ce qu'il avait sur le cœur se comptait sur les doigts d'une main – et encore, pas tous. Lohgarra en faisait partie.

— Le lieutenant-commandant Antilles de… heu… du groupe indépendant que nous avons rencontré aujourd'hui, veut que je devienne pilote pour eux.

Lohgarra poussa un grognement d'indignation. Comment cet homme osait-il lui voler son meilleur pilote ? C'était impensable de profiter d'une crise. Elle veillerait à ce que Thane ait une augmentation, si c'était ce qu'il fallait pour qu'il reste.

— Non, non, Lohgarra, tu ne comprends pas.

Thane baissa la voix.

— Ils sont avec la Rébellion.

Elle se tut. Choc ou désapprobation ?

Il se pencha en avant et essaya d'exprimer ses pensées, pour elle, mais aussi pour lui.

— Je n'ai jamais envisagé de rejoindre la Rébellion. Comme tu le sais, je pense que l'Empire est corrompu, mais je pense que l'Ancienne République l'était également à la fin. Donc je me disais que, quel que soit le gouvernement qui dirige, ce serait toujours pareil. Mais ce que j'ai vu ces derniers mois dépasse largement la corruption. L'Empire détruit des planètes, utilise des espèces entières comme esclaves et se fiche complètement de ceux qui sont sous sa coupe. Coruscant croule sous la richesse, ils ne pouvaient pas envoyer de l'aide humanitaire ici ?

Lohgarra admit que les besoins sur Oulanne étaient immenses.

— Exactement. Pourtant, l'Empire n'a pas mis les pieds ici. Les Rebelles, si. Ces gens sont en guerre, ils sont sans cesse en cavale et ils ont quand même partagé leurs ressources.

Rien de tout cela n'avait de sens pour Thane. Les gens ne faisaient pas de bonnes actions, même quand ils étaient hors de danger…

Toutefois, Ciena lui avait appris qu'il y avait quelques idéalistes dans la galaxie.

Il poursuivit :

— Cie… Une fille que je connaissais pensait que l'Empire ne détruirait plus jamais une planète une fois la Rébellion vaincue, parce qu'elle était si profondément bonne qu'elle ne reconnaissait même pas le mal quand il était sous ses yeux. Pourquoi l'Empire avait-il pris la peine de construire une station spatiale capable de détruire des planètes, s'il ne comptait pas l'utiliser ? Et si l'Empire est prêt à ça, il est capable de *tout*.

Thane se redressa et prit une profonde inspiration.

— Je ne sais pas ce qui viendra après l'Empire. Je ne peux pas affirmer que ceux qui décrocheront le pouvoir après seront meilleurs, mais ils ne pourront pas être pires. C'est impossible. S'il y a ne fût-ce qu'une chance que je puisse aider à faire tomber l'Empire, je dois le faire.

Après un long silence, Lohgarra expliqua que son propre peuple avait été asservi par l'Empire. Quand elle était jeune, Kashyyyk était un endroit magnifique. Aujourd'hui, c'était devenu en enfer. Elle avait du mal à parler de la tragédie de sa planète natale, mais elle ne l'oubliait jamais.

Thane pensa à la brutalité dont il fallait faire preuve pour venir à bout d'une espèce aussi puissante que les Wookiees.

— C'est ta façon de me dire que tu vas rejoindre la Rébellion, toi aussi ?

Elle secoua la tête. L'*Aca* n'était déjà pas très performant pour transporter des marchandises, alors pour des combats… Et pour Brill et Methwat, ce n'était pas un simple vaisseau, c'était leur maison. La décision de rallier la Rébellion devrait se prendre à l'unanimité. Thane savait aussi bien que Lohgarra qu'ils n'en étaient pas encore là.

C'était vrai. N'empêche…

— On pourrait se poser quelque part, suggéra-t-il. Retaper le vaisseau. Discuter avec les autres. Personne ici ne porte l'Empire dans son cœur. Je parie qu'en un mois ou deux, on pourrait les convaincre.

Lohgarra admit que c'était probable. Après une pause, elle lui demanda s'il voulait attendre pour rejoindre la Rébellion ou s'il était prêt tout de suite.

— Je ne suis pas un lâche, s'emporta Thane.

La grosse patte de Lohgarra lui caressa la tête. Elle savait qu'il était courageux. Mais elle soupçonnait tout de même Thane d'avoir d'autres raisons d'hésiter.

Pendant tous ces mois, Thane s'était efforcé de garder son passé et ses sentiments pour lui. Il aurait dû savoir que son capitaine était trop perspicace pour ne pas deviner une partie de la vérité.

— C'est juste que j'étais au service de la Flotte Impériale. Un grand nombre de mes amis et de mes camarades de classe sont toujours au service l'Empire, y compris quelqu'un que je… qui compte énormément pour moi. Dans un sens, attaquer l'Empire, c'est s'en prendre à eux.

Lohgarra lui fit remarquer qu'il avait accepté les risques du combat quand il avait rejoint la Flotte Impériale, les autres également.

— Oui, je sais.

Il se renversa en arrière dans le vieux siège et prit une profonde inspiration.

— Mais rejoindre la Rébellion… Abandonner l'Empire est une chose ; prendre les armes contre lui en est une autre. Les amis avec qui j'ai servi ne me le pardonneraient jamais. Surtout la femme dont je te parlais, Ciena. Elle ne m'adresserait plus jamais la parole, si elle l'apprenait. Enfin, je ne crois pas qu'elle risque de me reparler un jour, de toute façon.

Avec un gémissement doux, Lohgarra lui expliqua que la Force rassemblait les gens quand le moment était venu.

Oh, super, la Force. Mon salut viendra de cette vieille superstition des familles des vallées. Thane ne répondit rien, car il savait que les croyances de Lohgarra comptaient beaucoup pour elle. Il lui demanda :

— Est-ce ta façon de me dire que je devrais accepter ? Parce que « la Force » fera en sorte que nous nous revoyions ?

Pour toute réponse, elle lui fit un gros câlin qui l'enveloppa de fourrure blanche. Pendant qu'il étreignait Lohgarra, elle lui fit promettre de bien manger.

Il ne put se retenir de rire.

— Promis.

Je vais rejoindre la Rébellion, se dit-il. Ça semblait toujours irréel. *Je vais partir en guerre contre l'Empire. Je vais faire partie de l'Alliance Rebelle.*

CHAPITRE 15

— Vos états de service ces deux dernières années ont été exemplaires, lieutenant-commandant Ree.

Ciena se tenait au garde-à-vous devant l'amiral Ozzel, les mains le long du corps. Comme il était interdit de soutenir le regard d'un supérieur au cours des évaluations, elle fixait le mur métallique derrière lui.

— Vous vous portez souvent volontaire pour effectuer des corvées supplémentaires pour aider de nouvelles recrues à apprendre les protocoles du Destroyer Stellaire. Mis à part l'incident malheureux sur Ivarujar, vous n'avez reçu ni punition ni réprimande – et j'ai remarqué que ce manquement ne s'est jamais reproduit. Vous n'avez même jamais été réprimandée pour votre uniforme.

Le bracelet en cuir qu'elle emportait partout pour Wynnet était toujours dans sa pochette en tissu, au fond de sa poche. Aucun règlement n'interdisait de transporter ce genre objet dans une poche.

— Vous avez été transférée du *Dévastateur* à l'*Exécutor* à la demande du Seigneur Vador. C'est un grand honneur.

Ciena ne répondit pas. En secret, elle pensait que la requête de Vador tenait plus de la menace que de la récompense. Elle l'avait vu à la dérive dans l'espace, presque sans défense. Il ne devait pas supporter que quiconque le croie vulnérable. Il avait certainement voulu rappeler à Ciena qu'elle restait éternellement plus vulnérable que *lui*.

Ozzel poursuivit :

— Et, bien que vous soyez trop expérimentée pour une mission à bord d'un chasseur TIE, vous avez passé des heures dans le simulateur pour vous assurer que votre instinct de pilote reste affûté.

Ciena décida qu'elle pouvait prendre la parole.

— On ne sait jamais ce qu'une crise va exiger de nous, amiral.

Elle adorait aussi piloter par plaisir et rêvait parfois toute la nuit qu'elle survolait les canyons de Jelucan aux côtés de Thane. Ce n'était pas contraire au règlement d'aimer son travail… ou de se souvenir de ce qu'elle avait perdu.

— Voilà qui est bien formulé.

L'amiral Ozzel esquissa l'ombre d'un sourire, ce qu'elle ne l'avait jamais vu faire.

— En bref, lieutenant-commandant Ree, votre travail à bord de l'*Exécutor* dépasse les attentes en tous points. Continuez comme ça et vous deviendrez bientôt commandant.

Commandant. Ciena n'était pas aussi obnubilée par l'avancement qu'elle ne l'avait été trois ans plus tôt, mais elle était satisfaite d'avoir si bien accompli son devoir. Même avec les promotions en cascade qui avaient suivi la destruction de l'Étoile Noire, devenir commandant moins de cinq ans après être sortie de l'Académie était un exploit.

— Oui, amiral. Merci, amiral.

Après avoir quitté son bureau, en remontant les couloirs sombres et métalliques de l'*Exécutor*, elle réfléchit à son probable avancement. Elle aurait dû avoir envie de fêter ça, d'envoyer un message tout de suite à Nash et Berisse pour leur proposer de la retrouver plus tard pour une ou deux bières. Au lieu de cela, les félicitations de son supérieur lui rappelaient juste qu'elle avait trahi l'Empire quand elle avait menti pour protéger un ami.

Et le pire de tout, c'était que si le choix se présentait à nouveau, Ciena choisirait toujours le camp de Thane.

En passant devant une des passerelles d'observation, elle regarda les étoiles en se demandant où il était. Il avait certainement quitté Jelucan comme elle le lui avait conseillé. Leur planète était dangereuse pour lui ; ces serpents qu'il appelait sa famille l'auraient livré pour une pièce de deux crédits. Ciena restait malgré tout hantée par la vision de Thane coincé dans la situation précaire où elle l'avait vu la dernière fois : sans le sou, dans une petite chambre au-dessus d'un bar louche de Valentia, les yeux bleus ternis par le désespoir.

Arrête, s'ordonna-t-elle. *Thane est malin, c'est un pilote talentueux. Il a dû trouver du travail et un lieu de vie agréable. Il est sûrement heureux.*

Tu n'es pas mesquine au point d'en vouloir à Thane d'être heureux sans toi, si ?

Ciena se redressa et lissa sa veste d'uniforme. Son reflet, qui se découpait entre les étoiles dans la baie d'observation, était à nouveau celui de l'officier impérial irréprochable. L'excellence de ses états de service avait depuis longtemps cessé d'être une question de serment à respecter. Elle la considérait comme le prix à payer pour avoir accordé sa liberté à Thane. Elle avait remboursé sa dette.

Je sais : je vais annoncer la nouvelle à papa et à maman. La plupart des soldats impériaux limitaient les messages qui manifestaient leur engagement, mais Ciena se disait que c'était plus facile pour les gens des planètes du Noyau, qui pouvaient s'attendre à revoir leurs proches environ tous les cinq ans. Elle communiquait encore avec sa famille au moins une fois tous les dix jours et leur racontait tout : des tournois de gravball aux blagues de Berisse – du moins celles qui pouvaient être répétées.

Le seul sujet qu'ils n'évoquaient jamais était Thane Kyrell. Ciena ne voulait pas mentir à ses parents. De toute façon, si elle ne leur disait pas la vérité, ils l'auraient remarqué tout de suite. Et moins il y avait de gens au courant pour Thane, mieux elle se porterait.

Ses parents semblaient toujours heureux de recevoir ses appels, surtout sa mère. Ces derniers temps, pourtant, Ciena avait remarqué qu'ils ne parlaient que de sa vie, pas de la leur. Ils n'étaient plus au courant des ragots des vallées ou ils ne voulaient plus les partager avec elle. Sa mère parlait parfois de son travail de supervision à la mine, mais, au fil des ans, son ton n'était plus fier, il semblait las. Même si c'était sans doute naturel, Ciena l'avait remarqué, tout comme le fait que son père ne parlait plus de sa vie ou des vallées…

— Te voilà, déclara une voix masculine aussi agréable que cultivée.

Ciena se retourna et vit le lieutenant Nash Windrider avancer vers elle avec un léger sourire. Pendant les trois années qui s'étaient écoulées depuis la destruction d'Alderaan, il avait récupéré une partie de son entrain et de sa bonne humeur. Bien sûr, il ne serait plus jamais le même, mais les affreux cernes sous ses yeux qui inquiétaient tant Ciena au début avaient disparu. Nash et son amie Berisse avaient tous les deux été transférés du *Dévastateur* à *l'Exécutor* quand Dark Vador avait choisi son nouveau vaisseau-amiral. Ils étaient postés dans le même secteur, elle les voyait donc souvent.

— Je te cherchais, Ciena.

— Pourquoi ? À propos de l'anniversaire de Berisse ?

Ciena croisa les bras et le fusilla du regard :

— Tu as gâché la surprise, c'est ça ?

— Tu ne reconnais jamais mon mérite, ni mon talent pour organiser des fêtes surprises, alors que j'ai une longue expérience en la matière, ni ma capacité à juger ce qui est assez important pour te ramener sur le pont alors que tu es en période de repos.

Les poils de sa nuque se hérissèrent. Elle pressentait à la fois un danger et une nouvelle fascinante.

— Que se passe-t-il ?

— Un des droïdes sondes a repéré un signal très intéressant sur la planète glacée Hoth, lui annonça Nash, ravi. Nous avons peut-être enfin localisé la base rebelle.

Ciena retint un cri de surprise.

— Et on y va ?

Le sourire de Nash s'élargit.

— Nous serons flanqués de cinq Destroyers Stellaires de classe *Impérial*.

L'image du visage rayonnant de Jude apparut dans l'esprit de Ciena. Ils allaient enfin avoir l'occasion de se venger de ceux qui avaient détruit l'Étoile Noire et assassiné sa meilleure amie… et d'écraser la Rébellion une fois pour toutes.

*

Thane poussa un grognement quand ils rouvrirent les portes du hangar et qu'un souffle glacé les frappa au visage.

— Je vais me geler les choobies.

Le type qui lui faisait visiter la base – un certain Dak Ralter – éclata de rire en retirant la selle d'un tautaun.

— Il y a des moyens plus simples de changer de sexe, tu sais.

— Je n'ai pas dit que je *voulais* qu'elles gèlent, je voulais juste dire qu'il fait atrocement *froid*.

Après avoir passé son enfance dans les hautes montagnes de Jelucan, Thane pensait être prêt à affronter le froid, mais sur Hoth, c'était une tout autre échelle.

— N'en parle pas, n'y pense pas, lui conseilla Dak. Garde juste ton pantalon et concentre-toi sur l'objectif.

— Je sais, je sais. Nous avons établi notre base sur ce caillou gelé parce que l'Empire ne pensera jamais à nous chercher ici. Quel individu sain d'esprit s'infligerait ça ?

Thane indiqua d'un geste les murs en glace de leur base, le froid piquant qui leur perçait les os et l'odeur atroce des tautauns qu'ils étaient en train de libérer.

— Personne ne pourra jamais nous soupçonner d'avoir rejoint la Rébellion pour s'amuser.

— Personne ne dirait ça ! s'indigna Dak Ralter, comme si quelqu'un les avait vraiment accusés de faire la guerre pour le plaisir. En tout cas, y a pas intérêt. Ceux qui ne pensent pas qu'on doit se battre contre l'Empire...

— Du calme, je plaisantais.

Dak décocha un regard désapprobateur à Thane, comme pour lui signifier que cette guerre était trop sérieuse pour qu'on fasse de l'humour. Certaines nouvelles recrues étaient ainsi, au début : tellement idéalistes que passer du temps en leur compagnie était comme mordre à pleines dents dans du sucre pur.

C'est du moins ce que disaient les anciens. Thane avait exactement trois semaines d'expérience de plus que Dak, mais il avait l'impression d'avoir vingt ans de plus, et pas deux. Thane n'avait jamais fait partie des idéalistes. S'il avait accepté l'invitation de Wedge Antilles, ce n'était pas parce qu'il était convaincu que la Rébellion représentait le bien, mais parce qu'il considérait l'Empire comme le mal incarné. Malgré cela, l'adaptation n'était pas allée de soi. Même si l'*Aca* était un petit vaisseau, chaque membre d'équipage disposait de sa propre cabine. Et quand il était au service de l'Empire, il n'avait jamais partagé sa chambre avec plus de sept autres cadets. Au sein de la Rébellion, Thane dormait dans un énorme bunker avec plusieurs centaines d'autres personnes, dont la majorité ronflait. Les rations étaient maigres, leurs chances de gagner la guerre faibles et les risques bien plus considérables qu'il ne l'avait imaginé. Jusqu'à présent, il n'avait pris part à aucune bataille héroïque comme il l'avait espéré. Il avait effectué quelques expéditions pour transporter des fournitures, en évitant les contrôles de frontières impériaux. Il avait aidé à installer la base sur Hoth et, maintenant, il la démontait : ils libéraient les tautauns pour qu'ils soient déjà loin lorsque l'Empire arriverait, car, apparemment, un droïde sonde les avait repérés.

Ils étaient à peine installés. Il avait presque envie de demander au commandement rebelle comment ils étaient censés gagner la guerre si l'Empire arrivait à localiser leur base en moins d'un mois.

Pour embrasser la base du regard, il regarda pardessus le dos du tautaun qui grognait près de lui. Des mécaniciens s'affairaient sur des chasseurs, leurs chalumeaux jetant une lueur bleutée sur le hangar des réparations. La Princesse Leia était en grande conversation avec le général Rieekan. Son implication était visible, même à cette distance. Il avait croisé la Princesse dans les couloirs deux fois, mais elle ne l'avait pas reconnu.

Des droïdes bourdonnaient dans la cohue, tandis que le personnel qui n'était pas affecté au combat courait vers les premiers transports. L'embarquement avait commencé. Thane savait seulement que le tour de son groupe – l'Escadron Corona – n'était pas encore arrivé. Pour le moment, il devait continuer à libérer leurs montures malodorantes.

Dak interrompit sa rêverie.

— Je n'arrive toujours pas à croire que j'aie été choisi pour être l'artilleur de *Luke Skywalker*. Le type qui a détruit à lui seul l'Étoile Noire !

— Il faut bien que quelqu'un soit son canonnier. Autant que ce soit toi.

Thane était surtout content que ce ne soit pas lui. Oui, Skywalker avait fait preuve d'un courage incroyable et avait réussi un tir pratiquement impossible. Même s'il méritait le respect, c'était le genre d'acte héroïque que Thane préférait admirer de loin.

— On dit qu'il espère devenir Chevalier Jedi, comme au bon vieux temps, continua Dak, l'air aussi rêveur qu'un gamin amoureux de sa maîtresse d'école. Tu sais qu'il possède un vrai sabre laser ? C'est le grand général Kenobi, le dernier Jedi, qui lui a appris à manipuler la Force !

Thane dut se retenir de gémir. *Pitié, pas encore ces superstitions absurdes au sujet de la « Force »*. Pour lui, les troupes rebelles avaient besoin d'être motivées par la dure réalité de l'Empire, pas par des croyances religieuses complètement datées.

Puis la voix de Ciena lui revint si clairement qu'il eut l'impression qu'elle murmurait à son oreille. *Croire en quelque chose de plus grand que nous n'est pas fou. C'est la preuve que nous sommes sains d'esprit. Regarde comme la galaxie est vaste. Tu ne crois pas qu'il faut admettre que nous ne pouvons être la plus grande puissance qui existe ?*

Elle lui avait dit ça lors de leurs derniers jours sur Jelucan, avant qu'ils ne partent pour l'Académie. Il lui avait ri au nez parce qu'elle laissait entendre que la Force s'était peut-être arrangée pour qu'ils soient admis dans la même école sur Coruscant, pour qu'ils restent ensemble. Maintenant, même Ciena serait obligée d'admettre qu'ils n'avaient plus la chance de partager le même destin.

Alors pourquoi le souvenir de Ciena lui semblait-il toujours plus réel que la personne qui se tenait à un mètre de lui ?

— Finissons-en, d'accord ? Il ne faut pas qu'on laisse ces bêtes mourir de faim attachées ici au moment où l'on quittera la base.

Thane caressa le museau d'un tautaun avant de lui retirer son collier. La bête s'éloigna en bondissant, impatiente de rejoindre les autres et de trouver un abri pour se mettre au chaud.

— D'après Rieekan, tout doit être évacué dans la journée. Je ne veux pas rester coincé sur Hoth parce qu'on n'a pas fini notre mission à temps.

— Désolé, s'excusa Dak avec tant de sincérité que Thane ressentit une pointe de culpabilité.

Il radoucit le ton.

— À propos, tu as dû impressionner quelqu'un pour qu'on te fasse voler avec Skywalker. On ne le laisserait pas s'associer à n'importe qui.

— Tu crois ?

— J'en suis certain.

Thane jeta un œil à Dak et vit que le gamin souriait. Ils libérèrent les deux derniers animaux du box. Tandis que leurs montures couraient dans la neige, ne laissant derrière eux que leur puanteur, toutes les sirènes de la base se déclenchèrent simultanément.

Les hurlements ricochaient sur les parois de la grotte. Thane se redressa d'un coup et lâcha les harnais qu'il serrait encore.

— Qu'est-ce que ça signifie ? cria Dak.

Même s'il était fraîchement débarqué, il connaissait la réponse, mais il n'avait pas envie d'y croire. Thane cria par-dessus le vacarme :

— L'Empire débarque plus vite que prévu. Ils nous ont trouvés !

*

Après un rapide briefing de la Princesse Leia, Thane mit moins de quatre minutes pour enfiler sa combinaison et courir vers son speeder des neiges. Quatre minutes, c'était presque trop.

— Ramène tes fesses de Jelucani par ici, lui cria Yendor, son copilote twi'lek, membre comme lui de l'Escadron Corona.

Il portait déjà son casque fabriqué sur mesure, qui permettait à ses lekkus bleus de cascader dans son dos.

— Plusieurs véhicules tout-terrain impériaux se dirigent droit sur nous.

Thane sauta sur son siège. La verrière s'abaissa et se verrouilla alors qu'il enfilait son casque.

— J'ai été formé à ces engins à l'Académie. Je les connais comme ma poche.

— Que peux-tu m'en dire ? lui demanda Yendor en activant les interrupteurs pour préparer le décollage.

— Ce sont les véhicules les plus lourdement blindés de l'Armée Impériale.

— Tu veux dire que tu sais mieux que personne qu'on ne s'en sortira pas ?

— C'est à peu près ça. Mais il faut rester optimistes : si même l'Étoile Noire était vulnérable, il n'y a pas de matériel de l'Empire qu'on ne peut pas abattre.

Yendor libéra les sabots d'amarrage.

— Allons vérifier si ta théorie se confirme !

Thane posa les mains sur les commandes et sentit les moteurs vrombir.

— En route.

Le speeder des neiges quitta la base pour s'élancer dans la mêlée. Des tirs de laser zébraient le ciel argenté et les vaisseaux rebelles se dispersaient pour faire face à l'armée… car c'était de cela qu'il s'agissait. Ce n'était pas une simple force de frappe. Ils allaient devoir affronter toutes les troupes au sol. *Combien de stormtroopers y a-t-il ?* s'interrogea Thane. *Et ils vont probablement envoyer des flame troopers dans la base pour tout brûler à l'intérieur, et tout le monde, surtout.* Pire, il apercevait déjà cinq TB-TT à l'horizon. Chacun devait transporter des dizaines de soldats et une quantité d'armes impressionnante, sans parler des redoutables canons montés à l'avant.

La progression des marcheurs de l'Empire n'avait aucune importance tant que les rebelles parvenaient à amener les transports à l'abri, se rappela Thane. Détruire un de ces monstres serait la cerise sur le gâteau.

— Est-ce que tes cours à l'Académie t'ont appris comment venir à bout du blindage ? Parce que nos blasters ne valent rien contre ces trucs.

Thane fit plonger le speeder à toute vitesse, projetant des traînées de neige dans leur sillage.

— Le blindage ne peut pas être intégral et uniforme. Si on y réfléchit, les jambes doivent être vulnérables, exactement comme celles de n'importe quelle créature.

— Pigé. Je vise les jointures.

Le speeder des neiges vibra sous la puissance des tirs, qui criblèrent un des quadripodes et plus spécifiquement ses « chevilles ». Si les blasters ne pouvaient pas détruire ces alliages, il était sans doute possible d'affaiblir les boulons et de faire chauffer des circuits.

Nous pouvons les déstabiliser. Les ralentir. N'importe quoi pour aider les transports à se mettre hors de danger.

Chacun de ces transports contenait près de cent combattants rebelles, le cœur de leur flotte. Si l'Empire triomphait aujourd'hui, cela pourrait véritablement signifier la fin de la Rébellion.

Heureusement, Yendor tirait de façon sûre et régulière. Il ne cessait de mitrailler les jointures les plus basses du TB-TT aux mêmes endroits, afin de faire le maximum de dégâts. Thane zooma avec ses senseurs et réalisa qu'ils avaient même une chance de détacher un pied, ce qui arrêterait net le monstre.

— Continue ! cria Thane à Vendor. Je nous rapproche.

— Je suis capable de viser à cette distance, tu sais, plaisanta Thane en accélérant la cadence de ses tirs.

La section inférieure du quadripode grossissait sur l'écran. Thane releva la tête pour examiner l'engin en vrai. Il regretta son initiative : ces mastodontes avaient déjà l'air énormes de l'intérieur, mais vus d'en bas, ils semblaient plus larges que le ciel.

Alors il tenta de se rassurer. *Ils ne sont pas aussi impressionnants que les montagnes de Jelucan. Tu es passé entre leurs flancs, tu peux te faufiler entre les pattes de ce machin.*

Il accéléra jusqu'à ce que le paysage enneigé devienne flou et effectua un demi-tour à la vitesse de l'éclair. Yendor continuait à tirer avec une précision extraordinaire. Chaque coup déclenchait une fumée noire ou une pluie d'étincelles.

Ils n'étaient plus qu'à deux cents mètres… cent…

Thane prit une décision en un instant. Il aurait pu bifurquer à la dernière seconde, mais il n'en fit rien. Yendor glapit de surprise, sans cesser de tirer, tandis que Thane dirigeait leur speeder droit sur le TB-TT. Juste avant l'impact, il manœuvra pour que le vaisseau se dresse à la verticale et passe de justesse entre les jambes du TB-TT. Il se retrouva derrière le marcheur blindé, en un seul morceau.

On ne pouvait pas en dire autant du quadripode, qui tanguait à présent sur ses pattes endommagées et en feu. Une de ses jambes se dressa, sans le pied, puis s'immobilisa. Ce TB-TT n'irait pas plus loin.

— Alors, ce n'était *pas* une opération-suicide ? commenta Yendor.

Thane éclata de rire en manœuvrant le speeder pour un nouvel assaut.

— Je faisais tous les jours des glissades comme ça entre les stalactites dans la montagne, sur ma planète. Avec moi, tu es en sécurité comme un bébé dans son couffin.

— Rappelle-moi de ne jamais t'engager comme baby-sitter.

Pendant que Thane revenait à toute allure vers la bataille, il remarqua que quelqu'un d'autre avait réussi à faire chuter un quadripode, qui gisait étendu dans la neige. La tête explosa sous ses yeux en un nuage noir qui se détacha sur le blanc de la neige. Pendant un moment, il s'imagina à l'intérieur de l'engin. Une chaleur atroce avait dû précéder l'explosion ; les soldats avaient dû cuire dans leurs armures…

C'est juste, se dit-il sans pitié. *Nous sommes là pour les éliminer, comme ils sont là pour nous tuer. Mieux vaut que ce soit eux que toi.*

— Je viens d'avoir des nouvelles du commandant Skywalker, lui annonça Yendor. Il a entravé les jambes du quadripode avec un grappin.

— C'est plus rapide. Et ça économise notre énergie pour plus tard.

— Ça nous évite surtout de reproduire ton saut périlleux de la mort…

Thane fonça vers le quadripode suivant.

— Je ne te permets pas de critiquer la manœuvre qui vient de sauver nos peaux. Prépare plutôt le grappin.

Tandis qu'ils filaient à toute allure vers le cœur de la bataille, Thane vit un premier transport rejoindre les hauteurs de l'atmosphère et préparer son saut en hyperespace. Allaient-ils vraiment se sortir de ce bourbier ?

Certains s'en tireraient. Mais des speeders des neiges accidentés gisaient déjà sur le sol, le vent balayant leurs cendres. Quel que soit le nombre de transports qui réussiraient à fuir, la Rébellion laisserait derrière elle bon nombre de vaisseaux et d'équipement. Tous les efforts exigés pour édifier cette base étaient réduits à néant. Ils allaient à nouveau devoir errer dans la galaxie, à la recherche d'une planète encore plus obscure et invivable que Hoth… s'ils en trouvaient une. Peut-être que les grands pontes de la Rébellion avaient un plan à long terme qui rendrait la bataille d'aujourd'hui insignifiante, mais dans l'immédiat, l'Empire leur faisait payer cher leur révolte.

Thane serra les dents. La stratégie globale de la Rébellion ne dépendait pas de lui. Il avait une tâche à accomplir : couvrir la fuite des transports.

Il ne s'autorisa plus à penser à quoi que ce soit d'autre que les cibles qu'il survolait et se concentra pour s'approcher le plus possible, afin que chaque tir de Yendor soit efficace. Les troupes au sol n'étaient parfois guère plus que des ombres, les armures blanches des stormtroopers les rendaient presque invisibles sur la surface glacée. Une fois que le dernier quadripode s'écroula, les rebelles poussèrent des cris de joie. Thane leva les yeux vers le ciel gris. *Qu'est-ce qu'ils vont nous envoyer ensuite ?*

Rien ne vint. Aucun vaisseau impérial ne fit son apparition. Cela signifiait qu'ils restaient postés au-dessus de l'atmosphère pour abattre leurs chasseurs un par un.

Au moment où le dernier transport rebelle fila dans le ciel, Thane et Yendor s'empressèrent de ramener leur speeder des neiges à la base. Il ne leur restait plus que quelques minutes pour faire décoller leurs chasseurs individuels.

Thane n'avait plus qu'à quitter l'atmosphère de la planète puis à passer en vitesse-lumière… mais il devrait d'abord semer les chasseurs TIE qui venaient d'apparaître dans son viseur.

Flûte ! S'il avait décollé cinq minutes plus tôt, les TIE l'auraient manqué. Maintenant, il allait devoir se battre pour sa liberté.

Heureusement, les TIE n'étaient pas aussi robustes que les engins blindés. Ils n'offraient pratiquement aucune protection au niveau de la cabine de pilotage, raison pour laquelle être pilote de TIE était un poste tellement reconnu au sein de la Flotte Impériale. Il fallait du cran pour prendre les commandes d'un de ces appareils.

Le savoir n'aidait pas Thane à les abattre, mais il y parvint quand même. Ses tirs de blaster criblèrent un des appareils, déclenchant une pluie d'étincelles vertes. Le TIE décrocha en spirale, les ailes coupées.

Thane avait déjà vécu cette situation dans un simulateur. Il savait ce que le pilote dans le cockpit ressentait.

C'était la guerre. Ils avaient tous choisi leur camp. Thane monta en piqué sans prendre la peine de consulter ses senseurs tandis que le TIE s'écrasait au sol.

Dès que l'espace autour de son Aile-X fut redevenu noir et que les senseurs lui indiquèrent que la voie était libre, il encoda les coordonnées du point de rendez-vous et se prépara pour le saut en hyperespace. Ce n'est qu'au dernier moment qu'il vit la Flotte Impériale amassée à tribord, si impressionnante que même l'immensité de l'espace ne la faisait pas paraître plus petite. Il n'avait pas le temps de l'étudier en détail, il aperçut à peine un éclair métallique avant que les points formés par les étoiles ne se transforment en tunnel, que ses moteurs ne gémissent et que son vaisseau effectue le saut en vitesse-lumière.

Thane avait du mal à respirer. En jetant un œil à la Flotte Impériale pendant une fraction de seconde à peine, il avait eu le temps d'identifier un Super Destroyer Stellaire.

Quand je suis parti, Ciena était en poste sur le Dévastateur. *Ils ne l'auraient jamais affectée sur un vaisseau plus petit qu'un Destroyer Stellaire après ça. Elle ne doit plus être très souvent affectée à des patrouilles TIE, mais c'est possible – et elle est du genre à se porter volontaire pour le plaisir de piloter.*

Il était ridicule. Étant donné le nombre de Destroyers Stellaires que l'Empire comptait dans sa flotte, quelles étaient les chances qu'un en particulier soit envoyé dans cette bataille, ce jour-là ?

Même si les probabilités étaient faibles, la possibilité était réelle. Le ventre noué par la peur, Thane se rendit compte que le pilote TIE qu'il venait de tuer aurait très bien pu être Ciena. Ce n'était pas moins probable que n'importe quel autre pilote de la flotte. Et si c'était le cas, il n'avait même pas pris la peine de la regarder mourir.

Et le comble, c'est qu'il ne saurait jamais si ses craintes étaient fondées ou non.

CHAPITRE 16

Le ronflement métallique du respirateur du Seigneur Vador résonnait sur le pont de l'*Exécutor*. Ciena savait qu'elle ne devait ni relever la tête, ni manifester qu'elle avait remarqué sa présence. Il se tenait sur le niveau supérieur, quelques mètres au-dessus d'elle. Même si elle ne croyait pas les rumeurs qui couraient sur son caractère haineux, elle avait appris qu'il valait mieux ne jamais attirer son attention, pour quelque raison que ce soit. Quand il était mécontent, ses accès de colère étaient légendaires.

Et en ce moment, il devait être particulièrement mécontent.

Comment autant de transports rebelles avaient-ils pu leur échapper ? Même si la Flotte Impériale avait surgi de l'hyperespace trop près de la planète, cette maladresse n'aurait pas dû compromettre leur attaque. Ils avaient envoyé une force de frappe qui aurait dû terrasser l'ennemi. Non seulement ils avaient perdu la bataille, mais le bilan était lourd : trois TB-TT détruits, un quatrième gravement endommagé, plusieurs chasseurs TIE abattus et quelques centaines de snowtroopers tombés au champ d'honneur. Les nombreux Rebelles abattus n'étaient qu'une maigre consolation.

Ciena se promit de regarder les enregistrements de la Bataille de Hoth afin d'étudier en détail les tactiques des Rebelles. L'Empire possédait l'avantage du nombre et de la puissance de feu. Ils auraient dû porter le coup final, fatal, à la Rébellion. Au lieu de cela, la victoire était inachevée. Si les Rebelles parvenaient à s'en sortir face à une force impériale menée par six Destroyers Stellaires, c'est qu'ils adoptaient une meilleure stratégie ou, à tout le moins, plus surprenante. Analyser leur conduite avec minutie pouvait apporter aux impériaux la précieuse information dont ils manquaient pour enfin mettre un terme à cette horrible guerre.

Pour le moment, en tout cas, Ciena et tous les autres membres de l'équipage à bord de l'*Exécutor* avaient une priorité plus urgente : capturer le *Faucon Millenium.*

Si quelqu'un sur le pont connaissait la raison pour laquelle il était si capital de mettre la main sur cette antiquité délabrée, personne n'en disait mot. Le Seigneur Vador exigeait que le vaisseau soit hissé à bord et ses passagers capturés vivants. Au lieu de simplement faire exploser le *Faucon Millenium* – ce qu'ils auraient pu faire en un clin d'œil –, ils devaient tenter de le cueillir dans le ciel.

Malheureusement, celui qui était assis aux commandes du *Faucon* était un sacré pilote. Il s'était élancé dans un champ d'astéroïdes, préférant de toute évidence le suicide à la capture. Aucun vaisseau de petite taille ne pouvait espérer ressortir intact d'un champ d'astéroïdes. L'appareil des rebelles disposait de boucliers ; les chasseurs TIE ne bénéficiaient même pas de cette protection.

Pourtant, quatre TIE avaient été lancés aux trousses du *Faucon*. Assise à son poste, Ciena essayait encore de deviner l'objectif de cette mission-suicide, quand le capitaine Piett lui ordonna :

— Ree, assistance à la navigation auxiliaire.

Le cœur serré, elle répondit :

— Bien, capitaine.

Elle se rendit au puits de données du poste de navigation auxiliaire et examina les quatre écrans qui affichaient la désignation et la position de chaque chasseur TIE. Elle ne pourrait apporter qu'une aide minimale aux pilotes, mais si elle pouvait leur être utile, elle le ferait. Ses doigts pianotèrent pour calculer les triangulations entre les TIE et le *Faucon Millenium*, puis elle enfila le casque qui lui permettrait de s'adresser directement aux pilotes.

— O-L-7-0-1, ajustez votre direction de trente-sept degrés à tribord et vers le bas. N-A-8-1-1, suivez en prenant de la hauteur…

NA811 était Penrie, un type avec qui elle discutait de temps en temps, diplômé de l'Académie sur Lothal. Son rire était particulièrement communicatif et comme il semblait trouver toutes les blagues hilarantes, on ne s'ennuyait jamais en sa compagnie. Même si Penrie était un peu plus âgé qu'elle, il eut l'air plus jeune lorsqu'il répondit :

— Affirmatif.

— C-R-9-7-8, remontez, remontez !

L'ordre de Ciena arriva trop tard : un des chasseurs TIE disparut de son écran.

Cela faisait une perte humaine sous son autorité. *Pitié, que ce soit le seul.*

— O-L-7-0-1, nouvelle trajectoire envoyée à votre navordinateur immédiatement…

— Bien reçu.

— J-A-1-8-9, votre ordinateur ne se connecte pas….

— Je n'arrive pas….

Des crachotements dans son oreille accompagnèrent l'image d'un autre TIE partant en vrille à travers le quadrillage de son écran.

— … endommagé un moteur ! Je peux pas manœuvrer… me faut un rayon…

Des crépitements plus forts furent suivis d'un silence tandis que l'image du chasseur TIE de JA189 disparaissait pour de bon.

La combinaison grise de Ciena lui collait à la peau à cause de la sueur. Elle gardait les yeux rivés sur la zone de chasse et la voix aussi calme que possible.

— O-L-7-0-1, vous vous approchez trop d'un des plus gros astéroïdes…

— La cible semble chercher à se mettre à l'abri. Nous sommes dessus.

C'était OL701. Dans la liaison établie avec NA811, Ciena n'entendait plus qu'une respiration haletante. Penrie venait de voir deux autres pilotes exploser sous ses yeux.

Elle s'adressa au capitaine Piett.

— Capitaine, si le *Faucon Millenium* se pose sur un gros astéroïde, nous pourrions pointer nos canons laser dessus et le faire exploser. Nous pourrions nous emparer du *Faucon Millenium* par la même occasion. Puis-je ordonner aux chasseurs TIE de rentrer ?

Piett resta immobile, il attendait visiblement que le Seigneur Vador annule l'ordre. Vador ne dit rien. Il ne se retourna même pas. Piett finit par répondre :

— Très bien, Ree.

Elle sentit l'espoir monter en elle. Elle pouvait au moins sauver deux pilotes.

— N-A-8-1-1, O-L-7-0-1, abandonnez la poursuite. Choisissez le trajet de retour le plus sûr et…

— Il se faufile dans un canyon, annonça OL701. Nous le tenons presque…

Ciena attendait des nouvelles de Penrie. Au lieu de réagir à l'ordre donné par Ciena, il hurla. Un cri désespéré qui s'interrompit aussitôt. Au même instant, les deux TIE disparurent de son écran, désormais uniformément noir.

Quatre pilotes morts sous sa responsabilité. Est-ce que Piett allait la réprimander ? Pire, Vador ?

Et si ces rumeurs sur la façon dont Vador traitait ceux qui lui avaient déplu étaient fondées ?

Mais personne ne prêta attention à Ciena. Piett et Vador agirent comme si elle n'avait déçu personne, comme si quatre officiers loyaux ne venaient pas de mourir en vain. Il ne lui restait qu'à regagner son poste habituel et à poursuivre sa surveillance.

Elle murmura au commandant qui était assis à ses côtés dans le puits de données :

— Pourquoi ne tirons-nous pas au moins sur l'astéroïde ?

— Nous ne l'avons pas clairement dans le viseur. La cible a très bien pu changer de trajectoire. Nous ne l'avons plus ni en visuel ni sur nos senseurs.

Elle fut prise d'une nausée subite. Ces quatre pilotes étaient vraiment morts pour rien. Plus personne n'entendrait le rire de Penrie. À l'Académie, lors des cours de préparation au commandement, les professeurs leur avaient conseillé de ne pas penser à leurs troupes comme à des individus. Ce genre de pensée induisait l'hésitation et menait à la défaite. En oubliant que *c'étaient* des individus, en les considérant comme les pièces d'un jeu plus vaste et plus compliqué, ils les protégeaient. C'était le seul élément de sa formation de commandant qui avait laissé Ciena songeuse. Elle réalisait à présent qu'elle ne serait jamais capable d'appliquer cette méthode, pas comme Piett et Vador l'avaient fait.

Pourtant, Vador ne pouvait être totalement dénué d'émotions, car, aussi incroyable que cela puisse paraître, il ordonna que l'*Exécutor* se lance à son tour dans le champ d'astéroïdes.

Les impacts faisaient trembler le vaisseau tout entier. Ciena grimaça, comme si les dégâts étaient des blessures corporelles. Ce que le Destroyer Stellaire recelait en puissance, il le perdait en maniabilité ; ils allaient être touchés un nombre incalculable de fois. Ce qui était considéré comme un dégât mineur pour un Super Destroyer Stellaire pouvait néanmoins signifier la démolition de deux ponts entiers de plusieurs milliers de mètres carrés… et toutes les personnes affectées dessus. D'autres officiers et d'autres stormtroopers allaient perdre la vie pour rien, tout ça parce que le Seigneur Vador refusait de laisser filer un vieux vaisseau déglingué…

Non, corrigea Ciena avec sévérité. *Toutes les morts de la journée, tous ces risques et ces dégâts inutiles, tout cela a été causé par l'Alliance Rebelle qui a déclenché la guerre.*

*

Quand son service s'acheva, Ciena se leva et ne put retenir une grimace. Elle avait été tellement tendue pendant que les chasseurs TIE traversaient le champ d'astéroïdes que ses muscles étaient aussi douloureux que si elle avait couru trente kilomètres. Les portes coulissèrent pour la laisser passer… ou plutôt pour laisser entrer Piett. Immédiatement, elle se mit au garde-à-vous en attendant la réprimande qu'elle méritait.

Piett lui lança simplement :

— Beau travail, lieutenant-commandant.

— Mais…

La confondait-il avec quelqu'un d'autre ?

— J'ai perdu quatre pilotes aujourd'hui, capitaine.

— Ils n'avaient absolument aucune chance. Vous les avez gardés en vie plus longtemps que s'ils s'étaient débrouillés seuls.

Il affirmait qu'elle avait fait du bon travail. Même si, dans un certain sens, elle comprenait pourquoi, cela n'atténuait pas son désespoir. Il ne lui restait rien à ajouter, à part peut-être :

— Merci, capitaine.

— Oh oui, c'est vrai, vous n'étiez pas encore sur le pont quand…

Au lieu de terminer sa phrase, Piett se redressa et ajouta :

— J'ai été promu amiral, avec effet immédiat. Je reprends le commandement de l'amiral Ozzel.

Qu'est-il arrivé à l'amiral Ozzel ? La question mourut sur ses lèvres. Au sein de la Flotte Impériale, il valait parfois mieux se persuader qu'on ne connaissait pas la réponse.

— Bien, amiral. Félicitations.

L'expression de Piett était lugubre.

— Vous pouvez disposer, Ree.

Il retourna sur le pont et les portes noires se refermèrent derrière lui.

Ciena était trop épuisée pour bouger et encore plus pour effectuer des heures supplémentaires. Pourtant, au lieu d'aller au lit, elle fila dans la première cabine d'analyse disponible pour regarder les images de la Bataille de Hoth qui lui seraient accessibles. Elle voulait passer en revue chaque seconde, pour comprendre comment une bande de rebelles mal équipés pouvaient s'être montrés plus malins que la plus grande force militaire que la galaxie ait jamais connue.

Était-ce de l'arrogance de croire qu'elle pouvait découvrir une réponse qui avait échappé aux plus fins tacticiens de l'amirauté ? Non, c'était du désespoir. Elle voulait que cette guerre se termine – elle avait *besoin* qu'elle se termine – pour que les méthodes meurtrières et sans pitié prennent fin. Même si elle était forte et déterminée à aller jusqu'au bout, Ciena savait qu'elle ne supporterait plus pendant des années d'envoyer des gens vers une mort futile et dénuée de sens.

Ce n'est pas comme si Penrie et moi étions amis, mais il était plus qu'un numéro. Je me souviens de son rire, de sa tache de naissance. Je ne peux pas oublier qu'il était humain, qu'il avait une mère et un père qui auraient voulu le voir rentrer à la maison. Quand ils apprendront la vérité, cela les détruira, aussi sûrement que cela détruirait mes parents si je mourais pendant mon service. C'est une tragédie minuscule, mais si on multiplie cette angoisse et ce deuil par les milliards de morts engendrées par cette guerre, c'est insupportable.

Quand Ciena parlait ainsi dans sa tête, elle imaginait toujours le même interlocuteur. Si seulement elle pouvait discuter avec Thane en vrai ! Lui saurait la conseiller, la consoler. Et même s'il ne pouvait rien faire d'autre, il la prendrait dans ses bras et la serrerait jusqu'à ce que sa peine s'estompe. Elle s'endormait souvent en rejouant la seule nuit que Thane et elle avaient passée ensemble, pas le sexe (enfin, pas *que* le sexe), mais la magie qui avait suivi, la façon dont il avait embrassé tendrement ses cheveux et s'était collé contre elle. Jamais elle ne s'était sentie aussi bien et autant en sécurité.

Ciena se mordit la lèvre inférieure. Sa tristesse la ramena à la réalité. Tous les deux ou trois mois, elle prenait la résolution de ne plus jamais penser à Thane. Il avait choisi sa voie. Elle espérait qu'il était en bonne santé et qu'il était heureux, où qu'il soit. Elle ne saurait jamais comment il allait et elle devait l'accepter.

Alors, concentre-toi sur ce que tu fais, s'ordonna-t-elle. Elle se mit à visionner les images en prenant des notes sur son datapad. *Des speeders des neiges abandonnés : ça signifie qu'ils ont perdu des vaisseaux et du matériel de valeur au cours de leur fuite. Possible de les poursuivre jusqu'à ce que leurs ressources s'épuisent ? Une guerre d'usure ?*

Les images suivantes montraient les canons laser des Rebelles. L'armement était du niveau des standards impériaux ou presque, mais elle nota : *La norme parmi les forces rebelles semble être une armure insuffisante. Envisager des armes qui projettent des éclats, peut-être des microdroïdes en lames de rasoir ?*

Elle arriva ensuite à la séquence de destruction des quadripodes impériaux. Ciena poussa un grognement en voyant avec quelle facilité les grappins et les câbles faisaient tomber le premier TB-TT. Il devait y avoir un moyen d'installer un système de défense contre ce type d'attaque. Le second semblait avoir explosé de l'intérieur. Probablement leur faute plutôt que celle des Rebelles. *Défaillance mécanique ? Sabotage ?* écrivit-elle. Puis un autre quadripode fut victime d'un pilote rebelle qui semblait connaître l'un des rares points faibles du blindage…

Tout à coup, son esprit se vida. Le bourdonnement et les bips des ordinateurs autour d'elle se transformèrent en bruit blanc. Le choc fut tel qu'elle eut l'impression de subir un tremblement de terre suivi de plusieurs répliques. Elle était abasourdie et submergée par un sentiment de trahison. Puis elle secoua la tête. *Non, j'ai rêvé. C'est la seule explication. Ce n'est pas possible.*

Vite, elle remit les images en arrière et les regarda à nouveau. Ce n'était pas son imagination : le speeder des neiges rebelle ne cessait de tirer sur les cibles idéales aux jointures les plus basses des jambes du TB-TT tout en fonçant vers lui à une vitesse suicidaire, avant de se redresser au dernier instant pour se glisser dans le passage étroit qui lui permettait d'être à l'abri.

C'était exactement comme le slalom entre les stalactites de Jelucan.

N'importe quel pilote de la galaxie pouvait avoir appris cette technique. Ciena le savait. Et pourtant, elle était absolument certaine de ce qu'elle venait de réaliser : Thane Kyrell avait rejoint la Rébellion.

CHAPITRE 17

Thane exécutait les gestes sans réfléchir, aussi machinalement que son droïde astromech : rallier le point de rendez-vous, introduire les codes pour recevoir l'emplacement du prochain lieu de rendez-vous, effectuer à nouveau le saut en hyperespace et enfin s'amarrer au vaisseau mon calamarien qui leur servait désormais de base, le *Liberté*.

Le *Liberté* était beaucoup plus grand et plus sophistiqué que la plupart des appareils de la flotte des Rebelles. Il était toutefois conçu pour le confort des Mon Calamariens et non des humains. Les températures étaient plus élevées et l'humidité de l'air était si forte que la peau de Thane se retrouva moite au bout de quelques minutes à peine.

Il essaya d'oublier l'inconfort. Et il valait mieux ne pas rester seul à ruminer ses idées noires. Il n'arrêtait pas de voir le chasseur TIE dévisser. Il s'imaginait Ciena mourir dans le cockpit : il fallait que cela cesse.

Il alla rejoindre ses amis. Wedge lui décerna une bourrade dans le dos et Thane réussit à sourire tandis qu'ils se félicitaient mutuellement pour les TB-TT mis hors d'état de nuire. Puis le visage de Wedge s'assombrit quand Thane demanda des nouvelles de Dak Ralter.

— Dak est mort pendant la bataille. Leur speeder des neiges a été touché ; seul Skywalker s'en est sorti.

Une demi-journée plus tôt, Thane taquinait Dak parce qu'il considérait Luke Skywalker comme un héros. À présent, Dak était mort sur Hoth, son corps écrasé par un TB-TT resté dans la glace.

Il n'avait même pas dix-neuf ans.

— Si ça peut te consoler, ajouta Wedge en apercevant l'expression de Thane, Luke m'a dit que Dak était mort quand le tir a atteint le speeder. Sur le coup.

— Me consoler, répéta Thane. C'est ça.

Wedge avait l'air de vouloir en dire plus, mais Thane n'avait pas envie de l'entendre. Il tourna les talons et traversa la baie d'appontage en observant l'activité autour de lui, comme s'il n'avait jamais vu ce spectacle. Des pilotes riaient et plaisantaient parce que c'était ainsi qu'on gérait le risque permanent de mourir : en feignant de l'ignorer. Seuls quelques rebelles semblaient peinés ou choqués.

Ils imaginaient sans doute des scènes aussi atroces que celle que Thane ne cessait de se rejouer : les cadavres de Ciena et de Dak abandonnés sur Hoth, bientôt recouverts par la neige, que nul ne reverrait jamais.

— Eh, ça va ?

Yendor lui emboîta le pas, les deux lekkus sautillant dans son dos.

— Ça va.

— Si t'es dans cet état quand « ça va », je ne veux pas te voir quand ça ne va pas.

— Dak Ralter s'est fait descendre.

— Désolé. C'était un chouette gamin.

— Ouais.

— Je ne savais pas que vous étiez proches.

— Nous ne l'étions pas.

Ce n'est pas juste Dak. J'ai peut-être tué Ciena aujourd'hui... je sais que ce n'était sûrement pas elle, mais ça aurait pu et je ne le saurai jamais.

— Laisse tomber, d'accord ? se contenta-t-il d'ajouter.

Yendor était assez malin pour changer de sujet.

— Je laisse tomber. Si tu venais m'aider à équiper les nouvelles recrues ? Quelques dizaines étaient en route pour Hoth quand l'alarme s'est déclenchée.

— Bien sûr.

Cela l'occuperait.

Il eut même une bonne surprise en distribuant aux nouveaux les casques, les blasters et les communicateurs : un visage familier.

— Regardez-moi ce que le gundark a ramené ! sourit Kendy Idele.

Ses cheveux vert foncé étaient noués en une longue tresse qui s'étendait dans le dos de sa combinaison blanche et quelques mèches humides lui collaient au front.

— Thane Kyrell ! Je n'aurais jamais imaginé te voir ici.

— Kendy. Je pensais que tu resterais toute ta vie dans la Flotte Impériale.

— Comme quoi, on peut se tromper, conclut Kendy en éclatant de rire.

Elle semblait plus heureuse de le voir qu'il ne l'était de la retrouver. Ça lui faisait *plaisir* de la retrouver, d'une certaine façon. Même s'ils n'étaient pas amis à l'Académie, il l'avait toujours admirée. Il se souvenait qu'elle était une véritable tueuse à l'entraînement au tir et qu'elle était capable d'abattre trois cibles en mouvement par seconde avec son blaster. La Rébellion avait besoin de gens qui tiraient comme ça.

Elle avait aussi été une des compagnes de chambre et une des meilleures amies de Ciena. Thane ne pouvait pas la voir sans s'attendre à voir apparaître Ciena à ses côtés.

Ils ne feraient pas grand-chose ce jour-là, à part noter les noms, dresser l'état des lieux et transpirer. Le centre de commandement Base Écho avait été touché, ce qui signifiait que la désorganisation et l'incertitude régnaient. Plusieurs Rebelles d'une importance vitale avaient disparu. Non seulement Luke Skywalker ne s'était pas présenté au point de rendez-vous, mais le

Faucon Millenium était lui aussi introuvable, alors que la Princesse Leia Organa était à son bord. Le général Rieekan avait convoqué d'urgence une conférence des plus hauts gradés rattachés à cette portion de la flotte. Wedge dut y assister. Les autres restèrent à réparer les dégâts de leurs chasseurs stellaires, à rafistoler l'équipement pour qu'il corresponde vaguement aux normes et à attendre à la fois de nouveaux ordres et une nouvelle destination.

Ils ne furent donc pas surpris quand un des pilotes de transport leur annonça avoir concocté un petit alcool, distillé dans la salle des machines.

Fabriquer du tord-boyaux était officiellement interdit, mais le commandement fermait les yeux, tant que ni la fabrication ni la consommation n'interféraient avec le travail. Avant qu'ils ne migrent vers leur nouvelle affectation, pendant un jour ou deux, ils étaient aussi à l'abri que possible pour une armée rebelle : si la Flotte Impériale avait été informée des lieux de rendez-vous des rebelles, ils les auraient immédiatement suivis en force. En outre, tout bon officier savait que les soldats avaient besoin de relâcher la pression, surtout après une bataille de cette envergure. Personne n'émit donc la moindre objection quand les verres furent distribués.

Thane vida le sien si vite que les larmes lui montèrent aux yeux. Il ne savait pas de quoi était composée cette mixture, mais c'était fort. Dès qu'il arrêta de tousser, il tendit son verre pour se faire resservir.

— Tu y vas à fond ce soir, observa Yendor, un lekku incliné d'un air inquisiteur.

— Pourquoi pas ? répliqua Thane en évitant le regard de Yendor.

Ce n'était pas comme si Thane ne buvait jamais. Il avait déjà avalé quelques verres de gnôle à l'occasion et il ne disait pas non à une bière de temps en temps. Avec l'habitude, il avait fini par apprécier le vin andoan. Mais il n'avait jamais eu envie de se saouler, pas même quand il était jeune sur Jelucan et que les autres garçons de l'école se prenaient une cuite les soirs de festival.

Il n'avait jamais bu la moindre boisson alcoolisée avant la soirée à la Forteresse, quand Ciena avait apporté une flasque de vin des vallées sous ses robes. Ils n'avaient pas plus de quatorze ans. Ils avaient tous les deux trouvé le goût sucré écœurant et avaient fini par vider presque tout le liquide sur le sol. Les lèvres pulpeuses de Ciena étaient tachées de rouge foncé. Elle avait rincé la flasque en riant, pour ne plus avoir à supporter l'odeur…

Ciena. Toujours Ciena. Est-ce que Thane avait un seul bon souvenir dont elle ne faisait pas partie ? Pouvait-il boire assez pour ne plus penser à elle ?

Apparemment non. Mais ce ne fut pas faute d'essayer.

Encore un verre. Puis un autre. Ses souvenirs de la soirée étaient fragmentaires et surréalistes. Kendy lui avait raconté comment sa patrouille s'était mutinée sur Miriatin et qu'un tiers de ses camarades seulement avaient réussi à s'en tirer vivants. Il revoyait une partie de sabacc, mais impossible de se remémorer les cartes. Il lui semblait que des types d'Ord Mantell avaient chanté une chanson obscène passant en revue les plaisirs uniques que chaque espèce pouvait procurer au lit. À un moment donné, Yendor avait demandé à Thane s'il ne voulait pas aller se coucher. Thane avait répliqué à son ami twi'lek de se mêler de ses affaires. Quand la pièce s'était mise à tourner, Thane s'était simplement retenu à l'Aile-X la plus proche et avait continué comme si de rien n'était.

C'est ainsi qu'il se retrouva, en pleine nuit, à tituber seul dans la base qu'il connaissait mal, tentant de ne pas s'étaler de tout son long.

Allez, tu peux trouver où sont les lits. On te l'a montré tout à l'heure. Mais son ivresse donnait aux étranges corridors du vaisseau mon calamarien des angles encore plus bizarres. Les murs semblaient avoir changé de place avec le sol. Thane décida que ce serait une bonne idée de s'asseoir.

Quand son dos glissa le long de la paroi, il sentit son estomac se retourner, annonçant une mauvaise surprise. Il n'avait jamais bu au point de vomir. Il n'avait jamais eu envie de tenter l'expérience. *Il faut un début à tout*, se dit-il à travers le brouillard.

Puis quelqu'un l'aida à se mettre debout, une femme qu'il ne connaissait pas – ou qu'il ne pensait pas connaître –, mais qui avait l'air gentille. Elle plaça un des bras de Thane autour de ses épaules. Thane profita de l'occasion pour lui raconter sa vie.

— En réalité, je ne te raconte que les parties qui concernent Ciena, marmonna-t-il tandis qu'elle le conduisait vers les toilettes les plus proches. Mais c'est à ça que se résume ma vie. Les bons moments, en tout cas.

— On dirait. Assieds-toi.

Elle le lâcha sur une chaise. Thane laissa sa tête retomber en arrière.

— Je sais que je ne l'ai sûrement pas abattue aujourd'hui. Mais *j'aurais pu*. Ou n'importe quel autre rebelle : ils auraient pu et ils sont dans mon camp. Ce sont mes amis, nous détestons tous l'Empire, mais si jamais je découvrais que l'un d'eux avait tué Ciena… Et ce qui est dingue, c'est qu'elle m'a dénoncé à l'Empire. Incroyable, hein ? Elle m'a accordé une longueur d'avance, mais elle m'a dénoncé. Parfois, quand j'y pense, je suis tellement en colère que je pourrais… mais ça me *tue* quand même de penser qu'il pourrait lui arriver malheur…

— Chhh.

La femme lui posa une serviette humide et fraîche sur le front. C'était la meilleure idée que personne ait jamais eue. Thane décida qu'il avait affaire à un génie.

Elle pouvait peut-être l'aider à mettre de l'ordre dans ses idées.

— Que se passera-t-il si… si un jour je me bats à nouveau contre l'Empire et que je reste pétrifié ? Si j'arrive pas à tirer parce que je sais que Ciena pourrait être dans un des chasseurs TIE ? Et si je tire et qu'elle *est* dedans ?

Thane se rendit compte qu'il était au bord des larmes et réussit à se retenir. Il avait l'alcool triste, mais pas question de s'effondrer.

— Je ne veux pas la tuer. Et je ne veux pas que d'autres meurent parce que j'ai peur de faire du mal à une seule personne que j'aime au sein de toute la Flotte Impériale.

— Je comprends, lui assura la femme en lui tendant un verre. Buvez un peu d'eau. Vous me remercierez plus tard.

Après ça, ses souvenirs étaient encore plus embrouillés. À un moment, il devait avoir retrouvé sa couchette parce qu'il se revoyait vaguement grimper dedans tout habillé, avec ses bottes aux pieds. Et c'était là qu'il était au réveil, le lendemain matin, à se maudire.

Yendor sourit à Thane penché sur le seau le plus proche.

— C'est là qu'un être plus mesquin que moi dirait : « je te l'avais bien dit ».

— Je t'en supplie, ferme-la.

— Pas avant de t'avoir prévenu que notre escadron a un briefing avec le haut commandement, dans une demi-heure.

Thane se maudit d'avoir été aussi bête, puis grimaça. Il n'aurait jamais imaginé que lever les yeux au ciel pouvait être douloureux.

— Est-ce qu'on peut se débarrasser d'une gueule de bois en plongeant dans une cuve à bacta ?

Yendor réfléchit.

— Hum. Tu sais que ce n'est pas une mauvaise idée ? Il faudra la tester un de ces jours. Mais, là, tu n'as pas le temps.

— Super. Génial.

Avec un effort qui lui sembla surhumain, Thane parvint à se doucher et à enfiler son uniforme. Quant aux cernes noirs sous ses yeux et à ses joues mal rasées, eh bien, il avait déjà vu des gens répondre à l'appel en pire état que ça. Le droïde chirurgical 2-1B lui fit une injection qui ramènerait sa chimie sanguine à des niveaux tolérables en une heure ou deux. Thane devait juste tenir le coup pendant la réunion.

Tout l'escadron se mit au garde-à-vous et le général Rieekan entra dans la salle. Il n'était pas seul. Il était suivi d'une femme majestueuse aux cheveux roux, habillée tout en blanc.

— J'y crois pas, murmura Kendy.

— Moi non plus, renchérit Yendor, à côté de Thane, un immense sourire placardé sur le visage. On a enfin la chance de rencontrer Mon Mothma en personne !

Mon Mothma. L'un des rares membres du Sénat à avoir défié ouvertement Palpatine lors de son ascension au pouvoir. Elle figurait sur la liste des criminels les plus recherchés de la Flotte Impériale. Elle était l'un des leaders de l'Alliance Rebelle.

Et c'était elle, l'inconnue qui avait passé une partie de la nuit à écouter Thane s'épancher, au sens propre comme au sens figuré.

Comment ne l'avait-il pas reconnue ? Il était encore plus saoul qu'il ne le croyait. À sa décharge, les bulletins de l'Empire ne montraient que des images de Mon Mothma prises des années plus tôt et cela faisait un moment qu'elle vivait dans la clandestinité. Mais Thane avait été trop saoul pour la reconnaître, alors qu'elle lui avait tenu la tête au-dessus d'un lavabo pour qu'il rende tout ce qu'il avait ingurgité.

Super. Génial. Si seulement le sol avait pu s'ouvrir sous ses pieds pour l'engloutir en emportant toute trace de son existence… Hélas, il était obligé de rester là et de faire semblant que tout était parfaitement normal.

— Bonjour, commença-t-elle d'une voix aussi calme et posée que la veille. C'est un honneur de rencontrer d'autres guerriers qui ont contribué à ce que l'Alliance Rebelle reste forte en cette période sombre.

Tout l'escadron se gonfla de fierté, y compris Thane, malgré la honte. Le leader de la Rébellion trouvait que c'était un honneur de *les* rencontrer. L'Empereur n'avait sûrement jamais déclaré un compliment pareil à aucune de ses troupes.

— Vous comprenez tous que nous devons nous remettre en route bientôt, reprit-elle.

Son regard examina chaque pilote à tour de rôle. Thane se demanda comment une voix aussi douce pouvait appartenir à une personne dotée d'un tel regard d'acier.

— Cependant, Escadron Corona, vous n'accompagnerez pas le reste de la flotte au nouveau point de rendez-vous.

Ils échangèrent des regards. Était-ce une punition pour la fête de la veille… ou pour une autre infraction plus importante ? Thane avait beau réfléchir, il ne voyait pas ce qu'ils avaient fait de mal. Ils étaient l'un des meilleurs escadrons de la flotte.

— Nous avons… des tâches importantes à vous confier, compléta Mon Mothma.

Elle n'avait pas besoin d'en dire plus. Cela signifiait « espionnage », ce qui impliquait « danger ». Thane s'en moquait : il n'avait pas rejoint la Rébellion pour éviter les risques.

— Vous avez été choisis pour cette mission bien que beaucoup d'entre vous soient nouveaux. Vous avez toutefois les compétences nécessaires.

Mon Mothma s'installa au seul bureau de la petite salle. Sa présence suffisait à donner l'impression qu'ils étaient à une assemblée politique.

Elle est déjà de la trempe de l'Empereur, se dit Thane, *même si Palpatine ne le sait pas encore*.

Le général Rieekan prit la parole.

— Jusqu'à nouvel ordre, l'Escadron Corona restera basé sur le *Liberté*. Vous recevrez d'ici quelques heures l'attribution définitive des cabines.

— J'avais toujours rêvé de vivre dans un sauna, ironisa Yendor.

Riekaan haussa un sourcil.

— Je vous demande pardon, soldat Yendor ?

— Je voulais dire : j'ai toujours rêvé de vivre dans un sauna, *général*.

Cela fit rire les autres et même Riekaan sourit. Mon Mothma resta impassible, mais elle ne semblait pas désapprouver. Le même genre de légèreté aurait valu la prison à un soldat impérial. Dans la Flotte Rebelle, la discipline pouvait coexister avec la bienveillance.

— Les affectations individuelles et de groupe seront discutées en temps voulu, précisa Mon Mothma, comme s'il n'y avait pas eu d'interruption. Vous méritez tous de savoir une chose : les risques seront considérables, plus grands encore que ceux auxquels vous êtes déjà confrontés. Il est possible que l'on vous demande d'effectuer une mission avec *peu* ou *pas* de chance de revenir. Si vous pensez ne pas être à même de l'accepter, dites-le maintenant. Il n'y a aucune honte à avoir.

Tout le monde garda le silence. Ils restèrent au garde-à-vous, acceptant tacitement le risque. Thane regardait droit devant lui pour éviter de poser les yeux sur quelqu'un dans la pièce. Mais il sentait que Mon Mothma l'observait.

Quand le silence eut assez duré, Rieekan hocha la tête.

— Bien. Pour le moment, mettez les nouveaux au courant de nos protocoles…

Il désigna du menton Kendy, la dernière arrivée.

— … et attendez de nouvelles instructions.

— Merci pour votre courage, conclut Mon Mothma. Vous pouvez disposer.

Alors que tout le monde se dirigeait vers la sortie et que Kendy se penchait vers Thane pour lui poser une question, Mon Mothma ajouta :

— Lieutenant Kyrell, j'aimerais vous parler.

Il avait été si près de s'en tirer à bon compte.

Thane se retourna et se remit au garde-à-vous face à Mon Mothma. Du coin de l'œil, il vit que le général Rieekan avait l'air surpris. À tout le moins, Mon Mothma n'avait pas fait écho des lamentations avinées de Thane auprès du commandement rebelle.

Du moins, pas encore.

Les portes se refermèrent derrière le dernier combattant et Thane se retrouva seul avec Mon Mothma. Dans la majorité des cas, c'était au supérieur de parler le premier, mais Thane se dit que cette situation pouvait être une exception.

— Madame, je vous présente mes excuses pour ma… conduite inappropriée d'hier soir. J'avais évidemment un peu trop… heu… profité de la fête. Ça ne se reproduira pas.

Mon Mothma s'adossa dans son siège, un léger sourire sur les lèvres.

— Lieutenant Kyrell, si j'expulsais les pilotes à chaque fois qu'ils abusaient de l'alcool distillé à bord, il n'y aurait plus de Rébellion.

— Oui, madame.

Alors pourquoi lui avait-elle demandé de rester ? Il se souvint que la veille il avait évoqué sa crainte de se figer en plein cœur du combat et son angoisse augmenta.

— Si vous avez peur que je n'accomplisse pas mon devoir lors d'une mission spéciale de l'Escadron Corona, ne vous en faites pas, madame.

— Mon inquiétude n'entre pas en ligne de compte, précisa-t-elle. Le problème, c'est que vous doutez de vous. Et ce doute vous handicapera bien plus que la peur. On m'a dit que vous étiez un pilote exceptionnel, Kyrell. Je suis persuadée qu'au jour le jour, vous accomplirez votre devoir. Cependant, si vous vous effondrez après chaque mission importante, vous allez vite vous détruire.

Thane n'avait rien à répondre. Elle avait raison.

— Beaucoup d'individus dans la Rébellion ont des amis ou de la famille au service de l'Empire, d'autres qui sont sur des planètes ou des vaisseaux qui risquent gros dans cette guerre. Vous n'êtes pas le seul à gérer un conflit intérieur.

Yendor parlait parfois de son fils, Bizu, qu'il avait laissé sur Ryloth. Toute la famille de Kendy, sur Iloh, était en danger suite à sa désertion.

— Oui, madame, je m'en rends compte.

Mon Mothma se leva et s'approcha de lui. Thane reconnut dans son expression la gentillesse qu'il avait entraperçue dans le brouillard de la nuit précédente.

— Ce n'est pas grave que vous aimiez toujours quelqu'un dans l'autre camp… tant que vous aimez encore plus ce pour quoi vous vous battez.

Il n'avait jamais pensé qu'il se battait *pour* quelque chose. Thane avait rejoint la Rébellion pour se battre contre l'Empire, pas pour la restauration de la République ou un autre idéal évoqué par certains. Tant que l'Empire tombait, le reste s'arrangerait, pensait-il jusqu'alors. Là, il se demanda enfin ce que signifiait vraiment sa décision.

Se battre contre l'Empire impliquait de se battre pour une autorité galactique qui plaçait la justice et la bravoure avant le pouvoir, qui traitait les gouvernés avec respect au lieu de leur mentir et de les manipuler. Se battre contre l'esclavage des Bodach'is et des Wookiees, cela signifiait se battre pour que les individus aient droit à l'autodétermination. Se battre contre ceux qui avaient détruit Alderaan brutalement et sans pitié revenait à se battre pour toutes les autres planètes habitées de la galaxie.

Thane croyait à ces principes, suffisamment pour se battre pour eux. Pourtant, il savait que ce n'était pas pour cela qu'il partait au combat. Il avait rejoint la Rébellion pour faire tomber l'Empire : il restait indifférent à ces rêves de Nouvelle République. Ce n'est pas parce qu'il pensait que le prochain gouvernement galactique serait meilleur que l'Empire qu'il était persuadé qu'il serait *bon*. En fin de compte, ce serait encore une bureaucratie, un groupe dominé par les mondes du Noyau laissant la Bordure Extérieure gérer ses problèmes seule. Ce gouvernement serait supérieur à l'Empire à tous points de vue, bien sûr, mais la barre n'était pas très haute.

Sa réponse était donc *non*. Il n'aimait pas plus la Rébellion que Ciena.

Il pouvait en revanche être prêt à mourir pour une seule des deux et il savait laquelle il devait choisir… même si c'était très douloureux.

— Pouvez-vous accomplir votre devoir, Kyrell ? insista Mon Mothma.

— Oui, madame.

Thane avait conscience du poids des mots. Il venait de jurer de faire tout ce qu'il fallait, y compris tuer Ciena.

Pourtant, il savait qu'il n'hésiterait plus jamais à tirer dans une bataille.

CHAPITRE 18

Jude lui avait caché que Bespin était si belle.

Ciena fixait l'écran panoramique, qui affichait des images de bâtiments ocre qui semblaient flotter dans les nuages. C'était tout Jude de ne pas avoir expliqué que les rayons du soleil teintaient en permanence le paysage de rose, comme lors d'un coucher de soleil, de ne pas avoir mentionné l'élégance des structures de la Cité des Nuages, qui se déployaient au sommet de câbles unipodes comme des parasols suspendus. À chaque fois que Jude avait évoqué sa planète natale, c'était pour discuter des raisons géologiques pour lesquelles exploiter le gaz tibanna était si difficile ou des propriétés aérodynamiques des planeurs qu'elle pilotait enfant. Jude avait toujours été une scientifique dans l'âme. Elle cherchait la vérité avec autant d'avidité que les chasseurs de primes voulaient retrouver le *Faucon Millenium*.

Comme c'était irritant que cette ordure de Bobba Fett ait réussi là où les Impériaux avaient échoué. À vrai dire, les vaisseaux civils avaient l'avantage de passer plus facilement inaperçus, ce qui était impossible pour un Destroyer Stellaire.

Même si Ciena aurait aimé se rendre à la Cité des Nuages, pour rencontrer les parents de Jude par exemple, elle resta à bord de l'*Exécutor*. La force d'intervention chargée de capturer l'équipage du *Faucon* ne comptait que quelques individus – y compris le Seigneur Vador, qui préférait superviser les opérations en personne. Quoi qu'il arrive, les milliers de membres de l'équipage de l'*Exécutor* n'avaient pas grand-chose à faire d'autre qu'attendre.

Ciena aurait aimé avoir une raison de s'activer – n'importe quelle tâche, même fastidieuse et pénible. Cela l'aurait distraite de sa colère envers Thane Kyrell.

Bespin ne faisait qu'aggraver les choses, parce que la cité lui rappelait Jude. Et penser à son amie disparue rappelait à Ciena le moment où Jude l'avait aidée à découvrir la vérité au sujet de ce stupide projet de canon laser.

Cet incident avait prouvé que Ciena et Thane n'étaient pas toujours d'accord – sa décision de quitter la Flotte Impériale en était l'exemple le plus flagrant. Ciena avait été très contrariée par la désertion de Thane, mais au moins elle comprenait sa décision, même si elle ne serait jamais du même avis.

Mais rejoindre la *Rébellion* ?

Comment Thane avait-il pu se transformer en terroriste ? Il avait toujours méprisé l'Alliance Rebelle, comme elle. Quand avait-il changé d'avis et pourquoi ? Avait-il pardonné la destruction de l'Étoile Noire et des centaines de milliers de personnes à son bord ? Oui, Alderaan avait été détruite d'abord, dans le but de mettre fin à la guerre avant qu'elle ne commence, et cette stratégie avait échoué. Mais c'était une station spatiale, une planète, une horrible journée… Les attaques des Rebelles contre les vaisseaux et les bases impériales n'avaient jamais cessé, comme s'ils n'étaient jamais assez abreuvés de sang. S'ils combattaient au nom d'un principe et non par haine aveugle de l'Empire, ils auraient proposé des pourparlers de paix ou tenté d'obtenir un système stellaire indépendant où ils pourraient vivre sous le gouvernement de leur choix. Mais non. Ils tuaient encore et encore. Thane était fort, il était habile au combat, mais il n'avait jamais été violent. Comment pouvait-il prendre part à une telle horreur ?

Peut-être que c'est à cause de ce que son père lui a fait subir, se dit Ciena en traversant les couloirs de la Cité des Nuages. Quelques Ugnaughts passèrent en grognant, mais elle ne les remarqua même pas. Elle pensait à Thane le jour où il s'était effondré pendant la course d'obstacles en E&A et quand elle avait pansé ses blessures, juste après. Elle avait eu les larmes aux yeux en découvrant les traces des mauvais traitements, en comprenant que la cruauté du père de Thane était devenue physique en plus d'être émotionnelle, en réalisant à quel point Thane avait supporté courageusement ses blessures jusqu'à sa chute.

Ceux qui avaient été brutalisés devenaient parfois brutaux en retour. Thane se vengeait-il de la violence que le monde lui avait fait subir dès l'enfance ?

Non. Il avait fait le serment de ne jamais ressembler à son père et Ciena l'avait toujours cru. Mais comment expliquer son revirement, alors ?

— Je n'arrive pas à le croire, déclara Nash Windrider.

Tirée de ses réflexions, Ciena réalisa qu'elle avait atteint la plate-forme d'atterrissage, où son ami se tenait devant le *Faucon Millenium*. Leur proie avait volé droit vers Bespin, comme l'avait prédit le Seigneur Vador. *Alors, pourquoi avoir pris la peine de les poursuivre à travers le champ d'astéroïdes ?* se demanda-t-elle. *Nous aurions pu nous contenter de venir ici et de leur tendre un piège plus tôt.*

Elle rejoignit Nash sur la plate-forme. Les mains sur les hanches, il examinait le vaisseau capturé.

— Quand je l'ai aperçu lors de la première poursuite, je ne comprenais pas pourquoi il n'était pas à la décharge. Maintenant que je l'étudie de près, je me rends compte qu'aucune décharge n'en voudrait.

— C'est un miracle que ce vieux truc vole encore.

À contrecœur, elle ressentit une pointe d'admiration pour le *Faucon*. Depuis qu'elle avait appris à piloter dans un V-171, les vieux vaisseaux déglingués la rendaient nostalgique.

— Quels sont nos ordres ?

— Nous devons désactiver l'hyperpropulseur, lui expliqua Nash.

— Pourquoi désactiver un vaisseau que nous avons déjà capturé ?

— Le Seigneur Vador a ses raisons, décréta Nash en levant un sourcil, comme pour signifier : *Tu veux lui expliquer qu'il a tort ?*

Ciena acquiesça.

— Compris.

Ils se mirent au travail en silence. Même dans l'espace confiné de la fosse technique à l'intérieur du *Faucon*, elle avait l'impression que Nash la collait plus que nécessaire. Peut-être se faisait-elle des idées parce qu'elle avait envie d'être seule pour ruminer ses pensées au sujet de Thane.

Désactiver l'hyperpropulseur fut facile. Ils se retrouvèrent vite à bord de la navette qui les ramènerait sur l'*Exécutor* ; ils avaient l'autorisation de voler librement à présent, parce qu'un autre pilote recherché par Dark Vador – une autre cible attirée dans son piège – venait de se poser. Dans quelques minutes, cette chasse serait terminée. La Princesse Leia serait traînée devant un tribunal. Ses compagnons rebelles serviraient d'exemple. Peut-être que la Rébellion serait dénoncée…

… et Thane avec.

Elle passa le reste de la journée en pilote automatique. Elle rejoignit son poste sur le pont avec gratitude en pensant que les prochaines heures seraient tranquilles. Son espoir fut vite déçu : les soupçons de Vador s'étaient révélés exacts. Le *Faucon Millenium* quitta sa plate-forme et réussit presque à s'échapper, puis, inexplicablement, le vaisseau repartit vers la Cité des Nuages et plongea en dessous.

— Où est-ce que tu crois que ça va les mener ? lui demanda Nash.

Ses longs doigts activèrent les commandes pour concentrer tous les senseurs sur le *Faucon.*

— Qui sait ?

Elle avait presque pitié de ces gens, qui se croyaient libres alors que Dark Vador avait deux longueurs d'avance depuis le début.

Même si le pont de l'*Exécutor* bourdonnait d'activité, Ciena ne pouvait rien faire à part surveiller la fin de la traque. Elle se sentait étrangement détachée de ce qui se passait, même quand le Seigneur Vador réapparut sur le pont.

— Ils seront à portée du rayon tracteur dans quelques instants, Monseigneur, lui annonça l'amiral Piett.

À travers le râle lourd de son respirateur, Vador demanda :

— Est-ce que vos hommes ont désactivé l'hyperpropulseur du *Faucon Millenium* ?

— Oui, Seigneur Vador.

— Bien. Préparez l'équipe d'abordage et mettez vos armes en position incapacitante.

En temps normal, Ciena aurait été fière que son travail soit reconnu. Là, elle se sentait détachée de tout, comme si c'était un simple exercice ou un souvenir distant – jusqu'au moment affreux où le *Faucon Millenium* effectua le saut en hyperespace et disparut.

Comment avaient-ils fait ça ?

Nash la regarda, bouche bée, incapable d'accepter ce qu'ils venaient de voir. Ciena aurait partagé son indignation si elle n'avait aperçu le visage de l'amiral Piett. Il avait blêmi et même depuis sa place, dans le puits de données, elle devina le nœud dans sa gorge quand il déglutit avec difficulté.

Nous allons nous faire tuer. L'amiral, Nash et moi – Vador va tous nous assassiner. Nous avons accompli notre tâche, mais ça n'a pas la moindre importance.

Depuis des années, elle était soulagée de ne jamais avoir assisté en personne à une « élimination » de Vador. La première dont elle allait être témoin serait la sienne.

Vador resta quelques instants silencieux, puis il tourna les talons et quitta le pont. Quand les portes se refermèrent derrière lui, Piett s'effondra un moment, comme quelqu'un qui dépose un lourd fardeau dont il sent encore le poids. Nash se pencha sur un de ses moniteurs, le visage entre les mains. Ciena attendait que le soulagement vienne, mais son angoisse ne fit que s'accentuer jusqu'à ce qu'elle ait l'impression qu'elle lui vrillait les os.

*

Ce soir-là, alors qu'ils étaient assis dans un coin de la cafétéria, des assiettes vides devant eux, Ciena demanda :

— Pourquoi crois-tu que certaines personnes rejoignent la Rébellion ?

Berisse haussa les épaules.

— Pour la même raison qu'ils cambriolent ou qu'ils s'associent aux Hutts. Ils sont incapables de s'intégrer dans une société normale, alors ils détestent tous ceux qui y parviennent.

Thane était au sommet de la formation de pilote d'élite. S'il était resté dans la Flotte Impériale, Ciena était sûre qu'il aurait lui aussi été promu rapidement à un rang de commandement. La réponse de Berisse ne lui convenait pas.

— Et toi, Nash, qu'en penses-tu ?

— On s'en fiche de savoir comment ces ordures se font enrôler, non ? répliqua-t-il avec trop de légèreté. Je veux juste les voir vaincus.

— Pourquoi demandes-tu ça ? voulut savoir Berisse en avalant une gorgée de son lait nutritif.

Même si des repas plus « normaux » étaient disponibles sur demande, seuls les hauts gradés pouvaient se faire plaisir sans qu'on les considère comme des mauviettes. Cela faisait plus de deux ans que Ciena n'avait pas mangé un morceau de pain.

Ciena haussa les épaules.

— Comme ça.

— Tu es d'une drôle d'humeur aujourd'hui, fit remarquer Nash en posant sur elle ses yeux bruns chaleureux.

Il avait énormément maigri depuis qu'ils étaient sortis de l'Académie – il était passé de mince à décharné –, mais ses yeux, heureusement, étaient les mêmes.

— Qu'est-ce qui ne va pas ? s'enquit-il.

Elle n'osa pas dire toute la vérité, mais si quelqu'un pouvait l'aider à comprendre le choix de Thane, c'était Nash.

— Je pense beaucoup à Thane ces derniers temps.

Berisse passa un bras autour des épaules de Ciena. Le sourire de Nash s'effaça, laissant la place à un air triste.

— Je n'arrive toujours pas à y croire. Thane est la dernière personne que j'aurais imaginé se suicider.

— Après l'Étoile Noire, plus personne n'était le même, souligna Berisse en secouant la tête.

— Mais il avait tant de raisons de vivre, protesta Nash. Son affectation, son classement parmi les meilleurs pilotes, la vengeance contre les Rebelles et… et puis il t'avait toi, Ciena.

Nash bafouilla un peu pour cette dernière partie, même s'il parvint à le camoufler.

— N'importe quel homme serait comblé avec ça, conclut-il.

Ciena évita son regard :

— Je me demande sans cesse ce qui le désespérait.

Il fallait avoir perdu tout espoir pour passer de l'Empire à la Rébellion. C'était une chose de briser son serment parce qu'il se sentait incapable de l'honorer. Mais rejoindre un groupe de combattants nihilistes ? Thane n'était pas un idéaliste, il n'aurait jamais pu être converti au dogme politique bizarre dont la guérilla se servait pour recruter les plus crédules. Il devait accomplir les gestes machinalement, sans y croire.

— Est-ce que Thane avait des amis proches sur l'Étoile Noire ? Peut-être quelqu'un que tu ne connaissais pas ?

Berisse hésita, replaça une mèche de cheveux noirs dans son chignon réglementaire.

— Comme… une fille de l'Académie ? Avant qu'il ne tombe amoureux de toi, je veux dire ! Il aurait pu être affecté par sa mort.

Ce fut Nash qui répondit.

— Il n'a jamais fréquenté aucune fille à l'école. J'imagine qu'il n'avait personne sur Jelucan ?

— Non.

Ciena l'avait parfois vu se promener avec des filles de la seconde vague, mais jamais deux fois la même.

Berisse haussa les épaules.

— Peut-être que quelque chose s'est passé sur votre planète natale. Il était bouleversé après l'explosion de l'Étoile Noire, il a quitté son poste, mais il voulait juste rentrer chez lui remettre de l'ordre dans ses idées… sa visite a peut-être mal tourné.

— J'ai toujours eu l'intuition que sa relation avec son père était tendue, ou même qu'il était violent avec Thane, leur confia Nash. Oh, ne me regarde pas avec ces gros yeux, Ciena. J'ai vécu dans la même chambre que lui pendant trois ans. Tu crois que je n'ai jamais aperçu les cicatrices dans son dos ?

Son expression se durcit.

— Je parie que son père s'en est pris à Thane au pire moment. Qu'il l'a poussé à bout.

— Ce serait bien son genre, reconnut Ciena.

Ça, au moins, c'était tout à fait plausible. Mais Ciena avait compris que Nash n'avait pas de réponses à lui apporter. Le choix de Thane de rejoindre la Rébellion resterait un mystère, une flèche logée dans la chair de Ciena, qui ne pouvait être enlevée. La blessure serait toujours béante.

Elle resta perdue dans ses pensées jusqu'à ce que Nash l'ait presque raccompagnée à sa chambre. Sa porte était tout au bout du plus long couloir. Ils étaient donc à l'écart de tout le monde quand il posa une main sur le bras de Ciena.

— Tu vas déjà te coucher ?

Même si le ton était léger, le véritable sens de sa question n'échappa pas à Ciena. Elle se doutait que cet instant viendrait, mais elle était tellement préoccupée qu'elle n'avait pas compris que l'heure avait sonné. Pas étonnant que Berisse soit partie tôt.

— Nash… ce n'est pas une bonne idée.

— Au contraire, c'est une idée merveilleuse.

L'anticipation se lisait dans son regard malicieux.

— Tu ne penses pas qu'on a mérité de s'amuser un peu ? insista-t-il.

Avec le plus de douceur possible, Ciena répondit :

— Je pense que tu ne veux pas juste t'amuser. Et je ne peux pas te donner ce que tu souhaites.

Nash inclina la tête. Il ne la contredit pas, mais il ne s'écarta pas non plus.

— Je pourrais peut-être te persuader de passer un peu de temps libre avec moi ? On pourrait apprendre à se connaître sans que Berisse ou nos autres amis soient dans les parages ? Je sais que le passage d'amis à… disons, à *plus*... peut être difficile. Mais ça vaut la peine d'essayer. Et pour toi, je suis prêt à attendre.

Elle fit un pas en arrière pour s'éloigner de lui et se cogna le dos contre le quadrillage métallique du mur. Comme elle était ridicule d'être aussi timide et maladroite qu'une gamine ! D'un ton plus ferme, elle décréta :

— Je ne peux pas.

Le visage de Nash s'allongea. Il perdit son air charmeur et parut complètement atterré.

— Quel imbécile je fais. Nous parlions de Thane il y a une heure à peine. J'aurais dû réaliser que ce n'était vraiment pas le moment. Excuse-moi, je t'en prie.

— Ce n'est rien, je t'assure.

— Il me manque aussi, tu sais.

Nash avait l'air si affligé qu'elle se sentit coupable. Le mensonge qu'elle avait raconté au sujet du suicide de Thane lui avait sauvé la vie, mais avait blessé ses amis pour toujours.

— Je ne voulais pas prendre à la légère tes sentiments pour lui.

Ciena parvint à sourire.

— Je le sais. Si on se disait bonne nuit ?

Nash soupira.

— D'accord.

Il lui serra la main et s'éloigna.

Une fois la porte de sa chambre refermée et verrouillée, Ciena s'effondra sur son lit, aussi fatiguée que si elle avait accompli trois tours de corvées à la suite.

Elle se dit qu'elle avait repoussé Nash parce qu'elle n'avait pas de sentiments amoureux pour lui. C'était vrai.

Mais elle ne pouvait nier que c'était surtout parce qu'elle éprouvait toujours des sentiments pour Thane Kyrell.

Je devrais le détester. Je dois apprendre à le détester. Mais je ne peux pas. Je ne pourrai jamais.

Le petit poste de communication à côté de son lit clignotait. La petite lumière bleue indiquait que le message venait d'une source non impériale. Pour Ciena, cela pouvait juste vouloir dire un holo de la maison. Son doigt allait appuyer sur le bouton quand elle se reprit.

Est-ce que je dois le regarder tout de suite ? Est-ce que je dois le regarder tout court ?

Jelucan lui manquait toujours. Même si elle avalait des aliments nutritifs, elle avait envie d'un morceau de pain à chaque fois qu'elle entrait dans la cafétéria. Au lieu de se contenter des communiqués bimensuels suggérés par le Bureau des Affaires Internes, elle parlait régulièrement avec sa famille, par holo.

Ciena sortit de sa poche le petit étui dans lequel elle conservait le bracelet en cuir qui la reliait à Wynnet. Cela faisait longtemps qu'elle n'avait plus demandé à sa sœur défunte de regarder à travers ses yeux.

Trop longtemps, se dit-elle, submergée par l'émotion en serrant la pochette. *Je n'ai pas à choisir entre être une bonne Jelucani et être un bon officier impérial. Je peux être les deux.*

Ciena démarra le holo en souriant et vit le visage de son père. Après seulement quelques mots du message, le sourire de Ciena s'évanouit.

*

Les sourcils gris de Ronnadam étaient levés si haut qu'ils atteignaient presque ses cheveux clairsemés.

— Vous voulez retourner sur votre planète natale pour… une durée indéterminée ?

— J'ai accumulé sept semaines de permission, capitaine. Je doute très fort que je les utilise toutes.

Les officiers impériaux parfaits n'utilisaient pas du tout leurs permissions, sauf s'ils devaient se remettre d'une maladie ou d'une blessure grave. Ciena n'avait jamais demandé à prendre un seul jour.

Ronnadam se leva de son bureau et joignit les mains dans son dos. Ses yeux verts étaient étrangement vitreux, comme ceux d'un homme beaucoup plus âgé.

— Votre décision d'utiliser les jours qui vous reviennent vous appartient. Ce qui m'interpelle, ce n'est pas la durée de votre absence, c'est ce qui vous motive à rentrer chez vous.

— Ma mère passe devant le tribunal. On l'accuse d'avoir détourné des fonds de la mine où elle travaille… *travaillait* comme superviseur.

Les mots lui semblaient irréels. Sa mère, une voleuse ? C'était impossible. Elle se moquait des possessions en dehors des quelques objets qu'ils avaient déjà et ses parents étaient très fiers de sa promotion à la mine.

— Dans les vallées de Jelucan, rien n'est pire que voir son honneur mis en cause, capitaine. Ceux qui sont convaincus que la personne est irréprochable doivent se rassembler autour d'elle. C'est un devoir sacré.

— *Sacré*, effectivement, railla Ronnadam. Vous réalisez, lieutenant-commandant Ree, que les accusations contre votre mère ont dû être portées par les autorités impériales locales. Remettez-vous en question le jugement d'un serviteur de l'Empire ?

— Bien sûr que non, capitaine. Quelqu'un a dû faire porter le chapeau à ma mère ou une autre erreur doit avoir conduit à un… malentendu.

Ronnadam serra les lèvres d'un air faussement compatissant.

— Est-ce que vous entendez votre raisonnement, Ree ?

— Je ne veux pas juger la situation à partir d'informations incomplètes, capitaine. Je dois tirer cela au clair moi-même.

Elle réussit à le regarder dans les yeux.

— Quelle que soit la vérité, je l'accepterai.

Ronnadam hocha lentement la tête.

— Vous pourriez en tirer une leçon intéressante.

Il arpenta la pièce devant elle à pas mesurés.

— Prenez votre permission, lieutenant-commandant. Assistez au procès de votre mère.

Ciena essaya de se représenter sa mère face à un juge, menottes aux poignets. Elle n'y parvint pas. Ronnadam se mit à sourire.

— Et à votre retour, vous viendrez me faire rapport immédiatement. Vous me direz si elle a été jugée coupable ou innocente… et si vous pensez que ce jugement est équitable.

Quelle que soit la décision du juge, Ciena serait obligée de la soutenir, même si sa mère était envoyée dans un camp de détention…

Ça n'arrivera pas. Ce n'est pas possible. Le juge prendra la bonne décision.

Elle cherchait à se convaincre. Elle avait envie de le croire.

Mais pour la première fois, le serment qu'elle avait prêté envers l'Empire ne la réconfortait pas. Le sentiment qu'elle s'était efforcée de refouler au cours des trois dernières années – auquel elle ne s'était jamais autorisée à penser – ne pouvait plus être contenu.

Le doute s'était insinué en elle.

CHAPITRE 19

Thane fit plonger son Aile-X jusqu'à frôler l'épaisse canopée qui couvrait la surface de D'Qar. Dans le crépuscule, il voyait les feuilles s'agiter violemment au passage des autres vaisseaux, comme si les arbres étaient balayés par une tempête. Si quelqu'un était au sol, l'Escadron Corona serait détecté en quelques minutes.

Nous ne resterons pas assez longtemps, se rappela Thane.

Il ouvrit le canal sécurisé.

— Corona 5, ici Corona 4, est-ce que vous me recevez ?

— Cinq sur cinq, répondit Kendy. Les analyses sont négatives ici. Je ne détecte aucune source d'énergie artificielle.

— Pareil ici.

L'Escadron Corona avait été envoyé pour vérifier qu'il n'y avait pas trace d'un nouvel avant-poste impérial sur D'Qar. Des espions infiltrés à Coruscant avaient fait état de quantités énormes de matériel préparées pour la Flotte Impériale. Personne ne savait précisément à quoi cela allait servir, mais les rumeurs évoquaient la construction de nouveaux vaisseaux imposants.

Si l'Empire assemblait actuellement des Destroyers Stellaires ou des armes colossales, il ne le faisait pas sur D'Qar. Ils avaient scanné chaque hémisphère, avaient fouillé les orbites planétaires et solaires sans rien trouver.

Thane se rendit compte qu'il aurait préféré détecter quelque chose. Au moins, ils auraient appris ce que l'Empire fomentait et auraient pu prendre les mesures adéquates : saboter les usines, placer des droïdes de surveillance aux emplacements stratégiques… Pour le moment, il devait se contenter de patienter.

— Corona 2, vos analyses sont-elles également négatives ?

— Confirmé. Complètement négatif pour les activités impériales, répondit Yendro. À moins que l'Empire ne se soit mis à engager des petites créatures des bois.

— J'en doute.

Thane réfléchit un instant.

— Nous devrions inscrire cette planète sur la liste des bases potentielles pour le futur. L'Empire ne s'y intéresse pas, il y a peu de trafic dans cette zone et l'eau ne manque pas.

— Et c'est plus confortable que Hoth, renchérit Yendor.

— Le ventre d'un sarlacc serait mieux que Hoth.

Thane tapa les codes de navigation qui le ramèneraient sur le *Liberté*.

Le leader de l'Escadron Corona semblait d'accord.

— Allons-nous-en.

De retour sur le *Liberté*, l'Escadron Corona s'occupa de l'entretien des Ailes-X dans le hangar des réparations en échangeant les plaisanteries habituelles.

— Allez, lança Yendor au leader de leur escadron, une femme imposante que tout le monde appelait la Comtesse et qui était la plus âgée du groupe. Ne me dites pas que ce n'est pas plus amusant que la vie de château ?

Elle lui jeta un regard appuyé.

— Vous devriez passer plus de temps dans les palais.

— C'est vrai. Vous pourriez m'arranger ça ?

— Honnêtement, soupira la Comtesse sans méchanceté, vous auriez beaucoup à apprendre de Smikes. Il ne fait jamais croire que nous nous amusons plus qu'en réalité.

— Nous ne nous amusons jamais, intervint Smikes.

Il était sous son Aile-X et portait un bandana serré sur le front pour combattre la transpiration que subissaient tous les humains séjournant sur un vaisseau mon calamarien.

— Nous sommes en guerre, qu'est-ce que ça a d'amusant ?

— Tu es un fameux râleur, remarqua gentiment Yendor. Un jour, je t'entendrai rire et j'espère qu'il y aura un droïde de protocole pour t'enregistrer.

— Ne sois pas si dur avec Smikes, le défendit Kendy en rejetant ses cheveux vert foncé derrière son épaule. Il est grincheux, c'est tout.

— Je ne suis pas grincheux, je suis réaliste, insista Smikes.

En réalité, il était *toujours* grincheux, ce qui n'enlevait rien à ses qualités de pilote.

Thane secoua la tête en les observant tous : c'était l'équipe la plus hétéroclite qu'on puisse assembler, composée d'individus qui ne se seraient jamais fréquentés en dehors de cet escadron ou de cette guerre. Au moins, ils veillaient sur lui.

Contrairement à certaines personnes.

Beaucoup plus tard, une fois que tous les autres eurent fini, Kendy déclara :

— Je dois admettre que le travail d'espionnage est un peu moins glamour et spectaculaire que je ne l'imaginais.

Thane ne leva pas les yeux du panneau ouvert dans l'aile de son vaisseau.

— À mon avis, ce sont les trucs spectaculaires qui risquent le plus de te tuer. On verra quand ça se passera. Je suis prêt à tout, mais je ne suis pas suicidaire.

Kendy ne répondit pas et pendant les minutes qui suivirent, Thane se concentra sur son travail. Il avait presque oublié que Kendy et lui discutaient, jusqu'à ce qu'elle ajoute à voix basse :

— Tu sais, c'est ce que Ciena a dit dans son rapport.

Il resta cloué sur place, à fixer les fils et les composants qui alimentaient son vaisseau. La clé à molette qu'il tenait dans la main resta en l'air, au-dessus du couplage auquel il comptait s'attaquer. Il ne leva pas la tête.

— Qu'est-ce que Ciena a raconté dans son rapport ?

— Elle a écrit que tu t'étais probablement suicidé sur Jelucan. Je l'ai appris par un autre camarade de classe. J'ai tout de suite envoyé un holo à Ciena parce que je n'arrivais pas à le croire. Elle n'avait pas envie de parler. Sur le moment, j'ai cru que c'était parce qu'elle avait de la peine. Et puis quand j'ai découvert que tu étais ici, avec la Rébellion, je me suis dit que tu avais bien couvert tes traces. Mais plus j'y pense… dans toute la galaxie, c'est Ciena qui était la moins susceptible de croire à ton suicide. Vous vous connaissez trop bien. C'est elle qui t'a couvert, hein ?

— Oui.

Thane eut tout à coup l'impression d'être de retour sur Jelucan et de refermer la porte derrière Ciena lors de son départ. Il était persuadé qu'elle le livrerait, quelles qu'en soient les conséquences.

Kendy poussa un sifflement admiratif.

— Ciena Ree a trahi une promesse ?

— Parfois, on est loyal envers plusieurs choses à la fois.

Il répétait les paroles de Ciena de mémoire. De façon hésitante, mais il était sûr du sens. *Il faut choisir quelle loyauté honorer.*

— En cas de conflit entre ces choses, il faut choisir quelle loyauté honorer. Je suppose… je suppose qu'elle m'a choisi.

Ciena l'avait couvert. Elle avait orchestré ce mensonge – alors qu'elle ne mentait *jamais* – pour lui seul. Thane la connaissait trop bien, il savait d'où elle venait, il réalisait à quel point cela avait dû lui coûter. La colère qui lui nouait le ventre depuis trois ans se desserra enfin.

Mais c'était encore pire, parce que sa colère était son seul bouclier contre l'idée de la perdre.

Le bruit de bottes martelant le hangar lui fit enfin lever la tête de son Aile-X. Kendy avait sauté de son chasseur stellaire pour se placer en dessous de lui, les mains sur les hanches.

— Alors pourquoi n'est-elle pas ici ?

— Ciena ?

— Elle a toujours dit qu'un serment était éternel, qu'une promesse était une promesse, qu'il fallait respecter son honneur personnel, s'emporta Kendy. Je ne la croyais même pas capable de mentir ! Et maintenant, j'apprends qu'elle a trahi sa parole pour te sauver, mais qu'elle est toujours au service de la Flotte Impériale.

Comment est-ce qu'elle peut ? Si elle a réussi à les défier pour ton bien, pourquoi ne le fait-elle pas pour le bien de *toute la galaxie* ?

— Ciena n'a jamais été déloyale envers l'Empire.

Même si Thane détestait cette idée, c'était la vérité.

— Une seule fois, elle a choisi sa loyauté envers moi. Cela ne veut pas dire qu'elle a renié son serment envers l'Empire.

— Je ne vois pas la différence.

— C'est parce que tu ne viens pas de Jelucan.

Et parce que tu ne connais pas Ciena comme moi.

Le couplage pouvait attendre. Thane referma le panneau, rangea ses outils et se glissa à terre pour se retrouver face à Kendy.

— Écoute, toi et moi, nous étions aussi dans la Flotte Impériale, tu t'en souviens ? Des personnes de grande valeur peuvent se retrouver au service du mal.

Kendy secoua la tête, les bras croisés sur la poitrine. Une odeur de soudure et de graisse de moteur flottait dans l'air. Ses cheveux vert foncé luisaient dans la lumière crue du hangar.

— Des personnes de grande valeur peuvent commencer à servir l'Empire. Mais si elles restent, elles cessent d'être bonnes. Tu commets un acte que tu croyais impossible, par exemple obéir à un ordre qui te rend malade intérieurement, et tu te dis que ce sera la seule fois. Que c'est une exception. Que ce ne sera pas toujours comme ça.

Thane se rappela comme il avait essayé de fermer les yeux sur l'asservissement horrible des Bodach'is.

— Oui, je sais.

— Mais tu continues quand même, reprit Kendy.

Son regard était distant. Elle s'adressait maintenant plus à elle-même qu'à lui.

— Tu fais un compromis, puis un autre. Et quand tu réalises ce qu'est vraiment l'Empire, tu es presque trop engagée sur le chemin pour faire demi-tour. J'ai réussi à le faire, mais si les autres n'avaient pas été du même avis que moi, si j'avais dû partir seule au lieu de me joindre à un groupe, je serais peut-être restée. Et je n'aime pas la personne que je serais devenue.

Thane comprit que Kendy essayait de le prévenir que la Ciena qu'il avait connue, celle qui lui avait sauvé la vie, n'existait sans doute plus.

C'était probablement vrai.

Ciena avait sans doute participé à un des massacres punitifs que l'Empire infligeait aux planètes qui ne se soumettaient pas. Elle avait très bien pu voler dans un des Destroyers Stellaires de la Bataille de Hoth, pointant froidement ses laser vers les nombreux chasseurs rebelles qui ne s'en étaient pas sortis. L'Empire avait dû transformer son honneur en rigidité, en arrogance et en cruauté.

Savoir tout cela ne l'aidait pas à l'accepter.

— J'imagine que nous ne le saurons jamais, conclut Thane. Aucun de nous ne risque de la revoir.

Avant de tourner les talons pour quitter le hangar, il aperçut l'expression sur le visage de Kendy. C'était de la pitié.

Même s'il continua à travailler toute la journée, Thane broyait tellement de noir que Yendor finit par lui demander qui était mort et même Smikes le pria de retrouver sa bonne humeur. Une fois qu'ils eurent terminé le débriefing au sujet de D'Qar, il s'excusa de ne pas prendre part au traditionnel repas collectif et au jeu de cartes qui le suivait. Il se réfugia dans une des rares baies informatiques libres du *Liberté* pour être seul.

La solitude était un luxe rare pour un pilote rebelle – un peu comme pour un cadet à l'Académie. Il avait rarement l'occasion d'être seul avec ses pensées. Quand il était petit, s'il avait envie d'être isolé, il suffisait qu'il glisse jusqu'à la Forteresse. Parfois, il y retrouvait Ciena, mais sa présence ne le dérangeait jamais. Avant même d'avoir dix ans, ils avaient appris à respecter leurs silences, à rester proches sans s'immiscer dans l'intimité de l'autre. Combien de personnes se comprenaient aussi bien ?

Nous ne nous comprendrions plus du tout maintenant, se rappela-t-il. *Elle est au service de l'Empire depuis des années. Tout ce qu'il y avait de bon en elle est contaminé depuis longtemps. Si nous nous revoyions, elle ne me couvrirait plus ; tu peux en être certain. Il est temps de passer à autre chose.*

Thane s'étira, s'épongea le front et afficha les dernières nouvelles de Jelucan. Quand il voyait sa planète natale, il se sentait… le contraire de nostalgique. Elle changeait au fil des mois, toujours en pire. Il était impossible de suivre les informations sans se rendre compte que le monde primitif et sauvage sur lequel il avait grandi n'existait plus. La fille qu'il connaissait et dont il était tombé amoureux était aussi perdue que l'ancien Jelucan.

Il laissa donc les premières images sinistres défiler devant lui. La désolation avait le pouvoir étrange d'apaiser sa tristesse…

… jusqu'à ce qu'il apprenne le procès de Verine Ree.

Thane se redressa si vite que le holo se brouilla, incapable d'évaluer la distance idéale de projection. *Ce n'est pas possible. J'ai cru la reconnaître parce que Kendy et moi venons de parler de Ciena et qu'elle est dans mes pensées.* Puis, le visage de la mère de Ciena reprit forme. Le bandeau qui flottait sous elle disait : L'ACCUSÉE.

Détournement de fonds ? Impossible. Les gens des vallées étaient capables de piquer une crise de colère, de frapper ou même de tuer. Les crimes passionnels arrivaient, comme partout ailleurs. Les habitants des vallées cédaient sans doute aussi à d'autres pulsions criminelles : chiper un article dans une boutique, ce genre de choses. En revanche, un acte aussi prémédité et corrompu qu'un détournement de fonds allait à l'encontre de toutes leurs convictions.

Il y avait sans doute des hypocrites parmi les familles des vallées, mais celle de Ciena ne pouvait en faire partie. Il suffisait de connaître Ciena pour en avoir la certitude.

Thane serra les lèvres et son visage prit une expression dure. S'il restait quoi que ce soit de la Ciena qu'il avait connue, ce reste ne survivrait pas à ce procès. Une fois que Ciena cautionnerait la condamnation et l'emprisonnement de sa mère, elle serait perdue à tout jamais. Aussi perdue que s'il l'avait tuée ce jour-là, au-dessus de Hoth…

Au revoir, se dit-il en se remémorant la petite fille dans sa simple robe marron, pareille à une feuille d'automne. Il était temps de tirer un trait définitif sur elle.

*

Ça ne peut pas être Jelucan, avait envie de dire Ciena au pilote de la navette. *Vous ne m'avez pas amenée dans le bon système.*

Pourtant, elle savait pertinemment qu'elle était sur la bonne planète. Mais tout avait changé.

Un brouillard épais semblait s'être installé de façon permanente au sol et l'air était saturé de suie crasseuse. Les mines dont les nombreuses montagnes étaient criblées ne filtraient pas les rejets de l'exploitation industrielle. Les habitants déambulaient quand même, en toussant, certains portaient un mouchoir collé sur le nez et la bouche.

Au début, Ciena crut que ces masques l'empêchaient de distinguer les habitants des vallées de ceux de la seconde vague. Même si elle avait déjà noté qu'il y avait plus de vêtements fabriqués en masse lors de sa dernière visite, les deux groupes étaient encore bien distincts à cette époque. À présent, il était impossible de voir la différence. Elle n'aurait jamais cru que les longs manteaux criards de ceux de la seconde vague lui manqueraient. Pourtant, elle sonda en vain la foule à la recherche de tissus cramoisis ou bleu cobalt. Plus un seul muunyak crasseux non plus ; les gens se déplaçaient avec des grimpe-arête ou à pied.

Trois ans plus tôt, Valentia lui avait paru changée, mais la capitale était encore reconnaissable. Aujourd'hui, les baraquements précaires des travailleurs émigrés s'étaient multipliés au point de pratiquement masquer les bâtiments en pierre. L'édifice sénatorial transformé en caserne impériale était désormais un véritable avant-poste militaire, entouré par un champ de force qui projetait une lueur verdâtre. Un flot constant d'officiers et de stormtroopers franchissait les grilles.

Ciena remarqua que les Jelucanis pressaient le pas quand ils passaient devant. Ils ne voulaient pas attirer l'attention. Tout le monde baissait le regard.

*

— Je n'aurais pas dû te demander de venir, répéta Paron Ree, sur le seuil de l'ancienne chambre de Ciena. J'ai pensé à moi, pas à toi. Que vont dire tes supérieurs ?

— Ils diront que c'était une erreur parce que c'est le cas.

Ciena jeta sa veste d'uniforme, qui alla atterrir sur son pantalon et ses bottes. Ses vieux vêtements lui allaient encore. Ils dégageaient juste une odeur de renfermé. Le legging et la tunique mauves semblaient d'une douceur incroyable. Avait-elle vraiment porté des habits pareils tous les jours ? Elle ouvrit la porte et pénétra dans la salle de séjour, où son père se tenait les mains jointes, comme s'il allait présenter un rapport officiel. Elle le prit par les épaules et le serra.

— Tout ira bien, papa. La vérité éclatera, ne t'en fais pas.

Le visage de son père restait tendu, les traits tirés.

— Il y a peu de chance que les autorités identifient le vrai coupable.

— Parce qu'ils ne l'ont pas encore trouvé ? Eh bien, nous verrons.

Si seulement, elle était déjà commandant ! Ce rang aurait pu lui être utile pour rencontrer le magistrat.

— Excuse-moi de te dire ça, papa, mais tu n'as pas l'air bien. Est-ce que tu manges ?

— Depuis que ta mère est partie, je... perds la notion du temps.

Ciena se tut. Elle n'avait pas compris avant son arrivée que sa mère était emprisonnée et elle n'avait pas cru son père quand il lui avait expliqué que la pauvre n'avait pas droit aux visites. C'était un autre problème qu'elle allait devoir régler avec le magistrat le lendemain. Elle avait demandé une audience tôt le matin, elle attendait des nouvelles de son secrétariat.

Bientôt, certainement.

L'unité de réfrigération de son père contenait un peu de viande et des légumes-racines. Ciena se mit à préparer une simple soupe. Même si elle n'avait plus cuisiné depuis longtemps, elle se souvenait encore des herbes qu'il fallait écraser et de l'odeur qui imprégnait ses doigts ensuite. Son estomac gargouillait, elle rêvait de manger n'importe quoi qui ne soit pas une ration nutritive impériale. Elle avait emporté quelques bouteilles de boisson nutritive avec elle, mais elle préférait les garder pour le trajet de retour.

Quand le potage se mit à bouillonner, Ciena s'éloigna de la cheminée et s'assit sur les coussins posés près la table basse, en face de son père. Elle se sentait parfaitement à l'aise, même après avoir mangé pendant des années à des tables plus hautes, assise sur des bancs ou des chaises. Elle était toujours chez elle ici.

Paron secoua lentement la tête.

— C'est bon de te revoir, ma fille.

Il posa la main un moment sur la joue de Ciena.

— J'aurais dû venir plus tôt, papa.

— Non. C'est la guerre, tu fais ton devoir.

Ciena était étonnée de voir que les tempes de son père grisonnaient, mais le pire était son attitude. Il avait toujours été son roc, inflexible et souvent dur, mais toujours juste. Inébranlable. Soudain, il semblait épuisé et ridé.

— Il n'y a pas de drapeaux devant la maison. Est-ce que les familles refusent de reconnaître les charges retenues contre maman ?

Même si c'était un acte de défiance envers l'autorité – un anathème pour les gens des vallées –, certaines accusations injustes déclenchaient parfois cette réaction.

— Non, ils les reconnaissent. Mais personne n'est venu, ajouta son père d'une voix tendue.

Ce n'était pas possible.

— Personne ?

Il acquiesça d'un signe de tête.

Elle se rappela les jours qu'elle avait passés chez les Nierre, pour soutenir cette famille dans les moments sombres. Ils avaient fait la fête ensemble quand les accusateurs avaient enfin retiré leur plainte et accepté la version impériale des faits… même si Ciena s'interrogea tout à coup à ce sujet.

— Comment quelqu'un qui connaît maman pourrait-il la croire capable de voler ?

— Ils savent très bien qu'elle n'a pas pris l'argent, tonna son père. Tout le monde le sait, mais personne ne veut le dire.

— Mais… refuser de soutenir quelqu'un accusé à tort…

— C'est l'Empire qui l'accuse. Nous devons allégeance à l'Empire. S'y opposer serait le plus grand des déshonneurs !

Ciena fixa son père, bouche bée.

— Tu ne peux pas être contre maman… si ?

— Ta mère comprend les exigences de l'honneur, comme moi. Tu les as oubliées, Ciena ?

Son regard perçant la prit de court et elle n'osa plus rien dire.

Et la vérité ? pensa-t-elle. *Comment est-ce que la vérité pourrait ne plus avoir d'importance ? Depuis quand est-ce honorable d'accepter des mensonges éhontés ?*

— Excuse-moi de m'être emporté, ajouta son père d'un ton las. Ces derniers jours ont été très difficiles.

— Je sais. Je suis désolée. Je suis là, maintenant.

Une heure passa. Ils mangèrent la soupe avec du pain en silence. La peur et l'inquiétude de Ciena l'empêchaient de savourer cette véritable nourriture. Être près du feu avec son père, entendre les cris des faucons de sel : par moments, elle pouvait s'imaginer qu'elle n'était jamais devenue officier de l'Empire et qu'elle n'avait jamais quitté Jelucan. Que tous ses problèmes n'étaient qu'un rêve.

Hélas, elle ne pouvait laisser ses rêveries l'emporter longtemps. La réalité lui pesait plus à chaque minute qui s'écoulait, car la réponse du bureau du magistrat ne vint jamais et aucune famille des vallées ne se présenta non plus. Personne. La tranchée creusée dans le sable devant leur maison resta vide, comme si elle matérialisait la honte qui s'abattait sur les Ree.

Le ciel s'était complètement assombri quand Ciena osa demander :

— Papa, pourquoi es-tu si convaincu que le coupable ne sera jamais trouvé ?

— Tu connais la réponse. Ne nous insulte pas tous les deux en m'obligeant à te l'expliquer.

Elle avait déjà tiré la conclusion la plus logique : celui qui avait détourné les fonds servait l'Empire. Il devait s'agir de quelqu'un assez haut placé pour falsifier les informations.

— Le magistrat refuse de questionner publiquement des officiers impériaux ? Mais tout de même, de là à condamner maman…

— Ciena, écoute-moi. Tu fais partie de la Flotte Impériale et j'en suis fier. Tout ce qu'il y a de bon dans l'Empire vient de toi et de ceux qui sont comme toi.

Il lui tapota la main.

— Mais tout gouvernement et même tout dirigeant a sa face sombre. Ici sur Jelucan, nous… connaissons surtout les aspects négatifs. Mais notre loyauté ne faiblit pas.

Elle repensa au ciel pollué par la suie, aux montagnes abîmées par les trous qui ressemblaient aux lacérations d'un animal monstrueux. Son père refusait de céder, alors que tout autour de lui n'était que destruction et corruption.

Ça ne se passe que sur Jelucan, ce sont les conséquences d'un gouverneur malhonnête. Les supérieurs ne sont pas au courant, sinon ils prendraient des mesures.

Ciena voulait se convaincre. Mais, même dans sa tête, ces excuses semblaient risibles. Elle ne pouvait y croire et encore moins les exprimer à haute voix. Elle ne cessait de revoir l'expression de Ronnadam quand il lui avait accordé sa permission. Il semblait tellement convaincu que les tribunaux impériaux prendraient la bonne décision. Il le savait parce que la « bonne » décision ne serait jamais celle qui découlerait de la vérité ; ce serait celle qui couvrirait les actions prises par les officiers impériaux. L'apparence de justice avait remplacé la vérité.

Et pourtant.

— Pas *une seule personne* des vallées, papa ?

Il indiqua d'un geste le sable vide, l'absence de drapeaux.

Elle ne trouva rien à ajouter. Elle se leva, comme si elle était en transe, rangea les restes du repas et nettoya les casseroles. Encore une fois, son univers lui semblait irréel. Cette fois, c'était Jelucan qui lui donnait l'impression de n'être qu'un mauvais rêve. Comment pouvait-elle se trouver dans un endroit qu'elle aimait tant et s'y sentir si mal ? Elle avait presque envie de retourner à bord de l'*Exécutor*, où l'air recyclé sentait l'ozone et où personne n'osait dévier de la stricte application des règles.

Le trajet jusqu'à Jelucan avait duré dix heures. Ciena était bien trop agitée pour envisager de dormir. Maintenant, dix heures plus tard, l'épuisement l'avait rattrapée. Sa tête tournait et ses yeux piquaient. Cependant, pendant toute la durée d'un procès, il fallait qu'une personne reste éveillée dans la maison de l'accusé. Normalement, les amis fidèles et les membres de la famille se relayaient pour veiller, mais Ciena et son père étaient seuls. Même si elle était exténuée, elle savait que son père l'était encore plus.

— Va te coucher, je vais veiller.

— Tu as besoin de repos.

— Et toi pas ?

— Après le voyage que tu as fait pour revenir ici…

Son père ne finit pas sa phrase. Il n'avait pas la force de lui résister.

Elle entendit le bourdonnement d'un grimpe-arête à l'extérieur. Elle avait tellement envie qu'un ami se manifeste que ses oreilles se dressèrent. Très vite, elle se sermonna : *Beaucoup de gens passent aussi bas dans les vallées. Ce n'est pas toi qu'on vient voir.*

Le grimpe-arête s'immobilisa. Ciena entendit des bruits de pas et – oh, merci la Force – le bruit caractéristique d'un bâton qu'on enfonce dans le sable.

Avec un sourire triomphant, Ciena tapota l'épaule de son père et courut à la porte. Une personne faisait au moins preuve de loyauté. Une personne les soutenait, quoi qu'il arrive. Serait-ce un des Nierre à la peau pâle qui rougirait jusqu'aux oreilles en s'excusant d'arriver si tard ? Ou l'un des aînés des vallées, qui expliquerait avoir pris le risque de défier les autorités impériales au nom de toutes les familles ?

Elle ouvrit la porte à la volée avant que le visiteur ait eu le temps de frapper… et s'immobilisa sous le choc. Elle n'arrivait plus à bouger et fut incapable de prononcer un mot en dehors de son nom.

— Thane ? murmura Ciena.

CHAPITRE 20

Même si Ciena pensait très souvent à Thane et qu'il faisait encore partie de sa vie, elle était réellement convaincue de ne jamais le revoir. Et pourtant, ses yeux bleu pâle insondables étaient là devant elle. Il ne semblait pas certain d'être le bienvenu.

La voix du père de Ciena s'éleva dans son dos.

— Oui ?

— Monsieur Ree, c'est Thane Kyrell. J'ai entendu parler de ce qui est arrivé à la mère de Ciena et… je voulais veiller avec vous. Si vous voulez bien de moi.

Thane fit un geste en direction du trou dans le sable, où se dressait un seul drapeau.

— Ciena m'a expliqué un jour que les gens de l'extérieur des vallées pouvaient apporter un drapeau rouge sans motifs, étant donné que nous n'avons pas d'armoiries familiales. Enfin… je crois que c'est ce qu'elle m'avait dit.

Il hésita pour la première fois et l'incertitude que Ciena perçut le rendit plus familier. Il ressemblait davantage au petit garçon qu'elle avait connu. Ce moment ne dura pas longtemps : le gamin céda bientôt la place à un étranger.

— Ai-je bien retenu le rituel ?

— Tout à fait.

Le ton de Ciena était plus calme qu'elle ne l'aurait imaginé.

Thane hocha la tête avec la même rigidité que lorsqu'il recevait un ordre de l'Empire.

— Alors puis-je veiller avec toi ou dois-je m'enfuir ?

Le sous-entendu était évident : *Est-ce que tu vas me livrer à l'Empire ?*

Elle avait juré de le faire. Son serment de loyauté l'exigeait, surtout depuis qu'elle savait que Thane avait rejoint l'Alliance Rebelle.

Mais la veille était une période sacrée, plus cruciale que sa loyauté. Quiconque mettait son honneur en jeu pour une famille des vallées méritait la protection de sa maison. Quand elle vit son père la regarder d'un air interrogateur, elle acquiesça et s'écarta pour laisser entrer Thane.

Elle n'aurait jamais cru qu'il prêtait tant d'attention à ce qu'elle racontait quand ils étaient dans la Forteresse et qu'elle essayait de lui expliquer les croyances et les rituels des vallées. Il s'adressa à son père selon le protocole, en inclinant légèrement la tête en signe de respect :

— Paron Ree, je n'ai aucun doute quant à l'honneur de votre famille.

— Je vous remercie de venir veiller avec nous.

Son père hésita… il n'avait rencontré Thane qu'en de rares occasions et l'avait toujours considéré comme un gamin riche et privilégié, qui profitait de Ciena pour réussir. Il ne lui avait jamais serré la main, mais le fit cette fois.

Ciena referma la porte. Le choc était si profond qu'elle eut du mal à pousser le verrou. Trois ans s'étaient écoulés depuis qu'ils s'étaient quittés sur Jelucan. Cette nuit-là, elle avait réussi à atteindre le rez-de-chaussée avant de fondre en larmes ; Thane n'avait sans doute pas tenu aussi longtemps.

Je lui ai dit que je le dénoncerais si je le revoyais. Que s'il remettait les pieds sur Jelucan, il serait capturé. Emprisonné. Peut-être tué. Des trahisons moins graves que la sienne avaient entraîné la peine capitale ces dernières années.

Et pourtant Thane était revenu.

Il se tenait au centre de la salle de séjour, si imposant dans la pièce en forme de dôme qu'elle semblait trop petite pour lui.

— Bien. Que dois-je faire ?

Son père lui indiqua la table.

— Votre présence suffit. Avez-vous mangé ? Grâce à Ciena, nous avons de la soupe.

— Je ne veux pas m'imposer…

— Tu veilles, intervint Ciena d'un ton plus dur qu'elle ne l'aurait voulu. Tu soutiens notre maison. Ça signifie que tu as droit à notre hospitalité et à notre protection, tant que tu es ici.

— Alors, je veux bien de la soupe. Merci.

Thane s'assit par terre et plia tant bien que mal ses longues jambes sous la table basse.

Le père de Ciena se chargea de préparer le repas, à la fois parce que cela faisait partie du rituel d'accueil, mais sans doute aussi parce qu'il avait deviné que Ciena et Thane voulaient parler. Il *fallait* qu'ils s'expliquent, Ciena le savait. En revanche, elle ne savait pas par où commencer.

Mieux valait débuter par l'essentiel.

— Merci de soutenir notre famille.

Thane fit un geste du menton en direction de la tranchée.

— Je n'ai pas vu d'autres drapeaux.

Un sourire amer déforma les lèvres de Ciena

— Les familles des vallées nous ont abandonnés. Personne n'est venu, à part toi.

Il hésita avant de répondre :

— Je sais que ta mère est innocente. Aucun habitant des vallées ne ferait une chose pareille, encore moins un de tes proches.

Ils se regardèrent longuement dans les yeux avant de tous les deux détourner.

Quand son père déposa le bol de soupe devant Thane, Ciena remarqua avec quelle lenteur il se déplaçait. Depuis l'arrestation de sa mère, huit jours plus tôt, il ne parvenait plus à trouver le repos.

— N'oublie pas que c'est moi qui veille, lui rappela Ciena en posant une main sur son bras. Va te coucher.

— Je peux m'en charger, proposa Thane. Si quelqu'un doit rester éveillé jusqu'à l'aube, ça devrait être moi.

Le père de Ciena, supposant que l'affaire était réglée, embrassa sa fille sur la joue et se retira dans sa chambre sans un mot. Elle espérait qu'il se coucherait et s'endormirait tout de suite. Il avait besoin de sommeil et elle n'avait pas envie qu'il entende ce dont Thane et elle allaient discuter.

Ils gardèrent le silence jusqu'à ce que la porte de son père se referme. Ciena sentit ses genoux faiblir en s'installant sur le coussin à côté de celui de Thane. Une telle proximité lui rappelait la seule nuit qu'ils avaient passée ensemble. Il avait perdu toute trace de sa douceur d'enfant et sa masculinité était presque agressive. Ses épaules larges, ses muscles épais et sa barbe rousse, de quelques jours à peine, obscurcissaient ses traits. Elle se détourna de son visage et déclara :

— Tu sais que c'est dangereux pour toi ici.

— J'ai été prudent. J'ai attendu que la nuit tombe pour quitter mon transport. J'ai loué un grimpe-arête sous un faux nom et je suis venu ici sans faire d'étape.

Je m'en irai quand il fera à nouveau noir. Je ne verrai personne sauf ceux qui entrent ici. Je suis en sécurité… à moins que tu me dénonces.

— Tu sais très bien que je ne le ferai pas.

— Parce que tu me dois la « protection de la maison » ?

Il sous-entendait : *Ou parce que tu as une autre raison ?*

Elle ne lui donna pas de réponse directe. Elle serra les bras autour de sa poitrine et déclara :

— C'est moi qui vais veiller ce soir.

— Tu es épuisée, ça se voit, décréta-t-il d'une voix tranchante. J'ai dormi dans le transport, j'ai quelques heures de sommeil d'avance.

— Je ne peux pas te laisser faire ça.

— Ce n'est pas une question de rituel, si ? Sinon, ton père l'aurait dit. Pourquoi refuses-tu ?

Elle était assez fatiguée pour lui avouer la vérité.

— Je ne veux pas t'être redevable.

Il eut un rire nerveux, sans joie. Thane ne s'attendait pas à ce que Ciena soit fâchée à ce point. Il ignorait qu'elle était au courant pour l'Alliance Rebelle, mais il commençait à le deviner. Il semblait presque aussi furieux qu'elle. Pourtant, la dernière fois qu'ils s'étaient vus, ils avaient eu tant de mal à se quitter.

— Vois les choses comme ça, reprit Thane d'un ton posé.

Presque malgré elle, Ciena se tourna à nouveau vers lui.

— Je te suis déjà redevable, d'avoir fait croire à mon suicide au lieu de me dénoncer. Du coup, si je veille ce soir, nous serons quittes. Personne ne devra rien à personne, d'accord ?

Quand elle était petite, Ciena avait lu des histoires atroces, sur les châtiments cruels et barbares utilisés autrefois, avant que son peuple ne quitte sa planète d'origine et ne sache que d'autres individus habitaient parmi les étoiles. Un récit en particulier avait suscité des cauchemars : les bras et les jambes d'une personne étaient attachés à quatre bêtes différentes, qui étaient ensuite envoyées dans des directions opposées jusqu'à ce que le corps de la victime se déchire. Cet écartèlement l'avait hantée et elle était soulagée à l'idée que cela ne lui arriverait jamais.

Or c'était exactement ce qui était en train d'arriver, non pas à son corps, mais à son âme.

Elle avait juré loyauté à l'Empire. Elle était devenue amie avec ceux qui serviraient avec excellence à ses côtés pendant toute sa vie. En même temps, les zones d'ombre qu'elle avait perçues il y a longtemps s'épaississaient et s'allongeaient : les morts inutiles de si nombreux pilotes, la pression grandissante pour qu'elle renie tout ce qu'elle avait été, la corruption et la dévastation sur Jelucan… Et, par-dessus tout, elle n'arrivait pas à oublier le massacre d'Alderaan, le sacrifice d'une planète pour empêcher une guerre, une tentative qui avait complètement échoué.

Rien de tout cela n'avait tiraillé son cœur aussi brutalement que le simple fait de retrouver Thane. Non seulement il avait abandonné son devoir – et Ciena –, mais il avait rejoint la Rébellion, qui était responsable de la mort de Jude et de cette maudite guerre. Elle ne pouvait imaginer pire trahison.

Puis, alors que tout le monde les avait abandonnés, Thane avait risqué sa vie pour soutenir Ciena.

Elle se leva.

— Bonne nuit, Thane.

Elle ne le remercia pas de veiller. Elle se dirigea simplement vers sa chambre et referma la porte derrière elle sans se retourner. Elle était si exténuée qu'elle pensait s'endormir immédiatement. Elle se trompait. Elle resta éveillée près d'une heure, à écouter les faibles bruits de Thane. Elle savait qu'il ne viendrait pas la retrouver et elle n'en avait pas envie, mais elle prenait plaisir à l'entendre. À imaginer ses mouvements et à savoir avec certitude qu'il n'était pas loin.

*

Le lendemain matin, quand Paron Ree se leva, Thane demanda la permission de faire une sieste. Il était assez fatigué pour s'endormir malgré les questions qui le brûlaient, les mêmes que celles qui l'avaient taraudé toute la nuit.

Par exemple : *Pourquoi Ciena est-elle furieuse contre moi ?* Il la soupçonnait d'avoir appris qu'il avait rejoint la Rébellion. C'était une mauvaise nouvelle. Est-ce que cela voulait dire que l'Empire possédait un dossier sur lui ? C'était impossible, sauf s'il y avait des taupes au sein de l'Alliance Rebelle. Peut-être Ciena avait-elle été punie pour la désertion de son ami. Cela expliquerait pourquoi elle semblait avoir du mal à le regarder en face.

Une autre de ces questions était : *Pourrai-je rejoindre mon escadron à mon retour ?* Thane avait prévenu le général Rieekan de son absence, sans fournir de détails, et n'en avait reçu aucun en retour. Les relais pour rejoindre l'emplacement actuel du *Liberté* seraient sans doute encore valides quand il partirait, mais si la Rébellion avait ne fût-ce que l'ombre d'un soupçon que l'Empire risque de les prendre en chasse, ils lèveraient le camp. Et Thane devrait recommencer de zéro le processus laborieux pour entrer en contact avec l'Alliance Rebelle : interroger des pilotes dans les spatioports, voyager vers des planètes inconnues pour apporter son soutien dans l'espoir d'entendre les bonnes rumeurs, etc. Cela prendrait du temps et ce n'était pas sans risque.

La question qui déchirait vraiment Thane était : *Qu'est-ce que je fais ici ?*

Il s'était dit que Kendy avait raison, que l'Empire ne se contentait pas du service de ses officiers, qu'il exigeait leurs âmes. Des années de lavage de cerveau et d'entorses à la morale avaient dû éradiquer tout ce qu'il appréciait chez Ciena pour ne laisser que des échos de la pensée tyrannique de Palpatine.

Puis il avait vu la mère de Ciena aux infos. Il avait tout de suite compris que Ciena reviendrait sur Jelucan. Et tout aussi rapidement, il avait su qu'il devait rentrer également, et lui faire face à nouveau.

Si l'Empire l'avait vidée de sa personnalité pour ne laisser qu'une enveloppe vide et froide, Thane pourrait enfin tourner la page. Si elle était toujours fidèle à ses souvenirs, alors Thane jouerait les recruteurs pour la Rébellion.

La réalité ne ressemblait à aucun de ces extrêmes, il l'avait compris, mais il ne pouvait sonder le cœur de Ciena. Elle était devenue un mystère, une porte fermée.

Il s'éveilla de sa sieste en croyant être au milieu de la matinée. La pollution était si épaisse que l'heure était difficile à déterminer. Quand il entra dans la salle de séjour, Ciena leva la tête. Elle était assise sur un coussin posé par terre, en legging et tunique blanche. Ses cheveux n'étaient pas tressés et ses boucles entouraient son visage comme un nuage. Elle était coiffée de la même façon lors de la soirée au Palais Impérial où ils avaient dansé ensemble.

Il était persuadé que les années au service de l'Empire auraient endurci Ciena, il se la représentait en officier impérial rigide et strict. En réalité, elle était toujours gracieuse, douce, voire délicate, même si Thane savait que ce n'était qu'une apparence. Il se souvenait de la fermeté de ses muscles avec autant de précision que de ses yeux brun foncé dans lesquels il s'était plongé au cours de la nuit passée ensemble.

Ça suffit, s'ordonna-t-il.

Comme elle ne lui dit pas bonjour, il ne le fit pas non plus.

— Où est ton père ?

— Au travail.

Elle lui indiqua du pain et du fromage qu'ils avaient dû réserver pour son petit déjeuner.

— Papa est administrateur à la garnison. On ne lui accorde aucun congé même si sa femme est en danger ; il a le cœur brisé. Il ne peut pas même se permettre d'arriver en retard.

Était-ce de la colère contre l'Empire qu'il entendait ? Thane sentit l'espoir l'envahir, mais Ciena était aussi insondable que la veille. Il se servit de pain et réussit à s'asseoir à cette maudite table trop basse.

— Qu'est-ce que le rituel exige de nous aujourd'hui ?

— Pas grand-chose. Quelqu'un doit rester ici en permanence, pour veiller sur la maison, mais nous n'avons reçu qu'un soutien, cette règle n'a pas d'importance.

Ciena hésita avant de poursuivre.

— J'ai demandé à rencontrer le magistrat local hier et à nouveau ce matin. Je n'ai pas eu de réponse et je n'en attends plus.

— Tu veux dire que nous pourrions partir, mais que nous n'avons nulle part où aller.

Pas de réaction. Ciena avait le regard fixé sur l'unique fenêtre ronde en façade, devant laquelle son drapeau rouge improvisé claquait dans le vent. L'air chargé de suie le ternirait bientôt. Il avait suivi la dégénérescence de Jelucan au fil des ans, mais ça n'était pas plus facile d'en être témoin. Si seulement ils pouvaient revenir à leur enfance, quand ils se sentaient encore chez eux sur cette planète et qu'ils se comprenaient sans parler…

Tout à coup, il sut exactement ce qu'il avait envie de faire et comment il saurait si elle était toujours *sa* Ciena.

— Viens voler avec moi.

Elle se tourna vers lui.

— Tu veux voler ? Maintenant ? Aujourd'hui ?

— On peut aller jusqu'au hangar familial avec le grimpe-arête. Je parie que le vieux V-171 est toujours là.

— Si tes parents t'aperçoivent…

— J'ai vérifié avant de quitter le spatioport. Ils sont retenus à l'autre bout de la planète pour affaires. La voie est libre.

Ciena semblait dubitative.

— Le V-171 ne peut peut-être plus voler. Ça fait quelques années.

— Allons voir dans quel état il se trouve. S'il est cassé, OK, on laisse tomber. Mais il est peut-être encore utilisable.

Thane la regarda chercher une raison de refuser. Elle finit par soupirer.

— D'accord.

Il attrapa sa veste et sa casquette bleu foncé avec plus d'appréhension que d'optimisme. Ciena était toujours aussi fermée et Thane se demandait si ça ne valait pas mieux ainsi. D'un autre côté, ils avaient rarement été aussi proches que dans les airs ensemble. C'est là qu'ils avaient partagé leurs connaissances, qu'ils avaient appris à se connaître et qu'ils avaient exploré Jelucan côte à côte. Ce serait donc là qu'il saurait enfin s'ils pouvaient encore communiquer.

Le trajet jusqu'au hangar fut plus stressant qu'il ne l'avait prévu. Les chemins secondaires qu'ils empruntaient des années plus tôt étaient devenus des zones communes. Chaque fois qu'ils croisaient un autre grimpe-arête, son estomac se nouait. Il s'attendait presque à ce que les conducteurs soient des stormtroopers prêts à dégainer leur blaster. Heureusement, personne ne leur prêta attention. Ils n'étaient que deux silhouettes grimpant le flanc de la montagne dans le brouillard matinal et les cendres en suspension.

L'appareil de Ciena était devant le sien. Thane avait l'impression d'être son ombre.

Il ne savait pas ce que Dalven était devenu, mais il ne devait pas venir souvent voir leurs parents : il n'avait en tout cas plus mis le pied dans le hangar depuis des années. Les portes étaient coincées par la rouille. Quand Thane et Ciena tirèrent pour les ouvrir, des nuages de poussière s'envolèrent et les firent tousser. Le V-171 était poussiéreux, mais quand Thane enfonça les boutons du tableau de bord, ils s'allumèrent avec une lueur verte.

Il tapota le flanc du vaisseau, envahi soudain par une fierté absurde.

— Tous les systèmes sont prêts.

— Alors, allons-y.

Ciena tendit machinalement la main pour jouer à lézard-crapaud-serpent avant de se rendre compte de ce qu'elle faisait, à en juger par sa gêne soudaine. Thane tendit simplement la main à son tour. Un, deux, trois : il avait choisi crapaud, elle avait choisi serpent. Le serpent mangeait le crapaud.

— T'as toujours eu plus de chance que moi à ce jeu, marmonna-t-il.

Cela lui valut un sourire. Il s'effaça vite, mais était bien réel.

— Dommage pour toi, Kyrell, décréta-t-elle de la voix qu'il lui avait toujours connue. Tu seras copilote aujourd'hui.

Les rythmes familiers des préparatifs et du décollage furent un soulagement. Ils étaient à nouveau capables de coopérer et savaient que faire. Au bout de quelques moments, le V-171 s'éleva du sol. Pendant que Ciena manœuvrait pour quitter le hangar, il lança :

— Allez, à nous le ciel !

— Entendu.

Et ils s'élevèrent vers le soleil.

Ils coordonnèrent leurs gestes immédiatement. À la perfection. Thane devinait vers où elle voulait tourner avant même qu'elle le sache ; Ciena réagissait à chacun de ses mouvements presque avant qu'il l'ait achevé. Il était stupéfait de constater que rien n'avait changé sur ce plan, même si le reste de leurs vies avait été chamboulé. Ils étaient toujours capables de piloter comme s'ils ne formaient qu'une seule entité.

À plusieurs milliers de mètres d'altitude, la pollution se dissipa et ils finirent par être entourés de la même atmosphère claire que dans leurs souvenirs d'enfance. Les nuages étaient d'un blanc éclatant et les crêtes des plus hautes montagnes les perçaient, comme des îles perdues dans la neige. On ne pouvait exploiter de mines à cette hauteur et le paysage était intact.

D'ici, Thane aurait presque pu croire que Jelucan était toujours une planète magnifique.

Ciena avait autant que lui envie de s'attarder dans le ciel. Thane le savait sans qu'elle le lui dise. Ensemble, ils dessinèrent des loopings, survolèrent les chaînes de montagnes qui leur étaient toujours familières, s'engouffrèrent dans le vent qui soufflait encore sur le Pic de la seconde vague. Quand Ciena inclina les ailes pour attraper ce courant d'air, Thane s'était déjà penché et il éclata de rire.

— Tu adores ça.

— Toi aussi.

Il perçut le sourire dans sa voix.

Ce n'est pas une trêve. Tu es toujours avec la Rébellion ; elle est toujours un officier impérial loyal. Nous ne pourrons jamais partager plus qu'une heure volée, plus d'un vol. C'est ce que Thane se disait. Il n'arrivait pourtant pas à s'en convaincre.

Même quand la tempête se mit à souffler, ils repoussèrent le moment de rentrer le plus longtemps possible. Une fois que le vent se fit trop violent, ils se mirent d'accord sans parler sur le moment où le V-171 devait redescendre. Dans ce petit appareil, ils sentaient le poids de leurs corps se déplacer à chaque cisaillement du vent. Il savait encore comment elle bougeait.

— Allez ! On peut y arriver !

Ils avaient dix ans et Ciena voulait slalomer entre les stalactites pour la première fois. Il avait foncé en spirale vers leur objectif. Ils avaient eu le tournis en même temps et avaient éclaté de rire.

Leurs motos speeders étaient entremêlées alors qu'ils fonçaient à travers Coruscant, en se penchant l'un vers l'autre pour atteindre précisément le centre du dernier Cerceau de Reitgen et la victoire.

— Comme ça ?

Il sentait le souffle de Ciena contre son épaule nue. Incapable de répondre, il parvint juste à hocher la tête.

Ils ramenèrent le V-171 au hangar avant que la pluie ne s'abatte. Ciena coupa les moteurs en silence. La complicité qu'ils avaient retrouvée en l'air avait disparu. Ils débarquèrent et quittèrent le hangar comme des collègues de travail dans un spatioport commercial.

Mais Ciena ne rejoignit pas son grimpe-arête. Elle se dirigea vers le bout de la terrasse du hangar, vers l'étroit sentier rocailleux qui s'écartait de la route principale en direction de la Forteresse. Elle s'arrêta un instant pour jeter un regard en arrière et mettre Thane au défi de la suivre.

Thane était incapable de résister à un défi.

Ils n'échangèrent pas un mot avant d'être à l'intérieur de la Forteresse. Quand Ciena alluma une des vieilles lampes qu'ils avaient laissées là, Thane regarda autour de lui en clignant les yeux de surprise. Alors qu'il s'attendait à une ruine poussiéreuse, les surfaces étaient propres, les couvertures avaient été secouées. Quelques vaisseaux miniatures étaient encore suspendus au mobile qu'ils avaient construit quand ils avaient neuf ans.

— Ça a bien tenu le coup.

— Je suis venue hier. Mon vaisseau s'est posé avant que mon père ne puisse quitter son travail et Valentia... je ne pouvais pas supporter d'y rester longtemps. C'était le seul endroit où j'avais envie d'être.

Ciena se tourna pour lui faire face et à cause de l'obscurité qui était tombée avec l'orage, il n'arrivait pas à déchiffrer son expression.

— Il y avait tant de choses qui n'avaient pas changé ici.

Thane fit un pas vers elle.

— Ciena...

— Tu as rejoint la *Rébellion*.

Les mots sortirent de sa bouche d'un coup, comme de l'eau par l'ouverture d'un barrage qui cède.

— Comment as-tu pu faire une chose pareille ? Ce sont des terroristes ! Ils ont tué Jude !

— Nous ne sommes *pas* des terroristes. S'il y a un terroriste, c'est Palpatine en personne, car il règne par la terreur...

— Tu avais dit que tu n'irais pas rejoindre les rebelles, tu me l'as dit en face...

— C'était avant de réaliser à quel point l'Empire est nocif. Les rebelles ne sont peut-être pas parfaits, mais il faut bien que quelqu'un réagisse !

— Alors tu as décidé que tu détestais l'Empire ? Tu es prêt à tuer ceux avec qui tu as étudié à l'Académie : tes collègues, tes amis.

Ciena s'approcha à son tour, les poings serrés sur les hanches.

— Tu es même prêt à me tuer, moi.

— Tu ne crois pas que ça me ronge à chaque fois que je participe à une bataille ? Tu ne sais pas que je préférerais mourir ? Mais je ne peux pas rester les bras croisés à ne rien faire, Ciena. Je ne peux pas.

Elle secoua la tête.

— Pourquoi faut-il que tu cesses d'être cynique *maintenant* ?

Thane avait envie de la convaincre. Il avait envie de la supplier de l'écouter. Plus que tout, il avait envie de retourner dans les airs, où ils se comprenaient encore. Malheureusement, l'orage était bien là.

— C'est tout ce que tu as à dire ? demanda-t-il. Tu m'as traîné jusqu'ici juste pour me crier dessus ?

— Non.

— Alors que…

Ciena attira le visage de Thane vers le sien et l'embrassa avec fougue.

Les moments qui suivirent furent troubles et fiévreux : les petites mains de Ciena glissèrent sous la veste de Thane pour lui caresser le torse, puis Ciena se lova dans ses bras et il savoura ses lèvres. Il avait l'impression qu'il ne serait jamais assez collé contre elle. Même enlacés, ils étaient encore trop loin.

Thane la serra si fort qu'il put la soulever du sol. Puis il la plaqua contre le mur et la maintint en l'air avec le poids de son corps. Il colla sa bouche ouverte contre la sienne.

Quand ils s'écartèrent assez longtemps pour reprendre leur souffle, Ciena murmura :

— Ne *t'avise* surtout pas de t'arrêter.

Il ne s'arrêta pas.

CHAPITRE 21

Des heures plus tard, Ciena était assise à l'entrée de la Forteresse, enveloppée dans une couverture. Elle regardait la fin de l'orage. Le vent s'était calmé, mais la pluie continuait à dérouler son rideau argenté. Comment avait-elle pu oublier que la vue était si belle ?

Elle était toujours venue ici pour rêver. Le service impérial laissait peu de temps à cette activité – il n'y avait pas d'heures au cours desquelles on puisse laisser son esprit vagabonder, aucune place pour l'imagination.

Ciena se leva et rentra à l'intérieur de la Forteresse sur des jambes en coton. Les fourrures et les couvertures étaient entassées tout au fond, près du vieux chauffage qu'ils avaient installé dix ans plus tout. Seule une faible lumière s'aventurait aussi loin. Ciena s'arrêta un instant pour observer Thane, couché sur le ventre, plus endormi qu'éveillé, le corps à peine couvert.

Elle appuya une épaule contre la paroi et murmura :

— Regarde à travers mes yeux.

Thane bougea. Il roula sur le dos et lui adressa un sourire somnolent.

— Tu montres ça à ta sœur ?

— Je suis censée partager avec elle les moments les plus beaux et les plus extraordinaires de ma vie. Celui-ci en est un.

Il tendit un bras vers elle et elle vint se lover contre lui en tirant la couverture sur eux. Malgré le petit chauffage, l'air dans la Forteresse restait frais. Heureusement, Thane était bien chaud. Ciena aurait voulu ne jamais retrouver le monde à l'extérieur, elle aurait voulu qu'ils restent ensemble, inséparables.

— Tu le sais probablement, mais je t'aime encore, déclara-t-elle.

— Je t'aime aussi. Tout peut changer, mais pas ça.

Ciena se tourna pour le regarder. Même si c'était difficile d'exprimer son souhait sans se fâcher, il fallait qu'elle parle.

— Si tu as pu rejoindre la Rébellion, c'est que tu as changé plus que je ne l'aurais cru possible.

— Tu crois toujours la propagande impériale qui fait croire que nous sommes des « terroristes » ? Les Rebelles sont des idéalistes, en réalité. Ils croient que la Nouvelle République sera tout ce que l'Ancienne République n'a jamais été. Je ne suis pas aussi crédule qu'eux. Je ne le serai jamais. Mais l'Empire doit tomber.

— Tu as prêté serment…

— Ça suffit avec les serments, Ciena !

Thane attendit de recouvrer son calme.

— Je suis désolé, je sais ce que l'honneur signifie pour toi. Mais la question n'est pas de savoir si nous avons gardé la foi en l'Empire, mais si l'Empire a gardé la foi en nous.

De nombreux doutes de Ciena entraient en résonance avec ces mots. Elle revit les officiers morts en vain, entendit le dernier cri de Penrie, revit Alderaan exploser sous ses yeux. Au final, même sa mère souffrait.

Elle enfouit son visage contre le torse de Thane. Elle se sentait plus en sécurité pour parler dans la chaleur de son étreinte.

— Je vois à quel point l'Empire est sombre. Comment est-ce que ça aurait pu m'échapper ?

Il enroula une des boucles de Ciena autour de son doigt. Ce petit jeu contrastait avec la gravité de son discours.

— Si tu le vois, je ne comprends pas comment tu peux continuer à servir l'Empire, au nom d'une promesse prononcée il y a des années, alors que tu ne connaissais pas la vérité.

— Personne ne connaît jamais *toute* la vérité. C'est pour ça que les promesses sont importantes. Sinon, ce serait trop facile, tu comprends ? Nous avançons vers le futur, sans savoir ce qui va se passer, et nous jurons d'être loyaux, quoi qu'il arrive.

Ciena soupira.

— Mon serment est important pour moi, mais ce n'est pas la seule raison pour laquelle je reste.

— Pourquoi alors ?

— Parce que l'Empire ne se limite pas à… à la corruption et la brutalité.

Cela lui en coûtait de prononcer ces mots, mais Thane l'obligeait à être honnête avec elle-même.

— C'est aussi la structure qui empêche la galaxie de replonger dans le chaos, comme pendant la Guerre des Clones. Et pour chaque bureaucrate mesquin qui s'enrichit en prenant sa part des profits, il y a quelqu'un comme Nash Windrider, qui essaie vraiment de faire ce qui est juste. Si les bons s'en vont, est-ce que ça n'aggrave pas la situation ? N'avons-nous pas la responsabilité de résister et de changer l'Empire si nous le pouvons ?

— Tu es toujours optimiste.

Thane hésita un instant avant de demander :

— Comment va Nash ?

— Mieux maintenant. La première année après la destruction d'Alderaan a été pénible, mais il s'en est sorti. Je pense qu'il se sent seul, parfois.

Ciena se souvint de la nuit où Nash lui avait fait des avances devant la porte de sa cabine. Elle avait refusé ; Thane n'avait pas besoin d'être au courant.

— Il parle de toi, de temps en temps. Je déteste qu'il soit obligé de te croire mort.

— Moi aussi.

Ils restèrent allongés sans rien dire, la tête de Ciena posée sur le torse de Thane. Elle repensait aux premiers mois à l'Académie, quand ils étaient si confiants, persuadés de leur place dans la galaxie. Était-ce seulement six ans plus tôt ? Elle avait l'impression qu'une éternité s'était écoulée.

— Ciena ? demanda Thane d'un ton prudent. Je voudrais te poser une question qui pourrait ne pas te plaire. Écoute-moi jusqu'au bout, d'accord ?

Elle songea que puisqu'elle n'avait pas tué Thane après avoir appris qu'il avait rejoint la Rébellion, il ne risquait plus rien.

— Vas-y.

— Ce qui arrive à ta mère… est-ce que tu t'es demandé si ce n'était pas un test ? Un jeu psychologique que l'Empire utilise sur ses troupes.

Si seulement elle pouvait encore croire que ces « tests » avaient pour but de les rendre plus forts, qu'ils servaient un objectif plus grand qu'eux ! S'était-elle réellement fâchée contre Thane parce qu'il avait suggéré le contraire ? Le souvenir de sa propre naïveté lui fit honte. Au cours des années qui s'étaient écoulées depuis, Ciena avait appris que l'Empire infligeait parfois des tests de loyauté extrêmes. Pour des individus occupant des postes sensibles, ces épreuves pouvaient être justifiées. Mais jouer avec l'amitié entre deux jeunes cadets pour couper les liens avec leur planète natale… c'était presque enfantin comme cruauté.

Peut-être l'Empire la mettait-il à l'épreuve en intentant un procès à sa mère ? Ciena en doutait. Ce qui arrivait était plus probablement le résultat de la stupide corruption provinciale. Tous les individus concernés le savaient, mais personne n'oserait en parler, par peur de représailles des officiers impériaux.

De l'Empereur à l'administrateur tout en bas de l'échelle, tant de changements semblaient indispensables et urgents. Par où commencer ?

— Je ne pense pas que ce qui arrive à ma mère fasse partie d'un complot. Tu fais confiance à tes supérieurs au sein de l'Alliance Rebelle ?

Elle s'attendait à ce que Thane dise non immédiatement ; il faisait confiance à si peu de gens que les rebuts qui dirigeaient la Rébellion ne méritaient certainement pas cet honneur. Ciena fut choquée de l'entendre répondre :

— Certains. La plupart, en fait. Tu sais, je n'ai même pas dû demander la permission pour venir ici. Ils étaient convaincus que je partais pour une bonne raison et que je reviendrais. C'est vrai qu'ils ont des rêves fous – ils pensent qu'ils peuvent bâtir une galaxie parfaite –, mais au moins, ils respectent les gens qui y contribuent.

Ciena avait du mal à en croire ses oreilles. Thane Kyrell avait enfin trouvé une autorité qu'il ne détestait pas ? Et c'était des *Rebelles* ? Il lui faisait sans doute croire ça pour la convaincre de quitter l'Empire. Il aurait été capable de lui raconter plus incroyable encore si ça lui permettait de la garder près de lui.

— Depuis combien de temps es-tu avec eux ?

— Je les ai rejoints il y a sept mois.

Il lui caressa la joue avec délicatesse.

— Au début, je me chargeais de livraisons de matériel, mais comme la guerre s'est intensifiée… je suis plus souvent au front, maintenant.

— Je t'ai reconnu sur Hoth, tu sais.

— Tu *étais* là ?

Thane blêmit :

— Je me suis dit… la flotte est tellement énorme… je pensais que les chances de me battre contre toi étaient… je pensais que ça n'arriverait pas.

— Je n'ai été en danger à aucun moment, lui assura-t-elle en s'enroulant dans la couverture, assise.

La crainte qu'il avait de lui faire du mal était insupportable.

— Je t'ai reconnu à ta manœuvre quand tu t'es faufilé entre les pattes du TB-TT. J'ai tout de suite deviné que ça ne pouvait être que toi.

— La seule personne de la flotte capable de m'identifier à ma façon de piloter !

— Peut-être que c'est la Force qui guide tout ça. Qui nous rapproche alors que nous devrions être séparés.

Thane fit la moue. Il n'avait apparemment pas changé au point de croire à la Force.

— Si j'ai bon souvenir, c'est une fausse identification qui m'a permis de traverser la galaxie pour te rejoindre. La Force n'a rien à voir là-dedans.

Elle leva une main.

— C'est bon, c'est bon.

Thane s'assit à son tour et passa les bras autour de la taille de Ciena. Dehors, le ciel avait presque viré au noir.

— Écoute, je sais que tu n'es pas prête à partir avec moi aujourd'hui. Et que tu refuses de rejoindre la Rébellion.

— Jamais.

— Mais j'espère que tu quitteras l'Empire *un jour* – même si c'est juste pour revenir ici ou recommencer ta vie sur une autre planète…

Était-il en train de lui promettre de quitter les Rebelles et de la rejoindre si elle acceptait de déserter ? Ciena n'avait pas envie de le savoir.

— Je ne quitterai pas l'Empire, du moins tant que je n'aurai pas accompli les missions qui me sont confiées. S'il y a une chance pour que le bien au sein de l'Empire soit plus fort que le mal, alors c'est mon devoir de le préserver.

— L'Empire est pourri en profondeur. C'est notre devoir de le détruire.

Ils n'étaient toujours pas d'accord et ne le seraient sans doute jamais. Ciena le savait. Pourtant, quand il la serra à nouveau contre lui et qu'elle posa la tête sur son épaule, la dure réalité lui sembla bien distante. Ils n'avaient jamais été plus amoureux – ni plus éloignés.

*

Le lendemain matin, le procès de la mère de Ciena débuta.

Procès. Ce mot semblait trop officiel et grandiose pour cette procédure expéditive. Ciena était assise dans l'hémicycle de la chambre judiciaire, vêtue de son uniforme dont les insignes rouges et bleus indiquaient son rang de lieutenant-commandant impérial. À côté d'elle, son père gardait la tête baissée, comme s'il ne supportait pas de voir sa femme debout dans le box des accusés, les poignets menottés.

Le procureur – aux mains minuscules et aux cheveux gras – lut solennellement l'énoncé des preuves, ligne par ligne, pour que tout soit pris en compte dans le dossier. Il ne fit pas état d'une seule preuve qui ne pouvait pas avoir été trafiquée par un spécialiste des données à moitié compétent – un point qu'aurait certainement soulevé la défense si sa mère avait été autorisée à en avoir une. Malheureusement, la défense n'était autorisée que dans les affaires civiles, jamais dans les procès pour crimes contre l'Empire.

Ciena entendait la voix de Thane dans sa tête, lui demandant si l'Empire avait gardé foi en elle. Elle n'osait pas lui répondre, même en pensée.

Il était parti tard la veille pour monter dans une navette matinale vers une destination qu'elle ne connaîtrait jamais. Thane avait adressé à son père des adieux en bonne et due forme. Son père avait eu la délicatesse de laisser Ciena accompagner Thane à son grimpe-arête seule. Ils s'étaient embrassés si longtemps et si passionnément que ses lèvres étaient tuméfiées. Elle était ravie de cet inconfort, car il prouvait que Thane avait vraiment été avec elle.

— *Quoi qu'il nous arrive*, avait-elle dit, *je te remercie d'avoir soutenu ma famille. Tu as pris un risque énorme pour venir au moment où j'avais le plus besoin de toi. C'était un véritable acte de... loyauté et d'amitié.*

Thane avait esquissé un sourire triste.

— *En fait, je suis venu ici en pensant que je n'étais plus amoureux de toi. J'aurais dû savoir que c'était impossible.*

Ciena essaya d'attirer l'attention de sa mère, dans l'espoir que sa présence lui apporte un certain réconfort. Mais sa mère, sa *Mumma*, refusait de la regarder directement. Comme si elle avait honte, alors que tout le monde dans ce simulacre de procès devait savoir que les accusations étaient fausses.

Puis Ciena comprit : sa mère ne voulait pas la regarder pour ne pas la mettre en danger. Ce n'était pas prudent de montrer de la sympathie envers une personne accusée par l'Empire.

Le gouvernement impérial n'était pas aussi cruel avec toutes les planètes qu'il ne l'était sur Jelucan. Ciena l'avait appris au cours de ses voyages. Mais cela n'avait aucune importance. Ce qui comptait, c'était que la cruauté était en œuvre en ce moment et détruisait sa famille et son foyer.

— Tu te rends compte que nous ne pourrons plus jamais nous revoir, avait chuchoté Ciena à Thane tandis qu'il la serrait contre lui.

Il avait déjà démarré son grimpe-arête. Le bourdonnement du moteur se perdait presque dans les vents violents.

— C'est ce que nous avions dit la dernière fois.

— Cette fois, c'est différent. Tu n'aurais pas dû revenir et je... je ne sais pas si je reviendrai.

— Nous n'arrêtons pas de nous dire adieu, lui avait murmuré Thane à l'oreille. Quand est-ce que je vais enfin le croire ?

Elle ne répondit pas, parce qu'elle ne pouvait pas. Même si Thane et elle ne se revoyaient jamais, elle savait que, d'une manière ou d'une autre, leur lien perdurerait. Il faisait partie intégrante de son être, elle ne pouvait le perdre complètement, pas tant qu'elle serait en vie.

C'était une maigre consolation.

Le magistrat ne leva même pas les yeux de ses écrans pour prononcer le jugement.

— Coupable de détournement et de fraude contre les représentants de l'Empereur. Condamnée à six ans de travail dans les mines.

Ciena eut l'impression que le verdict était un poison injecté dans ses veines. Elle fut saisie d'une angoisse atroce. *Les travaux forcés ?* Jelucan avait interdit ce châtiment depuis près d'un siècle, et même avant cela, il était réservé aux condamnés coupables de crimes violents. Sa mère était une femme d'âge moyen, pas particulièrement grande ni forte. Comment était-elle censée supporter d'interminables journées à transporter du minerai lourd ? Avec les droïdes-mineurs modernes, il n'était pas nécessaire d'infliger ce genre de travail éreintant à des êtres vivants. La sentence était à la fois primitive et punitive… et infligée à une innocente : le juge *devait* le savoir.

Verine Ree ne jeta même pas coup d'œil en direction de son mari et de sa fille quand elle fut emmenée. Ciena se rendit compte qu'ils n'auraient pas même l'occasion de lui dire au revoir.

— C'est impossible, murmura-t-elle alors que tout le monde quittait la salle d'audience, laissant Ciena et son père seuls. C'est une parodie de justice…

— Tais-toi.

Il y avait probablement des dispositifs d'enregistrement, quelque part dans la salle.

— Bien sûr. Nous ne voulons pas d'autres problèmes.

— Non, Ciena. Tu ne dois pas critiquer ton gouvernement, jamais, en aucune circonstance.

— Papa… comment peux-tu dire ça, *aujourd'hui* ?

Paron Ree croisa les mains aussi solennellement qu'un ancien du village.

— Parce que nous avons accordé notre loyauté à l'Empire le jour où Jelucan a été annexée. Parce que nous ne trahissons pas notre parole, même lorsque nous sommes trahis en retour. Sinon, nous ne valons pas mieux qu'eux.

Ses yeux brillaient, mais sa voix restait calme et posée.

— Cette vie n'a jamais été faite pour l'équité ou la justice. Nous souffrons et nous sommes plus forts, non pas en tant qu'êtres de chair, mais d'esprit.

Elle avait cru avec ferveur en ce principe toute sa vie. Pourtant, aujourd'hui, ces mots sonnaient creux. Ciena ne pouvait trouver aucun réconfort dans la colère ou dans la foi. Elle pouvait juste prendre son père dans ses bras et espérer que ses convictions l'aideraient plus qu'ils ne l'aidaient elle.

*

— Est-ce que justice a été rendue sur Jelucan, lieutenant-commandant Ree ?

— Oui, capitaine.

Ciena se tenait au garde-à-vous dans le bureau de Ronnadam, responsable du BSI. Elle regardait droit devant elle le petit cercle d'étoiles visibles par la seule fenêtre. Ses mains moites étaient jointes derrière son dos.

Le capitaine Ronnadam l'étudia pendant un moment qui sembla s'éterniser. Sa fine moustache frémit, mais Ciena ne savait pas si c'était de l'amusement ou de l'irritation

— Votre mère était coupable, alors.

— Les preuves présentées étaient très claires, capitaine.

— Vous m'étonnez, Ree.

Il était impossible de juger à son ton si c'était une bonne chose. En revanche, ses yeux plissés semblaient indiquer qu'il la méprisait parce qu'elle faisait exactement ce qu'il la contraignait à faire. Admettait-il sa propre hypocrisie ? Probablement pas.

— Très bien. Vous avez utilisé deux semaines de permission, mais, en dehors de ça, vos états de service restent irréprochables. Je pense que nous pouvons nous attendre à une promotion très prochainement.

Ronnadam pensait qu'elle avait trahi sa mère pour obtenir de l'avancement. Ciena enfonça les doigts dans ses paumes et se servit de la douleur pour se ressaisir.

— Merci, capitaine.

Accomplis ton devoir. Garde le cap. Il y a du bon chez tant de personnes qui servent l'Empire. En leur nom, je dois respecter mon serment et trouver comment je peux contribuer à sauver l'Empire de sa propre corruption.

C'était de nobles sentiments et elle y croyait. Pourtant, quand elle s'imaginait présentant ces arguments à Thane, il se contentait de lever les yeux au ciel.

CHAPITRE 22

Thane revint juste à temps à bord du *Liberté*. L'Escadron Corona se préparait déjà à partir – pas dans la frénésie qui suivait une menace d'attaque imminente, mais assez vite pour qu'il ait risqué de les rater.

— Monsieur Kyrell, comme c'est gentil à vous de nous rejoindre, déclara la Comtesse en pénétrant dans le hangar, où les pilotes chargeaient les droïdes astromech et vérifiaient les rations.

Il lui adressa un signe de tête, mais ne ralentit pas avant de rejoindre le général Rieekan.

— Kyrell.

Rieekan leva à peine la tête de sa tablette. Il était au centre de l'activité ; un feu d'artifice d'étincelles bleues et blanches s'élevait d'un chalumeau tout proche. L'air empestait le caoutchouc et le carburant.

— Excellent. Vous avez deux heures avant le décollage.

Thane se mit au garde-à-vous, le menton légèrement levé, comme il l'avait appris à l'Académie. Sa vieille formation l'avait rattrapé dès qu'il comprit qu'il avait peut-être fait une énorme gaffe.

— Général, je dois vous rapporter mes mouvements durant mon absence.

— C'est une armée de volontaires, vous vous en souvenez ? Vous êtes libre d'aller et venir comme bon vous semble, tant que vous respectez les protocoles de sécurité.

— Je suis retourné sur Jelucan, ma planète natale… pour assister une amie qui avait des ennuis.

Rieekan ne leva pas la tête jusqu'à ce que Thane ajoute :

— Mon amie est officier dans la Flotte Impériale.

Ces paroles firent l'effet d'une bombe. Rieekan le regarda bouche bée et tout autour de lui l'agitation cessa. Thane sentit presque tous les yeux braqués sur lui, aussi brûlants que des projecteurs.

Le ton du général Rieekan monta d'un cran.

— Vous avez été en contact avec un officier ennemi ?

— Oui, général.

Thane n'en dit pas plus. Il savait qu'il devait le dire, mais il n'était pas question de s'excuser d'avoir vu Ciena.

— C'est tout à fait contraire aux règles, Kyrell. Mais vous avez caché vos activités auprès de l'Alliance Rebelle à cet officier ?

— Le lieutenant-commandant Ree savait déjà que j'avais rejoint la Rébellion, général.

Des murmures s'élevèrent autour de lui ; il avait déjà attiré la foule. Du coin de l'œil, Thane vit l'expression choquée de Yendor, Smikes et Kendy. Il ne cessa malgré tout de fixer Rieekan.

— Comment était-elle au courant ?

Rieekaan semblait vraiment alarmé :

— Avons-nous un agent double qui livre des informations ?

— Non, général. Ce n'est pas la source. Elle… elle m'a identifié à partir d'images impériales de batailles.

Personne ne le croirait s'il avouait que Ciena l'avait reconnu uniquement à la façon dont il pilotait. Ciena et lui étaient les seules personnes à pouvoir le comprendre.

Rieekan accepta son explication, ce qui était un soulagement, mais Thane n'était pas encore tiré d'affaire.

— Êtes-vous absolument certain que cette personne n'a pas eu l'occasion de placer un mouchard sur votre véhicule ou votre personne ?

— Ça ne s'est pas produit, général.

Il n'allait pas rentrer dans les détails de tout ce que Ciena avait eu l'occasion de faire sur sa personne.

— Je vous le garantis. Je n'ai à aucun moment partagé d'informations sur les membres, les bases ou les activités de la Rébellion. Et elle ne m'a rien demandé. C'était une affaire personnelle.

— Personnelle, répéta Rieekan en secouant la tête. Nous vous passerons au scanner et votre vaisseau également. Si les résultats sont négatifs, nous laisserons tomber cette histoire.

— Merci, général.

— Et pouvons-nous considérer comme acquis que vous n'aurez plus jamais de contact avec aucun officier impérial ?

Thane se remémora leurs derniers instants ensemble, devant la maison de Ciena, la façon dont ses doigts s'étaient serrés autour du col de sa veste, comme si elle cherchait à le retenir par sa simple volonté.

— Oui, général.

— Très bien. Et pour votre information, Kyrell, la galaxie fourmille de femmes qui ne se battent *pas* pour l'ennemi.

Rieekan s'éloigna. Quelques droïdes s'approchèrent de l'Aile-X de Thane pour l'inspecter. Il était temps pour lui d'affronter l'Escadron Corona. Les autres pilotes s'étaient déjà rassemblés en demi-cercle. Leurs expressions allaient de l'incrédulité à l'indignation. Ce fut Smikes qui s'exprima le premier.

— Tu as abandonné ton poste pour coucher avec ton ex ? Ton ex, le *lieutenant-commandant de la Flotte Impériale* ?

Thane refusait de se laisser intimider.

— Ils sont sur le point de la nommer commandant.

Des grognements fusèrent. Il allait visiblement être le membre le moins populaire de l'Escadron Corona pour un moment… un électron libre, quelqu'un qui prenait des risques sans raison. Ça lui convenait parfaitement. Tant qu'ils ne doutaient pas de son allégeance, Thane se fichait de ce qu'ils pensaient de ses choix.

— Nous devons tous mettre notre passé derrière nous. *Tous.* Ça veut dire même les gens qui sont dans notre camp. Et ceux qui sont loyaux à l'Empire, ça va sans dire, déclara la Comtesse avec une colère dont elle n'avait jamais fait preuve auparavant.

— Ça ne signifie pas que nous sommes censés ignorer pour toujours les gens que nous aimons, rétorqua Thane.

— Oh, super, gémit Smikes. Il parle *d'amour*. On fonce droit dans le mur.

Yendor, plus calmement que les autres, s'appuya sur le support du chasseur stellaire le plus proche et dit :

— Tu réalises que cette Impériale nous tuerait tous, non ?

C'était la goutte qui fit déborder le vase. Thane s'en prit violemment à Yendor.

— Tu ne connais pas Ciena comme je la connais ! J'ai fait mon choix à partir de ce que je sais d'elle. Aucun d'entre vous n'a été en danger ni même n'a été affecté, alors rien de ce que j'ai fait ne vous concerne.

Dans le silence qui suivit, il s'écarta de Yendor, dont les mains étaient levées dans un geste qui, sur toutes les planètes, signifiait : « Hé mec, du calme ». Thane conclut que le mieux qu'il avait à faire était de filer voir 2-1B pour les scans. Mais alors qu'il tournait les talons, Kendy lança presque à voix basse.

— Tu vas te détruire.

Elle n'avait pas tort.

Thane se contenta de répondre :

— Elle est toujours la Ciena que j'ai connue.

Et il s'éloigna.

Kendy le comprendrait probablement. Personne d'autre ne le comprendrait, mais cela lui était égal. C'était son problème s'il traversait toute la galaxie, avait le cœur brisé ou pilotait son Aile-X droit vers la surface d'une étoile.

*

La nouvelle base rebelle était installée sur une planète inhabitée, si petite et si peu connue qu'elle n'avait pas de nom. Elle était désignée uniquement par la suite de chiffres 5251977. Ce monde avait une rotation lente, ce qui signifiait que chaque jour et chaque nuit duraient l'équivalent de plusieurs semaines sur la plupart des autres mondes. En ce moment, la Rébellion se cachait dans l'obscurité.

Dès que Thane posa son Aile-X, il se dit qu'ils avaient construit un hangar beaucoup plus vaste cette fois-ci. La taille de la structure lui rappelait plus une installation impériale que les édifices improvisés à la hâte, dont se contentait généralement l'Alliance Rebelle. Quand il franchit les portes, il comprit pourquoi le bâtiment était d'une telle taille. Ils n'avaient pas eu le choix : au cours des deux derniers mois, l'armada rebelle semblait avoir doublé.

— Qu'est-ce qui s'est passé ? demanda Thane, son casque de pilote sous le bras, alors que l'Escadron Corona allait au rapport.

Il se demanda si l'Empire avait détruit une autre planète ou commis de nouvelles atrocités au point de mobiliser contre lui une nouvelle frange de la galaxie.

La plupart des autres l'ignorèrent, mais Yendor lui expliqua :

— D'habitude, ils ne rassemblent pas toute la flotte au même endroit. Quelques unités restent séparées, au cas où. Ce n'est plus le cas. D'après les rumeurs, quelque chose de gros se prépare.

— Nous avons aussi de nouvelles recrues, ajouta la Comtesse en montrant plusieurs vaisseaux non réglementaires.

Des appareils hétéroclites avaient toujours fait partie de la flotte, mais ils étaient plus nombreux et la plupart de ceux qui s'affairaient autour ne portaient pas d'uniforme, juste des insignes de la Rébellion apposés à la hâte sur leurs combinaisons habituelles. Alors que la guerre montait en puissance et causait toujours plus de pertes, les volontaires continuaient à rejoindre la cause des rebelles. *Si ça continue ainsi*, se dit Thane, *ils finiront par avoir une chance de gagner.* Il remarqua plusieurs chasseurs stellaires individuels, quelques canonnières dornéennes et un transport qui semblait avoir été assemblé avec des pièces provenant d'au moins une douzaine d'autres vaisseaux…

Un grand sourire éclaira le visage de Thane et il s'exclama :

— L'*Abominable Chêne de l'Apocalypse* !

Le reste de l'Escadron Corona se tourna vers lui avec des expressions qui laissaient entendre qu'il avait complètement perdu la tête. Cela lui était égal, car les occupants de l'*Aca* sortaient du transport pour courir vers lui. Brill souriait jusqu'à ses oreilles planquées sous sa fourrure rose, JJH2 roulait en sifflant, Methwat affichait sa version d'un sourire et, derrière tout le monde, Lohgarra rugissait pour l'accueillir.

— Vous en avez mis du temps, les gars ! déclara Thane en riant avant d'encaisser un câlin de Wookiee.

Lohgarra poussa un grognement plaintif et Thane réussit à ne pas lever les yeux au ciel.

— Je ne suis *pas* trop mince.

— Nous avons rééquipé tout le vaisseau, lui annonça Brill avec fierté. Nouveaux boucliers, nouveaux compensateurs. Les armes proviennent de tellement de chasseurs qu'il faudrait les doigts des deux mains pour les compter. Ou les griffes. Ou les tentacules. Y en aurait pas assez, de toute façon.

— Prêts pour l'action, hein ?

Maintenant qu'il y pensait, il n'était pas étonné que Lohgarra et l'*Aca* aient rejoint la Rébellion. C'était un véritable bonheur d'être entouré d'autant d'individus qu'il aimait. Ça le ramena au moment où il avait choisi de rejoindre la Rébellion et lui rappela pour quelle raison ce souvenir était essentiel.

*

À bord du Super Destroyer Stellaire l'*Exécutor*, tous les officiers et les stormtroopers devaient entretenir leurs compétences en matière de combat. Mais les certifications étaient moins exigeantes à mesure que l'on montait dans les rangs. Maintenant que Ciena était commandant, elle n'était plus obligée de consacrer au minimum une heure par semaine à s'entraîner au combat rapproché. Cela signifiait, en revanche, qu'elle passait plus de temps sur les quelques compétences qui étaient encore demandées.

— Si je pouvais ne jamais utiliser ce truc, ça m'arrangerait, maugréa Ciena en posant le lance-flammes d'entraînement sur son épaule. Si on en a besoin sur le pont, c'est qu'on est fichus, de toute façon.

— Ciena Ree qui se plaint du règlement ? s'étonna Berisse. Hé, si tu ne veux pas le faire, il te reste quelques jours avant la fin de tes entraînements. Nous devrions profiter du fait d'être au milieu de nulle part.

Techniquement, le vaisseau était en permanence en hyperespace, en route vers le milieu de nulle part, mais Berisse avait raison. Comme leur mission était de rejoindre un système inhabité et d'y attendre les ordres, tous ceux qui n'étaient pas haut gradés disposaient de beaucoup plus de temps libre que d'habitude.

— Nous pourrions aller voir si Nash et quelques autres sont disponibles, filer dans une des cantinas, nous détendre…

— Je reste ici. Si tu veux faire la fête, personne ne te retient.

— Ça va, ça va. T'es de mauvais poil depuis presque trois semaines. Il ne serait pas temps que tu changes d'humeur ?

Berisse ne connaissait pas les raisons qui justifiaient la mauvaise humeur de Ciena et n'avait pas deviné que c'était un paravent derrière lequel elle cachait sa tristesse. Ciena avait déjà été tentée de tout raconter à Berisse et elle aurait aimé avoir son avis en ce moment. Berisse avait l'esprit pratique, elle était terre à terre. Elle écouterait toute l'histoire sans ciller et trouverait sans doute les mots parfaits pour réconforter Ciena.

Mais c'était là que le bât blessait : *sans doute*.

Berisse pouvait se montrer irrévérencieuse et n'était pas contre le fait de déroger à une règle pour des raisons pratiques, mais Ciena n'avait jamais douté de la loyauté de son amie envers l'Empire. Si Ciena s'épanchait sur l'injustice qu'avait subie sa mère, Berisse pouvait très bien compatir, mais elle pouvait tout aussi aisément rapporter la conversation à Ronnadam.

Et évidemment, Ciena ne pouvait avouer la vérité au sujet de Thane à personne. C'était un chagrin qu'elle devait supporter seule. Pourtant. Le fardeau aurait été moins lourd si elle avait pu partager ses autres problèmes avec quelqu'un.

Elle devait admettre qu'elle n'avait pas un seul ami dans toute la galaxie en qui elle pouvait avoir entière confiance.

— Faisons flamber des déchets, d'accord ? proposa Ciena en enfilant le masque du lance-flammes.

Elle se mit à préparer les commandes d'allumage. Berisse en déduisit qu'il valait mieux ne pas l'interrompre et lança la partie holographique du simulateur. Des attaquants formés de lueurs vertes fantomatiques accoururent vers elle et Ciena appuya sur la détente.

Les flammes jaillirent et calcinèrent les assaillants. Encore. Et encore. Ciena n'avait jamais rechigné au combat – piloter était sa joie et sa passion –, mais aujourd'hui, elle mettait dans chacun de ses tirs toute la tristesse et la fureur qu'elle avait accumulées. Quand la première simulation prit fin, elle fit immédiatement signe à Berisse d'en démarrer une autre, puis une autre. Les hologrammes verts informes disparaissaient quand ils encaissaient le tir fatal. Ciena se prit à regretter que la programmation ne soit pas plus réaliste. Pour une fois, elle avait envie de voir ses victimes agoniser.

— Je suis vraiment contente qu'on ne partage plus la même cabine, marmonna Berisse quand le dernier holo s'évanouit. Je *n'aimerais pas* être la prochaine personne contre qui tu seras en colère.

— Tu as raison, il vaut mieux pas.

Ciena remonta son masque et s'épongea le front du revers de la manche. Même si elle était restée tout le temps en position de tir et que le lance-flammes n'était pas trop lourd, elle était déjà épuisée. Elle avait du mal à dormir depuis son retour sur l'*Exécutor*.

Malgré son épuisement, elle aurait bien refait une série, si elle n'avait pas senti un léger changement de vibration sous ses pieds.

— Nous avons quitté l'hyperespace.

— Ça m'étonne toujours que tu le sentes, déclara Berisse.

Elle soupira.

— C'est loupé pour le temps libre.

Même s'ils se trouvaient au milieu de nulle part – plus précisément dans le Système Hudalla, uniquement remarquable pour sa plus grosse planète, cerclée de gros anneaux –, tout le monde devait regagner son poste. Ciena était soulagée. Il n'y avait rien de tel que d'être occupée.

En quittant la salle de simulation, Ciena jeta un œil dans l'espace extérieur par les baies d'observation triangulaires. Elle s'arrêta net : au lieu de Hudalla ou du vide spatial, elle vit un nombre incalculable de vaisseaux impériaux. Des Destroyers Stellaires, des croiseurs d'attaque, des croiseurs légers et presque autant de chasseurs TIE que d'étoiles…

— Qu'est-ce que c'est que ça ? s'exclama Berisse. On est revenus sur Coruscant ou quoi ?

Ciena secoua la tête. Seuls les capitaines, les amiraux et le Seigneur Vador en personne connaissaient les plans à l'avance. Elle ne savait donc pas pour quelle raison le Système Hudalla était tout à coup devenu le point de ralliement de presque toute la Flotte Impériale. Mais un regard aux vaisseaux assemblés suffisait à se convaincre que ce qui se tramait était un événement majeur et les affecterait tous.

*

L'Escadron Corona reçut sa nouvelle mission d'espionnage, dix heures seulement après avoir rallié 5251977. Pour la première fois, leurs ordres ne furent pas transmis par Rieekan, mais par l'amiral Ackbar.

Des senseurs contrôlés à distance ont détecté un niveau inhabituel d'activité impériale dans le Système Hudalla, leur avait-il annoncé en faisant les cent pas devant eux.

Ackbar était imposant – plus grand qu'un humain avec des yeux protubérants et flétris. L'escadron était plus rigide et silencieux qu'à l'ordinaire.

— Il n'y a rien d'intéressant dans cette zone, pour l'Empire ou pour qui que ce soit. Pourquoi s'établir là ? Escadron Corona, vous allez vous rendre dans le Système Hudalla. Observez les vaisseaux impériaux et ramenez-nous le plus de données possible.

Ils étaient censés débarquer dans un système isolé, récolter des informations précises sur la Flotte Impériale et s'en sortir vivants ? Thane ne savait pas si Ackbar était un incorrigible optimiste qui se faisait des idées ou un inconscient qui n'hésitait pas à mettre des vies en danger pour obtenir un bénéfice éventuel.

Puis Ackbar les avait congédiés en concluant :

— Que la Force soit avec vous.

C'était donc un incorrigible optimiste.

Thane vérifia les senseurs sur le tableau de bord de son Aile-X, admettant que les anneaux de Hudalla étaient énormes. La géante gazeuse tourbillonnait dans des nuances de rouge et de violet, mais l'aspect le plus remarquable de cette planète restait ses anneaux, parmi les plus grands de la galaxie. Ils comprenaient plusieurs millions de débris, dont la plupart étaient plus petits qu'un astéroïde habituel – et juste assez grands pour que Thane puisse cacher son vaisseau derrière l'un d'eux.

Comme tous les autres membres de l'Escadron Corona, il avait arrimé son Aile-X à l'un des plus gros cailloux de l'anneau extérieur de Hudalla. Les appareils dérivaient suivant les rotations des innombrables débris du champ. La douce lueur violette que projetait l'étoile lointaine de ce système créait des ombres étranges. La lente orbite de l'anneau leur permettait d'éviter d'être décelés. Ils étaient maintenant à portée de scanners et pouvaient prendre toutes les mesures et les holos dont ils avaient besoin, sans avoir peur d'être scannés en retour. Leurs vaisseaux utilisaient un minimum d'énergie et étaient cachés par les débris de l'anneau, il n'y avait pratiquement aucune chance qu'ils se fassent repérer.

Pratiquement. Thane détestait ce mot. Il savait que les officiers impériaux jouissaient d'une excellente formation. Mais, pour une fois, les chances étaient du côté des rebelles. Il s'en contentait.

— Ce rassemblement est presque aussi important que la flotte d'attaque qu'ils ont envoyée sur Hoth, fit remarquer Yendor, d'une voix qui grésillait dans le système comm. Vous croyez qu'ils ont reçu de fausses informations leur faisant croire que nous avions placé une base sur une des lunes de Hudalla ?

C'est Thane qui répondit.

— Si c'était le cas, ils auraient dû réaliser rapidement leur erreur. Or ils sont ici depuis plusieurs jours et de nouveaux vaisseaux arrivent tout le temps.

Qu'est-ce qu'ils mijotaient ? Thane n'arrêtait pas de se poser la question sans trouver de réponse. Si une nouvelle voie hyperspatiale avait été découverte dans cette zone de l'espace, leurs senseurs l'auraient détectée. Si l'Empire préparait une attaque, il n'avait pas besoin d'un pareil délai pour réunir sa flotte. Aucun élément critique ne pouvait être extrait des planètes ou lunes de ce système. Le mystère restait entier.

Il devait dénombrer les chasseurs stellaires. C'était une tâche détaillée et ingrate, l'escadron avait été ravi de laisser Thane s'en charger. Ce travail lui occupait suffisamment l'esprit pour l'empêcher de calculer les probabilités que Ciena fasse partie d'une flotte aussi importante ou de chercher à identifier les Destroyers Stellaires rassemblés sous ses yeux.

On dirait qu'ils ont amené tous ces appareils pour jouer les gros bras et rien de plus, se dit Thane avec amertume en poursuivant ses calculs. Il ajoutait les nouvelles données à mesure que ses senseurs les fournissaient. Pourquoi se lancer dans une démonstration de force, là où personne ne pouvait les voir ? Qu'est-ce qui pouvait justifier un étalage aussi ostentatoire, une telle concentration impériale, à un endroit où ces vaisseaux ne servaient à rien ?

Il interrompit son geste, laissa défiler les nombres et jura dans sa barbe. Il venait de comprendre ce qui sc passait.

Quand l'Empire manifestait ainsi sa puissance, avec une mise en scène que Thane trouvait déjà absurde quand il en faisait partie, ce n'était jamais sans raison. Le plus souvent, le but était d'intimider les peuples qui vivaient sous le contrôle impérial, mais parfois certains officiers se lançaient dans ce genre d'entreprise pour impressionner leurs supérieurs. Plus un commandant disposait d'hommes et d'appareils, plus il était important.

Cette flotte avait été assemblée pour démontrer l'importance de quelqu'un. Un seul individu dans la galaxie méritait une telle attention, une telle puissance de feu, et pouvait instiller une terreur de cette envergure.

— L'Empereur, murmura-t-il.

CHAPITRE 23

Ciena n'avait pas piloté de chasseurs TIE régulièrement au cours des dernières années. Quand elle reçut l'ordre de se rendre dans la baie d'appontage principale, elle fut à la fois surprise et ravie. Voler dans les étoiles lui ferait grand bien, elle retrouverait certainement de vieilles sensations qu'elle appréciait.

Elle enfila l'armure noire, entra dans la baie le casque sous le bras et vit les trois pilotes avec qui elle allait voler : deux inconnus et Nash Windrider. Comme un gamin, il sourit jusqu'aux oreilles quand il la reconnut.

— Quel plaisir de voler à nouveau avec vous, commandant Ree. Je ne pensais pas que vous vous abaisseriez encore à servir aux côtés de sous-fifres comme nous.

— Chut.

Elle risqua un sourire. Nash semblait la taquiner comme ami, non pas comme amant potentiel. Plus vite ils oublieraient cet épisode, mieux ce serait.

— Je me demande depuis longtemps comment tu arrives à piloter des TIE. Ce n'est pas trop petit pour toi ?

— J'ai pile un centimètre de moins que la taille maximum pour les pilotes TIE. On est plus à l'étroit là-dedans que dans un vaisseau de guerre, d'accord, mais c'est le cas dans tous les chasseurs, non ? Toi, en revanche, tu es plus compacte, tu devrais être parfaitement à l'aise.

— Je ne suis pas si petite que ça !

Peu importe le nombre de fois que Ciena s'en défendait, personne ne semblait la croire, ni en croire ses yeux.

Nash ouvrit la bouche pour sortir une nouvelle plaisanterie puis se redressa quand l'amiral Piett se dirigea vers eux. Ils se mirent au garde-à-vous, les casques tournés vers l'extérieur.

Piett ne s'embarrassa pas de préambule.

— Les scanners ont détecté d'étranges résultats à l'extérieur de l'anneau de Hudalla, y compris des formes de vie. Peut-être du minerai et des mynocks, rien de plus, mais si jamais des espions se sont cachés là… eh bien, vous savez quoi faire.

— Oui, amiral, répondirent-ils en chœur.

Ils saluèrent et tournèrent les talons, prêts à monter dans les vaisseaux, mais Piett ajouta :

— Ree, je voudrais m'entretenir avec vous.

Elle se retourna et se remit au garde-à-vous. Pourquoi Piett voulait-il lui parler à elle en particulier ? Des souvenirs d'interrogatoires psychologiques remontèrent. On disait que les interrogateurs détectaient le moment où un individu s'apprêtait à trahir. Avaient-ils remarqué ses doutes ?

— Vous avez une mission supplémentaire sur ce vol, dit simplement Piett.

— Oui, amiral ?

— Il ne s'agit pas des mynocks. Nous sommes presque certains qu'il s'agit d'espions rebelles.

Ciena acquiesça en dissimulant sa consternation. Cela n'avait pas de sens qu'il lui confie cette information sans la partager avec Nash et les autres pilotes de TIE.

— Nous nous en occuperons, amiral.

Piett dressa un doigt pour la mettre en garde.

— L'un des Rebelles doit s'échapper. Vous devez vous assurer qu'au moins un des pilotes parvient à s'enfuir en hyperespace. En dehors de cela, peu importe si le reste meurt ou survit.

Elle mit un moment avant de comprendre. Le haut commandement voulait que l'Alliance Rebelle sache qu'une large portion de la Flotte Impériale se regroupait. Ciena ne savait pas pourquoi, mais cela n'avait pas d'importance. On lui avait confié une mission difficile et secrète. Cela signifiait que ses supérieurs ne doutaient pas d'elle. Au contraire, ils devaient avoir une très haute estime d'elle.

Il avait suffi qu'elle nie l'innocence de sa mère.

Ciena essaya de chasser cette pensée.

— Considérez que c'est fait, amiral Piett.

Il hocha la tête, lui fit signe qu'elle pouvait disposer et elle rejoignit son chasseur. Elle était soulagée de s'installer dans le siège de pilote. Elle ne pourrait plus penser à sa mère ; elle ne serait plus assaillie par des doutes de plus en plus fréquents au sujet de l'Empire. Elle devait vérifier les senseurs, fermer l'écoutille, préparer les armes. Bientôt, elle pourrait décoller et balayer ses soucis en faisant ce qu'elle faisait de mieux.

La voix de Nash s'éleva dans le système comm.

— Prête au décollage, L-P-8-8-8 ?

Ciena enfila le casque noir. Elle n'avait plus de visage, plus d'identité. Seul comptait son devoir envers l'Empire.

— Prête.

*

Lorsqu'on réduisait au maximum la consommation d'énergie au cours d'un vol, la température dans la cabine tombait de façon drastique. Pas assez pour mettre qui que ce soit en danger, mais suffisamment pour que le trajet soit inconfortable. Le souffle de Thane formait de petits cristaux de givre sur sa visière.

Comme s'il lisait dans les pensées de Thane, Smikes lança par le système comm :

— Nous aurions dû porter nos uniformes d'hiver pour ce voyage.

— Affirmatif, Corona 3, acquiesça Yendor. Je donnerais tout pour porter ma vieille parka de Hoth en ce moment.

La Comtesse ajouta :

— Et moi, mes manteaux de fourrure me manquent. Tenez bon, dans une heure environ, nous serons en orbite assez loin du convoi impérial pour filer discrètement.

— Nous tenons bon, Corona Leader, répondit Thane.

Il n'avait pas encore partagé son hypothèse au sujet de la présence de l'Empereur avec le reste de l'Escadron Corona. C'était une information trop sensible pour utiliser un canal de communication ouvert. Après quelques minutes de réflexion, il fut persuadé que son intuition était juste. Mais savoir que ces vaisseaux étaient réunis pour former un convoi réservé à l'Empereur soulevait une série de nouvelles questions. Palpatine n'avait plus été aperçu hors de Coruscant depuis des années. Qu'est-ce qui pouvait l'attirer aussi loin du siège du pouvoir galactique ? Et où allait-il exactement ?

Un tel rassemblement de vaisseaux en un seul endroit signifiait en outre qu'ailleurs dans la galaxie la

Flotte Impériale manquait peut-être d'appareils. Ou paraissait clairsemée. La Rébellion pourrait exploiter cette faiblesse…

Ses senseurs se mirent à clignoter. Il poussa un juron.

— Chasseurs TIE en approche ! J'en compte quatre.

— Est-ce possible qu'une patrouille passe là par hasard ?

C'était possible, mais peu probable. Les chasseurs TIE se rapprochaient inexorablement.

— J'ai un mauvais pressentiment, déclara Thane.

*

— Vous voyez ce que je vois ?

Nash semblait ravi, comme s'ils se rendaient à une fête et pas au combat.

Ciena se mordit la lèvre en étudiant son écran.

— Je vois cinq vaisseaux, probablement des chasseurs stellaires. Je n'ai pas encore identifié les modèles, mais je dirais que nous avons affaire à des Ailes-X ou des Ailes-Y.

Même si quelques rares civils en utilisaient encore, les Ailes-X et les Ailes-Y étaient presque exclusivement aux mains de l'Alliance Rebelle. Les renseignements obtenus par Piett étaient exacts. La patrouille de TIE allait passer à l'attaque d'un moment à l'autre.

Sur cinq vaisseaux, il lui fallait *au moins* un survivant.

Le moyen le plus simple d'y parvenir aurait été de les épargner tous en évitant l'affrontement. Mais Nash et les autres étaient trop malins pour ne pas comprendre sa manœuvre. Si elle voulait éviter le combat, la meilleure stratégie était de débusquer les rebelles en leur laissant le temps de s'échapper.

— Si je brise un des plus gros astéroïdes de l'anneau planétaire, nous aurions des analyses plus précises, déclara-t-elle.

— Ils sauront surtout que nous sommes là ! objecta un des pilotes.

— À dix contre un qu'ils le savent déjà. Leurs senseurs sont presque aussi perfectionnés que les nôtres.

Ciena posa ses mains gantées de noir sur les commandes et palpa le bouton rouge du mécanisme de détente.

— C'est une mauvaise idée, intervint Nash. Nous n'avons pas besoin d'analyses supplémentaires et, à cette distance, ils auraient le temps d'effectuer le saut en hyperespace avant que nous ne puissions engager le combat.

Elle devait faire une croix sur ce plan.

Elle n'avait pas le choix, au moins un des vaisseaux – peut-être quatre sur les cinq – devrait être détruit pour dissimuler son objectif secret. Leur formation risquait de perdre un chasseur TIE au cours de l'opération.

Encore des morts inutiles. Encore des actions futiles. Encore du gâchis.

*

Les chasseurs TIE fonçaient droit sur eux. Le combat semblait certain.

— À tous les ailes, désengagez vos amarres et repassez en puissance maximale, ordonna la Comtesse.

— Nous ne pouvons pas leur échapper, Corona Leader, objecta Yendor, alors même que les senseurs montraient qu'il obéissait.

— C'est impossible, confirma Thane. Ils viennent pour engager le combat.

Thane appuya sur les commandes pour rétablir la puissance maximale sur son vaisseau. Le cockpit s'illumina de rouge et de doré.

— Les armes sont prêtes ?

Yendor répondit le premier.

— Corona 2 prêt.

— Corona 3 prêt, confirma Smikes.

— Corona 4 prêt, annonça Thane les yeux rivés sur les senseurs, au cas où les TIE accéléreraient pour passer en mode attaque.

Kendy fut la dernière.

— Corona 5 prête.

Thane se préparait à la bataille quand la Comtesse annonça :

— Tout ce qu'il nous reste, c'est l'effet de surprise. Attaquons-les.

*

Ciena s'attendait à ce que les chasseurs stellaires rebelles restent cachés le plus longtemps possible dans l'espoir de passer inaperçus. Quand cinq Ailes-X firent irruption de derrière l'anneau planétaire et foncèrent droit vers leurs chasseurs TIE, elle fut surprise.

— Manœuvre d'évitement ! cria-t-elle en faisant pivoter son TIE.

Les Rebelles étaient plus nombreux qu'eux : Piett y avait sûrement veillé. Ce déséquilibre offrirait à un ou deux des appareils rebelles l'opportunité de s'enfuir. Elle ne supportait pas l'idée qu'on demande aux pilotes de TIE de risquer leurs vies pour tuer des gens que l'Empire voulait vivants.

Comment pouvait-elle retarder un combat qui allait se déclencher dans la seconde ?

Ciena ajusta son système comm en mode diffusion pour émettre un signal multifréquence qui supplanterait les autres systèmes dans la zone et projetterait sa voix dans tous les vaisseaux assez proches pour l'entendre, y compris les Ailes-X.

— Vaisseaux non identifiés, vous n'êtes pas autorisés à voler dans ce secteur. Je vous prie de donner les codes d'identification de vos appareils et le système dans lequel vous détenez votre licence ou vous serez faits prisonniers. Si vous résistez, vous serez détruits.

Elle imaginait sans peine la consternation de Nash. Toutefois, elle n'avait violé aucun protocole. Elle avait même suivi la procédure pour les vaisseaux inconnus, réservée en général aux petits trafiquants ou aux croiseurs de plaisance égarés. Si les rebelles avaient le bon sens de mentir, le combat pouvait être retardé d'une minute ou deux. C'était suffisant pour qu'ils s'enfuient.

Sauf que Nash s'élevait et virait déjà avec son intercepteur TIE pour bloquer l'issue la plus probable, ruinant les plans de Ciena.

Blast, se dit-elle – avant qu'une autre voix ne s'élève dans le système comm et que sa colère ne fasse place à l'horreur.

— La galaxie n'est pas assez grande, répondit Thane.

*

Ciena avait peut-être raison. C'était peut-être la Force qui les réunissait sans cesse.

Si c'était le cas, décida Thane, la Force avait un sens de l'humour douteux.

Il n'avait aucune idée de ce que Ciena répondrait – si elle s'en tiendrait aux procédures officielles ou si elle lui parlerait comme à un humain, de la même façon qu'il s'était adressé à elle.

— Thane Kyrell ?

L'incrédulité de Nash Windrider était bien perceptible.

— Tu es *vivant* ?

— Bonjour, mon vieil ami.

Thane refusait de se laisser submerger par ses émotions. Ciena était là – dans l'un des chasseurs TIE qui fonçaient vers lui – et Nash également. C'était la dernière bataille dans laquelle il avait envie d'être. Kendy était sans doute dans tous ses états aussi, mais, contrairement aux autres, elle avait le bon sens de la boucler.

Ciena devait ressentir la même chose que lui. Et Nash aussi. Cette confusion pouvait faire gagner à l'Escadron Corona le temps nécessaire pour s'enfuir.

Le viseur de Thane afficha un objet en mouvement. Il écarquilla les yeux quand il réalisa qu'un des chasseurs TIE était passé en vitesse maximale.

— Je te croyais mort, déclara Nash d'une voix furieuse. Tu aurais mieux fait de l'être.

Pour les retrouvailles, c'était raté.

*

Un des Rebelles doit s'échapper.

Ciena s'accrochait à cette idée comme à un câble de remorquage qui pourrait la ramener en lieu sûr. Sauver la vie de Thane n'était pas une infraction à son devoir ; *c'était* son devoir. Un des Rebelles devait s'en tirer et elle allait tout faire pour que ce soit lui.

Cela signifiait qu'elle allait devoir stopper Nash, sans qu'il s'en rende compte.

Nash avait violé le protocole en engageant le combat sans qu'elle l'ait ordonné, mais personne ne le réprimanderait jamais d'avoir ouvert le feu sur un vaisseau rebelle, quelles que soient les circonstances. Les deux autres TIE avaient déjà accéléré pour le suivre. Ciena passa à la vitesse maximale et encoda sa trajectoire.

Si j'arrive par en haut, j'aurai l'air de vouloir effectuer une triangulation de nos armes. Mais si je choisis le bon angle, je peux me mettre dans le chemin de Nash et empêcher ses tirs.

Ciena ne redoutait pas que le chasseur de Thane explose avant qu'elle ne puisse intervenir. Dans un combat spatial, les prouesses d'un pilote permettaient de rester en vie, et personne n'était meilleur que lui. Si ce n'est Ciena…

Le grondement du moteur emplit le cockpit et pénétra même sous le casque noir. Ciena s'éleva assez haut pour que son viseur lui montre les Ailes-X et les débris de l'anneau planétaire comme des confettis lumineux sur l'écran. Quand elle plongea dans leur direction, leurs formes s'agrandirent. Toutes les Ailes-X étaient en manœuvre d'évitement, mais l'une d'entre elles se déplaçait avec plus d'adresse, en décrivant une pirouette parfaite qui lui faisait longer le bord extérieur de l'anneau. Ciena prit une profonde inspiration pour se calmer. La tâche était claire maintenant qu'elle savait quel vaisseau appartenait à Thane.

Malheureusement, Nash devait l'avoir identifié également.

*

Thane se faufila entre l'anneau et la planète, comptant sur les astéroïdes pour encaisser quelques tirs à la place de son vaisseau.

— Tirs lourds en provenance du vecteur 8-1-2-8, annonça Smikes d'un ton désespéré.

Une décharge de blaster vert fit exploser un caillou si près de l'Aile-X de Thane que le cockpit se retrouva criblé de débris. Pendant un instant, Thane crut que la coque allait se briser, l'exposant au vide mortel de l'espace. Il tint le coup.

— Que tout le monde passe aux coordonnées d'hyperpropulseur prédéterminées ! ordonna la Comtesse.

Thane ajouta :

— Oubliez les formations, allez-y comme vous pouvez !

Voler en formation offrait parfois une meilleure protection, mais dans une situation comme celle-ci la dispersion permettrait peut-être à certains d'entre eux de fuir.

L'Aile-X de Thane était entourée par les tirs de blaster verts et une secousse indiqua que le vaisseau avait été touché. Thane retint son souffle quelques secondes, le temps de vérifier que le tableau de bord tenait le choc : rien d'essentiel n'avait été endommagé. Il n'aurait sans doute pas autant de chance la prochaine fois.

— Ordures de Rebelles, gronda Nash. J'arrive pas à croire que tu sois tombé si bas.

— Et moi je n'arrive pas à croire que tu serves encore l'Empire. Ils ont détruit ta planète, Nash. Ils ont tué toute ta famille ! Comment peux-tu…

— Ne me parle plus jamais d'Alderaan ! hurla Nash, complètement hors de lui. *Jamais !*

Sur son écran, Thane vit que les autres membres de l'Escadron Corona affrontaient deux chasseurs TIE. Ils étaient en surnombre par rapport aux Impériaux parce que les deux autres chasseurs se concentraient sur Thane. Ils devaient le prendre pour le leader.

Quel point vert sur l'écran représentait le vaisseau de Ciena ? Est-ce qu'il allait la tuer ou est-ce que quelqu'un d'autre le ferait sous ses yeux ? Le jour où elle choisirait enfin l'Empire était-il arrivé ? Le tuerait-elle ?

Tout à coup, un chasseur TIE fondit en piqué et s'approcha si près que Thane aperçut Ciena à travers le cockpit aussi clairement que dans son viseur. L'appareil s'interposait entre Nash et lui.

Ciena essayait de le sauver. Cette certitude le frappa si fort qu'il en avait mal à la poitrine.

*

— Dégage de mon chemin ! hurla Nash à Ciena.

— Je n'ai pas d'ordres à recevoir de vous, *lieutenant*.

Elle tira en direction du vaisseau de Thane, ratant la cible exprès.

Sur son écran, elle vit un des TIE disparaître – *encore un pilote sacrifié pour rien* – puis le flou rapide indiquant qu'au moins deux vaisseaux rebelles venaient d'effectuer le saut en hyperespace. Puis une des Ailes-X s'évanouit à son tour. Enfin une victoire pour l'Empire.

Thane allait rejoindre les coordonnées du point d'où les premières Ailes-X étaient parties en hyperespace. Ciena modifia rapidement sa trajectoire pour adopter un angle d'attaque crédible qui s'interposerait néanmoins entre Nash et le vaisseau rebelle. Elle se retrouva à nouveau entre le deux et protégea Thane avec son propre chasseur.

Nash ouvrit tout de même le feu.

Il ne la toucha pas, mais les tirs passèrent si près que les alarmes retentirent. Les lumières de son cockpit clignotèrent en rouge. Ciena lâcha un juron.

Nash était-il en colère contre Thane au point d'éliminer Ciena pour le tuer ensuite ?

*

Thane comprit l'opportunité que lui tendait Ciena et la saisit. Il fonça à toute allure vers les coordonnées, vit la dernière des autres Ailes-X tressaillir au moment du saut et se prépara à passer en vitesse-lumière.

Il mourait d'envie de dire quelque chose à Ciena avant de partir. N'importe quoi. Il fallait qu'elle sache qu'il avait compris ce qu'elle avait fait et ce que cela signifiait pour lui.

Mais s'il communiquait, il dévoilerait les intentions de Ciena à Nash et aux autres pilotes de TIE. Ciena l'avait protégé ; il devait lui rendre la pareille en gardant le silence.

Des tirs atteignirent son Aile-X et, cette fois, il y eut des dégâts : heureusement, ni aux appareils qui lui permettaient de rester en vie, ni à l'hyperpropulseur. Thane les ignora donc. Il encoda les coordonnées, posa la main sur les commandes et effectua le saut.

Les étoiles s'allongèrent pour former un tunnel infini, tandis qu'il s'éloignait à toute allure en abandonnant Ciena.

Thane s'autorisa un moment de silence avant de reprendre contact avec l'Escadron Corona.

— Corona 4 au rapport. Comment va tout le monde ?

— Bien reçu, Corona 4, répondit sombrement la Comtesse. Nous avons perdu Smikes.

Smikes, méfiant, pessimiste, mais si courageux. Thane se rendit compte qu'il ne lui avait jamais manifesté clairement son admiration, sans doute à cause de son caractère bougon. Il n'en aurait plus jamais l'occasion.

— Hé, fit Yendor, c'était ta Ciena, hein ?

— Ouais.

— J'ai vu ce qu'elle a fait pour toi. Je comprends, maintenant, pourquoi tu es allé sur Jelucan.

— Tu avais raison, Thane. C'est toujours la Ciena que nous avons connue, ajouta Kendy.

C'était ce qui se rapprochait le plus d'excuses pour l'avoir mis au ban. C'était plus qu'il n'en méritait.

Ciena allait-elle avoir des ennuis ? Allait-elle subir un interrogatoire ? Thane était horrifié à l'idée qu'elle doive faire face aux inquisiteurs de l'Empire.

Mais si quelqu'un était assez malin pour trouver une explication et sauver sa peau, c'était elle. Il pouvait lui faire confiance, il le devait.

*

Ciena ramena son chasseur TIE à bord de l'*Exécutor* sans échanger un mot avec Nash Windrider. Il devait être fou de rage et la dénoncerait immédiatement à Piett.

Heureusement, elle pouvait se défendre en disant qu'elle respectait les ordres reçus et Piett n'y verrait que du feu. Puis elle se rendit compte que Piett n'admettrait peut-être pas avoir donné ces ordres. Si l'objectif de la mission devait rester secret, serait-elle sacrifiée à son tour ? L'Empire ferait-il exécuter un officier loyal si la fin justifiait les moyens ?

Avant, Ciena aurait pensé que c'était impossible. Aujourd'hui, elle n'en était plus persuadée.

Elle ôta son casque, prit une profonde inspiration et déverrouilla son écoutille. Quoi qu'il lui arrive, elle n'avait pas le choix, elle devrait faire face.

Quand elle sauta du TIE, elle vit Nash avancer à grands pas vers elle, les yeux jetant des éclairs de colère. Ciena regretta de ne pas avoir de blaster. Elle resta immobile et laissa Nash s'approcher. Il scruta son visage et la prit dans ses bras.

— J'arrive pas à croire qu'il t'ait fait ça. Il savait que tu l'aimais et il t'a abandonnée comme ça... Mettre sa propre mort en scène et te faire subir des années de désespoir... c'est innommable.

Ciena se contenta de serrer Nash à son tour du mieux qu'elle pouvait étant donné qu'ils portaient encore tous les deux leur armure. Elle était contente de pouvoir dissimuler son expression en enfouissant son visage contre le torse de Nash.

— Excuse-moi de t'avoir crié dessus. J'ai compris par la suite que tu devais être bouleversée, que tu avais le cœur brisé… Dans ces circonstances, n'importe qui piloterait moins bien, même toi. Tu avais encore plus envie de tuer Thane que moi.

Nash poussa un soupir et s'écarta suffisamment pour la regarder. La colère de Nash avait cédé la place à de la pitié.

— J'aurais dû te laisser les honneurs. Si j'avais eu les idées claires, c'est ce que j'aurais fait.

— Je n'arrive pas à y croire, déclara Ciena.

C'était à la fois vrai et sans danger.

— Quelle crapule ! ajouta-t-elle. On ne le connaissait pas vraiment, hein ?

Nash se redressa.

— Bon, très bien. Nous devons aller au rapport. Ça ne va pas bien se passer.

Effectivement, ça se passa mal. On leur cria dessus, leur reprochant de ne pas avoir détruit tous les vaisseaux rebelles ; Piett adressa un signe de tête à Ciena à la fin, quand personne ne regardait, pour souligner le succès de sa mission secrète. Après cela, Ciena enleva son armure, prit une douche rapide et tenta de calmer ses pensées.

Thane aurait pu mourir aujourd'hui. Nash l'aurait tué.

Même si elle était secouée d'avoir croisé Thane dans un combat, elle était réconfortée à l'idée qu'il s'était enfui sain et sauf. S'ils ne se revoyaient jamais, le dernier souvenir qu'il aurait de Ciena serait ce moment où elle lui avait sauvé la vie. Sous le jet d'eau chaude, les mains appuyées contre la paroi métallique, elle décida que c'était supportable.

Mais Nash ? Comment avait-il pu nourrir une telle fureur meurtrière envers Thane ? Elle comprenait qu'il se sente trahi, elle avait ressenti la même chose le jour où elle avait compris que Thane avait rejoint l'Alliance Rebelle. Cependant, même quand elle le détestait presque, elle l'aimait toujours. Nash, en revanche, avait passé des années à regretter la disparition de son ami, et quand il le retrouvait vivant, il était tout de suite prêt à l'éliminer.

Ce n'était pas de la loyauté envers l'Empire. C'était… du fanatisme.

Les moteurs changèrent encore, modifiant la légère vibration sous ses pieds. Ils venaient de quitter l'hyperespace. Ciena était mortifiée à l'idée d'avoir été tellement plongée dans ses pensées qu'elle n'avait pas remarqué le moment où ils avaient effectué le saut en hyperespace.

Elle s'essuya et enfila sa combinaison de repos pour aller voir ce qui se passait. Une rangée de hublots triangulaires s'alignait le long d'une paroi proche de la salle de bains, Ciena pouvait donc simplement jeter un œil dehors. Aucun autre vaisseau ne semblait avoir fait le trajet avec eux. Pourquoi avaient-ils quitté le convoi impérial ?

Pour préparer quelque chose avant l'arrivée de l'Empereur. C'était la réponse la plus logique. Mais quoi ? Ciena tourna la tête pour étudier le champ d'étoiles et vit qu'ils approchaient d'une planète en orbite de laquelle se trouvait une grosse lune si verte et nuageuse que Ciena en déduisit qu'elle devait posséder une forêt luxuriante. Quelque chose d'autre semblait être en orbite autour de cette lune, quelque chose d'énorme et d'obscur…

Quand elle comprit ce qu'elle avait sous les yeux, elle ne put retenir un cri.

Ce n'est pas possible. Ils ne referaient jamais ça.

Mais si. Ciena ne pouvait nier ce qu'elle voyait…

… une deuxième Étoile Noire.

CHAPITRE 24

Les doigts de Ciena avaient perdu leur sensibilité, mais elle restait là, les mains collées contre le hublot, à contempler cette nouvelle Étoile Noire.

Pourquoi en construire une deuxième ? La première devait juste arrêter la guerre avant qu'elle ne commence – et la stratégie a échoué. Alors, pourquoi ?

Même si elle devinait la réponse, elle se sentait incapable de l'accepter. Elle avait les yeux rivés sur l'énorme masse de la station spatiale, qui semblait grossir à mesure que l'*Exécutor* s'approchait. Ciena s'était souvent demandé comment on pouvait édifier une structure aussi colossale. La construction d'une station de la taille d'une lune devait avoir un lourd impact sur les ressources de l'Empire. Elle allait pouvoir suivre le processus elle-même, car cette nouvelle Étoile Noire n'était pas achevée. Des sections importantes étaient en chantier et elle apercevait les entrailles du monstre, un affreux entrelacs de poutres et d'entretoises entourant un vide abyssal et obscur.

Les paroles qu'elle avait prononcées sur Valentia lui revinrent en mémoire, comme pour la narguer : *L'Empereur et les Moffs doivent être convaincus maintenant que détruire Alderaan n'a servi à rien. Ça n'a pas arrêté la Rébellion… L'Empire a attaqué Alderaan uniquement dans le but de prévenir une guerre encore plus dévastatrice. La guerre a commencé malgré tout. C'est trop tard pour l'empêcher.*

Aucune autre raison ne pourrait jamais justifier la destruction d'une planète entière ou la mort de milliards de personnes. L'Empire n'obtiendrait la rédemption pour ces morts qu'en ramenant la paix galactique.

Mais d'autres planètes allaient être anéanties sans autre mobile qu'instiller la crainte et la souffrance.

Peut-être qu'ils font ça pour mettre un terme à la guerre, tenta de se persuader Ciena. Mais cette excuse était trop pitoyable pour qu'elle y croie un instant. Si la Rébellion n'avait pas été intimidée par la destruction d'Alderaan, la disparition d'autres mondes ne l'arrêterait pas non plus. Au contraire, cela inciterait plus d'individus à rejoindre la cause rebelle. Cela ne mettrait pas fin à la guerre, cela l'intensifierait au-delà des limites imaginables.

Chaque fois que Ciena faisait un cauchemar au sujet d'Alderaan, elle chassait ses doutes en se remémorant Jude. La mort de son amie avait toujours aidé Ciena à rétablir l'équilibre dans son esprit, à se remémorer que les deux camps du conflit étaient responsables d'innombrables morts et destructions. Aujourd'hui, en revanche, elle se disait que si Jude avait vu cette deuxième Étoile Noire, elle aurait reculé d'effroi.

Jamais elle n'aurait voulu qu'on fasse ça en son nom. Jamais.

Le froid s'était insinué en Ciena jusqu'aux os. Elle finit par retirer ses mains douloureuses du hublot et les frotta l'une contre l'autre pour rétablir la circulation. Elle eut beau essayer, elle ne parvint pas à se réchauffer.

*

Une fois que la navette de l'*Exécutor* fut posée dans la nouvelle station baptisée l'Étoile de la Mort, Ciena put constater elle-même l'état d'avancement des travaux. De l'extérieur, c'est l'énorme hémisphère inachevé qui dominait le panorama. À l'intérieur, en revanche, le rayon tracteur fonctionnait parfaitement et ils débarquèrent sur un pont qui était non seulement achevé, mais poli, et traversèrent une station spatiale aussi sophistiquée que n'importe quel vaisseau de la Flotte Impériale. Les lieux étaient bien préparés pour l'arrivée de l'Empereur.

— Nous sommes enfin assez haut dans la hiérarchie pour voir l'Empereur en personne, déclara Berisse en dissimulant son sourire derrière une main. Je ne sais pas pourquoi je suis si enthousiaste. Nous serons plusieurs milliers et on verra encore moins bien qu'aux derniers rangs d'un stade de courses de pods.

Comme d'habitude, Nash les suivait. Depuis le combat dans le Système Hudalla, il ne quittait plus Ciena d'une semelle.

— Nous pourrons tout de même raconter à nos petits-enfants le jour où nous avons vu Palpatine en chair et en os. Et une cérémonie nous changera les idées. C'est exactement ce qu'il te faut, Ciena. Ça te remontera le moral.

Il ne cessait de lui tenir ce genre de discours depuis Hudalla. L'ironie de la situation, c'est qu'elle avait *effectivement* le cœur brisé, mais pas pour les raisons que Nash imaginait.

Cela irritait un peu Ciena, mais n'était rien comparé à sa consternation. *Comment peuvent-ils discuter de la cérémonie pour l'Empereur ? Quelle importance par rapport au fait que nous sommes à l'intérieur d'une nouvelle station spatiale destructrice ?*

Puis elle se ressaisit. Oui, ils étaient dans l'Étoile de la Mort, entourés de centaines d'autres serviteurs de l'Empereur ; certains étaient stationnés ici, d'autres avaient été dépêchés pour préparer la cérémonie. Quelques-uns parmi les Impériaux devaient partager les doutes de Ciena, mais pas tous. Exprimer publiquement son opposition l'expédierait en cellule. Elle devait s'inspirer de la retenue de ses amis.

Ciena se tut jusqu'à ce qu'ils se retrouvent miraculeusement tous les trois seuls dans un ascenseur. Sa formation lui avait appris qu'on plaçait rarement des micros dans les ascenseurs militaires, à cause des changements de fréquence. Elle pouvait donc parler sans risque. Dès que les portes se refermèrent, elle se lança.

— Je n'arrive pas à croire qu'ils aient construit une nouvelle station aussi destructrice que la précédente !

Berisse s'adossa à la paroi, abandonnant toute posture réglementaire, et haussa les épaules.

— Je n'arrive pas à croire qu'ils l'aient fait si vite. Combien de temps faut-il pour construire ces trucs ? Ils ont dû commencer juste après la Bataille de Yavin. Bien joué.

Ciena refusait d'en croire ses oreilles.

— *Bien joué* ?

Berisse fronça les sourcils, elle ne comprenait visiblement pas la réaction de Ciena.

— Il *fallait* qu'on construise l'Étoile de la Mort. L'Étoile Noire était la station la plus imposante et la plus puissante jamais construite dans l'histoire galactique et elle a volé en miettes à cause de ces ordures de rebelles ? Le seul moyen d'honorer ceux qui sont morts à Yavin, c'était d'en créer une autre. Si nous ne l'avions pas reconstruite, les terroristes auraient gagné.

— Tu n'as pas l'air d'accord, Ciena. Qu'est-ce que tu en penses ?

Même si le ton de Nash était détaché, il l'observait avec attention.

Ciena se rendit compte qu'elle transpirait.

— Je pense… je pense que si nous avons édifié l'Étoile de la Mort, c'est que nous comptons nous en servir. Qu'une nouvelle planète va mourir, comme Alderaan.

Berisse eut un petit rire offusqué.

— Pas du tout. Une fois que la station sera terminée et que ça se saura ? Personne ne défiera plus jamais l'Empereur. La Rébellion va disparaître. Tu verras.

Même si Ciena avait de sérieuses réserves envers les tactiques impériales, elle avait toujours pensé que le règne de la loi valait mieux que le chaos, quelle que soit la sévérité de cette loi. Toutefois, le futur que Berisse décrivait n'était pas le règne de la loi. C'était celui de la terreur et donc de la tyrannie. Même les pires atrocités de la Guerre des Clones n'étaient rien comparées à la destruction d'une planète habitée.

Et qu'est-ce que cela révélait que Ciena n'ose pas l'exprimer à haute voix, même à ses amis les plus proches ?

Elle chercha les mots justes pour le leur faire comprendre.

— Quand Alderaan a été détruite, nous pensions que ça obligerait la Rébellion à se rendre. Que ça pourrait empêcher cette guerre. Or nous sommes en guerre depuis trois ans.

Et si quelqu'un d'aussi cynique que Thane a rencontré des leaders rebelles qu'il admire et qu'il est prêt à suivre, alors l'Alliance Rebelle ne disparaîtra pas aussi vite que vous ne l'imaginez.

— Vous ne voyez pas que ces tactiques n'ont *pas fonctionné* ? poursuivit-elle. Si cette station ne sert pas à protéger les citoyens de l'Empire de la guerre, comment pouvons-nous justifier son existence ?

Nash se redressa, les yeux plissés. Quand il prit la parole, sa voix fit frissonner Ciena.

— Es-tu en train de sous-entendre qu'Alderaan a été détruite en vain ? Pour rien ?

Ciena leva les mains.

— Nash, je t'en prie, je ne voulais pas…

— Écoute-moi bien. Alderaan a dû mourir pour que la véritable puissance de l'Empire soit reconnue. La fin de ma planète natale a marqué aussi la fin du Sénat Impérial, la fin des luttes de pouvoir minables qui gangrenaient le début du règne de Palpatine. C'est seulement alors que la véritable force de l'Empire a été révélée.

Son regard était vitreux, perdu dans le vide, comme s'il était fiévreux. Il avait dû afficher la même expression durant l'escarmouche dans le Système Hudalla.

— Cette guerre n'est que la suite des conflits qui ont secoué la galaxie durant le siècle passé, le dernier cri que pousseront ceux qui s'opposent à nous. Les Rebelles ont réussi à détruire l'Étoile Noire par un bête coup de chance. En bâtissant l'Étoile de la Mort et en l'utilisant *autant de fois que ce sera nécessaire* pour rétablir l'ordre, nous prouverons que la chance ne suffit pas. Nous démontrerons que nous sommes et que nous serons toujours la seule autorité galactique.

Les portes de l'ascenseur coulissèrent sur la passerelle qui donnait accès à une petite baie d'appontage, où l'Empereur arriverait bientôt. Les couloirs étaient remplis d'innombrables officiers, la foule anéantissait tout espoir de parler librement. Ciena se sentit vulnérable. N'importe lequel de ces individus pouvait la dénoncer comme traître et n'hésiterait pas à le faire, même ses deux meilleurs amis.

Nash la prit doucement par les épaules.

— Tu n'es pas encore redevenue toi-même depuis que tu appris que Thane t'avait menti. Maintenant, c'est bien normal, tu as du mal à accorder ta confiance et peut-être même à distinguer le vrai du faux.

— Ce combat spatial était l'un des pires moments de ma vie, reconnut-elle.

Au moins, elle pouvait le dire en toute honnêteté.

— Aie confiance en ta mission. En nous. Et pardessus tout, fais confiance au serment que tu as prêté à l'Académie. C'est ton intégrité qui te définit. Tu ne peux jamais te tromper si tu restes fidèle à ce que tu es.

Nash lui adressa le genre de sourire qui donnait envie à Ciena de quitter la pièce. Le faible qu'il avait pour elle et qu'elle avait tout fait pour décourager était devenu sa meilleure protection contre une dénonciation de sa part.

Berisse, elle, était déjà passée à autre chose.

— Qu'est-ce qu'on attend ? La navette de l'Empereur sera bientôt là. Allons-y !

Au cours des heures d'instructions qui suivirent, Ciena fut séparée de ses amis. Les commandants avaient une position légèrement plus enviable, même si des centaines de capitaines, d'amiraux et de canonniers de haut niveau étaient devant elle. Elle fit ce qu'on exigeait d'elle, en mode automatique, et changea de position quand les organisateurs se ravisèrent. Au moins, cela l'occupait. Elle tenta de se distraire en observant les jeux de pouvoir parmi les membres les plus élevés de la hiérarchie, mais cela n'eut guère d'effet. Leur mesquinerie et la crainte qu'ils avaient de Dark Vador rappelèrent à Ciena à quel point la Flotte Impériale qu'elle servait aujourd'hui n'avait rien à voir avec celle en qui elle avait cru autrefois.

Le moment tant attendu arriva enfin. Le Seigneur Vador s'avança d'un pas décidé, sa cape noire tourbillonnant derrière lui. De loin, la navette blanche ressemblait à une étoile. Quand elle approcha, Ciena distingua la bande grise caractéristique sur le nez du vaisseau, le signe informant tout le monde qu'il s'agissait bien de l'Empereur.

Ciena fut étonnée de voir le Seigneur Vador s'incliner lorsque des silhouettes se mirent à descendre de la navette. Aucun des autres serviteurs de l'Empire ne devait le faire. Qu'est-ce que cela signifiait ? Son esprit oublia cette question dès qu'elle aperçut Palpatine.

Elle avait aperçu mille fois son visage sur des holos. Comme n'importe qui dans l'Empire, elle aurait été capable de le décrire aussi bien que les membres de sa propre famille. Les cheveux presque entièrement gris, mais encore épais, le visage à peine marqué par le temps ou les soucis, la posture droite, les yeux vifs. L'homme qu'elle avait devant elle lui ressemblait à peine. En d'autres mots, le visage montré à la galaxie n'avait qu'un lointain rapport avec la réalité. Les yeux de Ciena s'écarquillèrent en voyant le visage que le lourd capuchon ne dissimulait pas entièrement : la pâleur contre nature de son teint, les rides abondantes et les plis inhumains. L'Empereur traversa la baie d'appontage le dos voûté, sans prononcer un mot ni jeter un regard aux centaines de fidèles gradés réunis pour l'accueillir.

Ne sois pas mesquine. Il a vieilli, c'est normal ! Et l'Empereur a certainement autre chose en tête qu'une stupide cérémonie...

Ces excuses n'eurent aucun effet sur elle. Ce qui choquait Ciena, ce n'était pas juste l'apparence de l'Empereur ; c'était l'impression de profonde méchanceté qui irradiait de lui, avec une telle force qu'elle faillit avoir un mouvement de recul. Même à distance, Palpatine éveillait en elle une crainte physique : un instinct primaire lui disait de fuir ou de se battre.

Un seul individu lui avait jamais fait cet effet : Dark Vador. Ciena s'était toujours dit que Vador était une aberration, une créature sans égal dans l'Empire. Il était unique, c'est vrai. Mais ce qu'il avait de plus terrifiant, l'impression constante de malveillance et de danger qu'il inspirait, il le partageait avec l'individu le plus puissant de la galaxie.

Est-ce cet individu que je sers depuis tout ce temps ?

*

C'est un cauchemar, se dit-il.

Cela ne marcha pas. Thane sentait le banc métallique en dessous de lui et les odeurs de graisse et d'ozone qui flottaient dans le hangar des réparations. Ces détails lui indiquaient avec clarté qu'il était bien éveillé.

C'est un test. Un exercice. Les leaders de l'Alliance veulent savoir comment nous réagirions si nous étions confrontés au pire scénario possible.

Non. Ils ne prendraient jamais le risque d'assembler toute l'armada rebelle pour un simple exercice.

Si ce n'était ni un cauchemar ni un exercice, alors c'était la vérité, horrible et indéniable : l'Empire avait construit une deuxième Étoile Noire.

Des mots issus de plusieurs dizaines de langues, tous plus obscènes les uns que les autres, n'auraient pas suffi à transcrire ce qu'il ressentait. Mais il n'avait pas le courage de les prononcer. Il était juste capable de fixer le holo qui tournait devant les escadrons d'Ailes-X, tandis qu'ils recevaient le briefing du général Madine.

— Et comment allons-nous détruire ce générateur de bouclier ? demanda Kendy. Des dizaines de stormtroopers doivent être massés sur la lune forestière d'Endor, voire des centaines…

— Le général Solo remplacera le major Lok, qui a été tué en mission. L'équipe de Solo sur la lune d'Endor se chargera du générateur de bouclier. Chaque individu impliqué dans cet assaut aura suffisamment à faire sans s'inquiéter des autres, Corona 5, répondit sévèrement Madine.

Thane chuchota à Yendor :

— C'est qui le général Solo ?

— Tu sais. Han Solo ! Le capitaine du *Faucon Millenium.*

Le nom du vaisseau lui était vaguement familier, mais Thane ne voyait pas qui était ce Solo.

Yendor écarquilla les yeux.

— Mais enfin ! C'est un de ceux qui ont sauvé la Princesse Leia de la première Étoile Noire. Tu te souviens de *ça*, quand même ?

— Je n'étais pas encore avec la Rébellion à ce moment-là. J'ai rejoint l'Alliance juste avant Hoth.

Les lekkus de Yendor s'abaissèrent.

— Oh… Le capitaine Solo a été capturé par un chasseur de primes juste après Hoth. Tu ne dois pas le connaître alors, mais c'est un des meilleurs.

— Effectivement, l'interrompit le général Madine, qui avait apparemment suivi toute leur conversation.

Thane et Yendor se tournèrent vers lui et se redressèrent dans leurs sièges.

— Le général Solo sera rejoint sur la lune forestière par la Princesse Leia Organa et Luke Skywalker, qui compléteront la force de frappe. Ils vont abattre ce bouclier.

Luke Skywalker, encore ! Thane se retint de lever les yeux au ciel. En revanche, il admirait la Princesse Leia. S'il y avait bien quelqu'un en qui il avait confiance, c'était elle.

Le général Madine poursuivit :

— Pendant ce temps, le général Calrissian dirigera les chasseurs stellaires qui plongeront au cœur de l'Étoile de la Mort. La dispersion de la Flotte Impériale nous donne cette chance unique de l'attaquer. Comme la construction n'est pas terminée, le réacteur central est à nu et vulnérable. Une force de frappe devrait pouvoir pénétrer dans la station, tirer dans le réacteur et déclencher une explosion en chaîne qui détruira l'Étoile de la Mort avant qu'elle ne puisse être opérationnelle.

Et qui est ce général Calrissian ? Thane décida de ne pas poser la question à haute voix. Si l'Alliance Rebelle confiait deux de ses missions les plus importantes *de tous les temps* à des généraux fraîchement nommés, c'était son affaire…

Tu as la trouille, se dit-il. *Évidemment. C'est la seule réaction saine à l'idée de s'attaquer à l'Étoile de la Mort. Ressaisis-toi.*

— Escadron Corona, votre mission est de couvrir le général Calrissian, le *Faucon Millenium* et les autres chasseurs stellaires des escadrons Or, Rouge, Vert et Gris quand ils pénétreront dans l'Étoile de la Mort. Moins ils auront de chasseurs TIE à combattre en entrant, plus ils auront de chance d'atteindre leur cible facilement et de voir toute la flotte s'en tirer. Vous vous chargerez donc des TIE à l'intérieur et à l'extérieur de la station spatiale, ainsi que d'éventuels tirs longue portée en provenance d'autres vaisseaux plus gros que l'Empire pourrait déployer.

Thane se dit qu'il serait bientôt complètement flippé à l'idée de s'attaquer à l'Étoile de la Mort. En ce moment, il avait encore du mal à concevoir que cette maudite station existait.

Il avait trouvé que Ciena était naïve d'affirmer que l'Empire n'essayerait plus jamais de détruire d'autres planètes. C'était seulement maintenant qu'il réalisait que lui aussi l'avait cru. Un nouveau Alderaan lui semblait inconcevable. Quelles que soient leurs chances de l'emporter, la Rébellion *devait* attaquer. C'était non seulement la bataille la plus importante à mener, c'était surtout la seule qui compterait vraiment.

Après le briefing, il fila dans le hangar principal, qui bourdonnait d'activité. Beaucoup de pilotes vérifiaient leurs appareils, tandis que d'autres étreignaient des amis et serraient des mains. Ils faisaient leurs adieux, au cas où.

Thane s'arrêta d'abord près de l'*Aca* pour serrer la patte de Brill et la main aux longs doigts de Methwat. Pour une fois, il étreignit Lohgarra aussi fort qu'elle. Il découvrit qu'un membre de l'Escadron Corona faisait désormais partie de l'équipage de l'*Aca*.

— Ça fait un moment que j'ai besoin d'un nouvel astromech, lui expliqua Yendor tandis que JJH2 était descendu dans l'Aile-X. Tu m'as dit que celui-ci était le meilleur.

JJH2 poussa un pépiement interrogateur et Thane ne put s'empêcher de sourire.

— Oui, je l'ai dit et je le pense. Veillez l'un sur l'autre, là-haut, d'accord ?

Pendant que Yendor et JJH2 effectuaient ensemble les vérifications des systèmes, Thane grimpa à bord de son vaisseau. Il avait déjà inspecté son Aile-X en profondeur après la Bataille de Hudalla. Il n'avait rien d'autre à faire qu'attendre dans son cockpit l'ordre de s'attaquer à l'Étoile de la Mort et de lancer ce qui ressemblait à une mission-suicide.

L'Alliance Rebelle avait réussi à détruire l'Étoile Noire, mais c'était un coup de chance et ils devaient le savoir. Une faille dans le système de refroidissement ? Quelles étaient les chances pour que cela se reproduise ? Thane secoua la tête en réfléchissant à la réponse. En tant qu'ancien officier impérial, il savait très bien comment avait été punie cette erreur. Aucun ingénieur qui avait travaillé sur le projet de l'Étoile Noire ne referait la même erreur. La nouvelle station serait encore plus imprenable que la première.

Pendant un moment, il se remémora le jour où, fraîchement diplômé de l'Académie sur Coruscant, il volait vers sa première affectation, l'Étoile Noire. Quand il avait vu la station pour la première fois, sa taille gigantesque l'avait impressionné comme rien auparavant. Il avait encore du mal à croire que la première station était détruite ou que la deuxième le serait jamais.

La vieille voix cynique dans sa tête murmura : *Tu sais, tu pourrais t'en aller. C'est une opération militaire volontaire, tu te souviens ?*

Thane n'écoutait plus trop cette voix. Les autres membres de l'Escadron Corona et l'équipage de l'*Aca* étaient un peu comme sa famille. Il ne partageait peut-être pas l'optimisme à tous crins de ses camarades, mais jamais il ne les abandonnerait la veille de la bataille la plus dangereuse de toutes.

Et si l'Empire gagnait, condamnant pour l'éternité la galaxie à son règne impitoyable et corrompu ?

Thane décida qu'il préférait mourir au combat.

*

Cela faisait à présent deux jours que Ciena avait aperçu pour la première fois l'Étoile de la Mort et l'Empereur. Ces deux jours l'avaient pratiquement anéantie.

Elle avait constamment de nouvelles prises de conscience horribles, et dès qu'elle se disait qu'elle n'en supporterait pas une de plus, une autre la détruisait davantage encore. La présence glaçante de l'Empereur, la condamnation injuste de sa mère, l'acceptation aveugle par Nash et Berisse du génocide comme tactique militaire, la multitude de pilotes morts sans raison, leurs vies gâchées par un commandement qui s'en fichait, et Thane, qui risquait chaque jour de perdre la vie par la faute de l'Empire.

Il avait raison sur tellement de sujets, se dit-elle avec tristesse en effectuant machinalement les gestes de son examen médical mensuel. Les senseurs froids du droïde médical lui donnaient une excuse pour frissonner. *J'aimerais tant pouvoir dire à Thane qu'il avait raison.*

Ciena n'avait toujours pas pardonné à la Rébellion la mort de Jude. Et elle ne pensait pas non plus que l'Alliance offrait l'espoir d'un gouvernement efficace. Elle n'envisageait pas plus qu'avant de rejoindre cette cause, mais elle comprenait désormais que Thane l'ait fait.

— *La question n'est pas de savoir si nous avons gardé la foi en l'Empire, mais si l'Empire a gardé la foi en nous*, lui avait-il dit dans la Forteresse, quand il la serrait dans ses bras.

Un serment de loyauté restait un engagement, même quand le sujet ne s'en montrait pas digne. Le serment devenait juste plus amer.

Alors que Ciena enfilait son uniforme, une alarme retentit dans le vaisseau.

— Tous les pilotes aux chasseurs TIE immédiatement.

Que se passait-il ? Ciena ne pensait pas que les rebelles puissent déjà être au courant de l'existence de l'Étoile de la Mort, si le secret avait été aussi bien gardé pour les hauts gradés de l'*Exécutor*. C'était probablement un exercice ou une démonstration de puissance de feu pour impressionner Palpatine. Cela ne faisait aucune différence ; elle avait envie d'en être. Elle avait besoin de voler, plus que tout.

Les missions de Ciena exigeaient rarement qu'elle pilote un appareil plus petit qu'une navette de transport, et même cela se produisait rarement. Elle avait toutefois toujours veillé à affûter ses compétences et elle pouvait se porter volontaire pour piloter un TIE à tout moment.

Elle alla immédiatement voir le commandant d'escadron du vaisseau, qui semblait étrangement... suffisant.

— Je vois, commandant, fit-il avec un petit sourire. Évidemment, vous voulez en être. Ce sera quelque chose à raconter à vos petits-enfants, c'est ça ?

Oui, c'est ça. Un jour, j'ai cherché à impressionner l'Empereur répugnant et détestable qui prenait plaisir à rayer des planètes de la carte.

Ciena se contenta de répondre :

— Ma prochaine mission est dans six heures, capitaine. Je suis prête à servir l'Empire tout de suite.

— Votre courage ne passera pas inaperçu, commandant Ree. Rendez-vous immédiatement à la baie de lancement 9.

Tandis que Ciena sanglait l'armure noire de pilote de TIE, elle se dit que tout irait pour le mieux bientôt parce qu'elle allait voler. Ça restait sa plus grande joie et sa seule source d'évasion. Une fois dans les airs, dans l'espace, elle serait libérée de tous les doutes qui l'accablaient. Pendant ces quelques minutes au moins, elle serait à nouveau elle-même.

Pendant les préparatifs, elle aperçut Nash, qui lui décocha un sourire malicieux. Il croyait toujours en elle. La pointe de culpabilité que Ciena ressentit disparut dès qu'elle grimpa dans le cockpit. Quoi qu'il arrive, elle avait l'intention de garder ses distances par rapport à tous ceux qu'elle avait connus avant. Elle pourrait demander une affectation dans un endroit perdu et isolé, le genre de boulot dont personne ne voulait et qu'elle obtiendrait sans difficulté. Peut-être un poste où elle pourrait faire quelque chose de bien ?

Casque : verrouillé. Moteurs : plein régime. Ciena attendit le signal de son escadron puis quitta la baie d'appontage. Elle était entourée de centaines d'autres chasseurs, qui rendaient nécessaire un pilotage de précision. Elle trouvait la tâche apaisante. Même les vibrations et les grondements qui emplissaient le cockpit la rassérénaient. Chaque fois qu'elle décollait, elle avait l'impression de quitter ses chaînes et de retrouver la liberté.

Elle s'imagina survoler les montagnes jelucanies dans le vieux V-171, Thane derrière elle, pilotant ensemble comme s'ils n'étaient qu'un seul individu…

Puis elle agrandit le champ des senseurs et retint un cri.

Ciena savait que des centaines de TIE décollaient en même temps qu'elle. En revanche, elle n'avait pas imaginé qu'une armada de vaisseaux impériaux était assemblée non loin de là, dont plusieurs Destroyers Stellaires. C'était une flotte beaucoup plus importante que ce à quoi elle s'attendait, plus importante encore que la force de frappe sur Hoth.

C'est alors que les morceaux du puzzle s'assemblèrent.

Nous nous attendons à une opération majeure, bientôt. Ce qui signifie que les Rebelles arrivent.

Or, s'ils débarquent, c'est qu'ils sont au courant pour l'Étoile de la Mort et pour l'Empereur. Et si cette force énorme les attend, c'est que les forces impériales se sont arrangées pour qu'ils sachent.

Voilà la raison pour laquelle Piett m'a demandé qu'une des Ailes-X s'enfuie. Il fallait que Thane puisse rapporter à la Rébellion les mouvements de l'Empereur. Nous leur tendions un piège.

Elle s'en était toujours doutée : pourquoi laisser partir les Rebelles si ce n'était pour leur farcir le crâne de faux renseignements ? Mais elle pensait qu'il s'agissait plutôt d'une feinte pour couvrir l'endroit où l'Empereur se trouvait réellement. Le piège assemblé par l'Empire devait être plus vaste et plus compliqué encore. Elle n'avait été qu'un rouage minuscule dans une machinerie gigantesque. Le mouvement actuel n'était pas une action militaire ordinaire, le jour avait été choisi par l'Empire pour anéantir définitivement la Rébellion.

Les mains de Ciena se resserrèrent sur les commandes. Son écran se mit soudain à afficher tant de données qu'elle n'arrivait plus à toutes les lire. Dans les parages de l'Étoile de la Mort et de la lune d'Endor, des milliers de vaisseaux venaient de se matérialiser en un instant.

L'Alliance Rebelle venait de débarquer et l'Empire était prêt à l'accueillir.

CHAPITRE 25

— Que la Force soit avec nous.

La voix de l'amiral Ackbar grésilla dans le système comm tandis que l'armada rebelle mettait le cap sur l'Étoile de la Mort. Maintenant que Thane la contemplait de ses propres yeux, il était obligé de croire à sa réalité. Mais elle était encore loin d'être achevée. Ils ne s'attaquaient pas à une station spatiale meurtrière, juste à sa coquille. Y penser en ces termes aidait un peu.

À vrai dire, en réalité, ça n'aidait pas trop. Quoi qu'il en soit, Thane se contentait de ce qu'on lui offrait.

Le générateur de bouclier devrait être détruit à présent, espéra-t-il en vérifiant ses senseurs. *Nous allons recevoir l'ordre d'attaquer d'une seconde à l'autre.*

L'ordre ne vint pas.

Il n'avait aucune donnée sur le bouclier, il ne pouvait dire s'il était actif ou pas. Thane introduisit quelques commandes, le front plissé. Ce n'était pas le moment d'endurer une défaillance des systèmes.

Le général Calrissian intervint d'une voix impérieuse :

— Stoppez l'offensive ! Le bouclier est toujours opérationnel !

Thane jura dans sa barbe. Qu'est-ce qui était arrivé à l'équipe sur Endor ?

— On arrête tout ! poursuivit Calrissian. À toutes les unités, on arrête tout !

Ils s'éloignèrent de l'Étoile de la Mort et Thane se prépara à effectuer le saut en hyperespace pour une fuite humiliante, mais nécessaire, quand l'amiral Ackbar ordonna :

— Entamez les manœuvres d'évitement !

Puis ce fut à Kendy de s'exprimer :

— Vaisseaux ennemis dans le Secteur 47.

Thane fut pris de sueurs froides en découvrant ce qui les attendait : la moitié de la Flotte Impériale, dont des dizaines de Destroyers Stellaires.

L'Alliance Rebelle venait d'arriver sur le lieu de sa mise à mort.

*

Au moins, ce sera rapide, se dit Ciena.

Son chasseur TIE fonçait avec les autres pour affronter la Flotte Rebelle. Vu l'incroyable disparité de force, elle était persuadée que l'Empire pouvait remporter cette bataille en quelques minutes. Alors qu'elle avait reçu l'ordre de cibler la frégate médicale, elle remarqua que les Destroyers Stellaires ne se joignaient pas au combat. Pourquoi assembler une telle puissance de feu et ne pas l'exploiter ?

Puis elle vit le laser de l'Étoile de la Mort s'illuminer de vert et elle eut la réponse.

Elle se raidit, s'attendant à ce qu'Endor ou sa lune n'explose. Mais le laser frappa un des plus gros croiseurs des rebelles, qui fut instantanément détruit.

Si la station est pleinement opérationnelle, pourquoi prendre la peine de nous envoyer au combat ?

Encore une fois, ce n'était qu'une mise en scène. Du spectacle. Les pilotes des TIE allaient mourir par dizaines, voire par centaines, sans que ce soit utile. L'Étoile de la Mort aurait pu éliminer les Rebelles sans leur intervention. Mais Palpatine voulait que tous les amiraux et les généraux assistent à cet instant pour qu'ils en déduisent que l'Empereur était invincible.

Nous mourons pour sa gloire, conclut-elle avec amertume. *Ce qui veut dire que nous mourons pour rien. Une fois de plus.*

Elle comptait bien avoir du sang rebelle sur les mains avant de tomber.

*

Être pris dans une bataille sans espoir d'en sortir vivant était le meilleur moyen de se donner à fond.

En effet, cet état d'esprit empêcha Thane de perdre son sang-froid quand il apprit que le générateur de bouclier était toujours opérationnel et découvrit l'envergure de la Flotte Impériale assemblée pour réduire l'Alliance Rebelle à néant. Il avait même réussi à ne pas péter les plombs quand l'Étoile de la Mort avait détruit le *Liberté* – le vaisseau que l'Escadron Corona considérait comme son chez-soi depuis des mois. Thane se rappela des sympathiques Mon Calamariens qui les avaient accueillis. Ils venaient de trouver la mort, l'espace d'un instant.

Les chances de survie de Thane n'étaient guère plus élevées. Il était persuadé que l'Empire allait le tuer aujourd'hui, quoi qu'il fasse. Son seul objectif était de faire payer le plus d'impériaux possible.

Le général Calrissian ordonna aux vaisseaux plus petits de se rapprocher des Destroyers Stellaires, sans doute pour les mettre à l'abri des tirs de l'Étoile de la Mort. Thane avait presque envie de rire. Comment être en sécurité près d'un Destroyer Stellaire ? Il était malgré tout ravi d'avoir l'opportunité de causer des dégâts.

— Je vais foncer vers les moteurs, annonça la Comtesse. Qui est avec moi ?

Thane se prépara mentalement.

— Corona 4, je vous suis.

— Corona 5 aussi. Allons-y !

C'était Kendy, qui avait l'air enthousiaste à l'idée de semer la pagaille.

Yendor ne répondit pas, mais les senseurs montrèrent qu'il accélérait à une vitesse telle qu'il atteindrait le Destroyer Stellaire avant Thane. C'est du moins ce qui serait arrivé si Thane n'avait poussé les moteurs au maximum et plongé droit vers la poupe.

Le blindage lourd d'un Destroyer Stellaire lui permettait d'encaisser des tirs intenses sans subir de dégâts. Les moteurs, en revanche, étaient vulnérables. Ils étaient situés trop profondément dans le vaisseau blindé pour être détruits, mais même ralentir le Destroyer ou empêcher l'équipage de les pousser à fond pouvait se révéler utile en pleine bataille.

Voyons si ça leur plaît d'être coincés dans l'espace un moment.

Thane sourit de toutes ses dents en piquant vers l'arrière du vaisseau, suivi de près par le reste de l'Escadron Corona

Son ancienne formation lui revint. Les plans holographiques de son cours de conception de vaisseaux à l'Académie étaient à nouveau devant ses yeux, lui indiquant avec précision où frapper. Thane visa et tira encore et encore. À ce rythme-là, il épuiserait ses réserves et ne pourrait plus effectuer le saut en hyperespace au moment de battre en retraite, mais cela n'avait plus d'importance. La Rébellion allait sans doute mourir aujourd'hui. Thane espérait juste finir au champ d'honneur.

Il toucha ses cibles, mais Kendy fit encore plus fort. Elle avait toujours été la meilleure tireuse de la classe, se souvint-il en voyant une gerbe d'étincelles s'élever d'un moteur du Destroyer, avant que le vide de l'espace ne les éteigne.

Un essaim de chasseurs TIE croisa la route de leur formation, si près que Thane aperçut un pilote à travers son cockpit. Il appuya sur le bouton pour tirer sans ciller.

L'Empire ne fournit même pas de boucliers à ses pilotes. Un tir qui atteint sa cible suffit à les faire exploser. Il pressa deux fois la détente et fut récompensé par une gerbe d'étincelles. Le chasseur TIE perdit le contrôle et dévissa en tourbillonnant.

Et maintenant ? S'il plongeait vers le pont principal pour le percuter avec son Aile-X, emportant l'amiral impérial dans la mort avec lui…

— Le bouclier est désactivé ! Je répète, le bouclier est désactivé !

Thane croyait l'équipe d'Endor morte depuis longtemps. *Blast*, ils ont réussi ! Il s'imagina la Princesse Leia triomphante. Elle avait dû faire exploser ce générateur de bouclier avec un grand sourire.

Le général Calrissian ordonna à la flotte :

— Suivez-moi tous !

— Allons-y ! s'exclama la Comtesse par le système comm, oubliant toute retenue.

Elle était prête à faire couler le sang. Elle conclut :

— Escadron Corona, en route.

— Corona 4, prêt.

Thane sourit de nouveau quand ils se placèrent en formation et filèrent vers l'énorme station spatiale. Il avait l'impression de plonger dans un océan de plaques de métal noir.

— N'oubliez pas que ce truc est tellement géant qu'il faut compenser sa force de gravité !

Thane inclina son vaisseau le long de l'Étoile de la Mort, juste sous le gouffre béant qui était la cible du *Faucon Millenium*. Il survola des étendues métalliques noires infinies, des surfaces interrompues par des zones de construction. Au-dessus de sa tête, des explosions s'enchaînaient en cascade, comme les feux d'artifice les jours de fête sur Jelucan.

Trois chasseurs TIE apparurent au-dessus de l'horizon de l'Étoile de la Mort. Thane ne prit même pas la peine de tenter une manœuvre d'évitement. Il accéléra, visa, verrouilla les cibles… et fila à travers les trois boules de feu.

Il ne se demandait pas si Ciena avait été dans un de ces vaisseaux. Elle aurait été plus vive et aurait tiré la première. Elle ne les aurait pas laissés s'en prendre aux moteurs d'un Destroyer Stellaire non plus. Elle devait être en sécurité sur le pont d'un des croiseurs. Thane espérait que ce serait elle qui l'abattrait. Au moins, ils seraient reliés d'une certaine façon jusqu'à la fin.

— L'entrée est réussie ! rapporta la Comtesse. La force de frappe du *Faucon Millenium* a pénétré dans l'Étoile de la Mort !

Thane eut une illumination. En fin de compte, ils allaient peut-être remporter cette bataille.

*

— Pourquoi ne couvrez-vous pas les moteurs ? cria Ciena aux imbéciles de pilotes de TIE qui avaient laissé un Rebelle endommager le *Subjugateur*. Retournez-y ! Immédiatement !

Les Rebelles étaient piégés. Ils le réalisaient, mais ils avaient apparemment décidé de tuer le plus d'Impériaux possible avant de mourir à leur tour. L'espace était jonché de débris des croiseurs stellaires détruits par le laser de l'Étoile de la Mort. Comme à chaque fois, Ciena enrageait à l'idée de voir tant de vies sacrifiées par les commandants insensibles, même si cette fois sa colère était dirigée contre le leader rebelle qui avait entraîné Thane dans cette guerre.

Plus que tout, elle était en colère contre elle-même. Thane n'était qu'un des Rebelles qui perdraient la vie à cause d'un piège qu'elle avait contribué à tendre, malgré elle. Elle et Thane avaient tous deux été victimes d'un complot maléfique de l'Empereur et le massacre avait commencé.

Ciena éleva son intercepteur TIE au-dessus du pont principal de l'*Annihilateur*, au cas où un pilote rebelle déciderait de foncer droit dedans et de mourir dans un coup d'éclat. Les autres TIE s'en tinrent rigoureusement aux plans d'attaque établis. Le rang de Ciena lui offrait la liberté et la responsabilité d'observer la bataille et d'aller là où elle était la plus utile. Quand elle parvint au-dessus du Destroyer Stellaire, elle fit demi-tour, vérifia ses senseurs pour établir quelles cibles se dirigeraient vers eux… et s'arrêta net.

Leur garnison sur la lune d'Endor avait échoué. Le générateur de bouclier ne fonctionnait plus. Ses senseurs indiquaient que la Flotte Rebelle en était informée et que la bataille prenait une tout autre tournure. Les vecteurs de vol changèrent instantanément et le nuage de chasseurs stellaires autour d'elle se transforma en flèches filant droit vers la partie la plus vulnérable de la station spatiale inachevée : le large conduit qui menait droit au réacteur principal.

Qu'espéraient-ils accomplir ? Bien sûr, ils pouvaient causer des dégâts sur leur passage, mais le labyrinthe de câbles et de poutres réduirait sans doute en miettes tous les vaisseaux qui tenteraient de l'emprunter. Ciena vit des chasseurs TIE plus près de l'Étoile de la Mort talonner les rebelles pour les abattre. Quel gâchis.

Elle reporta son attention vers le Destroyer Stellaire le plus proche, le sien, l'*Exécutor*. Il commençait seulement à s'attaquer directement aux vaisseaux rebelles.

Tous les amiraux avaient attendu que l'Étoile de la Mort frappe la première, nouvelle preuve que Palpatine préférait soigner la mise en scène plutôt qu'adopter une bonne tactique militaire.

Puis elle vit un chasseur stellaire endommagé perdre le contrôle et foncer vers les boucliers déflecteurs de la passerelle de l'*Exécutor*. Elle jura et essaya de le viser, mais l'appareil était trop loin et allait trop vite…

Une lueur orange illumina l'emplacement du choc et Ciena réalisa avec horreur l'étendue des dégâts. Ni cet impact ni les dégâts infligés plus tôt aux moteurs du vaisseau n'auraient pu à eux seuls venir à bout d'un Destroyer Stellaire, mais la combinaison des deux s'avéra fatale. Bouche bée, elle vit l'*Exécutor* dériver vers l'objet stellaire le plus proche, inexorablement attiré par la gravité de… l'Étoile de la Mort.

Même un Destroyer Stellaire ne peut pas à lui seul venir à bout de l'Étoile de la Mort, se rassura-t-elle. *Ne lâche pas ta cible.*

Mais la destruction de l'*Exécutor* entraînerait la mort de Berisse…

Ne lâche pas ta cible !

La respiration de Ciena était si haletante que la visière noire de son casque se couvrit de buée. Elle tenta de se calmer en se focalisant sur le pilotage. Si elle considérait ses attaques comme des défis de pilotage – comme une évasion dans l'espace –, elle y arriverait.

Elle entra les coordonnées d'un énorme croiseur stellaire mon calamarien. Si elle pouvait détruire les déflecteurs de sa passerelle, elle pourrait équilibrer le score.

Et je pourrais foncer dedans comme vient de le faire ce chasseur rebelle – mais moi je le ferai volontairement – pour mettre fin à cette bataille. Je pourrais peut-être même mettre fin à cette guerre.

Cette idée était… tentante.

Alors que Ciena s'apprêtait à modifier sa trajectoire, un ordre lui parvint via le système comm.

— Tous les vaisseaux doivent se regrouper aux coordonnées déterminées avant la bataille. Rassemblement immédiat.

— Qu'est-ce que… ?

Elle ne comprenait pas que l'on puisse diffuser un ordre pareil. Les coordonnées étaient trop loin des rebelles et de l'Étoile de la Mort pour être efficaces. Ses doigts pianotèrent sur les contrôles de senseurs pour élargir la vue et avoir une idée de ce qui se passait.

Elle vit la Flotte Rebelle s'éloigner à toute allure de l'Étoile de la Mort. Soit ils battaient en retraite, soit…

Ciena n'alla pas jusqu'au bout de sa pensée. Une seule chose comptait : suivre les ordres. Elle devait vider son esprit.

Refuse de penser. Contente-toi de tes réflexes.

Tandis qu'elle s'éloignait de l'*Annihilateur*, elle remarqua que quelques chasseurs TIE se déplaçaient plus lentement que les autres. Ils avaient encaissé des dégâts, mais volaient encore. Lors de leur formation, les pilotes apprenaient qu'aider les autres pilotes en difficulté était la dernière des priorités, une tâche à accomplir seulement s'il n'y avait rien d'autre à faire. Ciena décida d'ignorer la formation. Elle prit position derrière eux afin de les couvrir en cas de tirs rebelles tandis qu'ils rejoignaient la Flotte Impériale pour se mettre en lieu sûr.

À mesure que les secondes s'égrenaient, les TIE endommagés étaient de plus en plus à la traîne. Ciena s'était rendu compte que les Rebelles fuyaient dans une autre direction ; l'affrontement était devenu moins crucial que rester en vie.

— Allez, murmura-t-elle aux TIE qui ralentissaient encore devant elle. Il faut accélérer…

*

Le moteur de Thane gémit quand il le poussa à ses limites. Avec l'Escadron Corona, il prit part à la nuée de vaisseaux qui suivaient le *Faucon Millenium*. À présent, ils quittaient tous l'Étoile de la Mort aussi vite que leurs engins le permettaient. Si seulement ils pouvaient atteindre l'extrémité d'Endor pour se protéger de ce truc…

Dans le système comm, il entendit la Comtesse les prévenir :

— Préparez-vous pour l'impact !

Ça y est. Malgré l'envie presque irrésistible de contempler l'explosion de la station, Thane refusa de tourner la tête. Si ce monstre volait en miettes, la déflagration serait aveuglante. Il n'était pas question que la dernière image qui reste imprimée sur sa rétine soit l'Étoile de la Mort. Il agrippa les commandes et fixa les appareils devant lui. Le feu arrière incurvé du *Faucon Millenium* décrivit un arc juste au-dessus de la surface verte et tranquille de la lune d'Endor. *Nous ont-ils sauvés ? Les avons-nous sauvés ?*

— On a réussi ! jubila Kendy. Nous sommes sortis de la zone de danger.

Réussi ? Thane avait cru que sa vie était perdue. Il n'arrivait pas à assimiler cette réalité : nous avons *réussi* ?

Puis l'espace lui-même s'éclaira comme si c'était le ciel. Pendant un instant, Thane se dit juste que c'était beau. Mais l'onde de choc n'allait pas tarder.

*

Le choc de l'explosion de l'Étoile de la Mort était pire que s'écraser contre le flanc d'une montagne. Ciena perdit le contrôle de son TIE, car ses stabilisateurs ne fonctionnaient plus. Son vaisseau se mit à tourbillonner. Elle tenta désespérément de viser la baie d'appontage du vaisseau le plus proche – si elle arrivait à se poser en un seul morceau, elle pourrait avoir une chance de s'en sortir.

L'Étoile de la Mort avait disparu. L'Empire était-il tombé avec la station ? Elle n'avait pas le temps de le deviner, ni même d'y réfléchir. Ses senseurs et le monde extérieur n'étaient plus qu'un flou insondable. Elle fut prise de nausées tandis que son TIE tournait sur lui-même vers le rectangle de lumière qui représentait sa seule issue.

Le second impact fut pire. Ciena sentit son vaisseau racler du métal, avant de se fracasser contre de l'acier plus dur encore. La douleur la foudroya sur place et elle perdit connaissance.

*

Depuis la surface de la lune d'Endor, l'épave de l'Étoile de la Mort brillait comme une supernova dorée dans la nuit. Tout autour de Thane, des tambours et des cornes jouaient des airs de victoire ; les gens riaient, buvaient de l'alcool distillé dans les salles des machines, serraient les amis qu'ils pensaient ne jamais revoir. Au loin, près d'un feu de joie, il voyait Kendy danser avec quelqu'un qui aurait pu être le général Calrissian. Yendor et Brill effectuaient une petite réparation sur JJH2, qui s'en était sorti avec quelques égratignures seulement. Lohgarra semblait boire plus que tout un escadron. À en juger par les gestes que Methwat faisait avec les mains, il racontait à Wedge Antilles une manœuvre redoutable.

Thane restait en retrait, adossé à un arbre, dans le noir.

De nombreux vaisseaux de la Flotte Impériale avaient survécu à la Bataille d'Endor… et beaucoup ne s'en étaient pas sortis. L'*Exécutor*, le vaisseau du Seigneur Vador, avait été détruit. Thane savait à présent que c'était ce Destroyer Stellaire qu'ils avaient vu s'écraser dans l'Étoile de la Mort. *Ciena n'était peut-être pas à bord*, se dit-il, *mais elle était haut gradée*. Ils avaient dû avoir besoin d'elle et Ciena n'aurait jamais pris la fuite pendant un combat. Elle était sans doute restée dans l'*Exécutor* jusqu'à la fin.

Si c'était le cas, la lumière dorée qui s'éteignait doucement dans le ciel nocturne était la seule tombe à laquelle Ciena aurait droit.

Il se consola en pensant comment Ciena aurait réagi en apprenant l'existence de l'Étoile de la Mort. Si quelque chose avait le pouvoir d'ébranler sa loyauté et son serment, c'était ça. Quand Thane imaginait ce qu'elle avait ressenti en apprenant que l'Empereur comptait détruire d'autres planètes, que l'annihilation d'Alderaan n'avait pas servi à mettre fin à une guerre, mais à rendre le pouvoir impérial absolu, il se disait qu'elle avait dû se sentir profondément trahie.

L'Empire n'a jamais été digne de toi, se dit-il.

Thane observa une nouvelle gerbe d'étoiles filantes. D'autres débris de la bataille brûlaient en pénétrant dans l'atmosphère. Quand ils étaient enfants et qu'ils repéraient des étoiles filantes, Ciena disait toujours qu'ils devraient faire un vœu. Il ne l'avait jamais fait ; ce n'était pas son style de croire aux vœux.

Ce soir-là, en revanche, il en fit un.

Il n'espéra pas que Ciena soit encore en vie, c'était déjà joué, cela ne dépendait plus de rien ni de personne. Il fit le vœu que la Nouvelle République soit presque aussi droite que les rebelles le promettaient. S'il avait aidé à détruire le joug de l'Empire pour qu'il soit remplacé par un meilleur système, Thane pouvait penser que la guerre avait eu un sens. Même si elle avait coûté la vie à Ciena.

C'est ce que Ciena aurait souhaité également, et c'était déchirant.

*

Ciena ne se souvenait pratiquement pas de l'accident de son chasseur TIE, il lui restait juste de vagues impressions du bruit de métal déchiré et d'une lumière aveuglante quand on lui avait enlevé son casque.

Elle savait juste que la douleur la pliait en deux.

À un moment, alors que les droïdes poussaient sa civière à répulsion vers la baie médicale, Ciena tenta de relever la tête pour apercevoir son ventre. Un droïde déclara d'une voix électronique monocorde :

— Il est déconseillé d'inspecter votre blessure maintenant. D'après mes connaissances en psychologie, le patient trouverait ça inquiétant.

Ciena regarda quand même. Un morceau de métal dépassait de son abdomen. Il avait déchiré sa combinaison de vol et s'était enfoncé profondément juste en dessous de sa cage thoracique. L'image était tellement horrible qu'elle paraissait irréelle. Ciena se dit que personne ne pouvait survivre à une blessure pareille.

Les droïdes chirurgicaux étaient débordés. Ils traitaient les blessés en fonction de leurs rangs. Les moins gradés devaient attendre. Pendant que Ciena était couchée en attendant que l'injection d'antidouleurs fasse effet, une silhouette apparut à ses côtés, toujours revêtue de l'armure de pilote de TIE.

— Ciena, souffla Nash.

Il lui prit la main ; elle était contente que les pilotes portent des gants, ainsi Nash ne pouvait pas vraiment la toucher.

— Tiens bon, ce sera bientôt ton tour.

— Les amiraux… les capitaines et les généraux… passent les premiers.

Sa voix faiblissait entre les mots.

— Bien sûr, mais ils ne sont pas nombreux à avoir été blessés sérieusement. Tu es un des commandants les plus grièvement blessés, tu seras bientôt opérée.

Ciena sentit sa tête tourner. Soit les antidouleurs faisaient enfin effet, soit elle avait perdu tellement de sang qu'elle était sur le point de mourir. Elle s'obligea à fixer Nash dans les yeux.

— J'ai besoin… mon père… tu diras à mon père…

Nash secoua la tête en serrant la main de Ciena contre sa poitrine.

— Pas de dernières volontés. Tu m'entends ? Il n'est pas question que tu abandonnes.

Ciena persista. C'était trop important.

— Dis à papa… que je l'aime et… et… que j'aurais dû soutenir celui… qui nous a soutenus.

Son père saurait où trouver Thane et lui apprendrait sa mort. Au moins, Thane comprendrait qu'elle avait enfin vu le vrai visage de l'Empire et qu'elle avait pensé à lui à la toute fin.

Elle n'entendit pas la réponse de Nash. Elle perdit à nouveau connaissance, le son et la lumière disparurent. Elle allait peut-être bientôt rejoindre Wynnet.

*

— Ciena ?

Pourquoi est-ce que quelqu'un voulait lui parler ? Elle n'avait pas envie de ça. Elle voulait juste dormir.

— Ciena ? Est-ce que tu peux ouvrir les yeux ? Essaie, je t'en prie.

Elle obéit et cligna des yeux pour se protéger de la lumière. Quand sa vue s'éclaircit, elle découvrit Nash assis à son chevet. Il portait la combinaison de loisir et un petit bandage au front. Trois droïdes médicaux pépiaient et bourdonnaient au pied du lit, mesurant divers paramètres.

— Très bien, fit Nash avec le sourire forcé de celui qui se retient de pleurer. Tu es de retour parmi nous.

— Pourquoi est-ce que je suis…

Ciena essaya de se redresser pour apercevoir son abdomen, mais le mouvement provoqua une douleur atroce qui la traversa de part en part. Elle serra les dents et se recoucha.

Nash s'exprima d'un ton apaisant, comme un dresseur qui tente de calmer un animal blessé :

— Tu t'es remise de l'opération de justesse. Ils ont dû t'enlever le foie. Il était fichu.

La plupart des membres et des organes pouvaient être remplacés par de la robotique de pointe. Le foie était l'une des rares exceptions, ses fonctions étaient trop délicates pour qu'il soit facilement reproduit.

— Pour le moment, ils t'ont reliée à une ceinture de survie, un peu comme la combinaison de Dark Vador, même si tu ne dois la porter qu'autour du ventre. Tu vas devoir subir une cure intensive de bacta. Reconstruire un foie peut prendre des mois, presque un an, mais c'est faisable.

Il tenta de sourire.

— C'est tout toi de trouver un moyen d'obtenir des mois de permission sans encourir de réprimandes.

Ciena déglutit, même si sa bouche et sa gorge étaient trop sèches.

— Comment va la flotte ?

Le sourire de Nash disparut un instant.

— L'Étoile de la Mort a été détruite. L'Empereur Palpatine, le Seigneur Vador et le Moff Jerjerrod ont tous péri… et Berisse, ajouta-t-il avec difficulté. La Rébellion envoie des communications massives affirmant qu'ils forment le nouveau pouvoir de la galaxie. La Flotte Impériale se restructure pour planifier le prochain assaut et nommer le nouvel Empereur.

— Un autre Empereur ?

— Tu peux imaginer les luttes de pouvoir auxquelles nous assistons. Les troubles civils s'étendent à toute la galaxie, même sur Coruscant. Mais les plus forts l'emporteront et nous aurons le leader dont nous avons besoin pour sortir de cette période difficile.

Les Moffs ou les amiraux les plus impitoyables et les plus cruels prendront le pouvoir. Nous n'aurons pas un meilleur Empereur pour redresser la barre. Nous allons nous enfoncer encore plus profondément dans le bourbier.

— Ne pleure pas, l'implora Nash. Tu es fatiguée, je ne devrais pas t'épuiser en te forçant à parler. Rendors-toi. Tu as besoin de repos.

Au lieu de lui dire au revoir, Ciena enfouit sa tête dans l'oreiller.

Elle ne se rendit pas compte qu'elle avait à nouveau glissé dans le sommeil avant de se réveiller. À en juger par le faible éclairage et le manque de personnel humain, c'était la version nocturne de l'infirmerie. La ceinture de survie qu'elle portait autour de la taille était lourde et rigide. Les connecteurs s'enfonçaient dans sa chair comme des aiguilles. Elle souffrirait sans doute en permanence tant qu'elle devrait porter la ceinture. Ciena leva la main et un droïde s'approcha prestement d'elle avec de l'eau.

Après s'être hydratée, elle demanda :

— Quand on m'a retiré mon armure… j'avais une petite poche… avec un bracelet en cuir à l'intérieur, tressé…

— Les objets ont été détruits, répondit le droïde.

C'était un modèle de droïde sans yeux.

— Ils n'étaient pas réglementaires, ajouta-t-il.

Ce n'est pas contraire au règlement d'avoir quelque chose dans sa poche ! avait-elle envie de protester. Mais elle se tut. Elle réalisait seulement maintenant que son bracelet avait été son unique acte de défiance muette envers l'Empire, la seule façon qu'elle avait eue de refuser de leur être soumise corps et âme. Et on le lui avait enlevé. Pire, on avait privé Wynnet de sa fenêtre sur le monde. Elle ne pouvait plus vivre pour sa sœur ; Wynnet était tombée dans l'obscurité pour toujours.

Ciena n'avait plus foi en l'Empire, plus de loyauté, plus d'amis et ne possédait plus rien pour la rattacher à sa planète natale. La galaxie sombrait à nouveau dans le chaos et l'anarchie. Et elle ne reverrait jamais Thane. Tout ce qu'elle pouvait faire, c'était rester couchée, désespérée, pendant des mois de torture visant à la remettre sur pied pour qu'elle serve à nouveau dans une force militaire dont elle ne voulait pas faire partie.

Elle ferma les paupières et glissa dans l'espace étrange qui sépare l'imagination et le rêve. Dans son esprit, elle pilotait son chasseur TIE et, cette fois, elle visait le pont. Si elle parvenait à se précipiter contre le pont avec assez de force, son vaisseau exploserait et elle cesserait de s'inquiéter, d'avoir mal.

Tout s'arrêterait.

CHAPITRE 26

Lors d'un congé pour raisons médicales, rien n'était exigé des officiers impériaux, principalement parce que ceux qui ne se rétablissaient pas vite étaient souvent déclarés inaptes au service. Il se chuchotait que les droïdes médicaux traitaient en dernier les blessés graves nécessitant une longue convalescence pour consacrer leurs ressources en priorité à ceux qui pourraient recommencer à servir l'Empire rapidement.

Ciena était dans une position presque unique : elle allait passer plusieurs mois d'oisiveté, sans aucune responsabilité. Elle était affectée à la station spatiale *Colère* parce qu'il y avait de la place pour accueillir une personne superflue. Nash l'avait taquinée en lui disant que c'était l'occasion rêvée de lire des holoromans ou de regarder de vieux holofilms sur les trafiquants d'épices, mais Ciena redoutait ce temps libre. Elle allait être obligée de penser.

La thérapie au bacta, au moins, pouvait lui être utile. Elle était immergée dans la substance gluante quelques heures par jour, parfois plus. On lui administrait d'abord des sédatifs, pour empêcher la claustrophobie qui poussait parfois les patients à paniquer et à se blesser. Ciena se réjouissait du moment où la maudite ceinture de survie était enlevée. Elle aimait encore plus l'instant où l'aiguille se glissait dans son bras et l'obscurité qui l'envahissait ensuite. Parfois, la léthargie durait encore plusieurs heures après le bain.

Durant les brèves périodes où elle était éveillée et bien consciente, en revanche, elle insistait pour travailler. Elle n'était plus capable d'occuper un poste sur la passerelle de commandement et piloter lui était impossible. Ciena s'était donc portée volontaire pour une des tâches les plus ardues et les plus ingrates qui attendaient la Flotte Impériale après la Bataille d'Endor… et une des rares qui ne la dérangeaient pas. Sa mission était de confirmer quels officiers impériaux étaient encore en vie ou morts, découvrir la localisation précise de tous les survivants et informer les familles des décès.

Les avis de décès étaient censés être sa priorité la moins urgente, mais elle passait beaucoup plus de temps à prévenir les familles qu'à chercher un disparu qui avait pu déserter. En trafiquant un peu ses dossiers et en se montrant très prudente, Ciena évitait de rechercher les personnes manquant à l'appel.

Après la mort de l'Empereur, la galaxie avait plongé dans un chaos encore plus grand que Ciena ne l'eut imaginé. Coruscant connaissait une crise sans précédent. Le Grand Vizir Mas Amedda essayait de maintenir l'Empire alors que d'autres forces menaçaient de le déchirer. Consolider et confirmer des informations personnelles étaient donc loin d'être prioritaires. Les Destroyers Stellaires ne pouvaient se baser que sur leurs propres données et, même quand cette information était analysée, le tableau restait incomplet.

Pour compliquer encore la situation, ni Ciena ni aucun autre officier impérial ne savaient avec certitude qui ils servaient. Les annonces d'un nouvel Empereur étaient si fréquentes qu'elles n'avaient plus d'importance. Aucun individu ne semblait capable de rétablir le pouvoir. Les holos de propagande parlaient déjà « d'escarmouches » ou « de mutineries ». En réalité, les candidats au poste d'Empereur obligeaient les soldats impériaux à se battre les uns contre les autres, à verser le sang non pas au service de la loi et de l'ordre, mais pour défendre les ambitions d'un individu contre un autre. Les prétendants semblaient plus désireux de réduire l'Empire en pièces plutôt que de renoncer à leur rang. Elle les trouvait méprisables. Le Secteur Anoat était déjà complètement coupé du monde. Quelles autres planètes allaient encore tomber ?

Quant aux Rebelles, ils avaient établi leur autorité sur certaines planètes. Les seuls rapports qui en ressortaient étaient si idylliques que Ciena pensait qu'il s'agissait de propagande, même si elle venait cette fois de l'autre camp.

Au moins maintenant, Thane est en sécurité dans des systèmes entiers, se disait-elle parfois. *Il n'est plus recherché.* Était-il toujours aux côtés de l'armada rebelle ? Ciena n'en était pas sûre. Avait-il décidé de faire confiance à cette « Nouvelle République » autant qu'il faisait confiance à la Rébellion ?

Ou était-il mort à la Bataille d'Endor ?

Si les Rebelles avaient gagné, ils avaient accusé de lourdes pertes. Contre toute logique, Ciena était persuadée qu'elle aurait reconnu Thane dans la mêlée. Ne connaissait-elle pas par cœur sa façon de piloter ? N'était-elle pas aussi unique qu'une empreinte digitale ou un code génétique ?

De toute façon, cela signifiait simplement qu'elle n'avait pas tué Thane elle-même.

Un tas d'autres pilotes de TIE avaient pu l'abattre ou il avait pu voler trop près d'un des croiseurs stellaires quand le laser de l'Étoile de la Mort avait frappé. Il pouvait aussi avoir été parmi les pilotes qui avaient pénétré dans la station et s'étaient fracassés contre l'ossature métallique.

N'y pense pas, s'enjoignait-elle, installée sur un médisiège face à son terminal de données portable.

Couchée, elle supportait mieux l'étau de la ceinture de survie qui remplaçait son foie toujours occupé à cicatriser. *Tu dois croire qu'il est en vie quelque part. Si tout le reste t'a déçu, tu peux toujours avoir foi en Thane.*

Pourtant, elle avait parfois la conviction qu'il était mort. Le destin de la galaxie ne pouvait l'indifférer à ce point s'il en faisait encore partie.

Ciena se noyait donc dans le travail. Elle démêlait patiemment les nœuds bureaucratiques, localisait les vaisseaux et les garnisons oubliées, leur envoyait des équipes de sauvetage et aidait les familles à pleurer leurs morts. Grâce à sa contribution, elle ramenait un peu de loi et d'ordre dans le chaos. Rien d'autre ne semblait valoir la peine. Ses seuls réconforts étaient la sédation de la cuve à bacta et le sommeil. Elle pouvait ignorer tout le reste pendant des jours entiers.

Puis des semaines.

Puis des mois.

*

Thane ne s'attendait pas à ce que l'Empire s'effondre du jour au lendemain. Les plus naïfs s'étaient réveillés le matin qui avait suivi la destruction de l'Étoile de la Mort en proclamant qu'ils vivaient enfin dans une galaxie libérée, qu'ils respiraient à l'air libre et d'autres absurdités du genre. Thane avait remis son

Aile-X en état et attendait qu'on le convoque pour la prochaine bataille, qui viendrait immanquablement.

Cependant, il ne s'attendait pas non plus à mener à nouveau une véritable guerre près d'un an après la Bataille d'Endor.

— Ils arrivent ! cria Yendor dans le système comm.

Thane fit volte-face avec son Aile-X et vit une autre formation de chasseurs TIE foncer vers eux par-dessus les crêtes des falaises de Naboo. Il devait s'agir des derniers retardataires de la force d'attaque descendue sur la planète la veille. Heureusement, la Nouvelle République avait été avertie par des transfuges. Quand les vaisseaux impériaux avaient quitté l'hyperespace, l'escadron de Thane et plusieurs dizaines d'autres chasseurs stellaires les attendaient. Depuis, ils les abattaient un à un. Il ouvrit le feu, alors que son appareil fendait l'air sur le flanc. Il éprouva une satisfaction morbide en contemplant l'explosion quasi simultanée des trois TIE.

Les autres membres de l'Escadron Corona se chargèrent du reste. La planète était dégagée à présent. Kendy fut touchée à l'aile tribord, mais elle parvint à poser son chasseur stellaire en douceur à côté des autres sur le vaste parvis du Palais de Theed. Kendy sauta de son cockpit en poussant des jurons, ce qui fit rire les autres.

— Allez, rigola Thane, tu as encaissé pire que ça.

— Oui et j'en ai complètement ras le bol !

Elle attrapa ses outils et se mit au travail.

Les autres avaient un moment pour souffler. L'Escadron Corona n'était plus le même. La Comtesse était partie, retournée sur sa planète pour se présenter à la présidence. Ils avaient d'ailleurs tous promis d'assister à son intronisation si elle l'emportait. Yendor l'avait remplacée comme leader de l'escadron et deux nouveaux pilotes les avaient rejoints : un bleu de Nea Dajanam et un exilé de Coruscant. Thane les aimait bien tous les deux et appréciait la nouvelle complicité de l'équipe. Il s'appuya contre son vaisseau en savourant le soleil sur son visage. Les moments de tranquillité comme celui-là étaient trop rares.

Naboo était la planète natale de Palpatine. Elle était tout naturellement devenue le point de ralliement des sympathisants de l'Empire. En dehors de son importance symbolique, Naboo était un monde de la Bordure Médiane prospère. Son économie et son environnement étaient en bien meilleur état que ceux de la plupart des planètes qui avaient vécu sous le joug de l'Empire. C'était donc aussi l'un des endroits les plus disputés de la galaxie.

C'était la troisième fois que l'Empire envoyait ses troupes pour tenter de l'envahir ; par trois fois, ils avaient été battus. Thane se demanda combien de temps il faudrait avant qu'ils ne fassent une quatrième tentative.

— Eh, suggéra Yendor en aidant JJH2 à descendre de son vaisseau, quelques-uns d'entre nous font une virée à Otoh Gunga ce soir, à condition qu'il n'y ait pas de nouvelle alerte. On dit qu'ils font un dessert qu'il faut être au moins quatre à manger si on veut en venir à bout. Paraît qu'il fond dans la bouche et provoque une overdose de sucre directe. Avoue que tu as envie d'un morceau ?

— Non merci, répondit Thane en souriant.

Ses amis se donnaient beaucoup de mal pour prendre soin de lui, mais certaines épreuves doivent être surmontées en solitaire.

— Amusez-vous bien, les gars. Je me chargerai de la surveillance de nuit du hangar.

Yendor secoua la tête. Ses longs lekkus bleus s'agitèrent pour suivre le mouvement. Il s'éloigna sans insister.

Jelucan avait des rituels de deuil très spécifiques. Du moins, pour les familles des vallées. Thane les avait appris grâce à Ciena. Il n'était pas sûr de se souvenir de tous les détails avec précision, mais il faisait de son mieux. Comme Jelucan était toujours sous contrôle impérial, Thane ne pouvait demander de conseils à Paron Ree, ni lui adresser ses condoléances.

Thane aurait voulu tresser un bracelet et le porter pour que Ciena voie à travers ses yeux, mais elle lui avait précisé que cet honneur était réservé à la famille. Il se rappelait vaguement des rituels pour les amis. Ils étaient assez compliqués et duraient un an. Il portait un morceau de tissu noué autour de son biceps et ne le retirerait pas tant que douze mois ne se seraient pas écoulés. Après six mois, il avait préparé le repas traditionnel de pain et de vin, laissé dehors la nuit pour les esprits. Il espérait que n'importe quel pain et n'importe quel vin pouvaient convenir. Il avait fait de son mieux avec ce qu'il avait. D'après ce qu'il avait compris, il ne devait pas se priver de *tout* loisir, mais le rituel exigeait qu'il passe plusieurs heures par semaine à méditer.

Bon, c'est vrai, il n'était pas très *doué* en méditation, mais il faisait des efforts.

Les gestes et rituels symboliques n'étaient pas la tasse de thé de Thane, mais, après Endor, il avait éprouvé le besoin de s'enraciner et il ne savait pas par où commencer. Dans son désespoir, il s'était tourné vers Ciena à travers les rites de son peuple. Il avait été surpris de constater que l'expérience lui faisait du bien.

Il portait le deuil de tous les disparus : Smikes, Dak Ralter, le gentil Mon Calamarien du *Liberté*, les nombreux autres pilotes qu'il avait connus… De Jude Edivon et d'autres cadets qu'il avait rencontrés à l'Académie, qui étaient morts sur une des deux stations spatiales impériales ou au cours des autres combats. L'Empire avait peut-être exigé qu'ils sacrifient leur âme, mais au bout du compte, la majorité de ces gens n'étaient pas plus mauvais que d'autres. Tout ce qu'il y avait de bon en eux avait été sacrifié pour l'Empire et la guerre. Cela méritait bien un deuil.

Ses méditations l'avaient amené à une conclusion inattendue, un point de vue qu'il ne s'attendait pas à adopter : la Nouvelle République méritait largement qu'on se batte pour elle.

Bien sûr, la transition était compliquée. Comme la guerre n'était pas finie, Mon Mothma, la Princesse Leia Organa, Sondiv Sella et d'autres leaders n'avaient pas encore pu établir une stabilité totale. Toutefois, le Sénat Galactique ne comprenait que des représentants choisis par la volonté du peuple et les premières lois qu'ils avaient votées avaient contrecarré les pires injustices de l'Empire. Même les chamailleries aux holonews sur les mérites de chaque proposition étaient merveilleuses, car elles signifiaient que les gens étaient libres d'exprimer leurs opinions sans crainte de représailles impériales. Les ressources n'étaient pas uniquement allouées aux dépenses militaires ; le nettoyage massif de planètes polluées avait déjà commencé, tout comme les réparations envers les peuples soumis à l'esclavage sous le joug impérial. Lohgarra avait d'ailleurs annoncé qu'elle allait dépenser sa dotation pour offrir de nouveaux moteurs à l'*Abominable Chêne de l'Apocalypse*.

Même si le processus se déroulait de façon imparfaite, la galaxie avançait sur la voie de la justice et, peut-être un jour, de la paix. Thane n'avait jamais cherché à être idéaliste, mais il avait l'impression qu'il commençait à comprendre comment cela marchait.

Alors qu'il se préparait pour une longue soirée dans le hangar, Kendy quitta son Aile-X et se dirigea vers lui.

— Alors, c'est réparé ?

— Plus ou moins. Il me faut une pince Louar pour terminer. J'en emprunterai une à Yendor demain matin.

Elle s'appuya contre le mur, les bras croisés. Ses cheveux vert foncé tombaient en cascade sur ses épaules.

— Tu restes ici ce soir ?

— Comme d'habitude.

— Tu vas être tout seul ici pendant des *heures*.

— Ouais. Je vais m'asseoir dans ce fauteuil confortable avec un bon holoroman, sous un des plus beaux ciels que j'aie jamais vus, sur une planète où l'air est toujours pur et les oiseaux chantent encore. Personne ne va me canarder à coups de blaster, pas même une fois. Après des années de guerre, une nuit tranquille comme celle qui m'attend est ce que j'appelle un bon moment.

— Maintenant que tu m'y fais penser : joyeux anniversaire !

Thane ne put s'empêcher de sourire.

— Allez, avoue que mes arguments ne sont pas faux.

Kendy éclata de rire.

— Je sais. C'est juste… étrange de te voir virer au mysticisme, au spirituel et tout ça.

Une bonne partie des rituels lui avaient paru étranges et faux ; pourtant, Thane était persuadé d'avoir retiré quelque chose de ses tentatives.

— Je ne vire à rien de tout ça. C'est juste un truc que je dois faire.

— Je comprends. Je peux tout de même te poser une question ?

Thane acquiesça.

— Combien de temps est-ce que tu vas encore porter ça ? demanda-t-elle en montrant du doigt le morceau de tissu bleu-gris toujours noué autour de son biceps droit.

C'était la couleur du deuil sur Jelucan, la couleur du ciel dans lequel on enterrait les morts.

— Une fois que je l'aurai porté pendant un an, je l'enlèverai.

— Nous ne sommes plus qu'à quelques semaines de l'anniversaire de la Bataille d'Endor. C'est à ce moment-là que tu seras enfin remis de la mort de Ciena ?

Elle n'avait rien compris.

— Non, c'est le jour où je cesserai de suivre les pratiques de deuil. Je ne suis pas remis de la mort de Ciena et je ne le serai jamais.

— C'est… je m'attendais à une réponse moins mélodramatique de ta part, Thane Kyrell.

Il haussa les épaules.

— Ce n'est pas mélodramatique, c'est la vérité.

Comment lui faire comprendre ? Thane lui expliqua doucement :

— Ce que nous étions l'un pour l'autre… Quand j'ai perdu Ciena, j'ai perdu une partie de moi. On ne se remet pas de ça. Je ressentirai toujours un vide.

*

Ciena grimaça et porta la main à son abdomen. Les droïdes médicaux l'avaient enfin déclarée apte à reprendre ses missions, mais la douleur était toujours là. Peut-être serait-elle toujours présente ?

Elle se redressa et lissa sa veste. Quand elle avait déposé sa demande pour de nouveaux uniformes, elle les avait commandés dans la taille qu'elle avait toujours portée. Aujourd'hui, les vêtements étaient un peu grands. Elle avait perdu beaucoup de poids au cours de l'année écoulée. Au moins, le couvre-chef lui allait.

D'après la liste des tâches qui l'attendaient, elle devait d'abord rencontrer le Grand Moff Randd sur la passerelle principale du *Colère*. Ciena supposait qu'il la mettrait au courant de ses nouveaux devoirs – même si la plupart des commandants ne recevaient pas d'ordres de grades aussi élevés que Grand Moff.

Après tout, les anciens protocoles n'étaient plus vraiment respectés. Ciena ne pouvait rien prendre pour acquis.

Elle se rendit sur la passerelle, attendit deux minutes que ce soit l'heure prévue et entra. Les hauts gradés aimaient bien qu'on soit ponctuel, mais pas qu'on se présente *trop* tôt. La passerelle du *Colère* était différente de celle d'un Destroyer Stellaire. Au lieu des puits de données, la plupart des officiers au bas de la hiérarchie étaient installés à des postes alignés sur de longues rangées le long de la vaste salle octogonale. Il n'y avait pas de fenêtre donnant sur Ponemah, la planète autour de laquelle ils étaient en orbite. Après un an sur la station, Ciena ne savait toujours rien de ce monde, même pas à quoi il ressemblait vu de l'espace. Seul un imposant dôme transparent montrait un champ d'étoiles infini. Certains éléments du vaisseau lui étaient tout de même familiers, comme les lueurs rouges qui éclairaient le sol, le revêtement en grillage métallique, et la tension – la peur même – omniprésente. Rien de tout cela n'était réconfortant.

Le Grand Moff Randd se tenait au bout de la passerelle. On devinait son rang rien qu'à la rigidité de son imposante posture. Il indiquait des plans de bataille à des officiers. Les images étaient affichées sur un écran à deux dimensions qui couvrait un des plus petits murs. Ciena comptait rester au garde-à-vous jusqu'à ce qu'il remarque sa présence, mais alors qu'elle s'approchait, quelqu'un prévint :

— Commandant, Ciena Ree est sur la passerelle.

Randd se retourna, imité par presque tous les individus présents dans la salle. Ciena écarquilla les yeux en remarquant Nash, qui lui souriait comme au bon vieux temps. Qu'est-ce qu'il faisait là ? Et pourquoi tous ces gens s'étaient-ils arrêtés et levés ?

— Commandant Ree, vous êtes enfin prête à reprendre activement du service.

— Oui, Grand Moff.

Ciena ne laissa rien voir de la confusion qui régnait en elle. Son cœur battait à tout rompre et elle se demandait si c'était un piège. Et s'ils avaient deviné qu'elle n'avait plus foi en l'Empire et voulaient faire d'elle un exemple…

Randd s'adressa aux personnes rassemblées autour de lui.

— Écoutez bien. À Endor, Ree s'est battue avec bravoure et a presque sacrifié sa vie pour tenter de sauver notre regretté Empereur Palpatine. Lors de sa longue convalescence, personne ne lui aurait reproché de prendre le repos qu'elle méritait. Mais au lieu de se reposer, elle s'est chargée de la tâche la plus ardue et la plus compliquée, qui a ramené de l'ordre dans la Flotte Impériale. Pendant que d'autres complotaient pour leur propre intérêt, elle partageait l'information, sans jamais demander de faveur en échange.

Cela n'avait rien d'héroïque. C'était le strict minimum exigé par son devoir. Est-ce que tous les autres dans la Flotte Impériale avaient complètement abandonné leurs responsabilités ? Malgré ses désillusions, Ciena ne pouvait s'empêcher de ressentir du mépris pour ceux qui renonçaient à leur charge par ambition ou lâcheté.

— En ces temps difficiles, rares sont ceux qui se sont montrés dignes de leur rang. Vous l'avez fait, Ree.

Randd se dirigea vers l'écran panoramique et ajouta :

— Vous vous attendiez sans doute à ce que je vous informe de votre nouvelle mission. Eh bien, la voici.

Sur l'écran derrière lui, le plan de bataille laissa la place à l'image d'un Destroyer Stellaire ; une légende l'identifiait comme l'*Annihilateur.*

— Voici le premier vaisseau que vous dirigerez, capitaine Ree.

Des applaudissements retentirent sur la passerelle et Nash se permit même de l'acclamer. Ciena se couvrit la bouche. Elle était trop abasourdie pour savoir comment réagir.

Sa première pensée fut la plus sincère : *La Flotte Impériale est encore en plus mauvais état que je ne le redoutais*.

Son service avait beau avoir été exemplaire, dans des circonstances normales, elle aurait été jugée trop jeune pour diriger un Destroyer Stellaire. Elle aurait pu être promue au rang de capitaine, mais on ne lui aurait jamais confié un vaisseau pareil. *Les jeux de pouvoir et les tentatives de coups d'État ont décimé les rangs. Tous ceux qui avaient assez d'ancienneté ont soit rejoint une flotte sécessionniste, soit été éliminés.*

Au fond d'elle-même, la partie de l'âme de Ciena qui se souvenait de l'amour qu'elle portait autrefois à l'Empire avait envie d'être fière. *Capitaine avant ses vingt-cinq ans ! Commandant d'un Destroyer Stellaire !* C'étaient des honneurs dont elle n'aurait jamais osé rêver quand elle était encore un cadet pétri d'idéaux.

Aujourd'hui, cette promotion n'était qu'un fardeau supplémentaire.

— Merci, Grand Moff, parvint à articuler Ciena.

Le Grand Moff Randd semblait content de sa petite mise en scène. Il espérait certainement prouver à ses sous-fifres que tout était possible à condition de se montrer loyal et de travailler dur. Elle en avait été persuadée elle aussi. Quelle idiote elle avait été !

Comme en pilote automatique, elle se joignit à la procession qui se rendait à la baie d'appontage où elle monterait à bord de son nouveau vaisseau. Randd parla pendant tout le trajet.

— Le commandant Brisney sera votre officier du BSI. Les systèmes sont confiés au commandant Erisher et votre commandant d'escadron est le commandant Windrider – que vous connaissez déjà, je pense.

Elle se tourna vers Nash qui marchait à ses côtés, un peu en arrière. Il affichait toujours un sourire radieux. C'est seulement alors qu'elle remarqua le changement de rang sur son insigne. Le sien devait l'attendre sur la passerelle de l'*Annihilateur.*

— Félicitations, Ciena. Je n'ai pratiquement pas eu de tes nouvelles depuis que j'ai débarqué du *Subjugateur*.

— Je suis désolée, je…

— Ne dis pas n'importe quoi. Je comprends parfaitement. Entre les souffrances de ta cicatrisation et tout le travail que tu as accompli, je m'étonne même que tu aies trouvé le temps de dormir.

Nash ne semblait ni jaloux ni méfiant. Les dix mois qu'ils avaient passés sans se voir l'avaient peut-être aussi guéri du faible qu'il avait pour elle. En un sens, la confiance sans limites qu'il lui accordait était encore plus difficile à supporter.

— Je voulais juste te dire que je me réjouis à l'idée de te voir à nouveau régulièrement.

— Tous les jours, rectifia Ciena d'un ton monocorde.

Après une brève cérémonie sur la passerelle de l'*Annihilateur*, Ciena accrocha son nouvel insigne à son uniforme et se rendit dans la salle de briefing avec le Grand Moff Randd pour un entretien au contenu secret. Dès qu'ils furent assis, le sourire de Randd s'évanouit, laissant place à un tacticien froid.

— Nous nous préparons à un affrontement majeur avec les Rebelles. Nous consacrerons une portion importante de la flotte et si cette maudite Rébellion veut avoir la moindre chance de garder ce secteur, ils vont devoir faire pareil. Cela risque d'être la plus grosse bataille depuis Endor.

Ses longs doigts pianotèrent sur les commandes. L'image d'une planète brun doré s'éleva au-dessus de l'holoprojecteur.

— Voici Jakku, une planète désertique : elle ne vaut rien en elle-même, mais elle entrera bientôt dans l'histoire comme le décor de la bataille où l'Empire a vaincu la Rébellion une fois pour toutes.

Peut-être. La Rébellion sera peut-être mise en déroute. Ciena n'en savait rien et elle s'en fichait. Elle savait juste que, malgré ses désillusions, elle devait se battre. La seule autre solution serait de se rendre aux rebelles et elle se doutait bien de la façon dont ils traitaient les ennemis capturés. Et si elle désertait son poste de capitaine de Destroyer Stellaire, la Force seule saurait ce qu'il adviendrait de sa famille, surtout de sa mère, qui purgeait encore sa peine de travaux forcés en prison. Ciena n'avait pas eu l'occasion de réfléchir à des moyens d'échapper à tout cela quand elle était en convalescence et, à présent, il était trop tard. Elle était coincée.

Tout ce pour quoi elle avait travaillé au long de sa vie était une mascarade. Elle poursuivrait cette guerre uniquement parce qu'elle n'avait pas le choix.

Jakku, se dit-elle en examinant la planète et en imaginant la bataille qui l'attendait. *Allons-y, alors.*

CHAPITRE 27

Thane n'aimait pas l'idée de partir au combat sans son Aile-X, mais le général Rieekan avait insisté.

— Nous avons besoin d'individus comme vous et comme le lieutenant Idele, qui ont déjà servi à bord de vaisseaux impériaux, dit Rieekan alors que Thane, Kendy et d'autres montaient à bord d'un transport. C'est bien simple : nous avons besoin de plus de vaisseaux et la construction ne suit pas, tant que l'Empire conserve le contrôle de la plupart des usines. Le seul moyen d'obtenir les appareils dont nous avons besoin, c'est en capturant ceux de l'Empire.

Thane parvint à réagir poliment au lieu d'exprimer le mépris que cette idée lui inspirait.

— Général, avec tout le respect que je vous dois, personne n'a jamais capturé un Destroyer Stellaire. Et ne me dites pas que c'est faute d'avoir essayé. Oui, c'est vrai, nous avons déjà réussi à abattre un Destroyer au-dessus de Mustafar, mais depuis les Impériaux ont renforcé leurs défenses pour prévenir les infiltrations. De nos jours, les Destroyers Stellaires sont pratiquement invulnérables.

— Les équipages ne sont plus aussi endurants qu'avant, s'entêta Rieekan. Nous avons déjà vu des vaisseaux comme des croiseurs d'attaque changer d'allégeance lors d'autres batailles, non ?

— Ils hébergent des milliers de membres d'équipage, pas des *dizaines* de milliers.

— Il nous faut juste assez de sympathisants pour nous aider à couper les systèmes. Seuls d'anciens officiers impériaux comme Idele et vous peuvent nous mener aux endroits les plus vulnérables.

À contrecœur, Thane accepta l'argument de Rieekan. S'ils parvenaient à faire passer l'une des passerelles auxiliaires sous le contrôle de la Nouvelle République, ainsi que la salle des moteurs et quelques artilleries, ils pourraient paralyser un Destroyer Stellaire. Prendre possession du vaisseau exigerait d'intenses combats à bord, qui dureraient des jours, voire des années, mais c'était possible.

C'était une tentative risquée. *Très* risquée. Mais jouable.

— Je me sens claustro là-dedans, maugréa Kendy quand ils prirent place dans la cale.

Ils attachèrent les harnais qui les reliaient à des sièges légers ressemblant plus à ceux d'une moto speeder que d'un vaisseau spatial.

— On ne voit même pas le combat.

Thane trouvait cela étrange aussi : fixer les murs beiges d'un transport de troupes au lieu de l'espace infini, ne pas entendre le bourdonnement du moteur ou le hurlement des armes, rien que la nervosité des autres soldats.

— Ça vaut peut-être mieux, répondit-il sans y croire, on va pouvoir se concentrer sur la stratégie d'abordage.

Kendy se pencha vers lui et jeta un œil autour d'elle pour s'assurer que personne ne l'entendrait :

— Aucun de nous deux n'a jamais été en poste sur un Destroyer Stellaire. J'ai juste été *à bord* trois fois et jamais plus d'une journée.

— Nous avons étudié les plans à l'Académie, lui rappela-t-il d'un ton qu'il tenta de rendre confiant. Nous avons tous les deux retenu les informations essentielles, surtout sur les défenses internes. Pas besoin de plus.

Elle soupira.

— Que la Force soit avec nous.

La Force, toujours la Force. La méditation que Thane avait pratiquée pendant un an ne l'avait pas convaincu qu'il existait une Force toute-puissante qui gérait en coulisse les affaires de la galaxie. Mais Kendy était libre de puiser son courage là où elle le trouvait.

Il ne se serait peut-être pas senti aussi mal à l'aise si un élément au moins de cette mission lui était familier, mais rien ne l'était. Le pire, c'était de ne pas avoir son Aile-X sous la main. Il se serait senti plus en sécurité à tirer sur des chasseurs TIE que de foncer dans le cœur d'un Destroyer Stellaire. D'autres détails moins importants l'agaçaient aussi. Au lieu de son casque intégral résistant, il n'en portait qu'un petit qui s'attachait sous le menton à l'aide une jugulaire noire inconfortable. Au lieu de sa combinaison de vol orange, il portait un simple uniforme composé d'un pantalon, d'une chemise et d'un gilet. Le genre de tenue qu'il associait plutôt aux journées de permission qu'au combat. Son bandeau de deuil bleu-gris était encore noué autour de son bras.

Techniquement, il aurait dû l'enlever quatre jours plus tôt, à la date de l'anniversaire de la Bataille d'Endor. Mais Thane savait que la Bataille de Jakku approchait et il avait envie de le porter à cette occasion.

Une fois cette bataille terminée, je l'enlèverai, se promit-il. *Je le brûlerai, comme l'exige le rituel et je garderai les cendres jusqu'au jour où je retournerai sur Jelucan.*

Il se voyait déjà pénétrer dans la Forteresse une dernière fois. Il y déposerait les cendres au milieu des vieux jouets, des bottines abandonnées, près de la pile de couvertures et de fourrures sur lesquelles Ciena et lui avaient fait l'amour. Alors, il pourrait enfin tourner la page.

— De quel Destroyer s'agit-il ? s'enquit Thane en se demandant s'il l'avait déjà vu.

— L'*Annihilateur*, répondit quelqu'un.

Thane n'en avait jamais entendu parler.

— Au moins, on nous a fourni des blasters, marmonna Kendy. Je tire encore mieux avec ça qu'avec un canon laser.

— Alors je reste près de toi, répliqua Thane.

Cela lui valut un sourire.

— Que tout le monde se prépare pour l'impact, prévint une voix étrangement calme dans l'intercom.

Thane s'agrippa aux bretelles de son harnais. *C'est parti !*

*

Ciena Ree n'était pas un traître. Elle servait depuis plusieurs semaines comme capitaine de l'*Annihilateur* et elle avait accompli son devoir au mieux de ses capacités. La loyauté envers l'Empire n'avait plus aucun sens à ses yeux, mais elle se sentait responsable des milliers de vies sous ses ordres. Elle avait donné tout ce qu'elle pouvait durant la Bataille de Jakku.

Si d'autres gradés impériaux avaient pu en dire autant, leur situation aurait été moins inquiétante.

— Au rapport ! cria Ciena en s'approchant des puits de données.

— Le moteur trois n'est plus qu'à 66 % de sa capacité, capitaine.

Le jeune sous-officier leva la tête vers elle, son teint rougeaud empourpré par la panique.

— Les moteurs 1 et 5 sont complètement HS. Nous ne sommes en capacité maximale que sur les moteurs trois et sept. Deux, quatre et six sont chacun en-dessous des 30 %.

Blast. Si son équipe de réparation pouvait ramener le moteur deux au-dessus de 85 %, ils pourraient effectuer le saut en hyperespace et s'échapper de la bataille. S'ils ne parvenaient pas à le réparer – ou si le moteur trois encaissait des dégâts à son tour –, l'*Annihilateur* était fichu. Leur seule chance de survie serait de battre en retraite.

Le principal écran panoramique offrait un spectacle désastreux. Les silhouettes de centaines de vaisseaux impériaux et rebelles se détachaient sur la surface brun doré de Jakku. Quelques frégates, d'autres Destroyers Stellaires et des nuées de chasseurs stellaires. Les écrans plus petits, de part et d'autre, diffusaient des scènes du combat au sol, qui était encore plus calamiteux. Ciena vit un bipode encaisser le coup fatal. Le blindé vacilla sur ses pattes fines puis s'abattit sur le côté avec une telle force qu'une vague de sable fut projetée en l'air. Partout où Ciena regardait, les rebelles menaient l'assaut et l'Empire tentait en vain de se défendre. Depuis le début, leurs adversaires possédaient l'avantage au point qu'elle se demandât avec amertume si cette bataille n'était pas un piège depuis le début. Peut-être que leur intention de jouer le coup de force sur Jakku avait été éventée par un amiral ou un Grand Moff cherchant à se venger de ses pairs.

— Il faut changer de stratégie, déclara-t-elle à sa propre intention.

Toutes les tactiques de bataille impériales reposaient sur les efforts concertés et simultanés de tous les vaisseaux sous le contrôle strict d'un commandement central. À l'époque où l'Empire possédait l'avantage en nombre et en puissance de feu, ces stratégies avaient du sens. Ciena avait l'impression que son camp s'accrochait aux règles d'un jeu dont la partie s'était achevée un an plus tôt.

Les Rebelles avaient démontré que de petites forces de frappe pouvaient être efficaces, voire fatales. Ils attaquaient régulièrement sur de multiples fronts en scindant leurs forces. Cette approche était plus risquée, mais ici, au-dessus de Jakku, elle faisait merveille une fois de plus.

L'*Annihilateur* frissonna. Même si ce n'était qu'une faible vibration sous son siège, Ciena comprit que les dégâts encaissés étaient importants, avant que les écrans de contrôle ne s'illuminent de rouge pour le confirmer.

— Décompression explosive à tribord à la poupe ! cria un sous-officier. Nous perdons de l'atmosphère…

— Scellez tous les ponts affectés !

En donnant cet ordre, Ciena espérait sauver son vaisseau… en condamnant des centaines, voire des milliers d'individus à la mort par suffocation.

Nous ne pouvons pas continuer à nous battre en fonction des anciennes règles. Ça ne sert à rien.

Ciena s'approcha d'un écran panoramique et afficha une représentation en trois dimensions de la bataille, en miniature. Si elle pouvait convaincre le Grand Moff Randd de diviser la flotte et d'attaquer les croiseurs stellaires des Rebelles sur plusieurs fronts, peut-être même d'envoyer une des corvettes à vingt canons dans l'atmosphère en soutien des TIE qui se battaient près de la surface de la planète… ils auraient une chance d'ébranler les Rebelles. Ils avaient absolument besoin d'un retournement de situation.

Mais Randd l'écouterait-elle ? Elle avait beau être capitaine d'un Destroyer Stellaire, Randd était un Grand Moff, et il lui avait fait discrètement comprendre qu'elle lui devait entièrement son avancement…

Elle se dit une fois encore que c'était absurde – *idiot*, un gâchis *stupide* – que le rang compte plus que les idées au sein de la Flotte Impériale. Elle enrageait. Elle était dégoûtée. Elle détestait l'Empire qu'elle servait, détestait les valeurs qu'il défendait, détestait la façon dont tout le monde parlait de Palpatine comme si c'était un martyr vertueux. Elle se détestait d'avoir cru à ce système. Et ce qu'elle détestait par-dessus tout, c'est de ne plus avoir rien d'autre auquel s'accrocher.

En voyant les autres officiers s'affairer autour d'elle, s'efforçant d'accomplir leur devoir et de survivre, Ciena décida qu'elle se devait au moins de leur donner le meilleur d'elle-même. Si elle ne pouvait espérer mieux, elle pouvait tenter simplement de les ramener chez eux.

— Ouvrez un canal de communication avec le Grand Moff Ra…

Le vaisseau trembla avec une telle force que des casquettes glissèrent de la tête de certains officiers et qu'au moins deux analystes furent projetés au sol. Ciena s'agrippa au mur pour garder l'équilibre.

— Qu'est-ce que c'était que ça ?

— Capitaine, annonça un jeune officier. Nous avons une nouvelle brèche dans la coque à bâbord, des ponts RR à ZZ.

Son visage trahissait sa confusion. Elle leva vers Ciena son visage baigné de lumière rouge.

— Les senseurs ne révèlent pas de trace de vide, précisa-t-elle.

Juste à ce moment-là, l'*Annihilateur* fut secoué par un nouvel impact. Puis un autre. Enfin un quatrième. Chacun donnait la même analyse étrange : des trous se formaient dans la coque du vaisseau sans créer de vide. Il ne pouvait y avoir qu'une seule explication.

L'estomac de Ciena se noua. Même si elle n'avait jamais été présente à bord d'un vaisseau où cela s'était produit, elle avait appris à reconnaître les signes à l'Académie et les revivait parfois dans ses cauchemars.

— Nous sommes victimes d'un abordage.

Un *abordage*. En pleine bataille, cela ne pouvait signifier qu'une chose…

Son vaisseau devait s'autodétruire.

*

— Rejoignez le centre de contrôle du moteur trois, ordonna Thane dans son comlink en avançant dans un couloir déjà obscurci par une fumée épaisse. Si nous arrivons à détruire leur dernier moteur principal en état de marche, nous avons une chance.

La tâche de Thane était plus simple et cruciale. Sa priorité était de déconnecter les systèmes d'autodestruction dès que possible. Aucun officier de l'Empire n'hésiterait à ordonner le suicide collectif pour empêcher un Destroyer Stellaire de tomber entre les mains de la Nouvelle République.

Un peu plus loin, dans un couloir perpendiculaire, il aperçut des tirs de blaster. L'écho des tirs résonnait dans ses tympans avec une intensité douloureuse. Entre les décharges, il écoutait les rapports tomber via le système comm. Contrairement à ce que Rieekan avait prévu, l'équipage de l'*Annihilateur* opposait une résistance farouche. Les troupes impériales à bord de ce vaisseau semblaient plus dévouées que les autres. Thane n'avait pas de chance.

Les tirs de blaster cessèrent et la tête de Kendy apparut au carrefour :

— Je vous ai dégagé la route, les gars. Allons-y !

Thane courut à l'avant du peloton. Il espérait pouvoir avancer au moins jusqu'à la passerelle auxiliaire à bâbord. S'ils pouvaient en prendre le contrôle, ils seraient en meilleure position pour soutenir les autres combattants de la Nouvelle République répartis à bord.

Dès qu'ils mirent le pied dans la section suivante, ils furent accueillis par une nouvelle vague de stormtroopers et leurs blasters bruyants. Thane se colla contre le mur. L'air empestait l'ozone et la fumée, il ne voyait pas d'issue. *Qu'est-ce que je fais ?*

Il ne pourrait pas atteindre les systèmes d'autodestruction… pas comme cela.

Cela voulait dire que, d'ici quelques minutes, l'*Annihilateur* exploserait et les tuerait tous.

Tu vas y arriver, se dit-il. *Allez, vas-y !*

*

— Capitaine Ree, vous ne pouvez pas faire ça ! protesta un des jeunes sous-officiers, qui ne devait pas avoir plus de dix-sept ans.

La Flotte Impériale les recrutait dans les Académies qui existaient encore, même s'ils étaient bien trop jeunes.

— Je *peux* et je *dois* le faire.

Ciena s'installa et se prépara mentalement à la tâche qui l'attendait. Elle se radoucit :

— N'ayez pas peur, sous-officier Perrin. Nous aurons le temps d'atteindre les modules de survie et chacun est équipé d'une balise qui nous conduira directement au vaisseau impérial le plus proche.

Perrin esquissa un sourire rassuré. Autour d'elle, les officiers semblaient apaisés également. Pourquoi le règlement interdisait-il de s'adresser à l'équipage avec modération et compassion alors que cela faisait tant de bien ?

Au moins, le caractère impitoyable de l'Empire lui serait utile après la bataille. Une fois que tout serait terminé – et à condition qu'ils ne se retrouvent pas tous dans un camp de prisonniers de la Nouvelle République – Ciena serait convoquée pour justifier l'autodestruction d'un Destroyer Stellaire, l'un des vaisseaux les plus puissants et les plus coûteux de la Flotte Impériale. Elle connaissait assez les règles du jeu pour savoir que toutes ses explications seraient jugées insuffisantes. Avant Endor, cela lui aurait valu une longue et pénible peine de prison sur Kessel. Aujourd'hui, elle serait renvoyée ou exécutée sur place. Ciena se rendit compte que cela lui était égal.

— À mon signal, annonça Ciena. Préparez-vous à l'autodestruction. Démarrage dans dix… neuf… huit…

L'*Annihilateur* frissonna à nouveau. Malgré la haine qu'elle vouait à l'Empire, Ciena était capitaine dans l'âme et ressentit un pincement à l'idée des dégâts qu'elle allait infliger à son vaisseau.

Elle termina.

— Trois… deux… un. Déclenchement de la procédure.

Le sous-officier Perrin abaissa le levier qui amorçait le processus d'autodestruction. Ciena attendit les lumières rouges, les alarmes, l'annonce automatique qui ordonnerait à l'équipage de rejoindre les modules de survie – le signal qu'elle attendait pour sceller les portes –, mais rien ne vint. Après un trop long silence, elle quitta son siège et afficha le plan du vaisseau. Des alertes de dégâts clignotaient à de nombreux emplacements où il n'y aurait pas dû en avoir, en particulier dans une zone près de la passerelle auxiliaire à bâbord.

— Ils ont ciblé les systèmes d'autodestruction, annonça Ciena, qui avait du mal à le croire elle-même. Ils les ont sabotés exprès.

Seul un ancien officier impérial pouvait savoir comment s'y prendre. Dans sa tête, des paroles que son père lui avait dites quand elle était enfant lui revinrent : *Tous les traîtres sont maudits*.

— Nous attendons vos ordres, capitaine, annonça un lieutenant depuis le puits de données.

Elle réalisa que personne sur la passerelle – et probablement personne à bord – n'avait la moindre idée de ce qu'il fallait faire.

Heureusement, elle le savait.

L'idée germa en elle comme une magnifique fleur. Elle pouvait accomplir son devoir, respecter son serment et se libérer de cette folie pour toujours.

Ciena retourna à son siège et poussa sur le bouton qui projetterait sa voix dans tous les postes et dans tous les chasseurs stellaires stationnés sur l'*Annihilateur*.

— Avis à tout l'équipage : abandonnez le vaisseau. Avis à tous les chasseurs stellaires, rejoignez le vaisseau impérial le plus proche. Que tout l'équipage abandonne le vaisseau. Vous avez dix minutes.

Tout autour d'elle, les officiers la regardaient bouche bée. Pour la seule fois de sa carrière dans le commandement, Ciena leur cria dessus.

— Qu'est-ce que vous attendez ? Filez aux modules de survie. *Exécution !*

Tandis qu'ils partaient en courant, le système comm grésilla. Avant d'entendre la voix, Ciena devina qui allait parler. Une seule personne en poste sur l'*Annihilateur* oserait remettre son ordre en question.

— Tu es devenue folle ? hurla Nash.

— Je ne vois pas ce que vous voulez dire, commandant Windrider.

— Pas de « commandant Windrider » entre nous. Si le système d'autodestruction était enclenché, nous aurions entendu les systèmes automatiques. Ça veut dire que tu as l'intention de détruire le vaisseau par… d'autres moyens…

Ciena se laissa tomber dans son fauteuil en cuir noir. Elle était aussi épuisée que si elle n'avait plus dormi depuis des années.

— Vas-y, dis-le.

— … tu vas précipiter l'*Annihilateur* sur la surface de la planète.

Elle commença à encoder les coordonnées qui la feraient foncer droit vers Jakku. Elle imaginait déjà le feu, la chaleur, la fin.

Alors elle aurait accompli son devoir jusqu'au bout, tout en échappant pour toujours aux liens qui la reliaient à l'Empire.

— Je dois à tout prix m'assurer que l'*Annihilateur* ne tombe pas aux mains des Rebelles.

Ciena essaya de s'imaginer qu'elle discutait avec le jeune homme qu'elle avait connu à l'Académie, celui qui tressait ses cheveux longs à la mode d'Alderaan et dont l'humour malicieux les faisait tous rire.

— C'est le seul moyen, Nash.

— Tu parles ! Tu peux encoder les coordonnées et te tirer d'ici.

— Et laisser le vaisseau aux Rebelles ? Ils envahiraient la passerelle, changeraient le cap et s'enfuiraient avec leur nouveau Destroyer Stellaire.

Elle appuya la tête contre le dossier et fixa le plafond métallique, si absurdement haut. Est-ce que les proportions démesurées de la passerelle étaient censées symboliser la grandeur ? En réalité, ces proportions ne donnaient qu'une impression de vide et de froideur.

— Ciena, je t'en prie.

Elle perçut que la voix de Nash se brisait, même par-dessus le grondement des moteurs de son TIE.

— Promets-moi au moins d'essayer.

Elle n'avait aucune intention de le faire. Maintenant que Ciena avait trouvé une échappatoire, elle était soulagée. Depuis qu'elle sentait la fin toute proche, elle réalisait la peine qu'elle éprouvait au jour le jour à cause de sa simple existence.

— Il faut que je scelle les portes. Au revoir.

Elle coupa la connexion avec tous les chasseurs TIE. Elle n'entendrait plus jamais la voix de Nash.

Pendant qu'elle exécutait la procédure qui verrouillait les fermetures de sécurité des portes de la passerelle, Ciena pensait à tout ce qu'elle ne ferait plus jamais. Passer du temps avec ses parents. Piloter un chasseur stellaire ou, mieux encore, un V-171 au-dessus des nuages de Jelucan. Rire des blagues salaces de Berisse. Essayer de réveiller Jude le matin et entendre son amie d'habitude si logique gémir dans son oreiller. Gravir les crêtes des montagnes sur le dos de son muunyak. Piloter une moto speeder à travers les cerceaux de Reitgen. Manger les gâteaux au glaçage de monsieur Nierre. Courir sur la Boucle du Ciel pendant que les lumières de Coruscant brillaient au-dessous d'elle.

Être avec Thane. Faire l'amour avec lui. S'envoler avec lui.

— Au revoir, répéta-t-elle doucement, en disant adieu à tout cela.

*

Thane se figea sur place en entendant l'annonce. Pendant que la voix résonnait dans les couloirs de l'*Annihilateur*, ordonnant à tout le monde d'abandonner le vaisseau, il chercha à se convaincre que ça ne pouvait pas être elle…

… jamais il ne confondrait la voix de Ciena avec une autre.

— Nous venons de désactiver le système d'autodestruction ! cria Kendy.

Elle ne semblait pas avoir reconnu la voix dans les haut-parleurs.

— Comment vont-ils faire exploser ce truc ?

Il savait ce que Ciena comptait faire avec la même certitude que si c'était son propre plan.

— Elle va le crasher.

Il attrapa le comlink qui le reliait à Rieekan.

— Il faut évacuer tout le monde d'ici en vitesse. Ceux qui ne peuvent pas rejoindre nos transports de troupes doivent s'enfuir à bord des modules de survie impériaux. Des lumières indiqueront le chemin.

Kendy, comme tous ceux qui se trouvaient sur la passerelle auxiliaire noircie par les tirs, se mit à courir pour rejoindre les modules avant même que Rieekan ne donne l'ordre suggéré par Thane. Quand elle atteignit la dernière marche et les portes, elle se rendit compte que Thane ne la suivait pas.

— Qu'est-ce que tu fiches ? Tu n'as pas entendu ? Nous avons moins de dix minutes !

— Je te rattraperai, mentit-il. Vas-y.

Kendy lui jeta un regard intrigué, mais obéit aux instructions de Rieekan et courut vers un module en laissant Thane tout seul.

Ciena était vivante. Elle était en vie, elle était ici et il devait aller la chercher avant qu'elle ne les tue tous les deux.

Thane fonça vers le coin le plus éloigné de la passerelle auxiliaire, où, d'après les souvenirs brumeux de son cours de conception de vaisseaux, il trouverait un conduit de réparation. Effectivement, une des plaques en quadrillage métallique s'écarta pour révéler un long tunnel froid qui menait vers l'étage supérieur. Il appuya sur l'interrupteur à côté de la porte pour appeler la plate-forme antigrav qui pouvait l'emmener en quelques instants au pont de son choix.

Dès qu'elle apparut, il sauta dessus et faillit perdre l'équilibre. Il se rattrapa aux poignées de sécurité. Il n'était jamais monté sur un de ces engins. Il n'imaginait pas dans ses cours que ces plates-formes étaient aussi instables. S'il avait glissé, il aurait plongé plusieurs kilomètres plus bas vers une mort certaine.

Il prit une profonde inspiration et tapa le code qui l'emmènerait sur le pont d'où il pourrait rejoindre la passerelle principale.

Tandis qu'il montait à toute vitesse, de violents courants d'air vinrent frapper son casque. Il l'arracha et le laissa tomber, puis il essaya d'évaluer combien de temps s'était écoulé. Trois minutes ? Quatre ? Les moteurs de l'*Annihilateur* ne devaient plus travailler, la force de gravité de Jakku ferait le reste. En ce moment même, la planète attirait le Destroyer Stellaire vers sa fin.

Allez, s'impatienta-t-il en agrippant plus fermement encore la poignée de sécurité. *Allez !*

Il atteignit enfin le pont, donna un coup de pied dans la plaque de sécurité pour la faire tomber et émergea dans un couloir, un peu désorienté. Après quelques instants, il eut envie de se gifler pour son idiotie : évidemment, la passerelle principale ne serait pas accessible aussi facilement. Thane courut vers les portes et freina quand elles refusèrent de s'ouvrir automatiquement.

— Ciena ! cria-t-il en tambourinant du poing contre le métal.

Ce geste servait juste à évacuer sa frustration. Il savait qu'elle ne l'entendait pas à travers les portes blindées. Elles étaient non seulement trop épaisses pour laisser passer le son, mais elles résistaient aux blasters, aux canons ou même aux détonateurs thermiques. Ciena avait rendu toute tentative d'invasion impossible, même pour Thane.

Mais un capitaine ne disposait pas de trente-six méthodes pour sceller le poste de commandement.

Thane savait celle que Ciena aurait choisie. Il l'avait entendue l'expliquer un jour. Elle se servirait de la méthode du mot de passe du capitaine. Les portes étaient fermées de façon permanente pour tous ceux qui ne connaissaient pas les mots qu'elle avait choisis pour s'enfermer.

Il appuya le front contre le métal et posa la main sur le panneau manuel de l'entrée. Une voix automatique demanda :

— Veuillez donner le mot de passe.

Thane se pencha vers le micro et murmura :

— Regarde à travers mes yeux.

CHAPITRE 28

Ciena était penchée sur les commandes de vol, une main sur son abdomen douloureux, l'autre sur le panneau de contrôle. Le système d'autonavigation avait à plusieurs reprises tenté d'outrepasser ses ordres, mais elle avait enfin réussi à le désactiver. Il ne lui restait plus qu'à attendre.

Elle recula d'un pas et s'effondra dans le fauteuil. Sur l'écran devant elle, les étoiles avaient disparu ; il ne restait que la surface sablonneuse de Jakku. Chaque seconde, la vue de la planète se faisait plus nette. Ciena vit les ombres se transformer en déserts et en montagnes. Les senseurs se mirent à clignoter pour la prévenir qu'elle allait frapper l'atmosphère. Elle les ignora.

À un moment, sa vue se brouilla. Quand elle porta la main à son visage, ses doigts furent mouillés. Elle cligna rapidement pour chasser les larmes. Quand sa fin viendrait, elle ne broncherait pas. Elle ne se détournerait pas. C'était la dernière expérience qu'elle vivrait et elle comptait bien être complètement présente à chaque instant, aussi douloureux soient-ils.

Mourir avec honneur – personne ne pouvait demander plus…

Les portes blindées de la passerelle coulissèrent soudain.

Ciena se leva d'un bond. Instinctivement, elle voulut attraper son blaster, mais un capitaine de Destroyer Stellaire n'en portait jamais sur le pont. Comment quelqu'un avait-il pu entrer ?

Elle reconnut Thane.

La seule personne de toute la Rébellion – de toute *la galaxie – qui aurait pu deviner les mots qu'il fallait prononcer*, songea Ciena dans un brouillard. *Évidemment, il est venu.*

Peut-être était-ce un rêve ou une hallucination ? Son cerveau avait fabriqué une image de Thane pour qu'elle n'ait pas l'impression de mourir seule. Il portait même un bandeau sombre autour de son biceps droit. Il affichait le deuil, comme un habitant des vallées, pour une tragédie qui ne s'était pas encore produite.

Puis il poussa un soupir de soulagement, un bruit discret mais familier qui balaya tous les doutes. Cette scène était réelle. Elle se passait vraiment.

— Ciena !

Thane avança vers elle, puis s'arrêta quand il la vit reculer. Il leva les mains, comme pour lui montrer qu'il n'était pas armé… malgré le blaster accroché à sa taille.

— Tout va bien, je vais te sortir de là.

— Je ne partirai pas. Je reste avec mon vaisseau.

Les mots semblaient venir de très loin, comme si elle les entendait au lieu de les prononcer.

— On pourra avoir une longue discussion au sujet de l'honneur et du devoir plus tard. Pour le moment, il faut qu'on se tire de ce truc avant qu'il ne pénètre dans l'atmosphère.

Les modules de survie pouvaient réussir un atterrissage en catastrophe sur une planète, mais les déclencher depuis l'atmosphère était risqué. La température à l'extérieur de la coque grimpait déjà en flèche. Ciena sentit son pouls accélérer sous la panique. Ce n'était pourtant pas pour elle qu'elle avait peur.

— Thane, cours au module de survie le plus proche.

Il redressa le menton, comme le petit garçon fier et têtu qu'il était il y a si longtemps.

— Pas sans toi.

Ciena sentit la colère l'envahir.

— Tu te rends compte que je devrais t'arrêter ? Ou te tirer dessus ?

— Ciena, les règlements n'ont plus trop cours en ce moment.

Thane lui tendit la main, mais elle recula encore d'un pas. Moins de deux mètres les séparaient à présent. Tout autour d'eux, sur les innombrables écrans et senseurs, des alarmes clignotaient en rouge. Des scènes de combat et des bains de sang s'affichaient en images déformées et vacillantes.

— Tu *dois* partir ! s'écria-t-elle. Tu ne comprends pas que j'essaie de te sauver la vie ?

— Et moi la tienne !

Il lui adressait le même regard suppliant et désespéré qu'il avait chaque fois qu'il avait essayé de la convaincre de déserter l'Empire. Sans doute que pour Thane, rien n'avait changé au cours des cinq dernières années. Ciena, en revanche, se sentait beaucoup plus vieille. Beaucoup plus triste. Vidée. Il restait pourtant là, la main tendue, persuadé de pouvoir les sauver tous les deux.

— Viens, Ciena. Nous n'avons pas beaucoup de temps.

Thane ne se rendait pas compte qu'elle n'avait plus le temps du tout.

*

Qu'est-ce qu'ils lui ont fait ?

Ciena était devant lui, si maigre qu'on aurait pu la serrer dans son poing et l'écraser. Son uniforme pendait sur elle. Dans la lueur rougeoyante projetée par les alarmes autour d'eux, le décor ressemblait à une parodie grotesque d'une passerelle de commandement impérial. Ce qui effrayait le plus Thane, c'était le vide dans son regard. Il ne voyait plus la vie pétiller dans ses yeux ; il n'y lisait que colère et désespoir.

Pourtant, sa Ciena était bien là. Il le savait simplement parce qu'elle préférait mourir que continuer à servir l'Empire.

— Écoute-moi, reprit Thane en s'efforçant de rester calme alors que l'*Annihilateur* tremblait au contact de l'atmosphère de Jakku… et ce n'était que les prémices, le pire était encore à venir. Tu ne dois rien à l'Empire. Ces gens ne méritent pas ta loyauté et encore moins… ta vie.

— Tu ne sais même pas ce que signifie la loyauté.

— Ah non ? s'offusqua-t-il. Ciena, si je n'étais pas loyal envers toi, je ne serais pas ici !

Le vaisseau fut à nouveau secoué de toutes parts. Thane tituba légèrement sur le côté et Ciena dut s'agripper à son siège pour rester debout. Elle cria :

— Thane, tu dois y aller ! Il faut que tu sautes tout de suite dans un module de survie !

— Je ne te laisserai pas ici.

Il réalisa qu'il n'y avait qu'une issue : il mourrait aux côtés de Ciena, plutôt que de l'abandonner pour sauver sa peau.

Pourtant Thane voulait s'en tirer vivant. Même s'il aimait Ciena, ces dernières années lui avaient appris qu'il était capable de continuer à vivre après la disparition de celle qu'il aimait. Il s'en remettrait et il trouverait la paix.

Mais il ne voulait pas vivre en sachant qu'il l'avait laissée mourir.

Il répéta :

— Je ne te laisserai pas ici.

Ciena se mit à trembler.

— Je t'en prie ! Ne me rends pas responsable de ta mort. Tout ce que je demandais, pendant ces batailles, c'était de ne pas être celle qui te tuerait.

— Et moi je souhaitais que ce soit toi et personne d'autre. Parce que nous sommes liés, pour toujours, toi et moi… dans la vie comme dans la mort. C'est pour ça que nous devons quitter ce vaisseau *ensemble*.

Ciena garda longtemps le silence. Le Destroyer s'inclina sur le côté. La gravité artificielle luttait avec la véritable gravité qui les attirait vers Jakku. Sur l'écran panoramique, l'image de la planète se mit à tourbillonner lentement : le vaisseau avait entamé sa descente en spirale vers la surface.

Tout à coup, Ciean fit un premier pas vers lui, puis un autre. Thane aurait pu pleurer de soulagement.

— Bien. C'est ça. Viens vers moi.

Elle se trouva enfin devant lui. Leurs regards se croisèrent. Et Ciena lui décocha un violent coup de poing dans la figure.

*

Ciena profita que Thane était étendu sur le sol pour s'emparer du blaster dans son holster. Elle était debout à côté de lui, il la regardait, un filet de sang à la commissure des lèvres.

— Tu vas me tirer dessus, c'est ça ?

— Bien sûr que non. Je vais te mettre K.-O. et t'installer moi-même vers un module de survie. Mais… avant ça… Tu sais, j'essaie juste de te sauver, tu…

Thane lui donna un coup de pied dans la jambe d'une telle force qu'elle tituba plus d'un mètre en arrière avant de tomber sur le dos. Le blaster glissa sur le sol incliné. Ciena se remit debout avec difficulté.

Thane s'était remis sur pied et avait adopté une position de combat. Ses yeux bleus jetaient des éclairs.

— Tu veux le jouer à la dure, hein ? Très bien, c'est ce qu'on va faire.

Un souvenir revint à l'esprit de Ciena, le jour où ils avaient fait connaissance, quand ils étaient enfants et qu'ils s'étaient battus l'un pour l'autre.

La boucle était bouclée, ils allaient mourir de la même façon.

Ciena se jeta sur lui et il ne parvint pas à l'esquiver tout à fait. Elle le plaqua au sol. Tandis qu'elle cognait la tête de Thane contre le sol grillagé, elle hurla :

— Dégage tes fesses de Rebelle de ma passerelle !

Thane la repoussa sur le côté et elle roula contre le mur.

— Je vais te sauver, que ça te plaise ou non, lui lança-t-il.

Il ne comprenait pas ? Il ne réalisait pas ? Pourquoi essayait-il de la priver de sa seule chance d'échapper à cet enfer et de mourir avec honneur ? C'était comme si Thane ne la connaissait plus.

Elle le frappa sauvagement. Le talon de sa botte attrapa Thane à la mâchoire et le projeta en arrière. Ciena se remit debout et aperçut l'écran panoramique : Jakku était à une proximité terrifiante. Puis l'image se brouilla et s'obscurcit. Les senseurs extérieurs brûlaient sous la chaleur de l'entrée en atmosphère. Elle ne voyait plus rien par les baies d'observation, devenues orange vif depuis que leur vaisseau était prisonnier des flammes. Les factions qui se battaient dans l'atmosphère et au sol devaient voir l'*Annihilateur* former une traînée de feu dans le ciel comme une météorite.

Thane attrapa la jambe de Ciena et la tira vers le sol. L'impact de sa chute réveilla sa douleur dans l'abdomen. Alors qu'elle tentait de reprendre son souffle, Thane profita de son avantage pour lui plaquer les poignets au sol.

— Viens avec moi, haleta-t-il. Tu *dois* venir avec moi *immédiatement*.

Elle plia la jambe pour lui expédier un coup de genou dans le flanc et libérer ses mains. Elle avait envie de lui dire d'arrêter de faire l'idiot, de courir vers un module tout de suite parce qu'il serait bientôt trop tard – si ce n'était déjà le cas –, mais elle parvint juste à lancer :

— Laisse-moi !

Puis elle serra les deux poings et les décocha dans sa mâchoire. Si elle devait être violente pour le mettre K.-O., elle était prête à cogner dur.

*

Le visage déchiré par la douleur, Thane vit l'écran panoramique devenir noir. Ils n'avaient plus le temps.

Il fit donc quelque chose dont il ne se serait jamais cru capable : il rendit ses coups à Ciena.

Le problème, c'est que Ciena était une petite femme alors qu'il était un homme costaud. Le même coup à la mâchoire qui l'avait fait tituber la propulsa contre le sol. Malgré la culpabilité qui le rongeait, il ne pouvait pas s'arrêter, pas maintenant…

Ciena réussit à se dégager et à se remettre debout. Elle se plia en deux et lui asséna un violent coup d'épaule sous les côtes, qui lui coupa le souffle. Ils percutèrent un panneau de contrôle. *Si quelqu'un nous voyait, il croirait que nous essayons de nous entre-tuer, pas de nous sauver.*

Les systèmes rendaient l'âme l'un après l'autre, au fur et à mesure que les composants prenaient feu à cause de l'entrée en atmosphère. Thane entendit un horrible grincement. La colossale armature en métal du Destroyer Stellaire se mit à geindre quand la chaleur atteignit la température de fusion. Par les rares hublots, il ne voyait plus ni Jakku ni le ciel, mais des flammes de toutes parts.

Ciena le repoussa au moment où le sol s'inclinait à nouveau. À présent, ils étaient tous deux à quatre pattes, incapables de rester debout. Thane tenta de s'accrocher à un des sièges, à un pilier, à n'importe quoi pour se relever… quand il vit un éclair de métal noir glisser le long d'une cloison.

Il se jeta dessus. Alors qu'il se faisait rouler, il entendit les bottes de Ciena résonner sur le pont. Elle avait réussi à se remettre debout. Elle courait vers lui, à toute vitesse, mais Thane avait déjà le blaster en main.

Un geste du doigt, en position étourdissement *et... maintenant !*

Il eut le temps d'entrevoir l'horreur sur le visage de Ciena avant que l'éclair bleu ne l'atteigne. Elle s'effondra sur le sol si lourdement que Thane craignit un instant d'avoir mis le blaster en position létale. Mais quand il rampa sur le sol incliné pour la rejoindre, sa poitrine se soulevait et s'abaissait régulièrement.

— Je te demanderai pardon plus tard, murmura-t-il.

À genoux, Thane réussit à retourner le corps de Ciena. Il le hissa sur ses épaules. Un goût de sang monta à sa bouche, puis il se dirigea en titubant vers le module de survie le plus proche.

La traversée au pas de charge des tunnels de service avait rafraîchi la mémoire de Thane au sujet de ses cours de conception de vaisseaux, il savait maintenant où se trouvaient les modules. En revanche, il ne savait pas s'il parviendrait à en faire démarrer un. Si les attaches métalliques avaient fondu sous la chaleur, le module ne leur servirait que de sépulture.

Et pour ne rien arranger, les Impériaux et les combattants de la Nouvelle République avaient peut-être déjà utilisé tous les modules…

Fonce, fonce, fonce, fonce, fonce, scandait-il dans sa tête en trébuchant dans les couloirs du Destroyer Stellaire. Le premier emplacement qu'il atteignit était vide ; le module s'était élancé dans l'espace depuis longtemps. Au moment où la panique s'emparait de son esprit, il atteignit le second emplacement et vit qu'un module les attendait.

Il appuya sur le panneau de contrôle d'un coup de genou et les portes s'ouvrirent. C'était un petit modèle, mais deux personnes pouvaient y prendre place. Thane jeta Ciena à l'intérieur. Alors qu'il rampait dans le tube d'accès pour la rejoindre, les lumières s'éteignirent d'un coup. L'obscurité était totale, à l'exception de la lueur projetée par les flammes à travers le petit hublot du module.

Sans électricité, les portes se fermeraient-elles ? Le module s'élancerait-il dans les airs ? Si les verrous avaient fondu au lieu d'exploser, ils étaient fichus.

Thane frappa de la main l'interrupteur de mise à feu. Quand la porte pivota sur elle-même pour se refermer, il sentit une émotion terrible le submerger. Tandis qu'elle se scellait, un grondement phénoménal fit trembler le vaisseau. On aurait dit le hurlement d'une énorme bête à l'agonie.

Puis le module s'éjecta de l'*Annihilateur*.

La secousse le projeta contre la paroi incurvée et Ciena roula sur le côté. Thane s'accroupit près d'elle pour la serrer contre lui. Dans un module de survie, les répulseurs et les compensateurs d'accélération étaient limités, ce qui signifiait que le trajet allait être secoué. Thane n'était en outre pas sûr que les capacités d'atterrissage de l'appareil fonctionneraient si près du sol. À travers le petit hublot, il n'apercevait que de brefs éclairs bleus, puis dorés, puis bleus, puis dorés – c'étaient le ciel et le sable qui se succédaient à chaque tourbillon. L'impact se produirait certainement dans quelques secondes.

Il se lova contre Ciena, enfouit la tête dans la courbe de sa nuque et se prépara à l'atterrissage.

Le module frappa le sol avec violence, la première secousse fut suivie d'une autre et d'une autre encore. Thane réalisa que l'appareil dérapait sur le sable. Ils étaient projetés contre les parois à chaque impact. Le choc n'était pas assez violent pour les tuer, mais assez pour leur faire mal. Enfin, un contact prolongé sembla ralentir leur course, ils traversèrent le désert de Jakku de moins en moins vite et finirent par s'arrêter.

Sommes-nous sauvés ? Je pense que...

Tout à coup, le module fut projeté en l'air, avec une telle force que Thane crut qu'une nouvelle charge explosive s'était déclenchée. Mais le grondement sourd lui apprit ce qui s'était vraiment passé. L'*Annihilateur* venait de s'écraser sur la planète et leur module de survie était porté par un tsunami de sable et de poussières.

Il serra Ciena plus fort tandis que le module faisait des culbutes interminables. À travers le petit hublot, Thane n'apercevait que le sable rouge orangé. Et s'ils se retrouvaient ensevelis ? Et si le module déjà endommagé ne tenait plus le coup et que sa carcasse s'ouvrait d'un coup ? Il n'avait pas envie de mourir étouffé, enterré vivant...

Heureusement, le module s'arrêta, apparemment pour de bon cette fois.

Au bout d'une très longue seconde, Thane s'autorisa à croire qu'ils avaient survécu à l'atterrissage. Mais s'ils étaient enfoncés profondément sous le sable ? Sa balise parviendrait-elle à émettre un signal jusqu'à la Nouvelle République pour qu'on vienne les sauver ?

Il alluma la balise, attendit longtemps... puis vit l'indicateur passer au vert. Le signal passait.

— Nous nous en sommes sortis, murmura-t-il à Ciena, qui gisait inconsciente contre son épaule.

Peut-être que dans son sommeil, son subconscient l'entendrait.

Un petit filet de sang marquait une entaille sur son front. Thane détacha le bandeau de deuil de son bras pour improviser un bandage, puis la regarda, abasourdi.

De tous les vaisseaux de la galaxie, c'est dans le sien que je suis monté.

Peut-être… peut-être que Ciena, Luke Skywalker et les autres tenants de la tradition avaient raison au sujet de la Force. Il existait peut-être une puissance qui soutenait la galaxie et guidait les individus vers leur destin. La Force devait l'avoir mené jusqu'à Ciena pour qu'il lui sauve la vie et qu'ils puissent vivre ensemble.

Il avait l'impression que le cynisme et la colère de son ancienne vie s'étaient enfin dissipés. L'autorité de la Nouvelle République lui semblait honnête et juste ; il avait mené une guerre noble et était sur le point de gagner ; il servait aux côtés de gens qu'il aimait et respectait. Ciena était libérée des chaînes qui la reliaient à l'Empire, son destin était ouvert. Et le sien également. Comment est-ce qu'un type comme lui – sans foi ni espoir – s'était retrouvé ici ?

Thane posa le front contre celui de Ciena. Malgré les ecchymoses qui déformaient son visage et son corps, malgré le goût du sang dans sa bouche, malgré l'état désastreux dans lequel se trouvait sa bien-aimée et la chaleur insupportable du module, c'était sans doute l'un des moments les plus heureux de sa vie.

Thane entendit du sable s'écouler. Il leva la tête et vit les portes du module de survie trembler. Puis elles coulissèrent, projetant une petite cascade de sable à leurs pieds. Les silhouettes d'une équipe de recherches de la Nouvelle République se découpèrent dans la lumière d'un soleil éclatant.

— Qu'est-ce que je suis content de vous voir !

Il prit Ciena dans ses bras.

— Vous voulez bien me donner un coup de main ?

— Bien sûr, Corona 4.

Un membre de l'équipe se pencha pour tirer Ciena dehors ; Thane s'extirpa ensuite et sauta à pieds joints dans le sable à côté du module.

Un infirmier se tourna vers lui.

— Vous avez besoin d'aide ?

— Il vaut mieux s'occuper d'elle d'abord.

Il s'attendait à ce que l'infirmier examine les blessures de Ciena, mais tous les autres membres de l'équipe dégainèrent leurs blasters et le leader s'agenouilla pour lui passer une paire de menottes magnétiques aux poignets.

— Qu'est-ce que… ?

Thane se tut quand il réalisa que les soldats de la Nouvelle République faisaient exactement ce qu'ils étaient censés faire. Ils capturaient un haut gradé impérial qui serait jugé pour ses crimes.

Il avait cru qu'il la sauvait, que la Force était intervenue miraculeusement pour les protéger tous les deux. En réalité, tout ce que Thane avait fait, c'était la conduire vers la prison.

CHAPITRE 29

Ciena était debout dans sa cellule, les mains jointes devant elle. Le champ d'énergie qui la séparait du reste de la prison n'était pas tout à fait transparent, il recouvrait le monde extérieur d'une pellicule légèrement argentée. Pendant sa captivité, elle avait rarement pris la peine de regarder dehors. Par moments, elle était si déprimée qu'elle n'avait même pas la force de quitter son lit.

Aujourd'hui, elle avait un visiteur.

Elle reconnut Thane au seul bruit de ses bottes. Elle redouta aussitôt que ce ne soit qu'un faux espoir. Ciena avait tendu l'oreille toute la journée.

Cette fois, c'*était* lui.

Thane sourit en la voyant, bien que sa tristesse fût lisible dans son regard. Se sentait-il coupable de l'avoir mise en cage comme un oiseau ? *Très bien*, se dit-elle. Il était probablement plus secoué de la voir là, frêle dans sa combinaison de prisonnier, presque assortie au brun clair de sa peau.

— Feuille d'automne, fit-il plus pour lui-même que pour elle, avant de se reprendre. *Ciena.* Merci d'avoir enfin accepté de me voir.

Elle hocha simplement la tête. Inutile de lui avouer qu'elle avait cédé après une semaine seulement, pendant qu'il était parti en mission. C'était un moment de faiblesse. Mais aujourd'hui, elle était enfin prête à parler.

— Nous avons tellement de choses à nous dire, déclara-t-elle, c'est difficile de savoir par où commencer.

— Explique-moi pourquoi tu n'as pas accepté que je vienne te voir plus tôt ?

Ciena tourna la tête. Elle n'avait pas envie de le regarder dans les yeux.

— J'aurais voulu que tu m'abandonnes sur l'*Annihilateur*.

— Si tu espères que je vais m'excuser de t'avoir sauvé la vie, tu vas attendre longtemps.

Après un bref silence, il ajouta :

— Mais je comprends ce que tu ressens.

— Vraiment ?

— Tu voulais en même temps accomplir ton devoir et échapper à l'Empire. Le suicide était le seul moyen d'y arriver… et de rééquilibrer la balance. Mais tu ne devrais pas te mesurer à l'Empire. Tu vaux bien plus que tous les autres.

Ciena le regarda, touchée malgré elle. Il était encore plus beau que dans ses songes. La douceur de l'adolescence avait définitivement quitté son visage. Les lignes de sa mâchoire et de ses pommettes étaient bien dessinées. Ses cheveux étaient un peu plus foncés, plus roux que blonds. Quelqu'un qui ne l'aurait plus vu depuis l'enfance ne l'aurait sans doute pas reconnu.

Elle, elle le reconnaîtrait entre mille, à sa démarche, à sa façon de piloter, à ses yeux. Il y avait quelque chose d'immuable dans son regard.

— Tu comprends, reprit-elle avec douceur. Mais j'aurais aimé que tu respectes ma décision.

— Tu n'es pas contente d'être en vie ?

Thane s'approcha de la barrière et ajouta avec une certaine hésitation :

— Non ?

Ciena était incapable de répondre. Puis, elle finit par articuler :

— C'est encore trop tôt pour le dire.

Il ne semblait rien avoir à répliquer. Elle ne l'en blâmait pas.

Par moments, elle aurait vraiment préféré être morte qu'affronter cette honte. En revanche, à d'autres, elle se surprenait à profiter des petits plaisirs de l'existence… les rares auxquels elle avait accès dans sa cellule. Surtout, elle ne se sentait pas encore prête à mourir.

Regarder Thane comme à cet instant précis faisait partie de ces rares moments de bonheur.

— C'est dur. Tout ce pour quoi j'ai lutté toute ma vie a été détruit. Je me suis battue pour un mensonge.

— Pas tout. À la fin, tu t'es battue pour moi, lui rappela-t-il avec un sourire en coin. Ce n'est pas rien.

La gorge de Ciena se serra à cause des larmes qu'elle laissait couler.

— C'est *la seule partie* qui vaille encore quelque chose.

— Ciena…

— C'était le piège parfait, tu sais ?

Elle serra les poings pour que ses ongles s'enfoncent dans ses paumes. La douleur l'empêcha de s'effondrer complètement.

— J'étais tellement dévouée à l'honneur que je me suis transformée en criminelle de guerre.

— Les pièges sont nombreux. Pendant une seconde, je me suis convaincu que nous avions réglé les problèmes de toute la galaxie, que la vérité et la justice l'avaient emporté… j'ai même commencé à croire à la Force, tu te rends compte…

Il rit de sa propre stupidité.

— J'ai cru tout cela possible, au point de courir le risque de venir te sauver. Mais au bout du compte, je t'ai tirée d'un vaisseau en flammes pour que tu aboutisses ici. À présent, tu es derrière les barreaux et nous ne pouvons même pas nous toucher…

— Arrête. Je t'en prie, arrête.

Ciena dissimula son visage. Thane, lui, se détourna légèrement. Pendant un moment, ils gardèrent tous deux le silence, pour tenter de se ressaisir. Ciena trouvait déjà que sa tristesse était insupportable et, à présent, il lui fallait aussi supporter celle de Thane. C'était trop pour chacun d'eux, mais ils n'avaient pas le choix. Quand l'un était blessé, l'autre saignait. Thane faisait partie d'elle, pour toujours.

Elle réussit à calmer sa respiration, à recouvrer son calme. Quand elle redressa la tête, Thane s'était apaisé lui aussi.

— Alors ? Comment vas-tu ? Ils te traitent bien ?

Il examina sa cellule, comme pour l'inspecter.

Elle dut admettre la vérité.

— Oui. Ils me donnent des holoromans et des jeux simples pour m'occuper. Je peux demander jusqu'à sept heures d'exercice en extérieur par semaine – sous surveillance, évidemment –, mais les médecins sont d'accord pour dire que je dois me ménager pendant ma convalescence.

Elle posa la main sur son abdomen, pour le protéger inconsciemment.

Il fit la moue.

— Tu sais, j'aurais été beaucoup plus délicat avec toi si j'avais été au courant de la gravité de tes blessures.

— Je sais.

En réalité, cela aurait certainement entraîné leur perte à tous les deux, car il avait dû faire appel à toute sa force pour prendre le dessus. Elle en était étrangement fière.

— De toute façon, je dors beaucoup. Le lit ne ressemble à rien, mais il est relativement confortable. Je suis traitée de façon humaine par la Rébellion… heu, par les officiers de la Nouvelle République.

Elle écarta une boucle de cheveux de son visage, un peu gênée de ce qu'elle s'apprêtait à confesser.

— Je m'attendais à un interrogatoire sous la torture. L'Empire m'a appris à penser que c'était une procédure standard, à laquelle n'importe quel prisonnier devait s'attendre. Au lieu de ça, j'ai reçu un traitement médical et des informations sur mes droits.

— Leur as-tu révélé des informations volontairement ?

Thane s'empressa d'ajouter :

— Je ne te mets pas la pression. Je ne suis pas là pour représenter la Nouvelle République et ce ne sera jamais le cas, d'accord ? Tu n'auras jamais à te demander s'ils m'ont envoyé ici pour te tirer les vers du nez.

Ciena avait imaginé ce scénario certaines nuits, quand elle était étendue sur son lit. Maintenant, elle pouvait répondre honnêtement :

— Je te crois.

Visiblement soulagé, il reprit :

— Si je te le demande, c'est seulement parce que… ils se montreraient indulgents avec toi si tu leur parlais.

Comme si cela pouvait la convaincre !

— Je dois toujours respecter mon serment, Thane. Bien que je considère la Nouvelle République sous un jour nouveau, je ne trahirai jamais la cause pour laquelle je me suis battue. Et je n'accepte pas la légitimité de leur gouvernement. D'après ce que j'ai entendu, la guerre fait encore rage, le chaos est revenu dans la galaxie…

— Le désordre est bien normal quand des planètes tentent de mettre en place un nouveau gouvernement après des années de…

Thane soupira.

— Laisse tomber. Nous connaissons chacun les répliques de l'autre par cœur.

— Ça ne sert à rien de toute façon, renchérit-elle. Ils ne vont pas « se montrer indulgents avec moi », quoi que je leur raconte. Je te rappelle que je suis une criminelle de guerre. La Nouvelle République me fera payer parce que j'ai servi l'Empire.

Peut-être ne méritait-elle pas mieux.

Thane la regarda longtemps. Puis, au grand étonnement de Ciena, il se mit à sourire en secouant la tête.

— Tu sortiras bientôt d'ici, même si tu ne parles pas. Si tu partageais des *informations*, je parie que tu n'aurais même pas de procès.

— Qu'est-ce que tu racontes ?

Le défenseur qui avait été désigné lui avait montré la liste des charges retenues contre elle. Elles s'étendaient sur plusieurs écrans et décrivaient en détail son rôle pendant les Batailles de Hoth, Endor et Jakku. Elle ne pouvait pas nier être responsable de chacun des éléments figurant sur cette liste.

— Nous savons tous les deux que je suis coupable. La Nouvelle République voudra faire de moi un exemple. Ils voudront prouver que l'ordre et la loi prévalent, précisément parce que c'est une nouvelle loi et un ordre nouveau. Les frontières ont été redéfinies et je suis du mauvais côté.

Elle finit par exprimer sa plus grande crainte.

— Je risque de rester dans cette cellule jusqu'à la fin de mes jours.

— Nous avons déjà eu cette discussion aussi, tu sais, répliqua-t-il en s'approchant du champ d'énergie. Ma phase idéaliste est terminée. Je me suis souvenu du véritable fonctionnement de la galaxie. Et tu sais quoi, Ciena ? Les choses s'écroulent de tous côtés. Trop de gens ont été contraints à travailler pour l'Empire pour qu'on les emprisonne *tous*. Ça représente littéralement des centaines de milliards d'individus, sans compter les troupes qui se sont envolées avec le reste de la Flotte Impériale. Tu crois que la Nouvelle République peut punir chacun d'eux ?

— Ils libéreront les employés de l'administration et les équipes de nettoyage, pas le capitaine d'un Destroyer Stellaire.

Thane n'était pas convaincu.

— Tes compétences peuvent être utiles. C'est une des choses que la Nouvelle République va se mettre à chercher, très bientôt. Et tu as des amis haut placés… enfin, moi j'en ai, en tout cas, et j'ai bien l'intention de discuter longuement avec tous ceux qui pourraient t'aider.

— Je ne veux pas que tu réclames un traitement de faveur en mon nom, protesta-t-elle.

— Dommage, parce que les dés sont toujours pipés. Tout ce que nous pouvons faire est de nous arranger pour que le chiffre qui va sortir nous arrange.

Ciena se remémora la première fois qu'ils avaient discuté de cela. Ils étaient dans une cantina, sur Valentia, leurs destins les séparaient comme jamais, ils avaient argumenté et plaidé jusqu'à craquer et faire l'amour. Elle avait l'impression que ces événements s'étaient passés dans une autre vie – son corps allongé près du sien… – et, en même temps, c'était comme si tout s'était passé la veille. Elle ne pourrait jamais oublier ce qu'elle avait ressenti pour Thane cette nuit-là et elle le voulait encore moins.

— Nous y revoilà, constata-t-elle avec un sourire triste, à débattre de l'ordre et du chaos.

— Le destin finira peut-être par régler la question à notre place. Si tu as raison, alors, oui, tu as des années difficiles devant toi. Mais si j'ai raison – et que la Nouvelle République préfère la liberté à la vengeance –, tu seras bientôt hors d'ici.

Même à travers le reflet argenté du champ d'énergie, elle percevait de la tendresse dans son regard.

— Quoi qu'il arrive, tu sais que je t'attendrai, conclut-il.

Ciena aurait donné n'importe quoi pour le serrer dans ses bras.

— Tu ne devrais pas.

— Tu le ferais si j'étais dans cette cellule à ta place.

— Oui, c'est vrai.

Elle leva lentement la main et posa la paume à plat contre le bord du champ d'énergie. Thane fit pareil. On aurait dit un reflet dans un miroir, ils se frôlaient presque, mais étaient éternellement séparés.

*

— *Depuis la Bataille de Jakku, il y a plusieurs mois déjà, l'Empire n'a plus tenté d'offensives à grande échelle. D'après nos sources, tous les vaisseaux impériaux présents dans le Noyau et la Bordure Intérieure restent cantonnés dans les limites définies par le traité.*

La présentatrice des holonews sourit en poursuivant :

— *Quelques membres éminents du Sénat Provisoire estiment que les affrontements entre la Nouvelle République et les vestiges de l'Empire sont enfin arrivés à leur terme et qu'une reddition finale pourrait être imminente. Toutefois, dans son allocution, la Chancelière a conseillé à toutes les planètes de rester en alerte maximale. Elle a prévenu que la Flotte de la Nouvelle République serait sur le pied de guerre jusqu'à nouvel ordre. Nous avons avec nous pour débattre de ce problème...*

Nash coupa la propagande rebelle du Système Hosnien. Il avait appris tout ce qu'il devait savoir : la Nouvelle République autoproclamée pensait que l'Empire était battu. *Imbéciles.*

Qu'ils deviennent gros et paresseux. Qu'ils se congratulent. Qu'ils deviennent négligents.

Le commandant Nash Windrider quitta son bureau et se dirigea vers la baie d'appontage principale de son nouveau vaisseau, le *Garrot*, un croiseur d'attaque. Tous les subordonnés se redressèrent en entendant ses bottes résonner sur le sol métallique. Pas un ne se détourna de son travail, même pour jeter un rapide coup d'œil dans sa direction. Parfait. Il avait déjà réussi à rétablir la discipline.

Pour un ancien officier en poste sur un Destroyer Stellaire, être affecté à un croiseur d'attaque aurait pu être considéré comme un pas en arrière, mais il restait très peu de Destroyers Stellaires. Il était commandant d'escadron sur un vaisseau d'importance stratégique, ce qui le rapprochait du grade de capitaine. Nash était fier de préparer le *Garrot* pour la prochaine étape de la guerre, le prochain assaut.

Celui que les Rebelles ne verraient pas venir.

Il avança entre les longues rangées de chasseurs TIE que l'on était en train d'équiper d'armes plus puissantes, de conception nouvelle, capables de percer des boucliers d'énergie et des coques de chasseurs stellaires d'un seul coup. Cela signifiait que le principal avantage des chasseurs stellaires sur les TIE – leurs boucliers – disparaîtrait. Des changements comme celui-là pouvaient peser lourd dans l'issue de la guerre.

Il avait horreur de penser que c'était Ved Foslo qui avait inventé ces armes. Nash avait toujours cru que l'ascension de Ves dans les rangs n'était due qu'à l'intervention de son père. En réalité, son ancien compagnon de chambre avait de réelles aptitudes. Son arrogance d'adolescent avait dû devenir insupportable à l'âge adulte.

Nash soupira et se rappela que de ses deux compagnons de chambre de l'Académie, Ved Foslo était le moins mauvais.

Nash était malade à l'idée que Thane Kyrell ait pu survivre à la guerre, qu'il soit peut-être en train de célébrer fièrement les avancées provisoires de la Rébellion. Pourquoi Ciena était-elle morte alors que Thane était encore vivant ?

On ne pouvait compter sur le destin pour rendre justice. Si l'on voulait se venger, il fallait prendre les choses en main soi-même. L'Empire lui avait appris ce principe.

— Commandant Windrider ?

Comme à son habitude, l'assistant de Nash l'avait suivi.

— Une question, si vous le permettez ?

— Je vous le permets, lieutenant Kyrell.

Dalven Kyrell se tint devant lui, la tablette de données en main, l'air nerveux. Il n'avait aucune idée du rôle que son frère avait joué dans la Rébellion. Nash avait décidé de lui cacher la vérité et de traiter ce Kyrell comme tous les autres membres du personnel. Cela lui semblait juste. Mais Dalven était faible et flagorneur, tout juste capable d'accomplir les tâches basiques qu'on lui confiait. Heureusement, on n'en exigeait guère plus de l'assistant du commandant d'escadron.

— C'est à propos de la liste d'officiers que vous avez établie pour les décorations…

Est-ce que Dalven allait lui demander pourquoi il ne figurait pas dessus ? Si c'était le cas, Nash le lui dirait.

— Quelle est votre question ?

— Vous avez proposé un capitaine pour la Médaille Distinguée de l'Honneur Impérial. Je pense que vous vouliez dire la Médaille d'Honneur, plus courante…

— Je sais précisément ce que je voulais dire, lieutenant Kyrell.

Nash prit un malin plaisir à prononcer son nom avec un léger mépris.

— La Médaille Distinguée de l'Honneur Impérial est la plus haute récompense que nous pouvons accorder et je ne vois personne qui la mérite plus. Rester à bord de son vaisseau alors que le processus d'autodestruction avait échoué, s'assurer personnellement qu'il s'écrase contre la surface de la planète pour ne pas qu'il tombe aux mains des ennemis, au coût de sa propre vie… Le capitaine Ciena Ree mérite qu'on se souvienne d'elle.

— Oui, commandant, répondit Dalven d'une voix faible. Je voulais juste dire que… proposer quelqu'un pour cet honneur est une décision importante, que d'autres pourraient considérer comme un geste pour raviver les dissensions.

— Habituellement, oui. Dans ce cas, en revanche, je sais de source sûre qu'un certain nombre de capitaines, de généraux et d'amiraux ont également l'intention de proposer son nom. Même le Grand Moff Randd va sans doute le faire. L'Empire est peut-être déchiré par des conflits internes, mais sur ce point, nous sommes tous d'accord. Le capitaine Ree est mort en héros.

— Absolument, s'empressa d'ajouter Dalven. Quelle mort horrible !

— Horrible ? Je la qualifierais plutôt de glorieuse. Même si nous regrettons tous qu'elle ne soit plus parmi nous, il n'y a pas de plus beau destin que de se sacrifier pour l'Empire. J'espère en avoir l'occasion moi-même un jour.

— Bien entendu, commandant.

Dalven s'éloigna en toute discrétion.

Thane avait raconté plus d'une fois que son frère se moquait de Ciena quand ils étaient enfants, qu'il riait de sa pauvreté et de ses manières démodées… comme si tous les habitants de Jelucan n'étaient pas des bouseux d'une planète paumée. Parfois quand Nash se souvenait de cette anecdote et s'imaginait Dalven ridiculisant une Ciena jeune et sans défense, il avait envie d'envoyer son assistant en mission-suicide.

Mais il se demandait parfois si Thane avait dit vrai. Thane Kyrell s'était révélé maître dans l'art de l'imposture et de la manipulation.

Nash se dirigea vers la gueule ouverte de la baie d'appontage. Il sentit sur sa peau le léger picotement du bouclier d'énergie qui maintenait la pression atmosphérique, signe qu'il était trop près. Il resta malgré tout au bord, pour mieux admirer la vue qui s'étendait devant lui.

Dans les énormes nuages de la Nébuleuse de Queluhan, la Flotte Impériale attendait, dissimulée dans les traînées scintillantes de gaz ionisé qui déjouaient les senseurs ennemis. Alors que les experts rebelles prédisaient avec certitude la disparition et la reddition de l'Empire – croyant ses membres divisés et impuissants –, ils avaient resserré les rangs et rassemblé leurs forces.

Nash trouvait qu'ils avaient pris trop de temps pour former à nouveau un front uni. Les querelles internes avaient permis aux Rebelles de gagner des territoires qu'ils n'auraient jamais espéré conquérir. À présent, la hiérarchie était rétablie au sein de la Flotte Impériale. Ils avaient développé une stratégie à long terme. Les querelles de factions avaient été balayées, ils étaient enfin unis à nouveau.

Nash aimait penser que Ciena Ree n'y était pas pour rien. Ce n'était peut-être que du sentimentalisme, mais on ne pouvait nier que son acte héroïque les avait tous inspirés.

Tu nous as rappelé ce que signifie vraiment la discipline. Tu nous as rappelé que le prix de la victoire n'est jamais trop élevé.

Devant lui, dans la lueur bleue et violette de la nébuleuse, il distinguait au moins dix Destroyers Stellaires et encore plus de croiseurs légers. Chacun abritait d'innombrables chasseurs TIE, qui seraient pilotés principalement par les nouveaux conscrits. La formation était plus rapide et plus intense aujourd'hui, mais les pilotes progressaient bien. La Flotte Impériale n'était peut-être pas aussi imposante qu'avant, mais Nash estimait qu'ils y avaient gagné en force de frappe.

Et cette fois, ils ne reculeraient pas tant que la Rébellion ne serait pas écrasée pour toujours. Thane et ses amis payeraient pour le sacrifice de Ciena. Ils payeraient pour tout.

Nash murmura :

— Tu auras droit à la plus belle des vengeances : bientôt, l'Empire renaîtra.

Ouvrage composé par
PCA - 44400 REZÉ

Cet ouvrage a été imprimé
en Espagne par

Industria Grafica Cayfosa
(Impresia Iberica)

Dépôt légal : décembre 2015

FSC www.fsc.org
MIXTE
Papier issu de sources responsables
FSC® C003309

Pocket Jeunesse, une marque d'Univers Poche,
est un éditeur qui s'engage pour
la préservation de son environnement
et qui utilise du papier fabriqué à partir
de bois provenant de forêts gérées
de manière responsable.

PKJ. www.pocketjeunesse.fr
POCKET JEUNESSE

12, avenue d'Italie – 75627 PARIS Cedex 13